Gard Sveen

TEUFELSKÄLTE

Kriminalroman

Aus dem Norwegischen
von Günther Frauenlob

Ullstein

Besuchen Sie uns im Internet:
www.ullstein-buchverlage.de

Ungekürzte Ausgabe im Ullstein Taschenbuch
1. Auflage Dezember 2018

Titel der norwegischen Originalausgabe: *Helvete åpent*
(Vigmostad & Bjørke, Bergen, 2015)
Umschlaggestaltung: zero-media.net, München,
nach einer Vorlage von Büro für Gestaltung – Cornelia Niere, München
Titelabbildung: © Andrew Astbury/shutterstock
Satz: Pinkuin Satz und Datentechnik, Berlin
Gesetzt aus der Caslon
Druck und Bindearbeiten: CPI books GmbH, Leck
ISBN 978-3-548-29059-1

Aber sorge dich nicht um mich, mein Freund, denn ich habe
bereits die Hölle gesehen
offen liegen.

1988

1

Ein Erlöser ist uns geboren, dachte Tommy Bergmann. Er warf einen Blick durch die Scheiben des dicht an der Straße stehenden Hauses. Hinter dem mittleren Fenster brannte Licht, ein einzelner Weihnachtsstern aus goldenem Messing strahlte in das Winterdunkel.

Ein paar Meter oberhalb des Hauses stand ein Mann. Dunkel gekleidet, den Körper etwas gebeugt, sah er aus, als würde er das Auto kaum bemerken. Tommy Bergmanns Partner, der alte Kåre Gjervan, hielt den Wagen an und legte den Leerlauf ein. Der Mann am Straßenrand bewegte nun langsam den Kopf und sah in Richtung des Streifenwagens. Auf der Windschutzscheibe klebte matschiger Schnee. Gjervan stellte den Scheibenwischer schneller. Der Mann blieb regungslos stehen und starrte vor sich hin, auch der Hund neben ihm stand wie versteinert da, den Blick fest auf das Licht der Scheinwerfer gerichtet, das sich durch den dicht fallenden Schnee bohrte, als wäre die Welt nicht mehr als eine Schneekugel, frei von jeder Bosheit.

Noch Jahre später phantasierte Tommy davon, was gewesen wäre, wenn er in diesem Augenblick einfach aus dem Auto gestiegen und davongelaufen wäre, in die andere Richtung, zurück in die Stadt, so weit seine Beine ihn tragen konnten.

Kåre Gjervan fluchte leise vor sich hin, wie er es schon an der Tankstelle in Mortensrud getan hatte, als Tommy den Funkspruch der Zentrale entgegengenommen hatte. Ihre Schicht war fast um, sie hatten nur noch eine Stunde, aber

Tommy war langweilig, so dass er nicht gewartet hatte, bis ein anderer Wagen sich meldete. Er war nicht wie der alte Gjervan, der nur Däumchen drehte und es nicht erwarten konnte, wieder zurück zu Frau und Kindern zu kommen, Tommy war dreiundzwanzig und wollte etwas erleben.

Gjervan klopfte mit der Hand ein paarmal auf den Schaltknüppel, so dass das Klicken seines Eherings metallisch durch den Wagen hallte.

»Los, sieh zu, dass du die beiden da ins Auto kriegst«, sagte er.

Als Tommy die Tür öffnete, kam Leben in den Mann am Straßenrand.

Er stieg ein, und sie fuhren noch ein paar Minuten durch die Dunkelheit, bis auch die letzten Häuser hinter ihnen lagen. Um sie herum war jetzt nur noch dichter, schwarzer Wald. Irgendwann löste sich auch der Weg im Nichts auf, als wären sie am Ende der Welt angekommen. Nur das Licht der Scheinwerfer, das auf die Nadelbäume fiel, verriet, dass es da draußen noch weiterging. Der nasse Hund, ein Labrador, legte den Kopf zur Seite, als Tommy sich umdrehte. Die Schnauze war noch immer schwarz vom Blut. Der Mann auf dem Rücksitz starrte durch die Windschutzscheibe.

»Was haben Sie da im Wald eigentlich gemacht?«, fragte Tommy leise.

Er erhielt keine Antwort.

Kåre Gjervan justierte den Rückspiegel und betrachtete den Mann, der aus einem der Häuser an der Straße in der Zentrale angerufen hatte.

»Das ist wirklich …«, sagte der Mann auf dem Rücksitz.

Er machte eine Pause, schloss die Augen.

»Ich sage Ihnen, das ist wirklich … ein Werk des Teufels.«

2

Trotz des kräftigen Lichtscheins der Maglite wirkte alles um sie herum schwarz. Tommy Bergmann dachte für einen Moment, dass es tief im Wald keine Farben gab und die Sonne nicht einmal im Sommer bis hierher vordringen würde, so dicht wie die Nadelbäume standen. Kåre Gjervan setzte umständlich einen Fuß vor den anderen, hielt aber ein gleichmäßiges Tempo. Der Mann, der die Meldung gemacht hatte, war ein Stück weit vor ihnen, der Hund zog ihn unerbittlich vorwärts. Tommy fiel ein paar Meter zurück und umklammerte seine Maglite noch fester. Es gurgelte unter seinen Füßen, eiskaltes Wasser drang in seine Marschstiefel, und ein moderiger Geruch stieg vom Boden auf. Er ging, so schnell er konnte, um zu Gjervan aufzuschließen. Als er dicht hinter ihm war, hörte er irgendwo weiter vorn den Mann rufen.

»Hier rüber!« Er konnte den Hund jetzt kaum mehr zurückhalten. Tommy versuchte, möglichst wenig zu denken.

»Oh mein Gott«, flüsterte er nur eine Minute später leise vor sich hin. »Hilf mir.« Die beiden vor ihm hatten vor einer Gruppe sehr dicht stehender Fichten angehalten. Kåre Gjervan bewegte langsam seine Taschenlampe und wartete dann ein paar Sekunden, als wollte er sich sammeln. Tommy blieb auf dem schmalen Pfad hinter ihm stehen. Der Mann musste seinen Hund mit aller Macht zurückhalten. Gjervan beugte sich vor und entfernte ein paar Äste und Zweige. Dann richtete er sich abrupt auf und taumelte ein paar Schritte zurück. Seine Taschenlampe fiel zu Boden. Tommy legte die Finger noch fester um seine Lampe und schloss zu den beiden Männern auf.

Obwohl sie schon Tage dort liegen musste, war Kristiane Thorstensen anhand der Fahndungsfotos leicht zu erkennen. Sie lag in zwei zusammengeklebten Müllsäcken unter ein paar Ästen und Zweigen. Der Hund hatte den obersten Teil des einen Sacks aufgerissen, so dass der Kopf sichtbar war. Auch an anderen Stellen war das Plastik zerrissen, vermutlich hatten sich irgendwelche Vögel über sie hergemacht. Der Kopf war unversehrt, sie hatte blaue Flecken, sah aber besser aus, als Tommy es befürchtet hatte. Gjervan ging in die Knie und berührte den Anhänger, den sie um den Hals trug. Ein Taufschmuck. Tommy schloss die Augen und versuchte, sich einzureden, dass der Tod sicher schnell eingetreten war.

Als die Spurensicherung kam und die Kriminaltechniker die Müllsäcke entfernten, schwand diese Hoffnung.

Ihr Körper war dermaßen malträtiert worden, dass Tommy nur noch an das Böse in der Welt glaubte.

Er konnte seinen Blick nicht von der linken Hälfte ihres Brustkorbs abwenden.

Einer der Techniker ließ das Wort »Trophäenjäger« fallen und sagte, dass man solche wie den zum Tode verurteilen müsse, danach spürte Tommy nur noch Kåre Gjervans Arm um seine Schultern, bevor alles schwarz wurde.

3

Sie fuhren schweigend über den Enebakkveien zurück in Richtung Stadt. Kåre Gjervan hielt an der Shell-Tankstelle in Mortensrud und parkte den Wagen im Dunkel hinter der Schmalseite des Gebäudes, exakt die Stelle, an der er zuvor schon gestanden hatte. Er nahm das Funkgerät und rief die Zentrale. Mit ruhiger Stimme sagte er nur »Adresse« und wartete darauf, dass der Mann in der Zentrale verstand, was er meinte. Wie an jedem anderen Abend hörten genug Journalisten den Polizeifunk ab, und denen wollte der alte Gjervan nicht in die Karten spielen. Dann fragte er nach dem Namen des Pastors der Gemeinde in Oppsal und bat die Zentrale, ihn anzurufen. Warum?, fragte Tommy sich und dachte, dass die erste Welle der Hyänen jetzt sicher bereits auf dem Weg in den gutsituierten Vorort Godlia war.

Er beobachtete Gjervans Hände, als dieser sich etwas notierte. Sie waren vollkommen ruhig, als schriebe er zu Hause am Esstisch Weihnachtskarten. Tommys Brustkorb krampfte sich zusammen. Er war dreiundzwanzig Jahre alt und hatte nie zuvor einen Toten gesehen, geschweige denn ein Mordopfer. Und jetzt?, dachte Tommy. Jetzt musste er auch noch den Eltern gegenübertreten, die ihr Kind verloren hatten.

»Willst du was essen?«, fragte Gjervan und öffnete die Wagentür.

Tommy schüttelte den Kopf.

»Du musst was essen.«

Tommy schüttelte noch einmal den Kopf, blieb im Auto sitzen, schloss die Augen und versuchte, seinen Atem zu kontrollieren.

Kurz darauf stellte sich heraus, dass sie sich an diesem ersten Adventssonntag mit dem Aushilfspastor der Oppsaler Gemeinde begnügen mussten. Der Mann, den sie abholten, war kaum älter als Tommy. Auf dem Weg in Richtung Godlia versuchte er, das Gespräch auf Kristiane zu lenken, als wäre sie noch am Leben. »Sie geht doch auf die Schule in Vetlandsåsen und spielt Handball, oder?« Dann sagte er leise: »Es ist nicht immer leicht, an Gott zu glauben. Wenn so etwas …«, er verstummte abrupt.

Tommy wünschte sich, niemals anzukommen, als der Wagen in die Straße Skøyenbrynet einbog und Gjervan vor dem rot gestrichenen Haus der Familie Thorstensen anhielt. Was hatten sie der Familie zu bieten, fragte Tommy sich verzweifelt. Sie waren doch nur drei Menschen in einem Streifenwagen. Ein junger Hüpfer, frisch von der Polizeischule, ein leichenblasser Aushilfspastor, der seinen Glauben an Gott verloren zu haben schien, und der alte Kåre Gjervan. Wenn überhaupt, dann konnte nur er Halt bieten.

Tommy glaubte ein Gesicht am Küchenfenster gesehen zu haben, als sie an der kahlen Hecke entlanggingen. Das Haus sah beinahe verlassen aus, nur die Lampe über der Tür brannte. Einen Moment lang dachte er daran, dass die Hochhaussiedlung, wo er selbst aufgewachsen war, nicht einmal einen Kilometer entfernt lag. Trotzdem war das hier eine ganz andere Welt, geprägt von Wohlstand, wie er ihn vermutlich nie erleben würde. Eine Welt, die sich in wenigen Sekunden in einen Scherbenhaufen verwandeln würde.

Als sie auf der Treppe standen, konnte er seinen Blick nicht von der Keramiktafel losreißen, die vermutlich eines der Kinder, vielleicht Kristiane, in der Grundschule gemacht hatte. Große, glasierte, blaue Buchstaben: *Hier wohnen Alexander und Kristiane, Per-Erik und Elisabeth Thorstensen.* Dieses Schild mussten sie jetzt abnehmen. Kristiane würde nie wieder nach Hause zurückkehren, nie mehr hier auf der Treppe stehen.

Durch das Küchenfenster sah er einen Adventsleuchter auf dem Tisch stehen. Eine Kerze brannte. Erst dachte Tommy, wie absurd es doch war, eine Kerze anzuzünden, wenn ein Kind vermisst wurde. Eine Tochter. Aber was wusste er schon? Vielleicht war das ihre Art, sich an die Normalität zu klammern und darauf zu hoffen, dass sie noch lebte. Aus dem Windfang war ein dumpfes Geräusch zu hören. Tommy schluckte, sein Puls beschleunigte sich, und er sah zum Pastor hinüber, der im Schein der Außenleuchte noch blasser aussah als zuvor.

Alle drei traten einen Schritt zurück, als die Tür geöffnet wurde. Ein Mann kam zum Vorschein. Kåre Gjervan räusperte sich und fragte dann in ruhigem Tonfall: »Per-Erik Thorstensen?«

Der Mann nickte kaum sichtbar und musterte sie.

Gjervan räusperte sich noch einmal.

»Ja?«, entgegnete Per-Erik Thorstensen mit brüchiger Stimme. Die ersten Tränen traten ihm in die Augen, als hätte ihm der Anblick der Polizisten und des Pastors in seiner grünen Outdoorjacke alles gesagt, was er wissen musste. Trotzdem lag in seiner Stimme ein Anflug von Hoffnung, dass an diesem ersten Advent vielleicht doch noch ein Wunder geschehen war.

Hinter Per-Erik Thorstensen waren vorsichtige Schritte zu hören. Eine Frau kam die Treppe aus dem ersten Stock herunter. Sie blieb in der Tür zum Windfang stehen, die Hände vor dem Gesicht.

»Es tut mir leid«, sagte Kåre Gjervan.

Ein Schauer lief Tommy über den Rücken, als die Frau zu schreien begann.

Nur fünf einzelne Worte waren ihrem hysterischen Heulen zu entnehmen.

»Da ist alles meine Schuld!«, rief sie wieder und wieder.

Das ist alles meine Schuld.

Ihr Mann trat vorsichtig ein paar Schritte zurück und sagte, ohne sich umzudrehen:

»Elisabeth, Elisabeth.«

Ihr Schreien wurde daraufhin nur noch lauter. Per-Erik Thorstensen lehnte sich im Flur an die Wand und riss in der Bewegung ein paar Fotografien von der hinter ihm stehenden Truhe. Das Klirren von zerbrechendem Glas mischte sich mit den Schreien von Elisabeth Thorstensen. Kåre Gjervan trat vor und hielt Per-Erik Thorstensen an den Schultern fest.

Tommy wechselte einen Blick mit dem Pastor. Dann bemerkte er, dass es im Haus plötzlich ganz still geworden war. Abgesehen von dem leisen, verzweifelten Weinen von Per-Erik Thorstensen, der sich an die Uniform von Kåre Gjervan lehnte, war kein Laut zu hören. Tommy trat in den Flur. Gjervan nickte in Richtung Küche, die linker Hand lag.

Tommy ging mit raschen Schritten über den dicken, persischen Teppich, der im Flur lag. Lautes Scheppern drang aus der Küche. Er blieb im Türrahmen stehen. Die Kerze flackerte auf dem Küchentisch. Ein Stern lag auf einem der Stühle, zum Aufhängen bereit.

Elisabeth Thorstensen kniete auf dem Boden. Sie hob den Kopf und sah Tommy apathisch an. Für einen Moment war er außerstande, sich zu bewegen. Er studierte ihre Gesichtszüge und war sich beinahe sicher, sie schon einmal gesehen zu haben. Vor langer Zeit. Ein Bild zeichnete sich für ein oder zwei Sekunden ganz deutlich auf seiner Netzhaut ab.

Sie war jung, stand in einem langgestreckten Korridor und streckte die Hand zu ihm aus.

Er riss sich von seinen Gedanken los.

»Tun Sie das nicht«, sagte er und deutete auf ihre rechte Hand.

Sie drückte die Klinge des großen Küchenmessers nur noch fester auf ihr Handgelenk. Blut begann zu rinnen, die Pulsader war aber noch unverletzt.

Vorsichtig ging er einen Schritt in den Raum hinein. Die Kieferndielen knarzten unter seinen Stiefeln.

»Fassen Sie mich nicht an«, sagte sie leise. »Fassen Sie mich nicht an, Sie Schwein!«

Ohne einen Laut von sich zu geben, zog sie das Küchenmesser mit aller Kraft quer über ihr Handgelenk. Tommy dachte noch, dass es gut war, dass sie es nicht parallel zu den Sehnen ins Fleisch gebohrt hatte. Die Sehnen waren kaputt, aber das Blut sickerte nur, die Wunde klaffte nicht. Er hockte sich vor ihr hin, konnte aber nicht verhindern, dass sie sich noch ein zweites Mal schnitt. Er packte ihr rechtes Handgelenk und umklammerte es fest. Es wirkte bereits schlaff und kraftlos, das Messer rutschte ihr aus den Fingern, und Tommy schob es mit der anderen Hand weg.

Er presste seine große Hand mit aller Kraft auf ihr dünnes Handgelenk, schwarzes Blut sickerte warm zwischen seinen Fingern hervor.

Ihr Kopf sackte auf seine lederne Uniformjacke. Sie drückte sich an seinen Hals, und er legte seine freie linke Hand auf ihren Rücken und versuchte Kåre Gjervan zu rufen. Leise. Sein Kollege musste die Situation aber bereits erfasst haben, denn hinter sich hörte Tommy Gjervan ein paar Befehle geben. Die Worte *Krankenwagen* und *Skøyenbrynet* drangen zu ihm durch.

Er drückte seine Hand noch fester auf ihr Handgelenk

und ließ den Blick über die Anrichte gleiten. Nur einen Meter von ihm entfernt lag ein Trockentuch. Er versuchte aufzustehen, aber Elisabeth Thorstensen hielt ihn zurück. Er ließ ihr Handgelenk los, brauchte das Tuch als Kompresse. Sie legte ihre rechte Hand an sein Gesicht, ihre Haut war so blass, als würde sie jeden Moment ohnmächtig werden.

»Mein Kind«, sagte sie. »Ich werde mein Kind nie wiedersehen.«

Teil 1

November 2004

Der Wecker stürzte zu Boden, als er sein Handy zu erreichen versuchte. Dann dröhnte die Stimme des Wachhabenden, Leif Monsen, in sein Ohr. Als Mitmensch hatte Tommy zu dem fetten Sørländer nicht gerade das größte Vertrauen. Der Mann war infantil und ein ausgemachter Rassist. Aber ging es um die Beschreibung eines Tatorts, war Monsen der Mann, auf den man hören musste. Keiner im aktiven Dienst hatte mehr Erfahrung als er, und wenn Monsen sagte, ein Tatort sehe schrecklich aus, gab es keinen Grund, daran zu zweifeln.

Tommy hörte die Worte Gaffer-Tape, Messer, Hammer und Blut, aber irgendwie drangen sie nicht richtig zu ihm durch. Erst die nächsten Worte rissen ihn wirklich aus dem Schlaf.

»Ich verstehe nicht, wie das sein kann, aber es muss derselbe Mann sein«, sagte Monsen. Seine Stimme klang für einen kurzen Moment verzweifelt. »Ich habe einen Wagen zu dir hochgeschickt.«

Als Tommy den Hörer aufgelegt hatte, hörte er bereits, wie sich ein Diesel näherte. Der Wagen bremste hart ab, und gleich darauf drang ein blaues Blitzen durch die Fenster des Schlafzimmers.

Das Blaulicht zeichnete sich an den Wänden des Svartdalstunnels ab. Der Fahrer schaltete die Sirene über den Knopf auf der Mittelkonsole ein, als er sah, dass am Ende des Tunnels ein Wagen mitten auf der Straße fuhr.

»Sie also sind dieser Bergmann«, sagte der junge Fahrer. Tommy grunzte eine Antwort. Der Zeitpunkt war jetzt wirklich nicht passend, um ein Gespräch zu beginnen. Außerdem war er sich nicht sicher, worauf genau dieser junge Typ da anspielte. Wie weit nach unten reichten die Gerüchte eigentlich?

Seine Grübeleien fanden abrupt ein Ende, da der Wagen gleich darauf vor einem Haus im Frognerveien hielt. Zwei Einsatzfahrzeuge und ein Krankenwagen blockierten die Straße, Blaulicht erhellte die Hauswände ringsherum. Ein Uniformierter stand frierend an der Tür, die Temperaturen waren im Laufe der Nacht deutlich gesunken.

Tommy versuchte möglichst wenig an das zu denken, was ihn in der Wohnung erwartete, er hielt den Blick auf den tiefroten Teppich gerichtet, der sich wie eine Schlange über die Treppe nach oben zog.

Das ist schrecklich hier drinnen, Tommy. Monsens Worte klangen ihm noch in den Ohren.

Der metallische Geruch von Blut war schon am Ende der Treppe deutlich wahrzunehmen. Der Beamte, der dort stand, sah aus, als müsse er sich jeden Augenblick erbrechen.

Die Wohnung war ganz typisch für den noblen Westen der Stadt. Drei hintereinanderliegende Zimmer, weiße Wände und ein Bedienstetenzimmer hinter der Küche. Tommy dachte, dass es sich möglicherweise um eine der Übergangswohnungen von Nobelhuren handelte.

»Sie ist noch immer am Leben«, flüsterte Monsen, der auf ihn zukam und den Satz dann noch einmal wiederholte. »Sie ist noch immer am *Leben.*«

Dann verstummte er, als wüsste er nicht mehr, was er sagen sollte. Das kam verdammt selten vor.

»Wer hat das gemeldet?«

»Wissen wir nicht. Eine nicht registrierte Prepaid-Karte.

Ein Mann hat durchgegeben, dass eine Frau, oder besser ein Mädchen, tot in dieser Wohnung gefunden worden sei. Er hielt sie wohl für tot. Verdammt, dieser Anrufer könnte den, der das gemacht hat, noch gesehen haben!«

Scheiß Technologie, dachte Tommy und sah erst jetzt auf die Uhr. Es war morgens, halb fünf. Von der Treppe drang Getrampel zu ihnen hoch. Ein weiteres Sanitäterteam stürmte hoch und stieß sie förmlich zur Seite. Dann kamen Georg Abrahamsen und ein Kollege von der Kriminaltechnik und zuletzt Fredrik Reuter, der nach all den Stufen einem Herzinfarkt nahe zu sein schien.

Georg Abrahamsen schob sich mit der Kamera in der Hand ins Schlafzimmer.

Die vier anderen blieben schweigend im dunklen Flur stehen. Nach weniger als einer Minute wurde Georg Abrahamsen aus dem Schlafzimmer geworfen, ein kurzes Wortgefecht brandete auf, bis Reuter eingriff.

»Ich muss wissen, wie sie liegt«, sagte Abrahamsen mit Nachdruck, während er von einem kräftigen Sanitäter nach hinten auf den Flur geschoben wurde.

»Sie versuchen, ihr Leben zu retten, sollte das irgendeine Bedeutung für dich haben, Georg.« Fredrik Reuter schien wieder Ruhepuls zu haben. Georg Abrahamsen ließ die Kamera sinken.

Reuter ging mit den beiden zurück zur Tür und handelte aus, dass Abrahamsen wenigstens im Zimmer bleiben durfte.

Tommy lief mit Plastiküberziehern an den Füßen und einem Haarnetz auf dem Kopf durch die Wohnung. Er begann in der nagelneuen Küche. Auch der bescheidene Inhalt der Schränke deutete darauf hin, dass die Wohnung nicht zum Wohnen verwendet wurde. Ein paar wenige Teller, Weingläser, eine Flasche Sekt im Kühlschrank. Nichts Essbares.

Die Arbeitsflächen waren blitzblank und leer. Vielleicht hatte der Täter Sachen mitgenommen, die ihn verraten konnten, aber das erschien wenig wahrscheinlich. Tommy warf einen Blick aus dem Küchenfenster in den Innenhof. Über der Hoftür brannte eine Lampe. In einigen wenigen Fenstern war bereits Licht. Die Gardinen im Schlafzimmer waren zugezogen, vielleicht war dahinter sogar noch ein lichtdichtes Rollo. Ein paar Sekunden lang wirkte die Welt vollkommen trostlos. Als wäre dieser Winter der letzte, als würde die Menschheit keinen weiteren Sommer erleben.

Tommy wurde aus seinen trüben Gedanken gerissen, als Fredrik Reuter mit zwei uniformierten Beamten und Halgeir Sørvaag in den Raum kam. Reuter hielt einen Stapel Formulare in der Hand.

»Klinken putzen«, sagte er.

Vom Flur drangen Geräusche ins Zimmer. Eine Trage wurde durch die Tür bugsiert. Tommy ging mit raschen Schritten aus der Küche und durch den angrenzenden Raum zum Flur.

Er betrachtete die schmächtige Frau, eigentlich noch ein Mädchen. Sie hatte eine Sauerstoffmaske auf dem Mund. Die Decke, die sie über sie gelegt hatten, war schon vom Blut getränkt. An den Handgelenken waren Reste von Klebeband zu erkennen. Die Augen starrten steif an die Decke, als wäre sie bereits tot. Vier oder fünf Sanitäter und ein Arzt folgten der Trage. Einer hielt eine Blutkonserve hoch, ein anderer sicherte die Kanüle, die in ihren Unterarm führte. Wie der Körper unter der Decke aussah, wollte Tommy gar nicht wissen.

Ein Schauer lief ihm über den Rücken.

Jeder, der sich in der Wohnung befand, schien innezuhalten, als die Sanitäter durch die Wohnungstür verschwanden. Die Stille war aber nicht von langer Dauer.

Eine der Nachbarinnen auf einer der unteren Etagen begann frenetisch zu schreien. Vermutlich hatte sie die Trage gesehen, die Blutkonserve und das junge, blasse Puppengesicht.

Wie Kristiane, dachte Tommy.

»Zeig mir die Bilder«, sagte er zu Georg Abrahamsen. Er nahm die Digitalkamera und klickte sich durch die aufgenommenen Fotos. Wie alt konnte das Mädchen sein? Bestimmt eine der jüngsten Prostituierten der Stadt. Tommy spürte unbändige Wut in sich aufsteigen. Wenn er den Mann zu fassen bekam, der das getan hatte, und die Hintermänner, die dieses Mädchen ins Land gebracht hatten – denn es war sicher keine Norwegerin –, würde er sie mit seinen eigenen Händen zu Tode prügeln.

Das Mädchen war mit den Handgelenken ans Kopfende des Bettes gefesselt worden, das Tape am Mund hing schlaff zur Seite. Den Anblick ihres restlichen Körpers würde er kaum jemals verdrängen können.

»Verdammt«, sagte er laut und lief ruhelos in der Wohnung auf und ab. Atmete tief durch. Am liebsten hätte er mit der Faust auf die Wand eingehämmert, die doppelten Flügeltüren mit dem Schädel eingeschlagen und alles weggetreten, was sich in dem weiß gestrichenen Zimmer befand: Stühle, Esstisch, Fernseher, Regal.

Schließlich folgte er den anderen ins Schlafzimmer.

Mitten im Raum stand ein großes Doppelbett.

An den schmiedeeisernen Pfosten des Kopf- und Fußendes hingen noch Reste von Klebeband.

»Das habe ich durchtrennt, als ich mit dem Kollegen hier ankam«, sagte Monsen. In seinen Augen lag Trauer.

Halgeir Sørvaag war jemand, der alles im Leben mit stoischer Gelassenheit hinnahm, weshalb sie sich vielleicht alle nach ihm richten sollten. Ohne zu zögern oder sich von der Situation beeinflussen zu lassen, kniete er sich hin und begann den Raum Millimeter für Millimeter abzusuchen. Tommy verschaffte sich erst einmal einen Überblick. Er hatte das Gefühl, dass der Täter, dem es dieses Mal nicht gelungen war, sein Opfer zu töten, überrascht worden war. Er wusste nicht wie, aber anders konnte es nicht abgelaufen sein.

»Was genau hat der Anrufer gesagt?« Er suchte nach Monsens Blick.

»Am besten hörst du dir die Aufnahme an. Viel war das aber nicht.«

»Ich glaube, er wurde überrascht«, sagte Tommy. »Irgendjemand, der nicht hier sein sollte, ist in die Wohnung gekommen. Vielleicht hat der Anrufer den Mörder sogar gesehen.«

»Wir können wirklich nur hoffen, dass das Mädchen überlebt«, sagte Reuter. »Dann können wir ihn kriegen, sie müsste ihn ja identifizieren können.«

Tommy überließ Abrahamsen und Sørvaag den Raum. Er hielt es da drinnen nicht länger aus. Und gab es darin irgendetwas zu finden, dann würden sie es finden.

Gemeinsam mit Reuter ging er in das angrenzende Zimmer.

»Das ist derselbe Täter«, sagte Tommy zu Reuter. »Was über den Kristiane-Fall in der Zeitung gestanden hat, muss ihn irgendwie angestachelt haben. Die Mädchen sind doch exakt auf diese Weise umgebracht worden. Du warst damals doch auch bei den Ermittlungen dabei.«

»Ja, aber dann muss der Täter Anders Rask sein«, sagte Fredrik Reuter. »Und der sitzt in Ringvoll ein.«

1

Der Verkehr schien am Majorstukrysset vollends zum Erliegen zu kommen. Auf dem Kirkeveien stauten sich die Autos in beiden Richtungen.

Eine feine Schicht Schnee legte sich über die Stadt, obwohl der November gerade erst begonnen hatte. Tommy Bergmann hatte das Gefühl, dass ihnen ein langer Winter bevorstand.

»Wäre es angenehmer für Sie, wenn ich sagen würde, dass es jemanden gibt, dem Sie die Schuld geben können?«, fragte die Stimme hinter ihm.

Tommy antwortete nicht. Er saß still im Fensterrahmen im zweiten Stock des großen Ärztehauses am Kirkeveien. Er hatte in den letzten Monaten viel geredet. Heute war ihm nicht danach. Heute konnte er nicht. Nicht nach so einem Scheißtag.

»Einem Vater vielleicht, den Sie nie kennengelernt haben und der – theoretisch – gewalttätig sein könnte? Oder einer Mutter, die Ihnen systematisch die Schuld gegeben und Sie dafür bestraft hat, Gefühle zu zeigen?« Viggo Osvold versuchte trotz seiner schielenden Augen den Blick zu fokussieren.

»Die Ursachen sind aber nur die eine Seite der Medaille. Und ändern können Sie nichts daran. Das Problem lautet eher, wie Sie damit leben können. Und wie ein anderer Mensch später damit leben kann, dass Sie damit leben.«

»Hege hat mich nie weinen sehen. Habe ich das schon mal gesagt? Nicht richtig jedenfalls.«

»Sie hätten gerne noch eine Chance? Ist es das, was Sie damit sagen wollen?«

»Ja.«

»Warum sollte sie Ihnen die geben? Würden Sie einen Menschen wollen, der Ihnen wieder und wieder eine neue Chance gibt? Zehn Jahre lang?«

»Elf. Aber nein. Die Antwort lautet nein.«

Viggo Osvold atmete schwer durch die Nase, nahm die Brille ab und schüttelte kaum merkbar den Kopf, als wäre Tommy in den letzten Monaten nicht einen Zentimeter weitergekommen.

Die wesentliche Frage hatte Tommy wirklich noch nicht beantworten können: Was fühlen Sie verbunden mit dieser Aggression? *Fühlen Sie sich klein, ängstlich, abgewiesen, verletzt, allein, stolz, traurig?*

»Alles«, hatte seine Antwort gelautet. »Ein Kind. Ich bin in diesen Momenten wie ein Kind.«

Osvold ging immer wieder auf den Missbrauch ein. Für ihn waren Schläge, Vergewaltigungen, Inzest und Mord im Grunde genommen dasselbe. *Beim Missbrauch von Frauen geht es immer nur um Macht. Haben Sie Macht gefühlt, als Sie sie geschlagen haben? Oder Ohnmacht?*

»Ich weiß es nicht.« Tommy hatte keine bessere Antwort. Osvold hatte genickt, die Augenbrauen hochgezogen und eine Art Grimasse geschnitten. Mitfühlend. Er wehrte sich dagegen, Tommy auf Verdacht eine Diagnose zu stellen, sooft dieser auch danach gefragt hatte. Tommy wusste vermutlich genau, dass Osvold ihn durchschaute: Eine Diagnose würde Tommy nämlich nur sagen, dass er krank war, und darauf konnte man sich wie auf einem Kopfkissen ausruhen. Ich schlage, weil ich krank bin.

»Sie funktionieren«, pflegte Osvold zu sagen. »Deshalb will ich keine Diagnose stellen. Vielleicht später.«

Tommy legte fünf Zweihundertkronenscheine auf den Tisch.

Viggo Osvold nahm seine goldene Taschenuhr vom Couchtisch, auf dem sonst nur noch eine Packung Taschentücher und eine Orchidee standen, die schon bessere Zeiten erlebt hatte.

»Ich muss gehen«, sagte Tommy und nahm die Aftenposten vom Schreibtisch. Er zeigte Osvold die Titelseite.

Der Psychiater klappte Tommys Patientenmappe zu. Sein Leben, sein Leiden. In einer Viertelstunde war der nächste Verrückte an der Reihe.

Er sollte jetzt mit den anderen im Präsidium sein, aber Reuter meinte, die Therapiesitzungen seien wichtiger. Im Augenblick könnten sie ohnehin nichts machen, hatte er gesagt und ihn förmlich auf Osvolds Couch getrieben. Der erste Akt gehörte den Kriminaltechnikern, betonte Reuter immer. Genau umgekehrt wie im Theater. Erst der Mord, dann die Techniker, dann erst der zweite Akt. Der letzte war dann nur die ganz und gar undramatische Zusammenfügung von miteinander verwobenen Tragödien.

Wie sein eigenes Leben.

Hege hatte ihn Anfang Herbst wegen häuslicher Gewalt angezeigt. Der neue Mann in ihrem Leben hatte sie dazu gebracht. Strafrahmen drei bis sechs Jahre.

Überraschenderweise war diese Anzeige fast eine Erleichterung für Tommy gewesen. Er wollte nicht ins Gefängnis, wollte nicht, dass andere wussten, was er getan hatte, aber als sie auf dem Tisch lag, war es wie ein Schritt in die Freiheit gewesen. Etwas in ihm wollte, dass sie Stärke zeigte, dass Hege sagte: Wenn ich will, mache ich dich kaputt.

Osvold sah darin einen positiven Aspekt. Er hatte sich sogar zu der Äußerung *sehr* positiv hinreißen lassen. Das Problem waren aber die Ansatzpunkte. Tommy hatte

Schwierigkeiten, das, was er getan hatte, in Worte zu fassen. Zu seinen Gefühlen waren sie noch gar nicht gekommen. Vielleicht war das aber gar nicht so schlimm, schließlich wusste Tommy nicht, ob er überhaupt noch etwas fühlte.

Hege hatte die Anzeige zurückgezogen, als er sich bereit erklärt hatte, eine Therapie zu machen. Im Präsidium wussten nur Reuter und der Personalchef darüber Bescheid. Tommy war sich aber sicher, dass die beiden nicht wirklich dichtgehalten hatten. Einige der Entscheidungsträger schienen Bescheid zu wissen, und sie würden alles daransetzen, dass er nicht weiter aufstieg, wenn er ihnen nicht regelrecht in den Arsch kroch.

Vorläufig stand Tommy auf der Warteliste für das Therapieangebot *Alternativen zur Gewalt*, ein Ort für Männer wie ihn, die Frauen halb totprügelten. Vielleicht würde er aber auch bei Osvold weitermachen. Auf seltsame Weise mochte er diesen schielenden Kauz.

»Ein Fehltritt, und du fliegst achtkantig raus«, hatte Reuter gesagt. »Dann darfst du nicht mal mehr Parksünder aufschreiben. Und wenn Hege dich fertigmachen will, kriegst du drei Jahre. Du hast ja alles zugegeben. Wir könnten sogar Anklage gegen dich erheben, und eigentlich sollten wir das auch tun. Aber wenn du in den Knast gehst, bist du tot, darüber bist du dir im Klaren, oder? Die prügeln dir da drinnen die Seele aus dem Leib, Tommy. Brechen dir jeden Knochen. Eigentlich hätte ich das selbst machen sollen, wenn ich richtig darüber nachdenke.«

2

Den Weg bis zum Frognerveien ging er zu Fuß. Irgendwann löste sich auch die Schlange der luftverpestenden Autos auf.

Vor dem Haus sah alles wieder ganz normal aus, doch über seine Netzhaut flimmerten noch immer das Blaulicht, die Uniformen, die vielsagenden Blicke derjenigen, die das schwerverletzte Mädchen gesehen hatten.

All das war jetzt weg. Keine Rettungswagen, keine Polizei, nicht einmal das Absperrband vor der Tür war geblieben.

Drinnen in der Wohnung arbeiteten aber noch zwei Kriminaltechniker.

Er klopfte an die Tür.

Und bekam Überschuhe gereicht.

Das Bett im Schlafzimmer glänzte schwarz. Wie viel Blut hatte sie verloren? Wie oft hatte der Täter mit dem Messer auf sie eingestochen? Sie mit dem Hammer geschlagen, der noch immer auf dem Boden lag? Trotzdem kein einziger Fingerabdruck. Der Täter musste Handschuhe getragen haben, vermutlich Latex. Das Messer war nicht da. Sie gingen von einer mittleren Größe aus, Klingenlänge elf oder zwölf Zentimeter. Ihm wurde schlecht. Wenn das Mädchen sterben würde, dann nicht an den Stichen selbst, sondern erst viel später am Blutverlust. Trotzdem waren genug lebenswichtige Organe verletzt worden, was bei ihrem schlanken, kleinen Körper kaum zu vermeiden gewesen war.

Er hob den Blick und sah zum Kopfende des Bettes. Reste von Kleber.

Sie war mit Tape ans Bett gefesselt gewesen, als Monsen mit der ersten Streife gekommen war. Auch ihre Lippen waren verklebt gewesen.

Modus operandi, dachte er. Das meiste stimmte. Fredrik Reuter, der in den Achtzigern noch einfacher Kommissar gewesen war, hatte im Laufe des Tages beinahe widerwillig einräumen müssen, dass der Mordversuch an dem Mädchen in vielerlei Hinsicht identisch war mit den sechs Morden, für die Anders Rask in den Neunzigern verurteilt worden war. Die Berichte aus dem Krankenhaus belegten, dass das Opfer die gleichen Stich- und Schlagverletzungen aufwies wie die sechs anderen Mädchen. Nur weil der Täter unterbrochen worden war, war er vermutlich nicht mehr dazu gekommen, seine Trophäen einzusammeln und ihr wie ein selbsternannter Aztekenpriester bestimmte Körperteile abzuschneiden. Sonst wären alle Zweifel ausgeräumt gewesen. Andererseits wäre das Mädchen dann nicht mehr am Leben gewesen.

Dem ersten Opfer, ermordet in Tønsberg im Jahr 1978, hatte der kleine Finger der linken Hand gefehlt. Den weiteren Opfern jeweils der nächste Finger, beim sechsten und letzten fehlte der Daumen der rechten Hand. Danach hatte Rask damit begonnen, ihnen ihre Weiblichkeit zu nehmen. An das *Wie* versuchte Tommy gar nicht erst zu denken.

Das einzig Sichere war, dass Anders Rask als Täter *nicht* in Frage kam. Er saß in der Geschlossenen Psychiatrie in Ringvoll und hatte von dort aus sogar die Wiederaufnahme seines Falls beantragt. Ebenso sicher war aber auch, dass der Täter Kenntnis von der Art und Weise haben musste, wie Rask bei den sechs Morden vorgegangen war, die er gestanden hatte und für die er verurteilt worden war. Die Details des Gerichtsverfahrens waren aus Rücksicht auf die Opfer nie öffentlich gemacht worden, andererseits wusste aber so gut wie jeder Kriminaljournalist darüber Bescheid. Und auch unter den Polizisten war das kein Geheimnis. Entweder hatten sie es mit einem *Copycat* zu tun, einem Rask-Fan, der die Details der früheren Morde kannte, oder Rask war unschuldig verurteilt worden und der wahre Täter wieder zur Tat geschritten. Eine weitere Möglichkeit war für die Polizei nicht minder grauenerregend: eine Verbindung zwischen Anders Rask und einem Unbekannten außerhalb der Klinik, der nun genau so vorging, wie Rask es getan hatte.

Tommy hielt es in der Wohnung nicht mehr aus. Das Einzige, was ihn noch antrieb, war die Hoffnung, dass das Mädchen das Gesicht des Mannes, der sie umzubringen versucht hatte, gesehen hatte.

3

Tommy ging zurück zur Wohnungstür, die offen gestanden hatte, als er gekommen war, stellte sich auf den Treppenabsatz und versuchte, die Nacht zu rekonstruieren. Vermutlich hatte der Täter unten geklingelt. Oder er hatte das Mädchen im Porte des Senses getroffen oder bloß auf eine Anzeige reagiert. Gelang es ihnen herauszufinden, wer das schmächtige Mädchen war, konnten sie endlich richtig ermitteln. Nur so hatten sie eine Chance. Andererseits gab es in der Wohnung weder Telefon noch Computer, kein Adressbuch, ja, nicht einmal ein einzelnes Blatt Papier.

Er ging langsam die Treppe hinunter, bis er unten an der großen weißen Haustür stand. Das Klingelschild der Wohnung fehlte. Das Appartement gehörte einer norwegischen

Firma, die wiederum Teil einer estnischen Gesellschaft war. Geschäftsführer der norwegischen Firma war ein norwegischer Geschäftsmann, Jon H. Magnussen. Dieser Mann verbrachte über die Hälfte des Jahres auf Zypern und war nur über seinen Anwalt zu erreichen. Er hatte angegeben, von der Wohnung nichts zu wissen.

Tommy studierte den Rest des Kohlenstaubs, der noch auf der Klingel klebte. Eigentlich Blödsinn, dass sie es überhaupt versucht hatten.

Aber er hat hier gestanden, dachte Tommy. Mit einer Tasche, einem Koffer, vielleicht einem Rucksack, denn irgendwo musste er sein Werkzeug ja verstaut haben. Messer, Hammer, Klebeband.

Der Mann, nach dem sie am Morgen gefahndet hatten und der über die Cort Adelers gate in Richtung Drammensveien gelaufen war, hatte weder Tasche noch Koffer oder Rucksack bei sich gehabt. Vielleicht wohnte er in der Nähe. Oder es war ein ganz anderer Mann gewesen.

Er drückte die Tür wieder auf und ging noch einmal nach oben in die fünfte Etage. Was dachte jemand, der eine solche Treppe hochging, im Gepäck ein Messer, einen Hammer und eine Rolle starkes Klebeband?

Tommy erinnerte sich an die beinahe hysterische Stimme des Anrufers. Ein junger Mann, glaubte er. Vielleicht ihr Zuhälter, oder ein Laufbursche, der das Geld für die großen Jungs holen sollte. Mitten in der Nacht war dieser Mann aufgetaucht, vielleicht mit der Absicht, sich am Geld zu bedienen oder sich selbst noch schnell einen Fick zu erzwingen. Dass in dieser Branche ein Schwein das andere übertrumpfte, war Tommy nur zu gut bekannt. Wer auch immer dieser Anrufer war, er war unangemeldet in der Wohnung aufgetaucht. Die Tür musste also offen gestanden oder er einen Schlüssel gehabt haben.

Der Betreffende musste den Schock seines Lebens bekommen haben, als er in die Wohnung gekommen war. Was er gesehen hatte, wollte Tommy sich gar nicht vorstellen.

Und auch dieser Mann konnte den Täter gesehen haben, musste ihn gesehen haben. Tommy hatte sich den Mitschnitt des Anrufs sicher zehnmal angehört. *Schnell, Sie müssen sich beeilen, sie stirbt! Sie stirbt!*

Das Gespräch war um 03.47 Uhr aufgezeichnet worden. Es war von einem Telefon mit einer nicht registrierten Prepaid-Karte gekommen, was ein Indiz sein konnte, dass auch der Anrufer aus dem Milieu stammte. Die Stimme war akzentfrei gewesen, auf jeden Fall kein Osteuropäer.

Das kurze Telefonat gab Tommy keine weiteren Hinweise, es belegte aber, dass es in dieser Stadt zwei Menschen gab, die den Täter gesehen hatten. Den Mann, der sie angerufen hatte, konnten sie nicht schützen, wenn er sich nicht noch einmal meldete. Er musste die Wohnung Hals über Kopf verlassen haben. Eine Blutspur führte bis in den Flur, was möglicherweise darauf hindeutete, dass der Täter ihm mit dem Messer oder dem Hammer in der Hand gefolgt war.

Aber das Mädchen war noch am Leben. Auf sie setzten sie alle ihre Hoffnung.

Auf dem Treppenabsatz der vierten Etage blieb er stehen. Das junge Paar, das dort wohnte, war bereits vernommen worden. Sie hatten in der Nacht nichts gehört. Vielleicht nicht erstaunlich, da der Mund des Mädchens ja verklebt gewesen war. Sie hatten auch vorgegeben, nicht zu wissen, welche Art von Geschäft in der Wohnung über ihnen betrieben wurde. Trotzdem hatte er das Gefühl, dass die junge, frisch verheiratete Frau und Mutter eines Säuglings ihm noch etwas sagen konnte.

Er entschloss sich, noch einmal zu klingeln.

Noch ehe er seinen Finger auf den Klingelknopf legen konnte, meldete sein Handy sich. Halgeir Sørvaag schimpfte, dass er das Rikshospital verlassen würde, wenn Tommy nicht unmittelbar dort aufkreuzte und ihn ablöste. Er sei zu alt, um unbezahlte Überstunden zu machen, brummte er.

Tommy lief die Treppe nach unten. Mit dem Pärchen musste er dann ein andermal reden. Morgen.

Sollte das Mädchen im Rikshospital aufwachen, musste einer von ihnen zur Stelle sein. Das war die einzige Chance, die sie hatten.

4

Sie wachte davon auf, dass jemand sie rief. Der Raum sagte ihr nichts. Sie hatte wieder von ihr geträumt. Dass sie die Treppe zur zweiten Etage in dem Haus am Skøyenbrynet hochging und über den dunklen Flur lief. Ihre gedämpften Laute waren kaum zu hören. Sie sah die beiden in ihrem Bett. Der Schrei.

Wo bist du, Mama?

Ich bin hier, Kristiane. So weit weg wie immer.

Die ach so vertraute Enttäuschung spülte über sie hinweg. Es war Peters Stimme aus der Küche.

»Mama?«

»Ich ruhe mich nur aus«, flüsterte sie, ihr fehlte die Kraft, laut zu sprechen. Nach einer Weile kam er in der Tür zum Vorschein. Er betrat den Raum, schaltete die Leselampe ein.

»Warum liegst du im Büro?«

»Holst du mir ein Glas Wasser?«, fragte sie. »Bitte?«

Er drehte sich wortlos um. Schloss die Tür. Er hatte längst

verstanden, dass sie ihm keine Liebe schenken konnte, und begonnen, sie für etwas zu verabscheuen, für das er keine Worte hatte.

Ihr Kopf drohte zu zerspringen, als sie aufstand. Sie hätte eine Tablette nehmen können, wollte aber noch warten. Das schwache Licht der Leselampe stach ihr ins Hirn und bohrte sich durch ihr Rückenmark.

Ihre Hände zitterten, als sie die Tageszeitung vom Schreibtisch nahm. Die Nachrichten kannte sie schon aus dem Taxi, das sie am SAS-Hotel genommen hatte. Wieder zu Hause, hatte sie Rose gebeten, Zeitungen zu kaufen. Alle, die sie kriegen konnte. Und dann hatte sie den halben Tag die Onlinezeitungen studiert.

Die Polizei bat den möglichen Zeugen, Kontakt aufzunehmen, lautete die Meldung, begleitet von einem unscharfen Foto, das einen Mann in einem schwarzen Mantel zeigte, der über die Cort Adelers gate in Richtung Drammensveien ging. Das Gesicht war durch eine Baseballkappe verborgen. NY YANKEES.

Aufgenommen war das Foto um 01.59 Uhr.

Sie wusste, dass er in Clubs ging. Auch in den, der in genau dieser Straße lag. Für gewöhnlich reizte sie dieser Gedanke. Und die Kappe passte auch. Wenn er im Ferienhaus war, trug er so eine. Manchmal auch in der Stadt.

Wann war er ins SAS-Hotel gekommen?

Sie erinnerte sich kaum. Als sie am nächsten Morgen um neun Uhr zurück nach Hause gekommen war, hatte Rose gesagt, Peter habe nicht nach ihr gefragt. Rose hatte ihn wie üblich geweckt, Frühstück gemacht und ein Brot geschmiert. Elisabeth Thorstensen stand nur selten mit ihm auf oder fuhr ihn zur Schule. Allenfalls wenn das Wetter wirklich schlecht war oder sie sich einmal wie eine normale Mutter fühlen wollte. Normal? Normale Mütter dachten über ihre zwölfjährigen Söhne nicht, dass sie sie nur bekommen hatten, um zu vergessen – und dass sie sie hassten.

Halt deinen Mund, schärfte sie sich ein und hörte Rose und Peter in der Küche reden. Das Hausmädchen lachte über etwas, das er sagte, es klang fast so, als wäre sie ein bisschen in ihn verliebt. Eine dreißig Jahre alte Filipina, um den Finger gewickelt von einem zwölfjährigen Jungen. An manchen Tagen war Elisabeth sich nicht mal sicher, dass Asgeir der Vater war. Peter sah aus wie Alex. Auf ein Unglück folgte das nächste.

Eines Tages werde ich dich zerstören, dachte sie.

Wirklich zerstören.

Gleich darauf füllten ihre Augen sich mit Tränen.

Keine Verbitterung! Hatten sie ihr das nicht immer wieder eingebläut? Verbitterung führte sie nur in den Abgrund.

Aber wäre es denn so schlimm … einfach loszulassen?

5

Als das Taxi endlich vor dem Rikshospital vorfuhr, lagen bereits ein paar Zentimeter Schnee. Tommy hatte ausgerechnet einen Dänen erwischt, der Schnee im November noch nie erlebt hatte und deshalb so langsam gefahren war, dass die junge Prostituierte längst hätte sterben können. Aber von einer Streife durfte er sich nicht fahren lassen, nur etwa zehn Leute im ganzen Präsidium wussten, in welcher Klinik sie lag, und das waren Tommys Meinung nach bereits zu viele.

Für Tommy grenzte es wirklich an ein Wunder, dass es den Sanitätern und dem Notarzt gelungen war, das Mädchen über Nacht am Leben zu erhalten. In der Pressemitteilung hatte es geheißen, das Mädchen sei in eine Klinik im Østland gebracht worden. Inzwischen lag die junge Frau seit neun Stunden auf dem Operationstisch, während Tommy zu einem Gott gebetet hatte, an den er schon lange nicht mehr glaubte, dass sie bald reden könne.

Es musste doch einen Sinn haben, dass sie mit dem Leben davongekommen war.

Vor dem Eingang rauchte er noch schnell zwei Zigaretten. Er wusste nicht, wie lange er dort drinnen bleiben musste.

Er ging durch die gläsernen Schiebetüren hinein und sah als Erstes den leeren Empfang. Auch an der Infotheke saß niemand. Nur aus dem Wachraum drang gedämpftes Lachen. Ein weißes Rollo versperrte den Blick. Er drehte sich um und betrachtete Wände und Decke. Nur über der Eingangstür waren Kameras zu erkennen, die die verschiedenen Bereiche der Empfangshalle abdeckten. Verschwand man in einen der Flure, die nach rechts und links abzweigten, war man außerhalb der Kamerasichtweite. Vielleicht gab es im Wachraum einen Monitor, der das Geschehen im Empfangsbereich zeigte, mehr aber nicht.

Dabei gab es genug Geschichten über Junkies, die auf der Jagd nach Morphium oder anderen Substanzen über Krankenhausflure irrten. Dass man nicht daran gedacht hatte, als man das Mädchen hierhergebracht hatte, ging über Tommys Verstand. Es brauchte doch nur einen einzigen illoyalen Mitarbeiter, und schon war die Wahrheit über den Aufenthaltsort des Mädchens allen Zeitungen der Stadt bekannt. Dann reichten ein Wachmann am Empfang und ein Polizist vor der Zimmertür des Mädchens nicht mehr aus.

»Hallo«, rief er in Richtung des Wachraums. Das Lachen verstummte.

Eine junge Frau sah nach draußen. Sie wirkte für einen Moment beschämt, fasste sich aber schnell wieder. Dann kam hinter ihr der Wachmann zum Vorschein.

Ihr Blick wurde ernst. Tommy hatte für einen Moment den Eindruck, dass sowohl die junge Krankenschwester als auch der Wachmann ihn für den Mann hielten, der von allen gejagt wurde. Und dass sie glaubten, er sei gekommen, um die junge Prostituierte zu töten.

»So sieht das also aus, wenn Sie Wache halten?«, fragte Tommy.

»Wir passen hier schon richtig auf, keine Sorge«, sagte der Wachmann, verließ den Raum und begann durch den Empfangsbereich zu patrouillieren.

Ihr vergeudet sowieso eure Zeit, dachte Tommy, sagte aber nichts.

Tommy musterte noch einmal den großen Eingangsbereich, während der kleine, gedrungene Wachmann zur Haupttür ging. Sollte der Mann, der dieses Mädchen umgebracht hat, wirklich hierherkommen, bist auch du tot, dachte er.

6

Er ging den langen Korridor entlang und folgte der Wegbeschreibung der Krankenschwester. Nur dass er nicht den Fahrstuhl nahm, sondern über die Treppe in den dritten Stock ging. Unterwegs übermannte ihn ein schlechtes Gefühl. Er beugte sich über das Geländer und sah nach unten bis in den Keller, wo die Toten in ihren Kühlkammern lagen und die Rechtsmediziner die Mordopfer mit dem Segen des

Staates noch weiter schändeten, als hätten sie nicht schon genug Schreckliches erlebt.

Tommy stand ziemlich lange da und starrte nach unten. Irgendwann wunderte er sich, dass er im Rikshospital bisher nur zwei Menschen angetroffen hatte – die Krankenschwester und den Wachmann. Wie viele andere Eingänge hatte ein Krankenhaus wie dieses eigentlich?

Die ganze Unternehmung war im höchsten Maße gefährlich. Lebensgefährlich.

Der Täter wusste, dass die junge Prostituierte so schwer verletzt war, dass die Polizei es nicht wagen würde, sie weiter als unbedingt nötig zu transportieren. Und kannte er das Krankenhauswesen, wusste er, dass es am schlauesten war, eine derart stark verletzte Person unbekannter Identität ins Rikshospital zu bringen.

Plötzlich kam es Tommy so vor, als wehe ihm aus dem Keller ein kalter Wind entgegen, der nach Tod roch. Genau der Geruch, der einem Polizisten entgegenschlug, wenn er in die Wohnung eines Mordopfers kam, das sie nicht gleich gefunden hatten. Faulendes Fleisch, süßliches Eisen, Kot und Urin.

Neben ihm schlug eine Tür zu, aber als er sich umdrehte, war niemand zu sehen.

Dann hörte er weiter hinten im Korridor eine andere Tür. Ein Krankenpfleger kam auf Tommy zu und reichte ihm die Hand.

»Kristian«, sagte der Mann, aber Tommy hörte ihn kaum. Für ein paar Sekunden hallte die Stimme einer Frau durch seinen Kopf.

Zuerst wusste er diese Stimme nicht zu platzieren. Dann kam die Erinnerung.

Das ist alles meine Schuld.

So viele Jahre lag das nun zurück.

Sie betraten die Intensivstation. Die aschgrauen Wände sahen aus, als hätten sie zu viel Trauer und Tod miterlebt.

»Sie liegt ganz hinten«, sagte Kristian.

»Na dann«, erwiderte Tommy, der längst den bewaffneten Polizisten erblickt hatte, der am hinteren Ende des Flures saß. Vor dem Mann stand Halgeir Sørvaag und redete auf ihn ein.

Tommy mochte Sørvaag nicht, dabei wusste er, dass sein Kollege ein fähiger Mann war. Er war es, der die Streichholzschachtel aus dem Porte des Senses im Frognerveien gefunden hatte. Milović, dem Kriminellen, der den Laden betrieb, war von Oberstaatsanwalt Finneland sogar Amnestie versprochen worden, wenn er mit ihnen zusammenarbeitete und ihnen den Namen des Mädchens nannte. Irgendwie gingen alle davon aus, dass die Kleine eines der Mädchen war, die Milović in Containern ins Land schleuste. Vermutlich war sie nicht einmal vierzehn. Aber sogar das war Finneland in der aktuellen Situation egal. Er musste den Mann fassen, der die Morde begangen hatte, für die Rask verurteilt worden war, denn er war überzeugt davon, dass es sich um denselben Täter handelte. Tommy war sich da nicht so sicher.

Er grüßte und zeigte dem Uniformierten, einem großgewachsenen Polizisten der Wache Majorstua, seinen Dienstausweis.

Halgeir Sørvaag verabschiedete sich mit einem Grunzen und sagte zu dem Beamten: »Sie sollten die Waffe entsichern und immer eine Kugel im Lauf haben.«

Nicht dumm, dachte Tommy. Sollte es tatsächlich zu einer Begegnung mit dem gefährlichsten Mann des Landes kommen, hatte er sicher nicht mehr als einen Schuss.

»Sie liegt hier«, sagte Kristian, als hätte Tommy das nicht längst verstanden.

Er legte die Hände wie einen Schirm um sein Gesicht und warf einen Blick durch das kleine Fenster in der Tür. Der Raum war dunkel, nur über dem Bett des Mädchens ganz hinten an der Wand brannte eine schwache Lampe. Wie alt konnte sie sein? Vierzehn? Fünfzehn? Vielleicht auch erst dreizehn.

»Ich möchte zu ihr hinein«, sagte er.

»Ich glaube, das ist …«

»Sie haben gehört, was ich gesagt habe.« Tommy drehte sich um und legte dem Pfleger den Zeigefinger auf die Brust.

»Holen Sie den diensthabenden Arzt, Kristian. Sonst muss ich in der Stadt herumtelefonieren, verstehen Sie? Und dann kann ich nicht dafür garantieren, dass Sie hier in Oslo noch mal einen Job finden.«

Nach nur einer Minute kam er mit einer Ärztin etwa in Tommys Alter zurück.

»Ich würde gerne zu ihr rein.«

Der Blick der Ärztin wanderte von ihm zur Tür.

»Sie ist sehr schwach, wir müssen sie möglicherweise in ein künstliches Koma versetzen. Wir warten aber noch ab, in der letzten Stunde hat sich ihr Zustand etwas gebessert.«

Zwei Schwestern kamen in der Tür des Schwesternzimmers zum Vorschein.

»Ist da niemand drin?«

»Wir registrieren hier die kleinste Bewegung, Bergmann.« Die Ärztin sah ihn direkt an.

»Auch wenn sie redet?«

Sie nickte.

»*Hat* sie geredet?«

»Ja, ein paar Worte. Unzusammenhängend. Für den Polizisten, der vorher hier war, hat das keinen Sinn ergeben. Und, ich muss das noch einmal wiederholen, sie ist sehr,

sehr schwach, schwebt noch immer zwischen Leben und Tod. Sie hat lebensbedrohlich viel Blut verloren, obwohl sie jetzt …«

»Es muss jemand bei ihr im Raum sein, die ganze Zeit.« Tommy hatte nicht die Zeit, dieser Ärztin zuzuhören. Und Sørvaag, dieser Idiot, war nach Hause gegangen, weil er seine Überstunden nicht bezahlt bekam, dachte Tommy. So erfuhren sie erst später, wenn sie redete, dabei war in der aktuellen Situation jedes Wort wichtig. Jede noch so kleine Information. Er nahm ein Aufnahmegerät aus der Tasche und hielt es hoch.

»Das hier oder ich.«

Nach einigen Minuten der Diskussion willigte die Ärztin schließlich ein. Aufgrund der Infektionsgefahr musste Tommy Überschuhe, eine Haube, eine Mundbinde und den gleichen grünen Umhang überstreifen, den auch die Ärztin trug. Die Frau ließ keinen Zweifel daran, dass sie das Mädchen nicht wegen eines ungeduschten, leicht kränkelnden Polizisten verlieren wollte.

Tommy betrachtete sich selbst im Spiegel des Schwesternzimmers. Das also war Heges Alltag, dachte er, so sah sie jeden Tag aus. Er bezweifelte, dass er jemals über sie hinwegkommen würde.

Tommy setzte sich die Haube auf und beugte sich zum Spiegel vor. Die Ringe unter seinen Augen waren in dem grellen Licht nicht zu übersehen. Er legte die Mundbinde an und dachte, dass das Mädchen vor Schock sterben musste, wenn sie aufwachte und als Erstes ihn sah. Für eine Sekunde war er wie manisch besessen von dem Gedanken, die nächsten Stunden neben ihr zu sitzen und darauf zu hoffen, dass sie aufwachte und etwas Entscheidendes sagte.

Wenn es dazu beitrug, dass der Gerechtigkeit Genüge getan wurde, war es das wert.

Die Ärztin führte ihn schweigend zurück zu dem Krankenzimmer. Tommy wechselte ein paar Worte mit dem Beamten. Er war wirklich kräftig, trotzdem dachte Tommy noch einmal, dass den Täter nichts aufhalten würde, wenn er erst wusste, wohin er gehen musste.

Er betrat das Zimmer. Das Mädchen lag in einem großen Krankenhausbett hinten links im Raum. In ihren mageren Körper führten so viele Schläuche, dass Tommy bei dem Anblick fast schwindelig wurde. Über dem Mund trug sie eine Sauerstoffmaske, die mit dem Beatmungsgerät hinter dem Bett verbunden war. Das EKG leuchtet grün. Er warf einen Blick auf die Zahlen und Diagramme. Ein vollkommen unwirklicher Anblick, wie aus dem Science-Fiction-Film entsprungen, den er vor Jahren gesehen hatte und in dem halbtote Mädchen in einer Art Komazustand Morde sahen, die noch gar nicht begangen worden waren.

Auch er fühlte sich mit einem Mal so, als könnte er alles vorhersehen. Er wusste, warum jemand versucht hatte, das Mädchen zu töten. Und er wusste, dass er der Einzige war, der den Mann finden konnte, der das getan hatte. Rask war noch inhaftiert, hatte der Zeitung Dagbladet aber vor drei Wochen ein Interview gegeben und darin angedeutet, Kristiane vielleicht doch nicht umgebracht zu haben. Die fünf anderen, ja, nicht aber Kristiane. Vielleicht nicht.

Als die Ärztin gegangen war, setzte Tommy sich auf den Stuhl neben dem Bett und studierte das Gesicht des Mädchens, jeden Millimeter. Für einen Moment war er überzeugt davon, dass sie exakt wie das Mädchen aus seinem Traum aussah. Das mit dem Puppengesicht. Die Haut war weiß, fast durchscheinend.

Sie bewegte den Kopf.

Tommy zuckte auf dem Stuhl zurück.

Ihre Augäpfel begannen unter den Lidern hin und her zu

rollen, und ihr Mund öffnete sich. Tommy warf einen Blick auf das EKG auf der anderen Seite des Bettes. Ihr Puls war gestiegen, der Blutdruck auch.

Dann war es ebenso schnell vorbei, wie es begonnen hatte. Keine weiteren Bewegungen. Der Puls sank wieder, sie atmete schwer und fiel zurück in ihren tiefen, traumlosen Morphinschlaf.

Die Tür neben ihm ging auf, und der lange Schatten der Ärztin fiel in den Raum. Sie betrachtete Tommy und das Mädchen eine Weile, bevor sie zum EKG ging, den Kopf zur Seite legte und einen Knopf drückte. Ein Drucker neben dem Apparat spuckte eine Seite aus.

»Sie hat nichts gesagt?«, fragte sie Tommy.

Er schüttelte den Kopf.

»Sie hatte im Laufe des Tages schon häufiger solche Aufwacher. Eine Minute war sie mal ganz wach, aber es war nicht möglich, Kontakt zu ihr zu bekommen.«

Deshalb sitze ich ja hier, dachte Tommy, nickte vorsichtig, sagte aber nichts.

Die Ärztin ging zu dem Mädchen, beugte sich vor und legte ihm die Hand auf die Stirn.

»Sie ist kaum älter als meine mittlere Tochter.« Die Ärztin sah ihn traurig lächelnd an. »Sie sehen aus, als könnten Sie selbst ein bisschen Schlaf gebrauchen«, sagte sie und klopfte Tommy leicht auf die Schulter. Noch Minuten nachdem sie gegangen war, spürte er ihre Wärme.

Tommy hätte am liebsten die Hand des Mädchens genommen. Für einen Moment traten ihm Tränen in die Augen. Er schloss die Lider, dachte, dass er wirklich ein sentimentales Schwein war, und berührte vorsichtig die kleine Hand, ohne an die Kanüle zu kommen.

Nach einer halben Stunde spürte er, wie sein Atem sich dem des Mädchens anpasste.

Und schließlich, nach vielleicht zwei Stunden, schlief er auf dem Stuhl ein. Er wurde von der Ärztin geweckt, die sich vor ihm hingehockt hatte und seine Schultern hielt.

»Wir suchen einen Raum für Sie«, sagte sie.

Er erinnerte sich kaum noch, wohin er gebracht worden war, als er sich in einem leeren Zweibettzimmer hinlegte. Das Letzte, was er sah, waren die weißen Schneeflocken, die sich auf die Scheibe setzten, schmolzen und nasse Streifen auf das Glas zeichneten.

7

Die Musik des ersten Akts von Schwanensee ließ ihn immer schrecklich sentimental werden. Als hätte Tschaikowsky ganz genau gewusst, welche Knöpfe er drücken musste. Erst die melodramatische erste Szene, dann die zwei Walzer, die ihn an die wunderbare, längst vergangene Zeit erinnerten, als seine beiden Töchter noch klein waren und auf die Ballettschule gingen. Bis er dann irgendwann Oberarzt und Klinikchef geworden und der Wahnsinn zu seinem Alltag geworden war.

Arne Furuberget lief in seinem fast vollständig dunklen Büro hin und her. Er atmete tief durch und versuchte noch einmal, die Schuldgefühle abzuschütteln und eine professionelle Distanz zu seinem eigenen Gefühlsleben aufzubauen. Er goss sich einen Wodka ein und stellte sich an die Fenster, von denen aus man auf den Mjøsasee blicken konnte. Er trank das Glas in einem Zug aus und beruhigte sich selbst damit, dass es in dieser Gegend ja nie Alkoholkontrollen gab. Durch den Regen drangen nur die wenigen

Lichter der in der Nähe liegenden Höfe. Ansonsten war es draußen stockfinster.

Er sah auf die Uhr an der Wand. Es wurde langsam spät, und für einen Augenblick bereute er es, noch einmal in die Klinik gekommen zu sein. Um halb fünf war er wie gewöhnlich nach Hause nach Skreia gefahren und hatte gemeinsam mit seiner Frau gegessen. Doch statt danach abzuschalten, hatte er sich noch einmal auf den Weg nach Ringvoll gemacht.

Das Gefühl, einen nicht wiedergutzumachenden Fehler begangen zu haben, ließ ihn einfach nicht los. Arne Furuberget wusste nur zu gut, dass er Anders Rask aufgemuntert hatte, die Wiederaufnahme des Falls Kristiane anzustreben, nachdem Rask in einer Therapiesitzung ganz überraschend gesagt hatte, dass er Kristiane gar nicht getötet hatte. Das Geständnis, das er vor vielen Jahren abgelegt hatte, war ebenso überraschend gekommen.

Jetzt hatte jemand versucht, ein anderes Mädchen zu töten. Noch dazu auf dieselbe Weise. Über den Modus Operandi war er von seinem früheren Kollegen Rune Flatanger, der jetzt im Kriminalamt arbeitete, informiert worden. Nur dass diesem Mädchen kein Finger abgetrennt worden war. Vermutlich war der Täter dazu aber einfach nicht mehr gekommen. Furuberget und Flatanger waren über Jahre hinweg erbitterte Gegner mit grundlegenden Meinungsverschiedenheiten gewesen, trotzdem hatte Flatanger ihm die nötigen Informationen gegeben. Das fachliche Milieu war so begrenzt, dass man einander helfen musste, gerade wenn es Menschen wie Anders Rask betraf.

Furuberget konnte sich einfach nicht gegen das Gefühl wehren, dass dem Mädchen im Frognerveien vermutlich nichts zugestoßen wäre, hätte er Rasks indirekte Bitte um Hilfe für die Wiederaufnahme des Verfahrens abgewiesen.

Aber ein anderer Gedanke quälte ihn noch mehr, und dieser Gedanke hatte ihn am Abend zurück in die Klinik getrieben. Hatte Rask ihn nur wieder von Grund auf verarscht? Oder noch schlimmer: Hatte er Kontakte nach draußen? Gab es da jemanden, der ihm zu vollenden half, was er 1978 begonnen hatte?

Er öffnete die digitale Postmappe und machte einen Ausdruck von Anders Rasks Korrespondenz des letzten Jahres.

Arne Furuberget las persönlich alle Briefe an die Insassen der Sicherheitsabteilung, zum einen aus Rücksicht auf ihren mentalen Zustand, zum anderen aber auch mit Blick auf die Gesellschaft, in die diese Patienten eines Tages möglicherweise wieder entlassen wurden. Nur selten hielt er einen dieser Briefe zurück. Die übelsten Gewalttäter und Mörder erhielten Woche für Woche Post von den unterschiedlichsten Menschen. Die Bandbreite reichte von Hasstiraden mit den wildesten Drohungen bis hin zu Briefen von Frauen, die für die Insassen alles nur Erdenkliche tun wollten.

Anders Rask war ihm in all den Jahren, die er nun in der Klinik war, ein Rätsel geblieben. Sein Verhalten in der Sicherheitsabteilung war so vorbildlich, dass sein Verbleib dort kaum mehr zu verantworten war. Die Gewaltphantasien waren in den letzten Jahren deutlich schwächer geworden, und mit den richtigen Medikamenten konnte er auch die Psychosen in Schach halten. Die Stimmen in Rasks Kopf waren verstummt.

Wenn er denn überhaupt jemals psychotisch gewesen war.

In den letzten vierzig Jahren hatte es einige wenige psychiatrische Patienten gegeben, die unter Arne Furubergets Radar geflogen waren. Er gab das nicht öffentlich zu, es stimmte aber trotzdem, dass gerade die perfekten Psychopathen kaum zu entdecken waren. Sie konnten deine besten

Freunde sein und bessere Schauspieler, als es sie auf den renommiertesten Bühnen des Landes gab. Aber diese Leute hätten niemals einfach so sechs Morde gestanden. Und das war nur der Anfang des Rätsels Arne Rask.

Und es gab diesen einen Brief, den er zu ihm durchgelassen hatte.

Arne Furuberget erinnerte sich daran, dass der Absender anonym und der Inhalt kryptisch gewesen war, vordergründig harmlos. Rask hatte im Laufe der Jahre einige anonyme Briefe erhalten, die Furuberget fast ohne Ausnahme an ihn weitergegeben hatte.

Ich muss diesen Brief noch einmal lesen, dachte er. Beim ersten Mal hatte er gedacht, er wäre von einem von Rasks zahlreichen Bewunderern. Konnte der Absender derjenige sein, der tatsächlich all diese Mädchen umgebracht hatte? Oder stammte der Brief von einem vertrauten Mittäter? Rune Flatanger hatte immer wieder gesagt, dass man zum jetzigen Zeitpunkt keine Möglichkeiten ausschließen dürfe, dass aber bis jetzt keine Verbindung zwischen Rask und dem Täter gefunden worden sei, der versucht hatte, das Mädchen im Frognerveien zu töten. Er fand die Daten des Briefes, den er suchte. Das Absenderfeld war gähnend leer. Im Kommentarfeld stand: *Undatierter Brief, Datum des Poststempels.* Er warf einen Blick auf das Datum. 22. März. Ein Montag, oder? Abgestempelt im Postzentrum Oslo.

Der Absender wohnte oder arbeitete also in Oslo. Oder er war extra in die Stadt gefahren, um den Brief dort aufzugeben und sie zu verwirren.

Das einzig Sichere war das Datum.

Eine Woche nachdem Rasks Anwalt sich an die Zeitung Dagbladet gewandt und Rask sein Geständnis, Kristiane Thorstensen ermordet zu haben, zurückgezogen hatte. Einen Tag nach dem Erscheinen des Zeitungsartikels hatte

Rask offiziell die Wiederaufnahme des Falls Kristiane gefordert.

Am darauffolgenden Montag war ihm der Brief geschrieben worden.

Das alles konnte natürlich ein Zufall sein. Andererseits hatte Arne Furuberget eine Ader für so etwas. Er war Wissenschaftler, spürte manchmal aber am ganzen Körper, wenn er einen schicksalsträchtigen Fehler gemacht hatte. Zweimal hatte er Patienten entlassen, die infolge der schematischen Diagnosen der Psychiatrie gesund waren, von denen er tief in seinem Inneren aber wusste, dass sie noch gefährlich waren. Beide Male war es schiefgegangen. Ein Mord und eine bestialische Vergewaltigung. Jetzt hatte Arne Rask den ersten Schritt getan, um im Fall Kristiane doch noch freigesprochen zu werden. Sollte ihm das gelingen, standen auch die anderen Fälle auf der Kippe. Es war weithin bekannt, dass die Beweise in allen Fällen mehr als dürftig gewesen waren.

Dieser Brief, dachte Arne Furuberget noch einmal. Dieser verdammte Brief.

In weniger als einem halben Jahr sollte er in Ruhestand gehen, und ausgerechnet jetzt stand er knietief in diesem Dilemma.

Hätte er erkennen müssen, dass der Mann, der in der vergangenen Nacht das Mädchen zu töten versucht hatte, derselbe war, der Rask den Brief geschrieben hatte? Ein verrückter Gedanke, so verrückt, dass er eigentlich in die Köpfe der Insassen der Sicherheitsabteilung gepasst hätte. Trotzdem konnte sich Furuberget nicht davon befreien.

Er wusste, dass Rask eine Mappe für all seine Briefe hatte.

Ihm blieb keine andere Wahl.

Am nächsten Tag, wenn Rask in der Werkstatt war, musste er in dessen Zimmer gehen und diesen Brief suchen.

Entweder hatte Rask alle Morde selbst begangen, oder er war der nützliche Idiot für jemanden, der ihm nahestand.

Wenn es nicht eine dritte Möglichkeit gab: Sie hatten die Morde gemeinsam begangen, und der andere befand sich noch immer außerhalb des Stacheldrahtes.

Plötzlich kam ihm ein Gedanke, der ihm schon längst hätte kommen sollen: Vielleicht schrieb ja auch Anders Rask dem anderen Briefe, die dann anonym beantwortet wurden.

Vielleicht hatte er deshalb nie an diese Möglichkeit gedacht, weil seit Rasks Inhaftierung niemand mehr auf diese Weise umgebracht worden war.

Arne Furuberget suchte Anders Rask im Absenderfeld des Archivs. Danach druckte er die Liste aller Briefe aus, die Rask seit 1994 geschrieben hatte.

8

Das Geräusch der Räumfahrzeuge durchbrach die Stille, begleitet von orangem Licht, das durch die Gardinen fiel. Dann wurde alles wieder still.

So viel Schnee. Der Gedanke war kaum auszuhalten.

Elisabeth Thorstensen richtete sich im Bett auf, sah auf die Anzeige ihres Radioweckers und streckte den Arm nach dem Glas mit Vival aus. Ihr Hausarzt hatte ihr das Medikament aufgeschrieben, nachdem sie im Laden zusammengebrochen war. Vor dem Ständer mit den Zeitungen.

Wie viele muss ich nehmen?

Zu wenige, um mit allem abschließen zu können.

Eine, um schlafen zu können? Wer wollte denn schlafen?

Sie hatte einen ehemaligen Liebhaber, einen Anästhesiearzt der Osloklinik, dazu gebracht, ihr Seconal zu beschaffen. Aber auch das war nicht genug. Immer nur eine Kapsel. Aber wenn sie die nahm, schlief sie einmal in der Woche vierundzwanzig Stunden. Das musste reichen.

Sie erinnerte sich nicht mehr an Kristianes Stimme, dachte sie. Das war das Schlimmste.

»Kristiane«, flüsterte sie ins Dunkel.

Sie redete sich ein, dass sie nur ganz still liegen müsste, dann würde sie ihre Stimme schon wieder hören. *Mama, ich bin zu Hause!* Unten aus dem Flur. Oder das Geschrei und Gejohle aus ihrem Zimmer, wenn wieder mal all ihre Freundinnen da waren.

Manchmal schlief sie tagsüber ein und wachte von Schritten auf der Treppe auf. Kristianes Schritten. Bis die Enttäuschung wieder einmal ins Unermessliche stieg, wenn sie realisierte, dass es nur Peter war.

Sie stand auf, und der Morgenrock fiel zu Boden. Für einen Moment dachte sie, jemand hätte ihn ihr ausgezogen. Nein, flüsterte sie. Ich bin allein. Sie vor dem Spiegel. Nackt. Die Schwellung war etwas zurückgegangen. Sowohl an den Knöcheln als auch an den Handgelenken. Nur ein paar blaue Flecken waren noch zu sehen. Sie mochte es hart. Hatte ihm immer gegeben, was er wollte, war schließlich dafür geboren, machtlos zu sein. Manchmal war er zu weit gegangen, doch das war schon lange nicht mehr passiert. Gestern war er müde gewesen, alt.

Solche Männer waren es nun also, die sie anzog. Oder besser, die sie haben wollte. Vermutlich hatte sie das seinerzeit zusammengebracht. Plus und Minus. Sie wollte der Minuspol sein. Ein verfluchtes Minus.

Asgeir fasste sie nicht mehr an, das war also kein Problem. Oder war sie es, die ihn nicht mehr anfasste? Sie legte ihre

Hände für einen Moment auf ihre Brüste, die noch immer schön waren. Aber das war auch nicht billig gewesen. Wie der Rest der diskreten kosmetischen Eingriffe. Sie hatte sich selbst gelobt, wenigstens äußerlich ewig zu leben. Sollte Kristiane eines Tages in der Tür stehen, plötzlich wieder da sein, wollte sie aussehen wie damals.

Vorsichtig ging sie an Asgeirs Zimmer vorbei. Das leise Schnarchen, das durch die Tür kam, erfüllte sie mit Verachtung. Wie auch die Art und Weise, in der er sie immer noch liebte. Als wäre sie aus Porzellan. Er wollte nicht mehr mit ihr schlafen, oder konnte nicht mehr, als hätte er jeden Versuch, ein sexuelles Leben zu führen, aufgegeben. Trotzdem wollte er ums Verrecken wie der treusorgende Ehemann auftreten, dabei wusste er ganz genau, dass sie mit anderen schlief.

Asgeir war so leicht zu betrügen, dass es schon nicht mehr spannend war.

Sie kramte eine Packung Slipeinlagen aus dem hintersten Eck des Badezimmerschranks hervor. Wie das Versteck eines Alkoholikers, dachte sie und lächelte ihr Spiegelbild an. Dann riss sie die Plastikverpackung etwas weiter auf und nahm die beiden Rasierklingen heraus, die sie darin platziert hatte.

Vorsichtig führte sie eine der Rasierklingen über die Narben auf ihrem Handgelenk. Die Haut war dort noch immer dünner als am restlichen Unterarm, und das würde wohl immer so sein. Ein brennender Phantomschmerz jagte durch ihren Körper, als hätte sie sich erneut die Pulsadern aufgeschnitten.

Zitternd richtete sie sich auf, sie wurde beinahe ohnmächtig. Der Anblick des blassen Gesichts im Spiegel erschreckte sie und verwandelte sich langsam in das Gesicht von Kristiane. Sie hielt sich die Hand vor den Mund, um nicht zu schreien. Dann geschah das, was schon so viele Male geschehen war, dass sie es mittlerweile wissen sollte.

Hinter ihr stand Kristiane, mehrmals, wie eine lange Reihe auseinandergenommener Babuschkapuppen. Nackt, wie auf den Bildern der Rechtsmediziner, die sie unbedingt hatte sehen wollen. Der größte Fehler ihres Lebens. Nein, nicht der größte …

Schlangen quollen aus Kristianes Mund, sie blutete aus den Augen und schrie Elisabeth an. Dabei war kein Wort zu hören, nur ein leises Grummeln. Schließlich verwandelte Kristianes Gesicht sich in einen Haufen Schlangen, die Blut an den Spiegel spuckten und immer größer wurden, so dass sie ihr bald in den Nacken beißen und ihr mit ihren zischelnden, gespaltenen Zungen den Rücken ablecken würden.

Elisabeth Thorstensen zerkratzte sich das Gesicht, die Wunden würden am nächsten Tag noch zu sehen sein.

»Weg, weg, weg«, flüsterte sie. Sie hatte diese Traumbilder schon tausend Mal gehabt. Tausend Mal! Warum lernte sie nicht endlich, damit zu leben? Kristiane war nicht gefährlich. Das war sie nie gewesen.

Ich muss es endlich wagen, mich umzudrehen.

Sie drehte sich langsam um.

Und es war niemand da.

Auf dem Boden nackte Fliesen, keine blutigen Fußabdrücke, wie sie sie vor ein paar Tagen gesehen hatte. Keine schwarzen Schlangen, die an ihren Beinen nach oben krochen.

»Das sind alles nur Bilder«, sagte sie laut vor sich hin.

Warum hatte diese verfluchte Zeitung Bilder von ihr drucken und über sie schreiben müssen? Das war fast so, als würde sie vor aller Augen noch einmal ermordet.

Sie riss einen Meter Klopapier ab und wickelte es um die

Rasierklingen. Dann verließ sie das Bad und ging nach unten ins Erdgeschoss. Mitten auf der Treppe blieb sie stehen. Keine Schritte hinter ihr. Kristiane folgte ihr nicht. Komm heute Nacht nicht hinter mir her, bat sie. Bitte, heute Nacht nicht.

Sie holte die Zeitung aus dem Büro, setzte sich in die Küche und blätterte sie durch. Asgeir hatte die Bilder von Kristiane ausgeschnitten. Sie führte die Finger über die viereckigen Löcher. Danach wickelte sie die Rasierklingen aus dem Klopapier und schnitt das Foto des Journalisten in der Verfasserzeile durch, Frank Krokhol. Immer wieder dieser Typ. Zuletzt führte sie die Klinge über seinen Hals.

Wie in Trance ging sie zurück nach oben. Vor Peters Zimmer blieb sie lange im Dunkeln stehen. Dann schob sie langsam die Tür auf. Das Zimmer war viel zu groß für den verwöhnten Jungen, der darin schlief.

Mit vorsichtigen Schritten ging sie durch den Raum. Er hatte die Gardinen nicht zugezogen, seine Gesichtszüge waren im Licht der Straßenlaterne gut zu erkennen. Mehrere Minuten saß sie auf seiner Bettkante und lauschte seinem schweren Atem. Die Finger hielten die Rasierklingen noch immer umklammert. Eine in jeder Hand.

Schließlich gewann die Vernunft.

Sie gab ihm einen Kuss auf die Wange und flüsterte »Entschuldige«. Er war zwölf, hatte den Körper eines Fünfzehnjährigen, schlief aber noch immer den unschuldigen Schlaf eines Kindes, als könnten ihn keine Sorgen je erreichen. Sie zog die Decke über seine Schultern und streichelte ihm vorsichtig über die Haare.

Unten im Büro schaltete sie den Computer ein.

Der Mordversuch im Frognerveien war noch immer das Hauptthema der Online-Ausgabe des Dagbladet. Wieder ein Bild von Krokhol, er sah darauf viel jünger aus, als er in Wahrheit sein konnte. Mit den Fingern drückte sie auf seine Augen.

Mordversuch an Prostituierter. Der Zustand des Mädchens war ernst. Die Verletzungen lebensgefährlich. Sie sollte in einem Krankenhaus im Østland sein. Die Polizei gab keine weiteren Auskünfte, wollte aber in Kontakt mit einem Mann kommen, der in der Nacht auf Donnerstag gegen zwei Uhr morgens über die Cort Adelers gate gegangen war.

Elisabeth vergrößerte das Bild auf dem Bildschirm, aber dadurch wurde der Mann mit der Kappe und dem dunklen Mantel nur noch undeutlicher.

Egal. Sie wusste, wer das war. Es konnte niemand anders sein.

Sie war genau wie früher zum SAS-Hotel gefahren. Aber er war erst um drei Uhr morgens gekommen. Oder erst gegen vier? Die Erinnerung versagte ihr noch immer den Dienst.

Nein, dachte sie. Nein. Nicht nur er. Das war alles noch schlimmer. Er hatte Kristiane damals angesehen. Und sie kannte diese Blicke. Seit Kristiane zwölf oder dreizehn war, hatte er sie immer wieder angesehen, und in seinen Augen war dieselbe Begierde gewesen, mit der er Elisabeth ansah.

Hatte sie das alles nie wahrnehmen wollen? Wie ihre Mutter? Hatten sich beide über sie hergemacht?

Alles noch schlimmer, dachte sie.

Aber nein, so alt war er damals doch noch gar nicht.

Hatte sie etwas derart Schreckliches hervorgebracht?

Hätten sie das Haus nicht verkauft, könnte sie nach oben ins Zimmer gehen und nachsehen. Es waren ihre Haare. Sie war sich ganz sicher. Kristianes Haare. Wirklich.

Dieser Samstag, dachte sie. November 1988.

Wann war er gefahren? Wann zurückgekommen?

Sie schloss die Website des Dagbladet und suchte aus den Gelben Seiten die Nummer der Polizei heraus.

Mit schwerelosen Schritten ging sie durch die Halle zum Telefon.

Eine fünfstellige Direktnummer, sie hielt den kleinen Zettel in der Hand, tippte vorsichtig die ersten vier Ziffern ein. Und legte auf.

Warum soll ich etwas sagen?

Das machte sie nicht wieder lebendig.

Und es schenkte keine Ruhe und nahm ihr nicht die Vorwürfe, damals nichts gesagt zu haben.

Was sollte sie sagen? Sie würden sie doch nur abweisen. Welch teuflische Ironie.

Rask? Rask war es niemals gewesen.

Rask. Wie lächerlich.

Sie verließ das Büro, tastete sich an der Wand des Flurs entlang, als befände sie sich in totaler Finsternis in einem unbekannten Haus. Die Tür der Gästetoilette ging auf, sie stolperte über die Türschwelle.

Begann zu lachen und studierte im Spiegel, wie ihr Gesicht hässlicher und hässlicher wurde.

»Ich war immer hübscher als du«, sagte sie ihrem Spiegelbild.

Dann fand sie sich plötzlich im Eingangsbereich wieder. Angezogen, als wollte sie nach draußen gehen. Kristianes Stimme hallte durch ihren Kopf. Sie ging langsam die Treppe hoch. In ihr Schlafzimmer. Hatte sie geschrien?

Kristiane hatte hier kein Zimmer mehr. Es war nicht ihr Haus.

Sie wohnten nicht mehr im Skøyenbrynet. Wann begriff sie endlich, dass sie längst einen neuen Mann und ein neues Leben hatte?

Sie musste pinkeln, wagte es aber nicht, noch einmal in

einen Raum mit Spiegel zu gehen, denn dann würde wieder Kristiane hinter ihr stehen.

Laut aufschreiend sackte sie zu Boden und blieb liegen.

Sie lag noch immer dort, als Rose kam und sich neben ihr hinkniete.

»Elisabeth«, sagte sie leise. »Alles wird gut, Elisabeth.«

»Kein Wort«, sagte Elisabeth Thorstensen apathisch. »Sie dürfen Asgeir nichts davon sagen. Versprechen Sie mir das? Er schickt mich sonst wieder dahin. Das schaffe ich nicht, verstehen Sie?«

Rose streichelte ihr über die Stirn und versprach es, wie sie immer alles versprach.

»Hören Sie nicht auf. Hören Sie niemals auf.«

Im Bad musste Rose ihre Hand halten.

Rose zog Elisabeth im Schlafzimmer aus, bis diese nackt vor ihr stand. Die kleine Frau hob einen ihrer Arme an und studierte die blauen Flecken.

»Wer tut Ihnen das nur an?« Sie streichelte Elisabeths Unterarm.

Elisabeth schüttelte den Kopf. »Fragen Sie mich nicht, Rose. Nie wieder.«

»Legen Sie sich jetzt hin.« Rose ließ die Schlafzimmertür genau so weit offen stehen, wie Elisabeth es wollte.

Sie hielt sich wach, bis sie Asgeirs Wecker um halb sieben klingeln hörte. Dann begann sie, an *ihn* zu denken und sich dabei selbst zu berühren. Seit Samstag hatte sie nicht einmal geduscht, und die blauen Flecken würde nie jemand sehen.

Ich tue alles für ihn, oder?

9

Die Stimme holte ihn langsam aus dem Schlaf, und irgendwann realisierte Tommy Bergmann, dass er selbst es war, der schrie. Er bekam Gänsehaut und schnappte nach Luft. Bruchstückhaft flimmerte der Traum durch seine Erinnerung. Es war nicht der Traum von dem Mädchen mit dem Puppengesicht gewesen, das er nie erreichte. Es war schlimmer gewesen. Viel schlimmer. Er hatte in einem Sarg gelegen und in der letzten Sekunde die Arme nach oben gestemmt und verhindert, dass der Deckel geschlossen wurde.

Er sah sich um. Der Raum war viel zu groß, um sich darin sicher fühlen zu können. Keine Geräusche. Das Einzige, was er sah, waren die Schneeflocken vor dem Fenster.

Er schaltete die Lampe auf dem Nachttisch ein.

Eine Uhr an der Wand zeigte, dass es nach zwei Uhr nachts war.

War er auf der Intensivstation? Nein. Er erinnerte sich nicht, dabei konnte es höchstens ein oder zwei Stunden her sein, dass er hierhergebracht worden war. Ihm war nicht einmal bewusst, welcher Tag morgen war. Und nur vage, warum er überhaupt hier war. Eine Weile blieb er liegen und wälzte sich von einer Seite auf die andere. Er hatte das erste Mal davon geträumt, lebendig begraben zu werden.

Vom Flur drang ein Geräusch zu ihm herein, das erste, was er seit seinem Aufwachen hörte. Eine Tür öffnete sich, elektrisch. Vorsichtige Schritte, die direkt vor seiner Tür zu halten schienen. Einen Moment lang war er sich sicher, dass die Tür ein oder zwei Zentimeter weit geöffnet wurde, er sah einen Lichtschein auf dem Boden.

Er versuchte, die Luft anzuhalten, als er sich auf dem Bett aufrichtete, zu allem bereit. Das Wasserglas, dachte er. Ich schlage es kaputt und ramme es ihm in den Hals.

Eine Minute saß er so da und atmete vorsichtig durch die Nase.

Schließlich ging die Tür wieder zu.

So lautlos wie möglich schlich er zur Tür und öffnete sie, das Glas noch immer in der Hand. Nichts.

Nur ein schier endloser Flur mit flaschengrünem Boden und einer langen Reihe von Neonröhren an der Decke. Jede zweite brannte. Er musste sich auf seinen Atem konzentrieren, ging benommen zurück ins Zimmer und schloss die Tür vorsichtig. Er war sich nicht sicher, ob das wirklich geschehen war oder ob er es sich nur eingebildet hatte.

Eine Weile blieb er am Fenster stehen und starrte auf die Ringstraße. Es schneite jetzt heftiger, die Flocken fielen so dicht, dass die Hochhäuser des Universitätsviertels Blindern kaum mehr zu sehen waren.

Hege wohnte irgendwo in Blindern, glaubte er und dachte, dass er auch nicht besser war als der Mann, der in diesem Moment nach dem Mädchen auf der Intensivstation jagte. Kein bisschen besser.

Dann dachte er an Hadja. Sie war die Einzige, die ihn seit der Trennung von Hege irgendetwas hatte fühlen lassen. Sie hatten im letzten Sommer so etwas wie eine kurze Affäre gehabt, bevor er sich ohne richtige Erklärung wieder zurückgezogen hatte. Innerlich nahm er sich selbst in Schutz. Es gab so viel, was sie nicht wusste, so viel, was er ihr niemals sagen konnte oder wollte.

»Jemand anderes muss dich retten«, sagte er. »Ich kann das nicht.«

Dann legte er sich wieder hin und schlief noch einmal ein.

Das Nächste, was er spürte, waren Hände, die ihn aus dem Schlaf rüttelten.

Eine dunkelhäutige Krankenschwester beugte sich über ihn.

Er glaubte noch immer zu träumen.

Starrte wieder in sein eigenes Gesicht. Im Traum war er es gewesen, der das kleine Mädchen mit dem Puppengesicht umzubringen versuchte. Der Anblick des blutigen Körpers mischte sich mit dem der Schwester.

Er wollte sie fragen, wo er war, als er endlich verstand, was sie sagte: »Das Mädchen ist wach.«

Er stopfte sich das Hemd in die Hose und versuchte, ihr zu folgen. Sie hielt ihre Karte an die Tür am Ende des Flurs, aber das Schloss schien einen Moment nachdenken zu müssen. Als es endlich ein Klicken von sich gab, riss Tommy die Tür auf und stürmte gemeinsam mit der Schwester die Treppe hinunter. Atemlos folgte er ihr über den nächsten Flur. Das grelle Licht stach ihm in die Augen. Vor dem Schwesternzimmer waren viele Menschen, darunter auch die Ärztin. Sie begegnete seinem Blick, ihre Augen waren schmal, umgeben von dunklen Ringen, sie war in den wenigen Stunden älter geworden, ernster, und sprach mit einem männlichen Kollegen.

Tommy versuchte zu hören, was sie sagten, aber es ging zu schnell für ihn.

»Tut mir leid, Sie zu unterbrechen …«

»Gehen Sie rein«, sagte der Arzt. Er war älter als er und musterte Tommy von Kopf bis Fuß.

»Redet sie?«

»Unzusammenhängend, ich verstehe das Mädchen nicht, es spricht eine andere Sprache, wahrscheinlich irgendeine slawische.«

»Schnell«, sagte Tommy. Er schob eine der Schwestern beiseite und ging ins Schwesternzimmer. Dann fluchte er leise. Sowohl die Pistole als auch den Brief, der in seinem Briefkasten gesteckt hatte, hatte er oben im Zimmer liegenlassen. Wenn die jemand fand, war er seinen Job los.

Er streifte einen Kittel über, setzte sich eine Haube auf und folgte den beiden Ärzten in das Zimmer. Das Mädchen wand sich in seinem Krankenhausbett. Eine Schwester hielt die Hand der jungen Frau und streichelte ihre Stirn.

»Schon gut«, sagte die Schwester. »Das wird schon wieder.«

Zum ersten Mal sah Tommy in den Augen der Ärztin so etwas wie Hilflosigkeit. Das Mädchen begann, ein paar Worte zu flüstern, immer wieder unterbrochen von schmerzerfülltem Wimmern. Es sah so aus, als versuchte sie, sich so ruhig und gefasst wie nur möglich zu verhalten, vielleicht lag das aber auch an den Medikamenten, die sie bekommen hatte.

Er glaubte, unter dem Verband, der um ihre Brust gewickelt worden war, Blut zu erkennen, war sich aber nicht sicher. Die Decke, die über sie gelegt worden war, war nach unten gerutscht. Doch, ihre Wunden hatten wieder zu bluten begonnen. Er ballte die Hände zu Fäusten und öffnete sie wieder. Tief in seinem Innern wusste er es bereits. Kein Chirurg der Welt konnte ihre inneren Blutungen stoppen.

Das Mädchen begann lauter zu sprechen, aber die Worte waren für niemanden im Raum verständlich. Er trat ans Bett und stellte sich neben die Krankenschwester. Die Augen des Mädchens waren noch immer geschlossen. Es flüsterte jetzt wieder so leise, dass sie die Worte kaum hörten. Tommy schob die Schwester etwas zur Seite und beugte sich über das Mädchen.

Ein Murmeln, noch leiser.

Er spürte den Atem auf seiner Haut. Das Mädchen roch bereits nach Tod und Verwesung.

Gerade als er sich wieder etwas aufrichten wollte, stellten sich alle Haare seines Körpers auf.

Das Mädchen schlug die Augen auf und sah ihn direkt an. Ihre Pupillen waren grau und ohne Leben, als wüsste sie, dass sie nie wieder etwas anderes sehen würde.

»Maria«, sagte sie leise.

Er schüttelte den Kopf.

»Maria?«

Sie streckte den Arm zu ihm aus, so dass die Kanüle beinahe herausgerissen wurde, was sie nicht zu bemerken schien.

Sie nahm seine Hand und drückte sie. Ihre Finger verschwanden fast vollständig in seiner Hand.

Sie murmelte ein weiteres Wort, bevor sie noch einmal Maria sagte, dieses Mal ganz leise. Dann noch ein Wort, das er nicht recht verstand. *Edel?*

Nein.

Dann begann sie ohne jede Vorwarnung zu schreien: »Maria!«

Tommy taumelte schockiert zurück und ließ ihre Hand los.

Das Mädchen richtete sich im Bett auf und schrie lauter, als Tommy für möglich gehalten hätte. Unmenschlich laut. Der Raum füllte sich mit weißen und grünen Kitteln. Er stolperte rückwärts, bis sein Rücken die Wand berührte.

Abrupt verstummten die Schreie. Der schmächtige Körper zuckte. Das Ganze dauerte vielleicht eine halbe Minute, dann war alles still.

»Defibrillator«, sagte die Ärztin. Ihre Stimme war ruhig, aber Tommy erkannte, dass sie die Situation nicht unter Kontrolle hatte. Die Schreie des Mädchens schienen noch von den Wänden widerzuhallen. Kurze Kommentare gingen zwischen den beiden Ärzten hin und her. Tommy warf einen Blick auf die Apparaturen. Aus den Kurven waren glatte Linien geworden. Das Krankenhaushemd des Mädchens wurde aufgerissen, und der weiße, bandagierte Körper bäumte sich im Bett auf.

Er konnte nichts anderes tun als tatenlos zusehen, wie sie sie verloren.

Dies waren auch die letzten Worte der Ärztin, bevor sich die Türen des Operationssaals hinter ihr schlossen. »Wir verlieren sie.«

Tommy blieb auf dem Flur vor dem Schwesternzimmer stehen, die Faust um einen Zettel geballt. Was er sich darauf notiert hatte, wusste er schon nicht mehr. Er lehnte sich an den Türrahmen, zog sich die Mundbinde herunter und öffnete die Hand. Auf dem zerknitterten Zettel stand nur ein Wort: *Maria.*

Er verließ die Intensivstation noch immer in Kittel, Haube und Überschuhen. Irgendwie schaffte er es über die Treppe nach oben, wo er wie ein lebender Toter über den Flur irrte, ohne das Zimmer, in dem er geschlafen hatte, finden zu können. Das ganze Gebäude wirkte vollkommen leer und unbelebt, es war halb fünf am Morgen und kein Mensch zu sehen. Irgendwann kam er zu sich und realisierte, dass vor ihm eine Schwester stand. Er versuchte, ihr die Situation zu erklären, und sagte, dass sein Dienstausweis in einem Zimmer läge, das er nicht finden könne. Sie starrte auf den Zettel in seiner Hand, den er so fest umklammerte, als fürchtete er, das eine Wort, das darauf stand, vergessen zu können, wenn er ihn losließ.

Als sie das Zimmer betraten, erkannte er, dass es eine Art Gästeraum war, in dem Angehörige schlafen konnten. Genau so fühlte er sich. Das Mädchen, von dem er wusste, dass es sterben würde, wenn es nicht bereits tot war, hatte niemanden, niemanden außer ihm. Und dabei wusste er nicht einmal, wer sie war, wer sie gewesen war.

Die Daunenjacke hing noch über dem Stuhl, scheinbar unberührt.

Als die Schwester über den Weg zurückging, über den sie gekommen waren, warf er einen Blick auf die Tür. Der hydraulische Schließmechanismus wirkte kräftig. Trotzdem sollte es kein Problem sein, die Tür einen Spaltbreit zu öffnen. Er ging auf den Flur und schloss die Tür. Dann öffnete er sie wieder ein paar Zentimeter, wie er es in der Nacht gesehen hatte. Schon für zwei oder drei Zentimeter brauchte es Kraft, Wind allein konnte diese Tür nicht öffnen. Außerdem zog es hier nicht. Er öffnete die Tür ganz.

Wer war in der Nacht hier gewesen?

Oder hatte er nur geträumt?

Unten an der Rezeption wollte er die Schwester fragen, ob in der Nacht jemand gekommen war oder ob es eine Besucherliste gab. Sie und der Wachmann waren die ganze Nacht da gewesen.

Die Schwester telefonierte, während zwei andere Angestellte vor der Schranke standen.

Er wartete ein oder zwei Minuten, aber die Schwester schien ihn nicht zu bemerken. Eigentlich wusste er ganz genau, dass hier keine Besucherlisten geführt wurden. Und wenn doch, hätte sich der Mann, den er jagte, sicher nicht mit seinem richtigen Namen eingetragen. Allerdings musste er auf der Videoaufzeichnung zu sehen sein.

Er schloss die Augen und würgte seine eigenen Gedanken ab. Frische Luft würde ihm guttun und die Erinnerungen an das Mädchen da oben auslöschen. Ihre Stimme hallte noch immer in seinem Kopf wider. *Maria! Maria!*

Er entschloss sich, einfach zu gehen, zu laufen, bis er irgendwann ein Taxi fand.

10

Feiner Schnee fiel über dem Mjøsa, so dass die Landschaft ihre Konturen verlor und einem impressionistischen Gemälde glich.

Arne Furuberget aß die letzten Reste des Croissants, das er sich im Ofen der Krankenhausküche aufgebacken hatte.

Exakt um fünf Minuten vor zehn brach er die Sitzung des Leitungsgremiums ab und schickte die vier anderen nach draußen. Rask sollte um zehn aus seinem Zimmer in die Werkstatt gebracht werden, wo er dann zwei Stunden bis zur Mittagspause arbeiten sollte. Arne Furuberget hatte damit drei Stunden, um Rasks Zimmer zu durchsuchen. Mit Hilfe würde es natürlich schneller gehen, aber diese konnte er nicht in Anspruch nehmen. Die Suche nach einem Brief, den er bereits freigegeben hatte, war streng genommen gesetzeswidrig.

Mit schnellen Schritten nahm er die Treppe ins zweite Obergeschoss.

Vor der Sicherheitsschleuse, durch die man in die Abteilung kam, ging er in den Wachraum und versicherte sich, dass Rask in die Werkstatt gebracht worden war. Danach bat er den diensthabenden Wachmann, die Kamera in Rasks Zimmer auszuschalten.

»Keine Fragen«, sagte er nur.

Ole-Martin Gustavsen arbeitete bereits seit zwanzig Jahren in Ringvoll und wusste, wann er den Mund halten musste.

Ein junger Aushilfswärter führte Furuberget zur ersten

Tür. Furuberget wäre lieber allein gegangen, aber das wäre ein zu großer Bruch der Regeln gewesen.

Vor der Tür hielt Furuberget seine Zugangskarte vor das Lesegerät neben der Tür und tippte den vierstelligen Code ein. Die zwei manuellen Schlösser der Stahltür mussten dann im Laufe von dreißig Sekunden geöffnet werden. Er ließ den Wachmann die Tür öffnen, obwohl er natürlich selbst auch einen Satz Schlüssel hatte.

Der Aushilfswärter hielt ihm die Tür auf, und Furuberget betrat die kameraüberwachte Schleuse. Hinter ihnen schloss sich die erste Tür. Der Wachmann verriegelte die beiden manuellen Schlösser. Zwei Meter weiter wartete bereits die nächste Stahltür, die erst dann geöffnet werden konnte, wenn die andere verschlossen war. Das Prinzip war beim Betreten des Sicherheitsbereichs exakt so wie beim Verlassen desselben. Nur über einen Schalter im Wachraum konnten beide Türen gleichzeitig geöffnet werden.

Nur, dachte Arne Furuberget. Hin und wieder glaubte er, dass das Unvorstellbare durchaus passieren konnte und jemand da drinnen tatsächlich auf diesen Knopf drückte. Aber alle Angestellten der Sicherheitsabteilung wurden, wenn das überhaupt möglich war, noch akribischer durchleuchtet als die Patienten.

Nein, das Unvorstellbare würde niemals geschehen.

Hinter der letzten Tür war der Flur leer. Die Zelle ganz hinten links war die von Anders Rask. Sie lag auf der seeabgewandten Seite des Gebäudes, weshalb Rask in den letzten Jahren immer wieder den Antrag gestellt hatte, eine Zelle auf der anderen Seite des Gebäudes zu bekommen. Furuberget hatte das regelmäßig abgelehnt. Zum Glück konnte er sich dabei auf psychiatrische Gründe stützen. Den vier Patienten, die auf der Mjøsaseite untergebracht waren, war ein Zellentausch einfach nicht zuzumuten. Rask wusste natürlich, dass das eine Lüge war, hatte das Problem Furuberget gegenüber aber nie direkt angesprochen, sondern sich immer nur in Briefform über seinen Anwalt an ihn gewendet. Dabei bedeutete der Raum ihm nicht wirklich etwas, das war alles nur ein Vorwand, um ihn zu quälen, dachte Furuberget. Das eigentliche Problem bestand darin, dass Rask in den letzten Jahren mitnichten die Kriterien erfüllt hatte, um weiterhin in der Sicherheitsabteilung inhaftiert zu sein. Er war in die Psychiatrie eingewiesen worden, weil er laut der Gerichtssachverständigen zum Zeitpunkt der Morde psychotisch gewesen sei. Aber inzwischen, im Jahr 2004, deutete nichts mehr auf eine Psychose hin. Wegen seines exemplarischen Verhaltens hätte er theoretisch sogar längst in die offene Abteilung verlegt werden können. Furubergets Bauchgefühl hinderte ihn aber daran, Rasks Wunsch, die Sicherheitsabteilung zu verlassen, nachzukommen. Es gab Tage, an denen Furuberget Rask in Verdacht hatte, der gerissenste Psychopath zu sein, mit dem er jemals zu tun gehabt hatte. Furuberget war sich sicher, dass die kontrollierte Fassade des Mannes irgendwann zerbrechen würde, und sollte dies in einer offenen Abteilung geschehen, wären die Konsequenzen unüberschaubar.

Sollte es Rask gelingen, seine Unschuld im Fall Kristiane zu beweisen, wäre eine Verlegung auf die offene Abteilung kaum mehr abzuwenden. Dort stünde ihm dann auch Freigang zu, und davon würde er – da war Furuberget sich vollkommen sicher – nie wieder zurückkehren.

Der Korridor war gerade gebohnert worden und roch stark nach Putzmittel. Ein Geruch, der Furuberget für einen Moment Übelkeit verursachte. Er schob den Lukendeckel an der Tür zur Seite. Oben in der Ecke war ein Spiegel aus hochglänzendem Plastik montiert worden, so dass man das Bett und die stählerne Toilettenschüssel sehen konnte. Arne

Furuberget warf einen Blick auf seine Armbanduhr. Drei Stunden sollten wirklich reichen.

»Ich rufe an, wenn ich fertig bin«, sagte er zu dem jungen Wachmann. Er ging hinein, die Tür hinter ihm schloss sich. Der elektronische Schließmechanismus arretierte, und der Riegel, der die Welt vor Rask schützte, schob sich ins Schloss. Oder war es umgekehrt?

Furuberget trat direkt an das fest montierte Bücherregal mit den abgerundeten Ecken. Auf den beiden obersten Brettern standen Reihen von Büchern. Wie paradox, dachte er. Der ganze Raum war so eingerichtet, dass es nichts Zerbrechliches und keine scharfen Kanten gab. Aber das Papier in dem alten Lexikon war so scharf, dass Rask sich damit schneiden könnte. Furuberget hatte ihm das Lexikon und die anderen Bücher trotzdem gelassen. Rask war so narzisstisch, dass er sich niemals selbst verletzen oder sich das Leben nehmen würde.

Ich muss diesen verfluchten Brief finden, dachte Furuberget und begann ganz hinten mit dem Papierstapel.

Der Brief war nicht dabei.

Er blätterte sorgsam durch die Dokumentenmappe, in der Rask seine Korrespondenz aufbewahrte. Alles exakt nach Datum geordnet.

Außerhalb dieser Wände findet sich genauso viel Wahnsinn wie innerhalb, dachte Furuberget. Rask war wegen bestialischer Morde an jungen Mädchen verurteilt worden, die sich nicht hatten wehren können, dabei wartete draußen eine ganze Reihe von Frauen darauf, Rask heiraten zu können.

Er nahm den Ausdruck des Postarchivs heraus und verglich die Briefe mit dem Datum.

»Nein«, flüsterte er vor sich hin. Der gesuchte Brief war nicht bei den anderen. Dabei schien er sonst alles abgeheftet zu haben. Es konnte eigentlich nur einen einzigen Grund dafür geben, dass der Brief, den Rask vor zwei Monaten erhalten hatte, nicht dabei war.

Rask musste damit gerechnet haben, dass ein weiterer Mord geschah, dachte Furuberget. Vielleicht hatte er dazu sogar den Impuls geliefert, als er seinen neuen Anwalt gebeten hatte, die Wiederaufnahme des Verfahrens zu beantragen. Sollte es so sein, war er davon ausgegangen, dass Furuberget früher oder später diesen Ordner durchstöbern würde.

»Verdammt!«, schimpfte Furuberget vor sich hin und nahm das kleine Notizbuch heraus, das er immer in der Tasche hatte. Zögernd zeichnete er eine Skizze des Bücherregals und achtete dabei besonders auf die Position der Bücher und der Umschläge. Er brauchte beinahe eine halbe Stunde, bevor er alle Titel aus dem Regal nahm.

Jetzt gab es kein Zurück mehr. Er blätterte alle Seiten der rund vierzig Bücher zweimal durch.

Nichts.

Dann ließ er seinen Blick durch das Zimmer schweifen. Es gab nur wenige andere Versteckmöglichkeiten. Er versicherte sich, dass die Kontrolllampe oben an der Kamera nicht rot leuchtete. Dann zog er das Bett ab. Das Bettzeug war steif von Rasks Sperma. Schaudernd fuhr er fort.

Der Brief war nirgends zu finden. Er steckte nicht im Kissen, nicht unter den Laken.

Furuberget berechnete die Zeit bis zur Mittagspause. Er konnte es schaffen, den Bezug abzuziehen und das Innenleben der Matratze zu überprüfen.

Kurz nachdem er begonnen hatte, bereute er sein Vorhaben. Der hellblaue Bezug saß bombenfest über dem Matratzenkern, und als er ihn schließlich gelöst und die Enttäuschung überwunden hatte, dass der Brief auch dort nicht versteckt war, erkannte er, dass viel zu viel Zeit verstrichen war.

Er starrte auf die Unordnung auf dem Boden. Rask durfte ihn so nicht sehen. Wie lang würde er brauchen, um die Matratze wieder in Ordnung zu bringen?

Er ließ den Bezug liegen und entschloss sich, das ganze Bett auf die Seite zu kippen. Es war aus Metall, die Beine waren hohl.

Nach ein paar Minuten hatte er den Gummistopfen am Fuß des ersten Beins heruntergezogen.

Er wollte die Wache rufen, ließ es aber bleiben.

Stattdessen trat er an die Kommode und nahm die Stapel der frisch aus der Wäscherei gekommenen Kleider heraus. Unterhosen, Socken.

»Nichts«, sagte er. »Nichts!« Dann nahm er sich Rasks wahnhafte Zeitungssammlung vor. Er hatte sich aus der Nationalbibliothek Kopien von allen Zeitungsausschnitten liefern lassen und sie sorgsam in einen großen Sammelordner geklebt.

Nach einer ganzen Weile zuckte Furuberget derart zusammen, als wollte sein Herz für immer stehenbleiben.

Jemand hämmerte an die Tür. Arne Furuberget saß wie versteinert mit dem dicken, roten Buch in der Hand da, *The Book of the Law*. Das Buch, das Rask in den letzten Jahren immer wieder als seine Bibel bezeichnet hatte, war von einem Mann geschrieben worden, der – wenn möglich – noch gestörter war als Rask selbst. Aleister Crowley aus England. Der erste Satz des Buches lautete: *This book explains the universe*, Rask wurde nicht müde, diesen Satz Furuberget gegenüber zu zitieren, der sich seinerseits standhaft weigerte, das Buch zu lesen. Immerhin neigte er weder zum Okkulten noch zu sexuellen Abnormitäten.

Erst jetzt spürte Furuberget, wie verschwitzt er unter dem

Anzug war. Seine Haare waren nass, und ein Tropfen fiel auf die blutrote Vorderseite des Buches und machte einen dunklen Fleck.

Medusa.

Hatte nicht irgend so etwas im Brief gestanden?

Er nahm das Lexikon aus dem Bücherregal. Versuchte zu blättern, aber seine Finger wollten ihm nicht mehr gehorchen.

»Ist alles in Ordnung?«, hörte er die Stimme des Aushilfswärters kalt und fremd durch den Lautsprecher.

»Ja«, sagte Furuberget.

»Ich wollte nur sagen, dass die Mittagspause in zehn Minuten anfängt.«

»Sie müssen mir helfen«, sagte Furuberget leise und senkte den Kopf, als stünde er vor seinem Henker.

Die Tür summte.

Der junge Mann riss die Augen auf.

Zehn vor zwölf, dachte Furuberget.

»Keine Fragen. Sie haben das hier nie gesehen, okay?«

»Okay.«

»Wie lautet Ihr Name?«

»Fredriksen.«

Furuberget entschloss sich bereits in diesem Moment, die Aushilfstätigkeit des Mannes nicht in eine Festanstellung zu verändern.

»Wir müssen schnell sein. Ich suche nach einem Brief.« Er versuchte sich an einem Lächeln, dabei wurde seine Verzweiflung nur noch größer, so dass er sich noch mehr wie ein hilfloser, alter Narr fühlte.

Als sie fertig waren, ließ er seinen Blick ein letztes Mal durch den Raum schweifen. Alles sah so aus wie vor Beginn seiner Suche.

Irgendwo im Hinterkopf steckte noch die Erinnerung

an diesen verfluchten Brief, nur dass er sich den genauen Wortlaut nicht mehr ins Gedächtnis rufen konnte.

»Kein Wort, Fredriksen«, sagte er, als sie aus der Zelle gingen.

Fredriksen hielt seinem Blick extra lange stand.

»Was hat es mit diesem Brief eigentlich auf sich?«

»Nichts.«

Der junge Aushilfswärter lachte, und dieses Lachen bestätigte Furuberget, dass er die Anstellung des Mannes nicht verlängern durfte.

Abends war er wortkarg und kaum ansprechbar.

»Ich würde Weihnachten gerne verreisen«, sagte seine Frau.

Er aß mit mechanischen Bewegungen, als müsse er das Essen in sich hineinzwingen.

»Hast du gehört, was ich gesagt habe, Arne?«

Er versuchte noch immer, sich an den Wortlaut des Briefes zu erinnern, dabei wusste er, dass er dieses Vorhaben aufgeben musste. Irgendwann muss man den Dingen einfach ihren Lauf lassen, predigte er seinen Patienten immer.

»Weihnachten. Du möchtest gerne wegfahren.«

»Überrasch mich.« Sie lächelte, und für einen Moment wusste er wieder, warum er sich damals so sehr in sie verliebt hatte.

Seine Frau ging früh ins Bett, noch vor neun. Furuberget blieb auf und hörte Tschaikowsky. Nach zwei Gläsern Whisky wurde er sentimental und dachte an seine Mädchen. Sie waren inzwischen erwachsen, würden für ihn aber immer klein bleiben. Dann gingen seine Gedanken zu dem Mädchen im Frognerveien, zu Kristiane Thorstensen und zu den fünf anderen.

»Ich darf keinen Fehler machen.« Er legte die Finger fest um das Glas.

Gegen Morgen schlief er irgendwann ein, nachdem er zwei Wochen Ferien in Langkawi in Malaysia gebucht hatte. Die Reise kostete ein Vermögen, würde sie aber bestimmt überraschen.

Rask durfte nicht gewinnen. Er musste den Dingen aber trotzdem ihren Lauf lassen. Loslassen, auch wenn das weitere Menschenleben kostete. Auch wenn Pontius Pilatus kein gutes Leben gehabt hatte, er hatte immerhin überlebt.

Als er sich morgens ins Auto setzte, um nach Ringvoll zu fahren, lag wieder Schnee in der Luft.

»Das bilde ich mir alles nur ein«, sagte er zu sich selbst, ertappte sich aber gleich in dem pathetischen Versuch, sich selbst zu betrügen.

Anders Rask hätte den Brief niemals versteckt oder gar vernichtet, gäbe es dafür keinen verdammt guten Grund.

11

Tommy Bergmann nahm den Blick von der Leinwand. Er wusste nicht, wie oft sie den Film der Überwachungskamera nun schon abgespielt hatten. Sie konnten noch bis Weihnachten so sitzen, ohne auch nur einen Millimeter weiterzukommen. Alles, was sie hatten, waren die Bilder eines Mannes, der in der Nacht, in der der Mordversuch auf das Mädchen passiert war, um 1.59 Uhr vom Porte des Senses über die Cort Adelers gate in Richtung Drammensveien gegangen war.

Oder der Mord, nicht Mordversuch, dachte Tommy.

Sie war tot, war direkt vor seinen Augen gestorben. Und alles, was sie hatten, waren zwanzig Sekunden Film eines Mannes mit Kappe, der sein Gesicht nicht zeigte. Außerdem konnte dieser Mann auch ein ganz simpler, unschuldiger Passant sein.

Milović, der Inhaber des Porte des Senses, wollte mit dem ermordeten Mädchen nichts zu tun haben. Nicht einmal ein Deal mit Oberstaatsanwalt Finneland hatte ihn zu einer Aussage bewegen können.

Und sie hatten nicht einen einzigen Tipp zu dem Mann auf dem Film bekommen.

Tommy entnahm daraus, dass die Einzigen, die diesen Mann möglicherweise wiedererkennen konnten, selbst auch im Porte des Senses gewesen sein mussten. Und man hielt lieber den Mund, als einzuräumen, Gast in einem illegalen Club gewesen zu sein und Sachen gemacht zu haben, die man eigentlich nicht machen sollte.

Mit etwas leiernder Stimme, als hätte er bereits alle Hoffnung aufgegeben, ging Reuter den Fall noch einmal durch. Zeitpunkt, Tatort, Befragung der Nachbarn. Solange es ihnen nicht gelang, die Identität des Mädchens zu klären, kamen sie nicht weiter.

Tommy begegnete dem Blick von Susanne Bech, die auf der anderen Seite des Tisches saß. Sie hatte fast die ganze Zeit Svein Finneland fokussiert, wobei sie ein seltsam unbeteiligtes Gesicht gemacht hatte, als wollte sie ihre wahren Gefühle verbergen. Dann schlug sie ihren etwas traurigen Blick nieder, kritzelte etwas auf einen Zettel und sah lange auf ihr Handy, als hätte sie eine SMS bekommen, die sie nicht recht zu deuten wusste. Er tippte, dass sie sich mit ihrem Exmann gestritten hatte und dieser irgendwie einen wunden Punkt getroffen hatte.

»Was hat dieses Mädchen gesagt, Tommy? Maria?«

»Ja, Maria.«

»Sonst nichts.«

»Doch, aber das war echt nicht zu verstehen. In einer anderen Sprache, Litauisch vielleicht, ich habe keine Ahnung.«

»Maria«, sagte Reuter vor sich hin. »Die Sprache finden wir noch heraus.«

Tommy ging nach vorn und drückte auf den Abspielknopf seines Diktaphons.

Im Raum wurde es für ein paar Sekunden vollkommen still. Im Hintergrund waren leise Stimmen zu hören, dann das Murmeln des Mädchens, bis es laut »Maria« sagte.

Dann sagte das Mädchen etwas Undeutliches, wiederum gefolgt von »Maria«.

Zum Schluss kam der überraschende Schrei.

Tommy schloss die Augen.

»Maria!«

Die Stimme des Mädchens schien alle Anwesenden in Angst und Schrecken zu versetzen. Sie schrie wirklich, als wäre ihr der Teufel persönlich begegnet.

Fredrik Reuter stützte das Kinn auf die Hände, starrte auf die Tischplatte und schüttelte langsam den Kopf.

Halgeir Sørvaag sah aus, als wachte er auf. Gut, denn immerhin hatte er die Verantwortung für die Ermittlungen in diesem Fall. Er flüsterte der Polizeichefin etwas zu, die die Brauen zusammenzog.

»Was flüstern Sie beide da?«, fragte Svein Finneland.

Er war sichtlich schlecht gelaunt. Bei dem angebotenen Deal mit Milović hatte er sich weit aus dem Fenster gelehnt, und jetzt schien das Ganze noch nicht einmal Früchte zu tragen. Außerdem hatte Anders Rask die Wiederaufnahme beantragt, während sie es nun auch noch mit einem weiteren Mord zu tun hatten. Für Finneland wurde das Leben damit nur noch schwerer, dabei hatte er eigentlich die Ambition, die ganze Welt zu übernehmen, sollte sich die Chance dazu bieten.

»Spulen Sie zurück«, sagte Sørvaag. Sein Blick war konzentriert.

»Warum?«, fragte Reuter.

Tommy nahm das Diktaphon und stoppte das Abspiel. Die kurzen Kommentare der Ärzte verstummten.

»Spulen Sie zurück, bis zu der Stelle, bevor sie *Maria* sagte«, bat Sørvaag.

Tommy spulte zurück.

Das Mädchen murmelte etwas Unverständliches.

»Was sagt sie da?«, fragte Finneland.

»Psst!«, sagte Sørvaag und hob die Hand. Er nahm das Diktaphon und spulte ein weiteres Mal zurück.

Im Raum war es noch stiller als zuvor.

Die Aufnahme wurde noch einmal abgespielt. Zwei Worte, vielleicht zweimal das gleiche. Dann »Maria« und zum Schluss der Schrei.

Sørvaag schaltete das Diktaphon aus.

»Edel«, sagte er. »Ich glaube, sie sagt Edel. Oder höre nur ich das?«

»Möglich«, sagte Reuter. »Ich höre das jedenfalls nicht. Ich bezweifle sogar, dass die Kriminaltechnik etwas aus dieser Aufnahme rausholen kann, aber wir werden sehen.«

»Es ist nur so, dass ich diesen Namen schon mal irgendwo gehört habe«, sagte Sørvaag. »Edel Maria, irgendwas klingelt da bei mir.«

»Die hat gar nichts vor Maria gesagt«, schnaubte Finneland. »Ich habe da jedenfalls nichts gehört.«

»Möglich«, sagte Sørvaag. »Aber verdammt merkwürdig ist das schon.« Er richtete sich auf seinem Stuhl auf und wirkte mit einem Mal beinahe wie ein übereifriger Schüler, der dem Lehrer eine spannende Geschichte erzählen wollte.

»Mein erster Chef hier im Haus, Hanne, du erinnerst dich doch sicher auch noch an ihn«, begann Halgeir Sørvaag und richtete sich an Polizeichefin Hanne Rodahl. »Der alte Lorentzen war damals Leiter des Dezernats für Gewaltverbrechen. Ich bin mir ziemlich sicher, dass er über irgendeine Edel gesprochen hat. Ich glaube sogar mehrmals. Das muss in den Siebzigern gewesen sein. Wenn ich mich richtig erinnere, war ihr zweiter Vorname Maria.«

»Ja, und?« Svein Finneland schien langsam die Geduld zu verlieren. Rune Flatanger hatte die Ärmel seines Hemdes hochgekrempelt und machte sich ein paar Notizen.

Tommy ging zurück zu seinem Stuhl und tat dasselbe. Man konnte so einiges über Halgeir Sørvaag sagen, aber Tommy kannte ihn gut genug, um zu wissen, dass er es ernst meinte.

»Ja, gut, na dann«, sagte Finneland widerwillig. »Hört sich ziemlich abwegig an, Sørvaag, aber checken Sie mal die Personalmappe dieses Lorentzen, dann finden wir vielleicht heraus, an welchen Fällen er gearbeitet hat, oder lebt er noch?«

»Er ist vor zehn Jahren gestorben«, sagte die Polizeichefin, nickte und gab Sørvaag damit zu verstehen, dass er weitermachen sollte.

»Lorentzen hat damals ein paar wenigen Auserwählten von einem Fall erzählt. Es ging um ein junges Mädchen, das irgendwo im Norden auf bestialische Weise ermordet worden ist. Ich bin mir ziemlich sicher, dass das diese Edel Maria war. Den Täter haben sie nie gefunden, ich weiß aber noch, dass er sagte, dass er diesen Fall nie vergessen wird.«

»Ich halte das für einen ziemlichen Schuss ins Blaue, Sørvaag. Aber gehen Sie der Sache nach. Es muss ja irgendwie herauszufinden sein, ob da oben jenseits des Polarkreises wirklich mal eine Maria ermordet worden ist. Wann soll dieser Edel-Maria-Mord noch mal gewesen sein?«

»Irgendwann in den Sechzigern oder Siebzigern. In Nord-Norwegen, glaube ich.«

»Erinnert sich jemand daran? Das muss doch ein ziemliches Aufsehen gegeben haben.«

»Norwegen war damals noch wie zwei unterschiedliche Länder«, sagte Rune Flatanger. »Was nördlich von Trondheim passierte, hat hier unten eigentlich niemanden interessiert.«

»Dann erinnert sich niemand von Ihnen an diesen Fall?«

»Ich auch nicht«, sagte Hanne Rodahl.

»Klingelt da bei niemandem etwas?«, hakte Finneland noch einmal nach.

Rune Flatanger zuckte resigniert die Achseln.

Finneland seufzte laut. »Wir können uns nicht einfach von unseren Gefühlen leiten lassen, Sørvaag. Suchen Sie Lorentzens Personalmappe raus und bringen Sie sie mit.«

»Viel Glück, Halgeir«, sagte Hanne Rodahl. »Wir sind doch nicht komplett auf der falschen Fährte, oder?«

»Es kann auch sein, dass ihr zweiter Vorname Marie war, nicht Maria«, räumte Sørvaag ein.

Svein Finneland gelang es gerade noch, einen bissigen Kommentar herunterzuschlucken. »Wir haben keine Zeit für so etwas. Warum sollte ein vierzehnjähriges Mädchen aus Osteuropa schreiend auf einen uralten Mordfall in Jokkmokk hinweisen?«

»Vielleicht war das Mädchen einfach Katholikin«, sagte Sørvaag unsicher und grinste über sich selbst. Auf seiner Stirn glänzten Schweißperlen.

Tommy notierte sich mit großen Buchstaben in seinem Notizbuch: MARIA. EDEL MARIA?

12

Arne Furuberget dachte, dass die Patienten möglicherweise Therapie nötig hatten, nachdem sie im Therapieraum gewesen waren. Und dass die pfirsichfarbenen Wände in dem grellen Licht irgendwie an Erbrochenes denken ließen. Vor einigen Jahren hatte er unverantwortlich viel Geld in die Einrichtung des Raumes investiert, doch mittlerweile ertrug er das alles selbst nicht mehr. Das einzig Gute war, dass man von den Fenstern aus auf den Mjøsa sehen konnte, der jetzt im Sonnenlicht badete, eingebettet von schneebedeckten Feldern, die zum See hin leicht abfielen.

Er konzentrierte sich wieder auf den Mann, der vor ihm saß. Anders Rask starrte auf seine Crocs. Heute wollte er nur über die Wiederaufnahme des Falls Kristiane sprechen. Sonst schien ihn nichts zu interessieren. Furuberget legte Papier und Stift auf den Tisch zwischen ihnen und sah zu den beiden Pflegern hinüber. Einer von ihnen war Fredriksen. Furuberget fühlte sich in seiner Nähe etwas beklommen. Er hatte wegen dieses verdammten Briefs für einen Moment die Kontrolle verloren.

Furuberget stellte sich ans Fenster und dachte, dass Rask sich jetzt den Stift schnappen, ihn den beiden Pflegern in den Hals rammen und dann ihn mit voller Wucht an das Fenstergitter stoßen konnte.

»Warum sind Sie nicht bereit, mich in die offene Abteilung zu verlegen?«, fragte Rask hinter seinem Rücken.

Furuberget antwortete nicht. Es war das erste Mal, dass Rask mit ihm über dieses Thema sprach. Irgendetwas hatte er vor, dachte Furuberget. Rask hatte sich in der letzten Zeit verändert, er hatte neuen Mut gefasst.

»Maria«, sagte Arne Furuberget. »An was denken Sie, wenn Sie diesen Namen hören?« Er drehte sich zu Rask um.

»An Jesus.«

»An sonst nichts?«

Furuberget lächelte vorsichtig. Anders Rask starrte nur uninteressiert vor sich hin.

»Warum haben Sie eigentlich mein Zimmer durchsucht?«, fragte Anders Rask.

Arne Furuberget versuchte, ruhig zu atmen. Wie konnte er das wissen?

»Habe ich nicht.«

»Crowley stand auf der falschen Seite des Lexikons. Sie haben einen Fehler gemacht.«

Arne Furuberget entschloss sich, nicht zu antworten.

»Haben Sie die Reihenfolge der Bücher im Regal abgeschrieben?« Anders Rask lächelte, aber seine Augen waren matt und leblos.

Furuberget hoffte, dass ihm der Schauer, der ihm über den Rücken lief, nicht anzumerken war.

»Sie hätten das Regal mit Ihrem Handy fotografieren sollen.«

Rasks Lächeln wurde breiter, wie bei einem Kind.

»Erst sortieren Sie *The Book of the Law* falsch ein, und dann fragen Sie mich nach Maria. Meinen Sie eigentlich Magdalena oder die Jungfrau?«

Er hat ihn noch, dachte Arne Furuberget. Der Brief musste noch irgendwo sein. Oder hatte er ihn jetzt endgültig vernichtet?

»Und was ist mit Edel Maria?«

Rask verzog keine Miene. Das ganze Gespräch schien ihn mit einem Mal nicht mehr zu interessieren.

»Und was sagen Sie, wenn ich behaupte, dass ich nicht daran glaube, dass Sie überhaupt jemals jemanden umgebracht haben?«

»Dass Sie geschlachtet werden.« Anders Rask gab ein leises, mädchenhaftes Lachen von sich.

Arne Furuberget schloss die Augen und konzentrierte sich, um nicht laut zu seufzen. Dabei war er innerlich irgendwie erleichtert darüber, endlich sicher zu wissen, dass Rask noch immer Gewaltphantasien hatte, auch wenn diese sich nun zum ersten Mal gegen ihn richteten.

»Es ist Jahre her, dass Sie so etwas gesagt haben, Anders. Ich kann keine Verlegung gutheißen, wenn Sie solche Phantasien haben. Auch wenn Sie alle Fälle wieder aufnehmen lassen und vielleicht sogar freigesprochen werden. Verstehen Sie? Warum sagen Sie so etwas?«

»Wenn Sie mich hier drinnen festhalten wollen, bis ich sterbe, müssen erst Sie sterben.«

»Sollen wir hier Schluss machen, Anders?«

»Ich habe das nicht so gemeint.«

»Wir machen Schluss für heute.«

Rask antwortete nicht. Er saß nur traurig lächelnd da, als wäre er zufrieden damit, Furuberget gedroht zu haben, wohl wissend, dass eine mögliche Verlegung damit in sehr weite Ferne gerückt war.

Arne Furuberget überließ Rask den beiden Pflegern.

In der Sicherheitsschleuse blieb er so lange stehen, dass die Tür zweimal geöffnet werden musste. Er dachte an das Gespräch, das er mit Rune Flatanger vom Kriminalamt geführt hatte.

Das ermordete Mädchen hatte »Maria« geschrien. Flatanger hatte ihm das Tonfile geschickt. Das Mädchen hatte vor dem Namen noch etwas anderes gesagt, und einer der Polizisten hatte diesem Gemurmel den Namen Edel entnommen. Er glaubte sich auch an einen alten Fall zu erinnern, in dem dieser Name eine Rolle gespielt hatte. Ein paar Tage später war er aber wieder zurückgerudert und hatte gesagt, sich möglicherweise geirrt zu haben.

Aber auch Arne Furuberget hatte diesen Namen schon einmal gehört, da war er sich sicher. Er wusste nur nicht, wann und in welchem Zusammenhang. Edel Maria. Ein derart seltener Name, dass man ihn nicht vergaß.

Flatanger hatte ihn gebeten, den Namen in einer Therapiesitzung fallenzulassen, ohne zu wissen, dass auch Furuberget diesen Namen schon einmal gehört hatte. Es war wirklich verrückt, kaum hatte er das mit dem anonymen Brief einigermaßen verarbeitet, tauchte dieser Name auf.

Er warf einen Blick auf die Uhr an der Wand. Das Mädchen sollte in einer Stunde in Oslo beerdigt werden.

Unten in seinem Büro nahm er den Kalender hervor und strich den Tag, der noch nicht einmal zu Ende war, mit einem Kreuz durch. Noch fünf Monate bis zur Pensionierung, dachte er und hoffte, dass ihm vorher noch einfiel, wo er den Namen Edel Maria schon einmal gehört hatte. Der Name war der Schlüssel, und er wusste nicht, ob er diesen Schlüssel wirklich finden wollte.

13

Es war draußen kaum möglich, eine Zigarette zu rauchen. Tommy Bergmann klappte den Kragen seiner Jacke hoch, als würde das gegen den Wind helfen. Aber vielleicht war der Friedhof Alfaset auch nicht der beste Ort zum Rauchen. Er setzte sich wieder in den Wagen und ließ die Scheibe herunter, den Blick fest auf die weiße Kapelle gerichtet. Nach ein paar Zügen warf er die Zigarette weg. Der Anblick des schier endlosen Friedhofs war ihm zuwider. Endstation, dachte er und ließ seinen Blick über die industriegraue Landschaft schweifen.

Eines Tages werde ich selbst hier liegen. Aber noch ist dieser Tag nicht gekommen.

Nur einige wenige Autos standen auf dem großen Parkplatz. Als er in die Kapelle gekommen war, hatten ganz vorne nur Frank Krokhol und ein Fotograf vom Dagbladet gesessen. Sonst war außer dem Pfarrer und dem Mann vom Beerdigungsinstitut niemand da.

Der Anblick war noch niederschmetternder, als er gedacht hatte. Er wusste mittlerweile, dass das Mädchen im Sarg eine Vierzehnjährige war, die aus einem Kinderheim am Stadtrand von Vilnius weggelaufen war, und dass ihr Name Daina lautete. Die einzige Verwandte, die sie hatten finden können, war eine alkoholkranke Tante, die allem Anschein nach zu dem Schluss gekommen war, dass es billiger war, wenn der norwegische Staat ihre Nichte in der gefrorenen Erde Oslos versenkte.

In der Kapelle hatten nur die Farben des Gemäldes an der Rückwand Trost spenden können. Jakob Weidemann. Tommys Mutter meinte, dass dieser Maler nur Klecksereien machte. Das letzte Mal war er bei ihrer Beerdigung hier gewesen, dachte Tommy und redete sich selbst ein, dass er deshalb so niedergeschlagen war. Eine blanke Lüge, worüber er sich sehr wohl bewusst war.

Der Pfarrer nickte ihnen beiden zu. Tommy zog seine Jacke aus und legte sie auf den Platz zwischen Krokhol und sich, als wollte er einen gewissen Abstand zu dem alten Journalisten demonstrieren. Der Mann war nicht aus Herzensgüte hier, dachte Tommy, nicht wie er selbst, wenn das denn wirklich seine eigenen Beweggründe waren. Die Ermittlungen waren derart ins Stocken geraten, dass er schon jede Hoffnung aufgegeben hatte. Es war kein Hinweis auf den Mann in der Cort Adelers gate eingegangen, und Milović sagte nichts über das Mädchen. Seine Anwälte unterbanden jeden Versuch, ihn festzunageln, und Oberstaatsanwalt Finneland hatte sich mit dem Amnestieangebot selbst ins Abseits manövriert, nachdem Milović den Überwachungsfilm aus dem Club abgeliefert hatte. Zu allem Überfluss war auch noch die Personalmappe des alten Dezernatsleiters Lorentzen verschwunden. Sørvaags dürftige Maria-Spur war damit ebenso vage und dürftig geblieben.

Als der Pfarrer mit seiner Predigt begann, dachte Tommy, dass er eigentlich gleich wieder aufhören und dafür sorgen konnte, dass das arme Mädchen unter die Erde kam.

Es war wie eine Erleichterung, als die Glocken schließlich zu läuten begannen.

Frank Krokhol stand auf und ging langsam aus der Kapelle.

Ganz hinten saß eine schwarz gekleidete Frau. Der Hut verbarg ihr Gesicht und ließ sie fehlplatziert aussehen, als wäre sie einer anderen Zeit entsprungen, einem Film, den er einmal vor Jahren gesehen hatte.

Sie stand langsam auf und öffnete die Tür.

Tommy zog seine Jacke an und folgte ihr. Dann drehte er sich um und versicherte sich, dass Krokhol nicht auch diese Absicht hatte.

Die Frau war bereits einige Meter vor ihm. Sie war auf dem Weg zum Parkplatz.

»Elisabeth Thorstensen«, sagte Tommy leise. Dann blieb er stehen und ließ sie gehen.

Das konnte sonst niemand anders sein. Außerdem hatte er kurz ihr Gesicht gesehen.

Und war sich mit einem Mal für ein paar Sekunden sicher, dass er sie schon einmal gesehen hatte.

Vor langer Zeit.

Vor ihrer Begegnung im Skøyenbrynet.

Er rief die Einsatzzentrale an und bekam ihre Handynummer, die er gleich wählte.

Nach dem vierten Klingeln ertönte das Besetztzeichen. Beim nächsten Versuch landete er gleich beim Anrufbeantworter.

Er stellte sich vor und sagte, dass er gerne mit ihr reden würde.

Das ist alles meine Schuld.

Warum hatte sie das gesagt?

Teil 2

Dezember 2004

1

Tommy Bergmann lief wie ein Schlafwandler herum. Seit bald zwei Wochen ging das jetzt schon so, genauer gesagt seit dem Tag, an dem die junge Litauerin, Daina, beerdigt worden war. Nur selten hatten sie so wenig in der Hand gehabt wie in diesem Fall. Außerdem gab es keinen schlechteren Zeitpunkt, um ermordet zu werden, als die letzten Wochen des Jahres. Das Überstundenkontingent war dann schon lange aufgebraucht, und immer mehr Leute meldeten sich krank. Noch dazu war es nicht von der Hand zu weisen, dass eine anonyme litauische Prostituierte im neureichen, selbstverliebten Norwegen schnell vergessen wurde. Niemand setzte sich für sie ein, als gäbe es eine stille Übereinkunft, dass Daina keine von ihnen war. Dass sie aller Wahrscheinlichkeit nach die Letzte in einer langen Reihe ermordeter Mädchen war, wusste außerhalb des Präsidiums noch niemand.

Die Vaginalabstriche, die sie im Krankenhaus bei Daina gemacht hatten, und die mikroskopischen Hautreste unter ihren Fingernägeln zeigten ein DNA-Profil, das durchaus übereinstimmen konnte mit dem Profil, das im Fall Kristiane Thorstensen 1988 gefunden worden war, und es gab auch Ähnlichkeiten mit dem nächsten Opfer, einer Prostituierten, die im Februar 1989 ermordet worden war. Das Problem war nur, dass die alten Profile so grob und undetailliert waren, dass die Proben im Prinzip mit der DNA von zehn Prozent aller Männer übereinstimmten. In Anbetracht der Verletzungen, die Daina hatte, war aber davon auszugehen, dass sie es tatsächlich mit demselben Täter zu tun hatten. Deshalb erschien es auch immer wahrscheinlicher, dass Anders Rask unschuldig war.

All diese Informationen waren bisher noch unter Verschluss. Fredrik Reuter hatte nicht vor, dem Täter in die Karten zu spielen, und Polizeipräsidentin Hanne Rodahl wollte die Einwohner der Stadt so kurz vor Weihnachten nicht in Angst und Schrecken versetzen. Und natürlich auch nicht an die große Glocke hängen, dass die Ermittlungen auf der Stelle traten, weil sie nicht eine Spur hatten, der sie folgen konnten. Rodahl hatte Ambitionen, im nächsten Jahr einen höheren Posten im Innenministerium zu bekleiden, und da war es besser, möglichst wenig über dieses schreckliche Mysterium, wie sie es im Präsidium nannten, zu sprechen. In den Pressemeldungen hieß es, dass man aus Rücksicht auf die laufenden Ermittlungen keine Details bekanntgeben könne. Also tappten sie im Dunkeln. Dainas einzige Hoffnung auf eine Form von Gerechtigkeit bestand demnach darin, dass sie höchstwahrscheinlich von demselben Mann umgebracht worden war, der seit 1978 bereits sechs andere Mädchen getötet hatte. Nur deshalb stand sie noch auf der Liste von Tommy, Halgeir Sørvaag und dem Rest des Präsidiums.

Das junge Mädchen konnte aber nicht von Anders Rask getötet worden sein, denn Rask saß in der Psychiatrischen Klinik in Ringvoll ein. Andererseits entsprach der Mord in vielen Punkten den früheren Morden. Hatte Rask wirklich nichts damit zu tun?

Tommy nahm die Treppen nach unten zur U-Bahn, und die Kälte wich langsam der Wärme, die aus den kleinen Läden drang, die Seite an Seite im Tunnel lagen. Die warme Luft machte ihn schläfrig, und er spürte, wie wenig er in den letzten Wochen geschlafen hatte.

Er kam von seiner ersten »Alternativen zur Gewalt«-Stunde am Lilletorget und fühlte sich seltsam leer. Er war sich nicht sicher, ob er den Therapeuten mochte, hatte sich aber trotzdem mehr geöffnet als gegenüber Viggo Osvold. Osvold schlich immer wie eine Katze um den heißen Brei herum und verpackte alles in Watte. Bei den AzG-Stunden lief das anders ab. Trotzdem wollte er bei Osvold nicht aufhören. Durch die AzG-Therapie konnte er vielleicht lernen, sich annähernd wie ein normaler Mann zu verhalten, er glaubte aber, dass Osvold tiefer vordrang, möglicherweise so tief, dass er den Boden unter den Füßen verlor und dem schwarzen Loch seiner Kindheit ein bisschen näher kam. Er hatte nur die vage Erinnerung, lange weinend im Bett gelegen zu haben, stundenlang. Seine erste Erinnerung aus dieser Zeit, er konnte damals noch nicht alt gewesen sein. Irgendwann hatte er zu weinen aufgehört und plötzlich jemand anderen weinen hören. Seine Mutter?

Ein schwarzes Loch, dachte er. Ohne Hilfe kam er da verdammt noch mal nicht weiter. Wenigstens das hatte er in der letzten Zeit verstanden.

Die Linie 4 in Richtung Bergkrystallen kam wie ein Drache aus dem schwarzen Loch auf ihn zu, als Tommys Blick auf das Foto einer Frau fiel, das auf einer der Reklametafeln zwischen den Bahnsteigen prangte. Sie hatte nasse, lange Haare, trug einen Bikini, und hinter ihr waren türkisblaues Meer, eine Palme und weißer Sand zu sehen. Das war genau das Gegenteil eines Montagspätnachmittags im Dezember, sechzig Grad Nord. Das Gesicht der Frau huschte von einem Fenster der U-Bahn zum nächsten und wurde langsam zu dem von Kristiane Thorstensen. Als die Türen aufgingen und Tommy sich in die Bahn drängte, sah er das lächelnde Reklamegesicht zum letzten Mal. *Tage, die man nie vergisst* stand ganz unten. Kristiane sollte gar keine Tage mehr erleben, keine Chance bekommen auf einen Urlaub im Süden mit dem Mann ihres Lebens. Wie alt wäre sie heute? Er rechnete zurück. Zweiunddreißig. Nein, einunddreißig. Und wie würde sie aussehen? Vielleicht so wie die Frau, dachte er. Ja, die Frau auf dem Plakat hätte Kristiane sein können. Kristiane Thorstensen war seit sechzehn Jahren tot und doch plötzlich überall.

Obwohl er es nicht wollte, wurde Tommys Blick von einem Mann angezogen, der mit dem Rücken zu ihm an der Plexiglaswand lehnte und eine Beilage der Aftenposten las. Als der Mann umblätterte, wusste Tommy, was kommen würde, er hatte diese Zeitung bereits gelesen.

Die Wiederaufnahmekommission war unmittelbar vor dem Wochenende zu dem Schluss gekommen, Anders Rasks Antrag stattzugeben und den Fall Kristiane neu zu verhandeln. Die Zeitungen bekamen nicht genug von dem Thema, und in den Nachrichtensendungen im Fernsehen war wild spekuliert worden. Auch im Radio hörte man kaum noch etwas anderes.

Wer ermordete Kristiane?, lautete die Überschrift der Aftenposten. Das obligatorische Neuntklässlerfoto von ihr aus dem Jahre 1988 füllte die halbe Zeitungsseite. Tommys Magen zog sich zusammen. Jedes Mal, wenn er ihr Gesicht sah, war er plötzlich wieder ein Teenager, unglücklich und unsterblich verliebt in so unerreichbare Mädchen wie sie. Kristiane hatte ein rundliches, fast ein bisschen pausbäckiges Gesicht, die Haare hatten genau die Locken, die man damals haben musste, und er war sich ziemlich sicher, dass sie bei den Jungs als *das süßeste Mädchen der Schule* bezeichnet wurde. Sie hatte ohne jeden Zweifel das gewisse Etwas, das alle Jungen sprachlos machte und ihr einen größeren Freundeskreis bescherte, als sie eigentlich brauchte.

Ja, dachte Tommy, genau dieses Bild hatte er sich von

Kristiane Thorstensen gemacht. Nur wegen ihres Lächelns und der Augen, die den Fotografen anzublitzen schienen. Auch die natürlich gelockten Haare und das Grübchen im Kinn trugen dazu bei, dass sie bei allen, die mit ihr zur Schule gegangen waren, mit ihr Handball gespielt oder Schneeballschlachten gemacht hatten, unvergessen sein würde. Wie viele Jungen wohl aus ihrem Mund den Satz gehört hatten: *Ich mag dich auch, aber eben nur als Freund – sei jetzt bitte nicht traurig, ja?*

Tommy hatte nie mit den Mordermittlungen zu tun gehabt, er war damals gerade erst von der Polizeischule gekommen, aber trotzdem hatte er in den folgenden Jahren immer wieder an sie denken müssen.

Eigentlich hätte er ein schlechtes Gewissen dafür haben sollen, dass er in Wirklichkeit Kristianes Mörder finden wollte und nicht den des armen litauischen Mädchens. Manchmal machte es wirklich den Eindruck, als hätte er es bereits vergessen, während er sich an Kristiane, das privilegierte, wohlhabende Mädchen, das nur einen Steinwurf von seinem eigenen Elternhaus aufgewachsen war, sehr wohl erinnerte.

Kristiane, murmelte er tonlos wie ein verschrobener Greis, der Selbstgespräche führte. Er hatte versucht, sie zu vergessen, sie zu verdrängen, sie im Laufe der letzten sechzehn Jahre aus seinem Gedächtnis zu löschen. Aber er hatte ihr damals im Wald ein Versprechen gegeben. Hatte einem Mädchen, das seinen sechzehnten Geburtstag nie erleben würde, gelobt, dass er immer einer von den Guten sein wollte.

Er richtete seinen Blick auf die Zeitung, die der Mann neben ihm las. Ihre großen Augen blickten glatt durch ihn hindurch, als wollten sie sagen: »Wie konntest du nur?«

2

Der Wohnzimmerboden lag voller Zeitungen. Artikel über Anders Rask. Das Boulevardblatt Verdens Gang hatte auf einer Doppelseite die Kopie eines alten Artikels abgedruckt. »Das Monster« stand in riesigen Buchstaben über einem bald zehn Jahre alten Foto von Rask. Der Mann, der wegen des Mordes an Kristiane Thorstensen verurteilt worden war, hatte die Wiederaufnahme des Falles geschafft, und danach folgten mit Sicherheit der Reihe nach die anderen Mordfälle.

Rasks Anwalt, ein junger Jurist aus Gjøvik, war in der VG über drei Seiten interviewt worden. Die Überschrift lautete: »Es gibt keine entscheidenden Beweise.« Tommy konnte den Journalisten des Landes nicht verübeln, dass sie sich auf dieses Thema stürzten. Für sie war das Ganze wirklich das große Los. Er hatte die Begründung der Wiederaufnahmekommission gelesen, die einem vernichtenden Urteil über die Arbeit der Polizei und des Kriminalamts gleichkam. Unter dem Dreieck der Macht, bestehend aus Presse, Anklagebehörden und Gericht, schien sich wirklich ein Erdbeben anzukündigen. Hatten sich alle geirrt? War Anders Rask doch nicht der Unmensch, für den ihn alle gehalten hatten? War er nur ein Vergewaltiger, was natürlich schlimm genug war, aber eben doch kein Mörder?

Tommy steckte eine VHS-Kassette in den alten Player unter dem Fernseher. Die Kassette trug die Aufschrift *Rask September 1994 NRK*. Er hatte sich den Dokumentarfilm über Rask viele Jahre nicht mehr angesehen. Er hielt den

Anblick dieses Mannes einfach nicht aus. Jetzt kam er nicht umhin.

Er zündete sich eine Zigarette an und hielt sie nach vorn in Richtung Fernseher, so dass die Glut das Gesicht des jungen Rask traf, direkt unter dem rechten Auge. Auf dem Bildschirm wurde die Sequenz von einem Nationalfeiertag Anfang der sechziger Jahre gezeigt. Laut dem Film war Rask ein Scheidungskind aus Slemdal, die Mutter wohnte in einer kleinen Souterrainwohnung und hatte wenig Geld. Rask soll in der Schule anfangs gemobbt worden sein, war später aber ganz gut zurechtgekommen und hatte schließlich 1979 das Lehrerexamen in Tønsberg gemacht. In Tønsberg hatte er auch sein erstes Opfer gefunden. Während eines Praktikums an der Presterød Schule hatte er Anne-Lee Fransen ermordet, ein dünnes Mädchen aus Südkorea, das von norwegischen Eltern adoptiert worden war. Sie war nur dreizehn Jahre alt geworden.

Tommy spulte vor und ließ die Interviews mit Psychiatern und Psychologen aus. Er kannte ihre Erklärungen. Anders Rask sei der klassische Fall eines entfremdeten, sensiblen Kindes mit einer ödipalen und schließlich pathologischen Hassliebe zu einer Mutter, die ihrerseits mit psychischen Problemen zu kämpfen hatte und phasenweise stationär behandelt worden war. Des Weiteren war bekannt geworden, dass Rasks Vater sich an den zwei Töchtern vergangen hatte, die er mit seiner neuen Frau bekommen hatte, weshalb spekuliert wurde, dass auch Rask als Kind von diesem Vater sexuell missbraucht worden war. Rask selbst hatte sich dazu immer nur sehr vage geäußert und behauptet, das meiste seiner Kindheit und Jugend verdrängt zu haben. Einzelne Episoden sollten aber zurückgekommen sein, als er sein Studium begonnen hatte, und diese Bilder einer alptraumartigen Vergangenheit hätten ihn krank gemacht. Was er nicht verdrängt hatte, waren verschiedene Übergriffe auf Kinder, die er unterrichtet hatte, sowie auf noch kleinere Kinder, an denen er sich bereits als Jugendlicher vergangen hatte. Die Osloer Polizei hatte Rask im Winter 1992 wegen sexueller Übergriffe auf ein Mädchen an der Schule in Bryn verhaftet. Während der entsprechenden Vernehmungen hatte Rask dann vollkommen überraschend ausgesagt, Kristiane Thorstensen ermordet zu haben, die er nach 1986 an der Vetlandsåsen Schule unterrichtet hatte. Danach hatte er in rascher Reihenfolge die Morde an den anderen fünf Mädchen gestanden. Während der weiteren Vernehmungen hatte er seine Aussage immer wieder verändert, bis er irgendwann bei der Variante geblieben war, Stimmen im Kopf gehabt zu haben, die ihm befohlen hätten, diese Mädchen umzubringen. Auch vor Gericht hatte er sich an diese Aussage gehalten.

Tommy spulte vor bis zu der Rekonstruktion des ersten Mordes in Tønsberg.

Er hielt den Film an, als Anders Rask sich über eine Hecke an einem Waldweg in Vestfold beugte. Hier hatte er Anne-Lee Fransen am letzten Augustwochenende 1978 vergewaltigt und getötet, nachdem sie zu ihm in seine Kellerwohnung gekommen war. Die Art, wie er seine anderen Opfer umgebracht hatte, glich dem Vorgehen bei seinem ersten Mord. An allen Opfern waren Spuren von Kleber an Mund und Nase, Handgelenken und Knöcheln gefunden worden, die vermutlich von der Sorte Klebeband stammten, das sie 1992 in Rasks Wohnung gefunden hatten. Allem Anschein nach hatte er sich seit 1978 an die gleiche Marke gehalten. Zu Hause bei Rask waren auch ein paar Gegenstände gefunden worden, die Kristiane Thorstensen gehörten, wie Bücher, Kugelschreiber und ein Porträtfoto von ihr fürs Schuljahrbuch, so dass auch viele Indizien auf ihn als Täter deuteten. Da man auch private Sachen und Haare von Anne-Lee Fransen in Rasks Wohnung in Haugerud in Oslo gefunden hatte, war der Fall beinahe klar. Das Fehlen jedweder Spuren oder Beweise für einen Kontakt auch mit den anderen Opfern war nicht sonderlich gewichtet worden. Zwei Monate nach dem Geständnis wurde die Anklageschrift veröffentlicht. Die Presse sprach von eindeutigen Indizien, und alle waren sich einig, dass Rask das schlimmste Ungeheuer war, das Norwegen bis zu diesem Zeitpunkt hervorgebracht hatte. Die Obduktionen der Mädchen gaben keine Auskunft darüber, ob sie bereits tot waren, als er mit Messer und Schlaggegenständen auf sie losgegangen war. Dafür hatten alle zu lange draußen gelegen. Vermutlich waren vier von ihnen noch während der Tortur an Blutverlust gestorben.

Die vermeintlich eindeutigen Indizien der Anklage basierten auf Laboruntersuchungen aus Großbritannien. Die neuentwickelte DNA-Technologie von Imperial Chemicals hatte bereits im Januar 1989 eindeutig bewiesen, dass das Sperma, das an und in Kristiane Thorstensen gefunden worden war, einem Mann gehörte, der Blutgruppe A und ein Enzymprofil hatte, das neunzig Prozent aller Männer ausschloss. Zu dem gleichen Ergebnis war man nach dem Mord am Neujahrstag des Jahres 1989 gekommen. Nachdem Rask seine Blutprobe abgeliefert hatte, war ermittelt worden, dass Rask zu den zehn Prozent mit passendem Enzymprofil gehörte. Außerdem hatte er Blutgruppe A. Dem Gericht reichte das aus, um bei Rask nicht von einem krankhaften Geständnissyndrom auszugehen, auch wenn er Unsicherheiten zeigte, wenn er die Verletzungen beschreiben sollte, die er den Mädchen zugefügt hatte. Stattdessen hatte er sich stundenlang über den inneren Zwang ausgelassen, Mädchen und junge Frauen zu quälen und zu töten.

Tommy spielte den Film Bild für Bild ab. Das Gesicht von Anders Rask öffnete sich zuletzt zu einem undurchsichtigen Grinsen, als fände er irgendetwas am Tatort richtig zufriedenstellend. Er drückte wieder auf Play, und der Film lief in normaler Geschwindigkeit weiter. Die Kamera zoomte Rasks feminine Züge ein. Es war nicht zu leugnen, dass dieser Mann hübsch war. Mit seinem Äußeren konnte er jeden um den Finger wickeln, wusste man es nicht besser.

Der Fernsehbeitrag konzentrierte sich dann auf Rasks Erklärung vor Gericht. Er hatte angegeben, sich mit Anne-Lee Fransen bei sich zu Hause verabredet zu haben. Dann habe er sie im Bad ohnmächtig geschlagen und den schmächtigen Körper in einen Müllsack gesteckt und so nach Einbruch der Dunkelheit zu seinem Auto getragen. Die Misshandlung und der Mord seien dann draußen im Wald geschehen.

Tommy entschloss sich spontan, den Fernseher auszuschalten. Er konnte nicht anders, er spürte Hass und Wut auf Rask und wäre am liebsten tätlich geworden. Für einen Moment malte er sich aus, wie es wäre, ihn einfach totzutreten. Oder Rasks Körper mit einem Baseballschläger oder einem Brecheisen zu zerstören. Erst die Beine, dann die Arme und schließlich Oberkörper, Schritt und Gesicht. Den Kopf zuletzt.

Er schloss die Augen. Dachte man so, war man fertig.

Rask hatte es geschafft, dass der Kristiane-Fall wiederaufgenommen wurde. Tommy wusste, dass ein Freispruch nicht unwahrscheinlich war. Die Schwelle für eine Wiederaufnahme war so hoch, dass es schon eine überwiegende Wahrscheinlichkeit geben musste, dass jemand auf Basis falscher oder fehlender Beweise verurteilt worden war. Und wurde er im Fall Kristiane freigesprochen, würde Rask auch Freisprüche in den anderen Fällen erwirken können. Da war Tommy sich ziemlich sicher. Ihm blieb nicht viel Zeit, und die durfte er nicht mit abwegigen Rachegedanken verschwenden.

Außerdem würde Rask einen weiteren Trumpf in der Hand halten, wenn die Polizei öffentlich machte, dass Daina, die junge Litauerin, auf exakt dieselbe Weise ermordet worden war wie Kristiane. Die Frage, die niemand wirklich stellen wollte, lautete, ob Rask Kontakt zu jemandem draußen hatte und sie in Wahrheit alle verarschte. Vielleicht hatten sie die Morde gemeinsam begangen?

Tommy sagte sich selbst, dass es sich nicht lohnte, den Dokumentarfilm noch einmal anzuschauen. Er basierte auf Sekundärquellen, Rask selbst hatte nie irgendwelche Interviews gegeben, sah man einmal von Tommys Kontakt beim Dagbladet ab, Frank Krokhol. Er nahm sein Handy, tippte Krokhols Nummer ein und starrte auf die Ziffern. Es war zu spät, außerdem sollte er lieber die morgige Besprechung abwarten.

Im Schlafzimmer ließ er die Nachttischlampe brennen, wälzte sich auf Heges Seite des Bettes und betete, dass der Traum in dieser Nacht nicht wiederkam. So oft hatte er sich schon selbst durch einen dunklen, verregneten Wald laufen sehen. Weit vor sich eine dunkle Gestalt, die wieder und wieder auf etwas einschlug, das am Boden lag und wie ein Bündel aussah. Kristiane Thorstensen. Tommy begann zu rennen, streckte seinen Arm aus, und die Person drehte sich zu ihm um und winkte ihm mit dem Messer zu. Dieser Anblick ließ ihn zurückprallen, denn er erkannte, dass der Mörder er selbst war, in die Jahre gekommen, aber unzweifelhaft er selbst.

Nach einer Stunde stand er wieder auf, stellte sich ans Wohnzimmerfenster und sah zu den Wohnblocks auf der anderen Seite des Platzes hinüber. Er wickelte den Morgenmantel enger um seinen Körper und zündete sich eine Zigarette an. Das dichte Schneetreiben leuchtete gelb unter der Laterne. Er vermisste den Sommer. Er vermisste Hadja. Wie lange war es her, dass er sie zuletzt gesehen hatte? Er schloss die Augen einen Moment und versuchte, sich ihr Gesicht in Erinnerung zu rufen, ihren Geruch, doch stattdessen sah er nur wieder seine letzten Schritte bis zur Leiche, und Kåre Gjervan, der sich vorbeugte und den Anhänger, den Kristiane um den Hals trug, in die Hand nahm.

Im Bad musterte er sich im grellen Licht des Spiegelschranks. Die Säcke unter den Augen wirkten noch größer und schwerer als sonst, die Haare waren zu lang und wurden an den Schläfen langsam grau, und seine Augen waren von Fältchen umgeben. Die Iris war mehr grau als blau, als wäre auch in seinem Inneren alles Leben erloschen. Was war von dem Mann, der vor so vielen Jahren Kristiane Thorstensen gefunden hatte, noch übrig? Er stützte sich aufs Waschbecken und sah sich selbst über Hege gebeugt, die auf dem Boden dieses Raums gelegen und ihn leise, ganz leise angefleht hatte, sie nicht umzubringen. Damit die Nachbarn sie nicht hörten. »Bitte, Tommy, bitte, bring mich nicht um.« Dabei hatte er dem toten jungen Mädchen versprochen, ein guter Mensch zu sein. Das also war jetzt das Fazit, sechzehn Jahre später. Er starrte auf den Boden, auf dem Hege gelegen hatte. Was hatte er eigentlich mit ihr gemacht? Er hatte keine klare Erinnerung daran, sah immer nur Bruchstücke. Bruchstücke von … von was? Misshandlung, dachte er. Es gab kein anderes Wort dafür. Ebenso wenig wie es dafür Vergebung gab. Allenfalls eine Erklärung, sonst aber nichts. Sollte es nach dem Tod tatsächlich etwas geben, würde er denselben Weg gehen wie der Mann, der Kristiane umgebracht hatte.

Wie um sich selbst zu strafen, nahm er die Fernbedienung

und startete wieder den Dokumentarfilm über Anders Rask. Tommy zoomte das feminine Gesicht des Mannes ein, schloss die Augen und sah sich selbst.

»Du und ich, Anders«, flüsterte er in Richtung Fernseher. »Wir sind nichts anderes als Tiere.«

3

Kurz vor drei war er ins Gästezimmer gegangen, um dort zu schlafen. Das leise Schnarchen seiner Frau hatte ihn im gemeinsamen Bett keinen Schlaf finden lassen. Aber auch dort lag Arne Furuberget einfach nur da und wartete aufs Weckerklingeln. Schließlich döste er aber doch ein und verschwand abrupt in einem tiefen, dunklen Schlaf.

Als er bald darauf vom Weckton seines Handys erwachte, schmerzte sein Kopf infernalisch. Fünf Minuten, dachte er. Wenigstens fünf Minuten habe ich geschlafen.

Er stellte seine Füße auf das kalte Parkett, und plötzlich geschah etwas in seinem Kopf. Mit einem Mal wusste er ganz genau, woher er den Namen kannte.

»Maria«, sagte er zu sich selbst, »Edel Maria«. Er bekam Gänsehaut und fühlte sich schlagartig viel älter, als er war, als stünde er bereits mit einem Bein im Grab.

Edel Maria. Er streifte einen Ärmel hoch, die Haare auf seinem Arm standen senkrecht in die Höhe. Ich höre ihre Stimme, dachte er, ganz deutlich.

Aber das war doch nicht möglich!

Oder doch?

Vollkommen sicher, dass seine Erinnerung ihn nicht trog, zog er sich an, als wäre ihm der Teufel selbst auf den Fersen, ließ Frühstück und sogar Kaffee aus und weckte seine Frau mit einem leichten Kuss, wie er es schon seit Jahren nicht mehr getan hatte.

Als er den Wagen in Ringvoll parkte, war die alte Schwermut wieder da, und er verstand nicht mehr, woher die plötzliche Zuversicht gekommen war.

Die Sache ist ernst, dachte er und öffnete die Tür des Kellerarchivs, lief in dem fensterlosen Raum aber nur hin und her, bis er das Gefühl hatte, dass sein Körper nicht mehr genug Sauerstoff bekam. Er kannte sich mit diesen Schieberegalen einfach nicht aus.

Kurz nach acht Uhr hörte er endlich, wie jemand draußen den Türcode eintippte.

Die Verwaltungschefin sah ihn an, als wäre er ein Einbrecher.

»Was tun Sie denn hier?«, rutschte ihr heraus.

»Ich suche nach einer Akte, einer Krankenakte.«

»Welcher Patient?«

»Das ist lange her. Niemand, den Sie kennen. Die Person ist schon lange nicht mehr hier.«

Er war sich seiner Sache jetzt ganz sicher.

Aber wie war das möglich, fragte er sich. Wie?

»Wie lange ist das her?«

»Ein paar Jahre.«

»Sie müssen nach Brumunddal, wenn die Akte älter als zehn Jahre ist.«

Arne Furuberget wich ihrem Blick aus.

Er musste in dieser Sache für Ordnung sorgen, sie bis Weihnachten aus der Welt schaffen. Er durfte diesen Fehler weder mit ins Grab nehmen noch ihn anderen gegenüber eingestehen, bis er sich vollkommen sicher war.

Erst gegen zwei Uhr am Nachmittag konnte er wieder fahren, brauchte wegen des immer schlimmer werdenden

Unwetters aber die doppelte Zeit, um den Mjøsa zu umrunden.

Das zentrale Verwaltungsgebäude der Inlandkliniken sah für gewöhnlich aus wie ein stalinistischer Büroblock, doch bei dem weißen Inferno, das vom Himmel fiel, wirkte es an diesem Tag eher wie die Kulisse eines Weihnachtsmärchens.

Hinter den meisten Fenstern brannte noch Licht.

Arne Furuberget dachte, dass die Angestellten zusehen sollten, aus dieser Papiermühle nach Hause zu ihren Frauen, Männern und Kindern zu kommen, bevor das Leben vorbei war. Nur diejenigen, auf die zu Hause nicht mehr als Einsamkeit wartete, sollten so kurz vor Weihnachten noch nach vier arbeiten. Er fühlte sich fast fiebrig, als er aus dem Auto stieg. Entweder brütete er etwas aus, oder die Gewissheit, einen nicht wiedergutzumachenden Fehler zu begehen, fraß ihn von innen auf.

Man hatte ihn so oft bedroht, ihm so oft den Tod gewünscht, das alles hatte ihm nichts ausgemacht, Rasks Worte aber hatten sich unwiederbringlich in seine Erinnerung eingebrannt. Das unergründliche Grinsen des Mannes.

»Sie sind tot«, sagte er zu sich selbst und spuckte die Worte aus wie einer seiner psychotischen Patienten. Oder wie hatte Rask sich ausgedrückt?

Auf dem Weg die Treppe hoch trat er sich den Schnee von den Füßen.

Die Lampen im Archivraum flackerten einen Moment, als wollten sie Furuberget warnen, dass sein Vorhaben keine gute Idee war und er lieber alles ruhen lassen sollte. Ja dass er sich vielleicht falsch erinnerte.

»Machen Sie das Licht aus, wenn Sie gehen«, sagte die junge Frau, die ihn in den Raum führte.

»Und der Kopierer braucht eine Weile, bis er startbereit ist«, fügte sie lächelnd hinzu.

Sie hatte ihn kurz eingewiesen, wobei er ihr nicht gesagt hatte, was er vorhatte. Nur den Zeitraum, der ihn interessierte, hatte er ihr genannt.

»Dann viel Erfolg«, sagte sie und verschwand durch die Tür.

Er brauchte nur eine halbe Stunde, um die richtige Archivschachtel zu finden. Seine Hände schwitzten, und er zuckte zusammen, als er die Schnur, die um die Papiere gewickelt war, beim Herausnehmen zerriss.

In Woche 3 der Behandlung fand er, was er suchte.

Ich hatte keine andere Wahl.

Danach las er die Einschätzung des behandelnden Arztes. Situationsbedingte Psychose. Aber die Medikation war die reinste Narkose, und die Entlassung war viel zu früh erfolgt, das war im Nachhinein leicht zu erkennen.

Er strich sich die Haare aus der Stirn und dachte über die Diagnose nach. Psychose, ja. Es war schon so lange her.

Trotzdem, der Name stand da. Er war an einem Dienstagvormittag genannt worden.

Fragte nach Namen. Patientin sagte Edel Maria. Auf die erneute Frage erst Minuten später Reaktion. Sie wird meistens nur Maria genannt. Aber sie heißt Edel Maria. Vater wollte, dass sie Edel Maria heißt.

Das konnte kein Zufall sein.

Er machte Kopien von den Aktenseiten, die er brauchte, und stellte die Archivbox wieder zurück an den richtigen Platz. Rask hatte ihn bei einem Fehler ertappt. Er durfte keinen zweiten machen.

Draußen vor dem Gebäude blieb er lange auf der Treppe stehen. Der Schnee wirbelte an seinen Beinen hoch. Er fror.

Die Mappe mit den Seiten der Krankenakte war bei dem

infernalischen Wetter bereits nass geworden. Er schob sie unter seinen Mantel und ging widerwillig zu seinem Wagen, der inzwischen wie ein Iglu aussah.

Mit der alten Schneebürste räumte er den Wagen frei. Seine Bewegungen waren langsam, als wäre er zu alt für all diesen Wahnsinn geworden.

Im Auto schaltete er die Leselampe ein, um sich noch ein letztes Mal zu versichern, dass es wirklich stimmte.

»Edel Maria«, las er.

Die Patientin sagt »Edel Maria lebt«.

Er nahm sein Handy und begann die Nummer der Auskunft zu wählen. Als sich am anderen Ende jemand meldete, legte er auf.

Hatte das in Rasks Brief gestanden?

Ja, dachte er und erinnerte sich an ein Bruchstück. Etwas von Medusa.

Medusas Tränen.

Edel Maria.

War sie Medusa gewesen?

4

Es hieß, Träume seien die reinste Natur, in der nichts zurückgehalten werde. Sie zeigten den Träumenden die ungeschminkte Wahrheit. Tommy hörte den Wecker im Schlafzimmer klingeln und hoffte, dass das alles nicht stimmte. Er versuchte die verwirrenden Bilder ziehen zu lassen. War das die Wahrheit über ihn?

Durch das Wohnzimmer sah er, dass es draußen noch immer schneite, sogar stärker als in der Nacht.

Er drehte sich auf die Seite und hatte plötzlich wieder die Bilder von Anders Rask vor Augen. Aufnahmen aus dem Wald in Vestfold. Das halb infame, halb infantile Grinsen auf seinen Lippen. Ein Schauer lief Tommy über den Rücken, nicht nur wegen des Gesichts, sondern weil der Fernseher mit der VHS-Kassette tatsächlich noch immer lief.

Hatte er den nicht abgestellt, bevor er eingeschlafen war?

Vermutlich nicht. Er erinnerte sich nicht. Auf jeden Fall musste die Kassette sich am Ende zurückgespult und wieder neu gestartet haben.

Er richtete sich auf, nahm die Fernbedienung und begann vorzuspulen, hielt aber gleich darauf wieder inne. Was machte er da eigentlich? Glaubte er tatsächlich daran, dass jemand in seiner Wohnung gewesen war? Schnaubend stand er auf, trat in den Flur und überprüfte, ob die Wohnungstür verschlossen war. Sie knirschte zwar, als er an der Klinke zog, war aber zu. Die Tür war noch die Originaltür aus den Fünfzigern, sie hatte nur ein einfaches Schnappschloss, ohne besondere Verstärkungen oder Beschläge. Mit ein bisschen Ahnung bekam jeder diese Tür von außen auf, dachte er.

Er ging in die Küche, ließ sich auf einen Stuhl fallen und fischte die letzte Zigarette aus der Packung, die auf dem Tisch lag.

Plötzlich musste er an Hege denken. Wie sie am Tag nach dieser letzten höllischen Nacht an der Tür gestanden hatte, während er in der Küche gesessen hatte. Auf dem Stuhl, auf dem er jetzt saß. Damals hatte er wohl zum ersten Mal kapiert, dass sie nicht wieder zurückkommen würde. Nie wieder. In ihrem Blick war mehr Mitleid als Hass zu erkennen gewesen. Doch er hatte nur wie ein Idiot auf dem

Stuhl gehockt, ohne sich zu rühren. Als sie weg war, hatte er geweint wie ein Kind.

»Verdammt«, sagte er laut, starrte auf die Uhr am Backofen und realisierte, dass er jetzt ein Taxi nehmen musste. Er durfte an diesem Tag auf keinen Fall zu spät ins Präsidium kommen.

Vor dem Duschen sah er sich noch einmal in der Wohnung um.

Das Schlafzimmer war unberührt. Das Wohnzimmer und das Gästezimmer ebenso, auf jeden Fall bemerkte er nichts Ungewöhnliches. Er öffnete eine Schublade der alten Kommode, die Hege einmal auf einem Flohmarkt gefunden hatte. Die paar Tausender, die er aus irgendeinem Grund dort aufbewahrte, waren noch da. Langsam drehte er sich um, ließ seinen Blick durch das Wohnzimmer schweifen und suchte nach einer Veränderung. Betrachtete die Regale und die wenigen Fotografien, die dort standen. Dann glitt sein Blick über den Couchtisch und die Stühle am Esstisch. Schließlich starrte er auf den ausgeschalteten Fernseher. Für einen Moment dachte er, dass Anders Rask Ausgang bekommen haben konnte. Das wäre Wahnsinn, aber Wahnsinn gab es in diesem Land ja mehr als genug.

5

Elisabeth Thorstensen dachte, dass sie für immer so sitzen könnte. Still, den Kopf schräg gestellt, die Vögel draußen vor dem Fenster beobachtend. Asgeir hatte das Vogelhaus aufgestellt, das Kristiane im Werkunterricht gemacht hatte.

Das Peter im Werkunterricht gemacht hatte, korrigierte sie sich selbst und richtete sich auf. Dann zündete sie sich eine Zigarette an und überlegte, was das für Vögel waren. Gab den Gedanken aber gleich wieder auf.

Du magst keine Vögel, hast du das vergessen? Da oben hatte sie auf einen Vogel getreten, ein großes, schwarzes Vieh, das sie auf der Terrasse gefunden hatte. Es war wie Luft unter ihren Schuhen gewesen. Sie erinnerte sich noch daran, wie es gewesen war, ihm die Augen auszustechen, die wie Knöpfe an den Seiten des länglichen Kopfes saßen. Am liebsten hätte sie sich diese Dinger an ihr Cape genäht. Schwarze Vogelaugen an dem hässlichen beigen Umhang, den sie ihr gekauft hatten. Was wäre das für ein Anblick gewesen?

»Ist alles okay, Madam?«

Sie hob benommen den Blick und spürte, dass die Bewegung es ihr schwer machte, richtig zu fokussieren. Wie immer, wenn sie Vival genommen hatte. Dabei hatte sie nur eine halbe Tablette genommen, um schlafen zu können. Mit wenig Erfolg, denn nach zwei Stunden war sie bereits wieder aufgewacht. Das Mittel zeigte bei ihr keine Wirkung mehr.

»Nennen Sie mich nicht Madam, Sie wissen, dass ich das hasse.«

»Sorry, Madam.«

Elisabeth Thorstensens Augen verengten sich zu Schlitzen.

Rose hielt sich die Hand vor den Mund und trat an die Spülmaschine. Elisabeth Thorstensen glaubte, Furcht in den Augen des Hausmädchens ausgemacht zu haben. War sie jetzt unfair? Sie drückte die Zigarette aus und ging in die Halle. Vor dem Spiegel wartete sie eine Weile, bis sie genug Mut gesammelt hatte, ihr eigenes Spiegelbild zu betrachten.

Dann schloss sie die Augen, froh über den Anblick.

Sie war noch immer schön, dachte sie. Das hatte auch Asgeir am Morgen gesagt, als sie aus ihrem Zimmer nach unten gekommen war, um ihn zu verabschieden. Für einen Moment hatte sie so etwas wie Glück verspürt, ein Gefühl, wie sie es damals im alten Reichshospital gehabt hatte, mit Kristiane auf der Brust.

»Versprechen Sie mir eins, Rose.« Sie stellte sich in den Türrahmen. Rose räumte weiter die Maschine aus. »Haben Sie niemals Angst vor mir. Niemals.«

Rose stellte ein Glas auf die Anrichte. Ihr Lächeln sah echt aus. »Natürlich nicht.«

»Wenn ich Sie verliere, verliere ich alles.«

Rose strich sich eine Haarsträhne aus der Stirn. Elisabeth Thorstensen ging zu ihr und nahm ihre Hand.

»Niemals.«

Sie beugte sich zu Rose hinunter, umarmte sie und konnte ihre Tränen nicht zurückhalten, sosehr sie es auch versuchte.

»Nicht traurig sein«, sagte Rose.

Du hättest da sein sollen, dachte Elisabeth Thorstensen. Du hättest da sein und auf mich aufpassen sollen. Wie alt warst du damals? Noch nicht geboren. Selbst deine Eltern waren da noch Kinder.

Schließlich ließ sie die junge Filipina los und trat einen Schritt zurück.

»Ich weiß nicht, was ich ohne Sie machen sollte.«

Jetzt weinte auch Rose.

Elisabeth Thorstensen dachte, dass sie die junge Frau zurück auf die Philippinen schicken sollte. Rose hatte dort einen fünfjährigen Sohn, der bei seinen Großeltern lebte.

Aber nein, Rose durfte sie niemals freigeben.

Sie ließ das Hausmädchen mit der Arbeit weitermachen und ging in die Halle und von dort ins Büro.

Der schreckliche Brief lag noch immer auf dem Schreibtisch. Sie hatte sich den Text von Asgeir vorlesen lassen, dabei wusste sie bereits, was in dem Schreiben stand.

Wir möchten Sie mit diesem Brief darüber in Kenntnis setzen, dass die Wiederaufnahmekommission mit ihrem Beschluss vom 10. Dezember 2004 Anders Rasks Antrag stattgegeben hat, das Urteil des Landgerichts Eidisvating vom 22. Februar 1994 überprüfen zu lassen.

Das Wort »Anwalt« las sie laut. Zum ersten Mal seit sie den Brief bekommen hatte, spürte sie nichts. Es waren nur Buchstaben auf Papier, sonst nichts, das alles ging sie nichts an.

Sie ließ ihren Blick über den Fjord schweifen und liebkoste mit den Fingern das Papier, als könnte es Kristiane von den Toten aufwecken.

Dann schloss sie die Tür des Büros und griff zu dem alten Festnetztelefon. Sie wählte seine Nummer. Nach dreimaligem Klingeln nahm er das Gespräch an. Die Stimme klang fremd. Er war in einer Sitzung. Er hätte das Gespräch nicht annehmen müssen, tat es aber trotzdem. Schon das machte sie glücklich.

»Ich muss dich sehen.«

Er legte auf, ohne etwas zu sagen.

Sekunden später begann sie zu weinen und zuckte gleich darauf von einem merkwürdigen Laut zusammen, den sie erst mit etwas Verzögerung als das Klingeln des Festnetztelefons erkannte. Sie hielt es in der Hand und starrte auf die achtstellige Nummer. Das war nicht er, das war keine Handynummer.

Weit unten in der Halle glaubte sie, Roses Schritte zu hören. Sie legte das Telefon vorsichtig weg und spürte mit einem Mal eine alles verzehrende Kälte im Körper. Sie stand auf, öffnete die Tür und ging mit raschen, aber kontrollierten Schritten zur Treppe.

Tatsächlich, Rose lief unten durch die Halle in Richtung Telefon. Elisabeth Thorstensen blieb auf der obersten Treppenstufe stehen.

»Nicht drangehen!«

Rose zuckte zusammen und wäre fast über die kleine Kommode gestolpert, auf der das Telefon stand.

Sie starrten einander an, bis der Anrufer aufgab.

Elisabeth Thorstensen konnte die Tränen nicht zurückhalten, als sie Roses Gesicht sah.

Du hast es mir doch versprochen, dachte sie. Du hast mir versprochen, keine Angst vor mir zu haben.

6

Tommy Bergmann richtete den Blick auf den Weihnachtsstern, der vor ihm stand. Er schloss die Augen, bereute dies aber sofort, als sich noch einmal die Bilder des Traums meldeten und er sich selbst wieder und wieder mit dem Messer auf sie einstechen sah, so hart und tief wie nur möglich. Die weiche Stimme der Polizeipräsidentin erfüllte den Raum. Sie las aus dem Dagbladet vor. Wenn er alles richtig mitbekommen hatte, ging es in dem Artikel um die Inkompetenz und den Tunnelblick der Polizei. Er war noch immer von der Nacht gerädert und schwitzte. Das hatte bereits im Taxi auf dem Weg ins Präsidium angefangen, während er auf das Kreuz am Rückspiegel gestarrt und an eine andere Zeit gedacht hatte. An die Toskana, den Sommer, in dem Hege geglaubt hatte, schwanger zu sein. Er war so glücklich gewesen, auf jeden Fall einige wenige gute Tage lang, und hatte wirklich vergessen können, wie krank er war. Doch als sie nach Hause gekommen waren, hatte er sein Versprechen ein weiteres Mal gebrochen.

Warum?

Tommy wusste es nicht. Er wusste nichts über sich. Er war neununddreißig Jahre alt und hatte nicht den Funken einer Ahnung, wer er wirklich war. Er konnte nicht einmal unterscheiden zwischen dem Gefühl, das er damals, 1988, in dem dunklen Wald gehabt hatte, als er auf das fünfzehnjährige Mädchen starrte, dem alle Menschlichkeit geraubt worden war, und dem, das er jetzt spürte, sechzehn Jahre später im Büro der Polizeipräsidentin, wo ihm, ausgerechnet ihm, die Chance gegeben wurde, in diesem Fall ein für alle Mal aufzuräumen.

Er rieb sich fest über das Gesicht, eine beinahe zwanghafte, frenetische Bewegung. Dann ließ er seinen Blick noch einmal über die am Tisch versammelten Leute schweifen. Ernste, aufgesetzte, pathetische Mienen. Menschen, die in ihre eigene Karriere verliebt waren. Manchmal dachte er, dass diesen Leuten die Opfer, die ermordet, vergewaltigt, misshandelt worden waren, nichts bedeuteten, dass sie auf ihnen herumtrampelten, während sie die Karriereleiter nach oben kletterten. Vielleicht lag er da aber falsch, denn die Polizeipräsidentin, Hanne Rodahl, schien für einen Moment wirklich wütend über den Zeitungsbericht zu sein, als wäre es tatsächlich ihr innerster Wunsch, den Mörder von Kristiane Thorstensen dingfest zu machen.

Durch den Presserummel schien sie Druck von Leuten bekommen zu haben, die noch weiter über ihr standen, so dass nun endlich etwas geschah.

Der Journalist des Dagbladet sprach auf jeden Fall Klartext, er sah es als sicher an, dass Rask freigesprochen werden würde, und feuerte eine Breitseite auf die Polizeiführung ab.

»Es ist schon bemerkenswert, wie es der Polizei gelungen ist, Anders Rask auf Basis derart vager Indizien zu verurteilen, doch damit nicht genug, denn müssen wir uns nicht die Frage stellen, ob hier mitten unter uns in Norwegen ein kranker Kindermörder sein Unwesen treibt? Zehn Jahre nach dem ersten Mord ist jetzt wieder ein junges Mädchen umgebracht worden, doch auf all unsere Fragen erhalten wir von der Pressestelle der Polizei nur dumme, ausweichende Antworten. Liegt es da nicht auf der Hand, die eine brennende Frage zu wiederholen? Läuft in unserem Land irgendwo ein gestörter Kindermörder herum?«

Die Polizeipräsidentin beendete das Zitat aus dem Artikel, den sie auf Bitten von Staatsanwalt Svein Finneland vorgelesen hatte. Sie holte tief Luft, nahm langsam ihre Lesebrille ab und klappte sie zusammen.

Was folgte, war betretenes Schweigen. Sieben Männer und eine Frau starrten auf einen welken Weihnachtsstern, während die Uhr an der Wand einer weiteren Niederlage entgegentickte.

»Auf die Hinterbliebenen nehmen sie wie immer keine Rücksicht«, sagte Hanne Rodahl und wog ihre Brille in der Hand. Tommy nahm den Blick von ihr und starrte leer vor sich hin. Er wusste nicht, was er dazu sagen sollte, und ihr etwas resigniertes Lächeln wollte er auch nicht erwidern. Außerdem stand er von allen Anwesenden am weitesten unten auf der Karriereleiter, was ihm sonst allerdings nur wenig ausmachte. Trotzdem fragte er sich, warum ausgerechnet er hier saß. Fredrik Reuter war am Vortag in sein Büro gekommen, nachdem der Oberstaatsanwalt ihm klar zu verstehen gegeben hatte, dass sie sich darauf vorbereiten sollten, den ganzen Rask-Fall wieder aufzurollen. Er warte aber natürlich noch auf den Ablauf des Verfahrens, da sich ja erst dann zeigen würde, ob sie heute mehr gegen Rask in der Hand hatten als vor elf oder zwölf Jahren, als dieser bei der Vernehmung plötzlich gestanden hatte und daraufhin verurteilt worden war. Der Staatsanwalt wollte, dass die möglichen neuen Ermittlungen dieses Mal vom Polizeidistrikt Oslo geleitet wurden, schließlich stammten fünf der getöteten Mädchen aus diesem Distrikt. Zwei Leichen waren auf Nesodden gefunden worden, eine in Oppegård und zwei weitere am Stadtrand von Oslo. Tommy dachte, dass dieser Beschluss weniger rationaler als bürokratischer Natur war, bis Reuter sagte: »Rodahl will dich, Tommy.«

»Dieser Rask«, fuhr Hanne Rodahl fort, um der Stille ein Ende zu machen. Tommy dachte, dass sie diesen Fall nicht wirklich übernehmen wollte, und er verstand sie gut. Ebenso gut könnte man als Heizer in der Hölle arbeiten. »Rask bereitet mir Gänsehaut. Sind wir uns wirklich sicher, dass er nicht der Täter ist?«

»Er wird für den Mord an Kristiane Thorstensen freigesprochen werden«, sagte Staatsanwalt Svein Finneland, der auf der entgegengesetzten Seite des Tisches saß. »Mit der Wiederaufnahme des Verfahrens ist der Fall eigentlich schon klar. Daran gibt es keinen Zweifel. Und wenn ich mich nicht täusche, wird er auch im nächsten Wiederaufnahmeverfahren freigesprochen. Und das bedeutet, dass Rask im Laufe weniger Jahre auch für Morde freigesprochen wird, die er faktisch begangen hat, die wir ihm aber nicht beweisen können. Oder da draußen läuft noch ein anderer Täter herum – wenn nicht gleich mehrere. Was ich wissen will, ist, ob Rask getan hat, wofür er verurteilt worden ist – ob wir es ihm nun beweisen können oder nicht –, oder ob wir in Wahrheit einen anderen Mann suchen. Den Mann nämlich, der Daina in Frogner umgebracht hat. Wir teilen uns auf, Hanne. Wir werden von zwei Seiten aus angegriffen und müssen uns entsprechend verteidigen. Finden wir die Antwort auf eine unserer Fragen, können wir vermutlich auch die anderen beantworten. Sørvaag macht mit dem Daina-Fall weiter, wie sehr die Sache auch stillzustehen scheint, und Bergmann kümmert sich um den alten Kristiane-Fall.«

»Aber warum Kristiane?«, fragte Rodahl vor sich hin.

»Genau das ist die Frage«, sagte Finneland. »Warum Kristiane?«

»Sie glauben, dass Kristiane der Schlüssel ist?«, fragte Tommy und richtete seinen Blick auf Finneland.

Die Augen des Staatsanwalts wurden schmal, leuchteten gleichzeitig aber auf.

»Sie denken schnell, Bergmann. Ich mag Menschen mit rascher Auffassungsgabe. Ja, ich habe mir die Frage gestellt, warum Rask ausgerechnet Kristiane ausgesucht hat. Warum ist er so überzeugt davon, sie nicht umgebracht zu haben? Will er der Öffentlichkeit damit etwas mitteilen?«

»Sie glauben, er sitzt auf irgendwelchen Informationen?«, fragte Tommy.

Svein Finneland lächelte, Tommy wusste aber nicht, ob er diesen Gesichtsausdruck mochte.

»Genau das müssen Sie herausfinden, Bergmann.«

Svein Finneland präsentierte den Auftrag wie die natürlichste Sache der Welt. Obwohl Finneland offiziell zuständig war für den Distrikt Oslo, war er als abgesandter Oberstaatsanwalt den Gerüchten nach auch derjenige, der in der obersten Anklagebehörde des Landes die Fäden in der Hand hielt. Dass er bei den Beamten in den Streifenwagen diverse Spitznamen hatte, wunderte niemanden. Er war ein arroganter Emporkömmling, der die Polizeijuristinnen nach Belieben um den Finger wickelte, wenn ihm danach war. Und er sah gut aus, war durchtrainiert und hatte viel Macht, viel zu viel Macht.

»Du verstehst, was ich meine«, sagte Hanne Rodahl an den Staatsanwalt gerichtet. »Rask ist ein frauenhassendes Schwein und ein total verrückter Pädophiler. Ich werde das Gefühl nicht los, dass er uns verarscht. Uns alle. Ich persönlich glaube, dass er all diese Mädchen umgebracht hat, Svein.«

»Daina nicht«, sagte Finneland.

»Der Täter hat ihr keinen Finger abgeschnitten. Und ihre Verletzungen waren nicht so wie …«

»Mein Gott, weil er nicht dazu gekommen ist, Hanne! Er wurde von einem Mann gestört, den wir nicht finden können. Den wir nie finden werden, wann siehst du das endlich ein?«

Oberstaatsanwalt Svein Finneland seufzte resigniert und legte die Finger aneinander. Der breite Ehering schien in seinen rechten Ringfinger geradezu eingewachsen zu sein. Für einen Moment saß Tommy wieder im Streifenwagen in Lille Stensrud, starrte auf den einsamen Weihnachtsstern im Fenster und die dunkle Gestalt am Straßenrand. Er hörte das Klicken von Kåre Gjervans Ehering auf dem Schaltknüppel. Hätte ich damals doch nur die Tür aufgemacht, dachte Tommy, und wäre weggelaufen. Weit, weit weg, um nie wiederzukommen!

»Du kannst glauben, was du willst, Hanne«, sagte Svein Finneland. »Ich will eine weitere Besprechung in genau einer Woche.«

Er knallte die Aktentasche auf den Tisch und warf einen Blick auf die Pulsuhr an seinem Handgelenk, als würde er bereits die Zeit stoppen. Tommy wusste, dass Svein Finneland alle Türen nach oben offen stehen würden, sollte es ihm gelingen, Kristianes wahren Mörder zu finden oder neue, schlagende Beweise gegen Rask vorzulegen. Dabei waren diesem Mann Kristiane und die anderen Opfer eigentlich egal, für ihn zählte nur seine Karriere.

»Bergmann, ich verlasse mich darauf, dass Sie der Mann sind, der mir innerhalb dieser Woche etwas liefern kann«, sagte er und stand auf. »Dann will ich von Ihnen wissen, ob wir in einer bestimmten Richtung weitergehen können oder nicht. Ist das verstanden? Eigentlich würde ich es vorziehen, mit Händen und Füßen dafür zu kämpfen, dass das alte Urteil gegen Rask bestehen bleibt. Aber das wäre in diesem Fall wohl nicht besonders effektiv. Eine Woche, *that's it.* Und halten Sie über das alles dicht, so lange es nur geht.« Die Art, wie Svein Finneland auf ihn einsprach, erinnerte Tommy an seine Grundausbildung beim Militär. Ein Leben aus kurzen Kommandos ohne Raum für Zweifel.

»Ich persönlich würde es begrüßen, wenn Rask für den Rest seines Lebens hinter Schloss und Riegel bliebe. Sie können sich ja vorstellen, welch große Niederlage eine weitere gescheiterte Ermittlung darstellen würde. Früher oder später wird auch der Damm brechen, den wir um den Fall Daina aufgebaut haben. Dann werden wir gezwungen sein, das komplette Verfahren gegen Rask wiederaufzunehmen, und genau deshalb will ich der Justiz möglichst zuvorkommen.«

Stille. Keiner schien etwas dazu sagen zu wollen. Die sieben anderen im Raum waren sichtlich froh darüber, dass Finneland die Verantwortung für das alles nur Kommissar Tommy Bergmann aufgebürdet hatte.

»Ressourcen?«, fragte Tommy.

»Hol Susanne mit ins Boot«, sagte Reuter und räusperte sich. »Ihr beiden schafft es, dichtzuhalten. Und sie ist ein bisschen besser organisiert als du.« Vorsichtiges Lachen am Tisch. Ein paar Blicke wurden gewechselt, ohne dass

Tommy verstand, was vor sich ging. Hanne Rodahl lächelte Svein Finneland etwas abwesend an.

»Ressourcen hier im Haus stehen zur Verfügung«, sagte Finneland. »Aber bleiben Sie in Deckung, Bergmann. Und wenn Sie Fragen haben, rufen Sie mich an. *Anytime*, okay? Ansonsten sehen wir uns nächste Woche. Und dann sollte etwas auf dem Tisch liegen, das das Kriminalamt damals übersehen hat.«

Svein Finnelands Hand legte sich schwer auf Tommys Schulter.

»Liefern Sie mir irgendwas, damit wir dieses Schwein dranbekommen.«

7

Elisabeth Thorstensen hatte seit dem Vorfall mit dem Telefon nicht mehr mit Rose gesprochen. Sie hatte in den Wolfspelz gewickelt draußen auf der Terrasse gesessen und über den Fjord geschaut, vor sich die Inseln Ulvøya, Malmøya und Nesodden. Zwischen ihren Fingern klemmte eine noch nicht angezündete Zigarette. Als sie unterhalb des Hauses den Zug vorbeifahren hörte, sah sie durch die blattlose Hecke ganz deutlich, wie Kristiane ihr Gesicht an die Scheibe drückte und mit den Fäusten ans Fenster hämmerte. Elisabeth Thorstensen sprang auf und rannte, die Zigarette noch immer zwischen den Fingern, so schnell wie möglich durch den Garten. Sie versuchte, die dicken Zweige der Hecke auseinanderzubiegen, verkratzte sich dabei aber nur den Handrücken. Dann starrte sie durch das dunkle Geäst, bis die letzten Geräusche des Zuges verklungen waren. Unten vom Mosseveien hörte sie das beständige Rauschen der Autos, das ihr half, ihr Leben auszuhalten. Autolärm, Leben, Menschen, die noch ein Ziel hatten, einen Alltag mit anderen Menschen und Kindern.

Sie leckte sich die Wunde auf der Hand ab. Der Anblick des Blutes und der süßliche Geschmack bereiteten ihr Schwindelgefühle. Ihr wurde schwarz vor Augen, ihre Beine gaben nach, und sie sank in die Hecke.

Als Nächstes erinnerte sie sich daran, dass sie im Schnee lag und eine warme Hand ihre Finger umklammerte. Sie schlug die Augen auf, und der feine Schnee fiel prickelnd auf ihre Augäpfel.

»Elisabeth, was ist denn passiert?«, fragte Rose neben ihr. Elisabeth Thorstensen fand den Anblick absurd. Die zierliche Frau mit den braunen Augen hockte nur mit Hausschuhen, Rock, Bluse und Schürze bekleidet neben ihr, die schwarzen Haare voller Schnee. So weit im Norden.

Fahr nach Hause, dachte sie und schloss die Augen wieder.

»Sie haben doch noch niemanden angerufen?«, fragte sie leise.

»Nein.«

»Helfen Sie mir auf?«

Rose half ihr oben im Bad beim Ausziehen.

»Lassen Sie mich bitte nicht allein, bleiben Sie bei mir, während ich bade.«

Rose streichelte ihr über die Stirn, dann ließ Elisabeth Thorstensen sich ins Wasser gleiten. Wäre Rose nicht gewesen, sie hätte sich unter Wasser gleiten lassen und einfach den Mund geöffnet.

Wie in einem Traum drang das Klingeln des Telefons von unten an ihr Ohr. Wie ein Déjà-vu des Morgens. Elisabeth stand in der Badewanne auf und betrachtete sich selbst im Spiegel.

»Ich bin noch immer eine hübsche Frau, nicht wahr, Rose?« Sie lächelte die Haushaltshilfe vorsichtig an.

Das Klingeln des Telefons verstummte.

Vielleicht war er das gewesen.

Eine Stunde später fuhr sie den neuen Mercedes, den Asgeir ihr gekauft hatte, aus der Garage. Eine Viertelstunde später war sie auf der Straße Skøyenbrynet. Langsam, ganz langsam rollte sie weiter, wie ein Beutetier, das sich einer Wasserstelle näherte.

Sie parkte ein paar Meter von ihrem alten Haus entfernt. Die Wände waren noch immer rot gestrichen. Ein dünner Streifen grauer Rauch stieg aus dem Schornstein empor. Dann überkam sie die Enttäuschung. Sie wollte nur ums Haus herumgehen und nach oben zu Kristianes Zimmer schauen. Und zu Alex. Sie schloss die Augen und stellte sich vor, wie sie durch das Haus lief, die Treppe hochging, die Füße oben auf den lackierten Flurdielen, an den Wänden die Bilder, für die sie Per-Erik zufolge viel zu viel bezahlt hatte. Am Ende des Flures lagen die Zimmer der Kinder, eines rechts, das andere links.

Es waren Kristianes Haare gewesen. Da war sie sich ganz sicher.

Sie öffnete die Autotür und trat vorsichtig in den Schnee. Die Flocken fielen jetzt dicht, weiter als bis zum Nachbarhaus konnte man nicht mehr schauen.

Es war ihr egal, dass jemand zu Hause war.

Elisabeth Thorstensen öffnete das schmiedeeiserne Tor und trat in den Garten.

Schon nach wenigen Schritten sah sie eine Bewegung hinter dem Küchenfenster, und für ein paar Sekunden sah sie sich selbst dort stehen. Damals, in glücklichen Tagen. Sie waren doch glücklich gewesen, oder?

Eine innere Stimme sagte ihr, dass es ungefährlich war,

weiter in den Garten zu gehen. Dass niemand sie sehen würde. Trotzdem blieb sie wie paralysiert stehen, und zu guter Letzt gewann tatsächlich die Vernunft. Eilig ging sie zurück zum Gartentor und schloss es hinter sich.

Wieder zurück im Wagen, fuhr sie zwanzig oder dreißig Meter weiter, hielt dann aber vor dem Haus der alten Nachbarn an. Sie hatten damals sicher gewusst, was im Nachbarhaus vor sich ging, was Per-Erik mit ihr machte.

Sie hob den Blick in Richtung der Hochhaussiedlung, wo er jetzt wohnte. Die Häuser waren nicht zu sehen, aber allein die Tatsache, dass er hier in der Nähe wohnte, war wie eine Schändung der Erinnerung an Kristiane.

Neben ihr auf dem Beifahrersitz lag ihr Portemonnaie. Sie nahm Kristianes Passbild heraus. Das einzige Bild, das sie von ihr hatte. Alex hatte es ihr im Sommer ohne jegliche Vorwarnung geschickt, nur mit den wenigen Worten:

Ich habe dieses Bild aufgehoben.

Hatte sie es ihm gegeben?

Der Gedanke kam ihr erst jetzt, da sie hier im Auto saß. Aber konnte das wirklich sein? Und warum hatte er es aufgehoben, warum hatte *er* Sachen von Kristiane aufbewahrt und sie nicht?

Sie nahm ihr Handy und suchte Alex' Nummer heraus. Schnell und ohne weiter darüber nachzudenken, hatte sie seine Nummer gewählt.

Als er sich meldete, klang seine Stimme distanziert, wie die eines Fremden.

»Hast du es gesehen?«, fragte sie so leise, dass sie kaum ihre eigene Stimme hörte. Sie hatte das Gefühl, dass jemand sie aus dem Haus hinter ihr beobachtete. Dass Kristiane am Ende des Flurs am Fenster stand und alles sah und hörte.

Alex antwortete nicht. Sie sah ihn da oben in Tromsø vor sich, wie er im Dunkeln herumlief, seine feinen Gesichtszüge, die schwarzen Haare. Sie hatte ihn während des Medizinstudiums nur ein einziges Mal besucht. Er wohnte in einem schrecklichen Kellerloch, aber da oben war ja sowieso alles dunkel und kalt, der reinste Alptraum.

»Wie konntest du das tun?«, fragte sie.

Nur das Rauschen der Verbindung war zu hören.

»Elisabeth«, sagte er schließlich resigniert, als wäre er ihr Vater. Erst wurde sie wütend, doch dann brach sie innerlich zusammen und begann zu weinen.

»Warum kannst du mich nicht mehr Mama nennen?«

»Versprichst du mir eins?«, fragte er.

Sie bekam ihr Weinen unter Kontrolle. »Ja.«

»Ruf mich nie wieder an.«

8

Nach der Besprechung blieb Tommy Bergmann untätig in seinem Büro sitzen. Vor dem Fenster war eine weiße Wand aus Schnee.

Finden, was das Kriminalamt seinerzeit übersehen hat. In einer Woche. Vierzig Prozent aller Männer hatten Blutgruppe A. Tommy selbst auch. Nur zehn Prozent hatten das gleiche Enzymprofil wie der Täter. Anders Rasks Profil passte. Und nur Rask hatte Sachen bei sich zu Hause, die zwei der Mädchen gehört hatten. Notizbücher und Haare. Andererseits: Unter den Nägeln der Opfer war nie Haut gefunden worden. Bis zu dem Mord an Daina im Frognerveien. Vielleicht hatte er sie blitzschnell von hinten überwältigt und gefesselt. Und mit Schlägen traktiert, bis sie ohnmächtig wurden. Nur bei Kristiane war er anders vorgegangen.

Tommy dachte, dass er ein Team oder gar zwei brauchte, um im Laufe von nur einer Woche irgendetwas finden zu können. Dabei konnte er nur auf Susanne zurückgreifen, und sie wäre sicher nicht seine erste Wahl gewesen, auch wenn sie klug war. Es gab eben Grenzen dafür, was sie in einer Woche erreichen konnten. Und wenn Susanne in dieser Woche ihre Tochter Mathea hatte und keine Überstunden machen konnte, dann konnte er das Ganze komplett vergessen. Wenn sie wenigstens wüssten, wo sie anfangen sollten. Das DNA-Profil, das sie an Daina gefunden hatten, war in der Datenbank nicht gespeichert, und das gesamte Beweismaterial der Morde aus den Jahren 1978 bis 1991 war inzwischen vernichtet worden. Das alte Profil, das sie damals beim Mord an Kristiane ermittelt hatten, war wenig präzise. Es legte lediglich nahe, dass es sich um ein und denselben Täter handeln *könnte.* Mit der heutigen Technologie hätte man aus dem alten Beweismaterial sicher mehr herausholen können. Das Problem war nur, dass im guten alten Norwegen das Beweismaterial konsequent vernichtet wurde, wenn ein Urteil rechtskräftig war. Manchmal wurden einzelne Gegenstände des Opfers seiner Familie zurückgegeben. Aber welche Angehörigen hoben Kleider mit Täterspuren auf? In Kristianes Fall waren die einzigen DNA-Spuren auf und in ihrem Körper gefunden worden. Ihre Kleider waren nie aufgetaucht.

Die Worte *Das ist alles meine Schuld* schrillten in seinen Ohren, als hätte er sie gerade erst vernommen.

Kristianes Mutter hatte das damals geschrien.

Er schüttelte die Maus, und der Bildschirm erwachte und zeigte die Website des Dagbladet. Ein Porträt von Kristiane Thorstensen strahlte ihm entgegen. Er senkte für einen Moment den Blick, als wollte er ihr nicht in die blauen Augen schauen.

Dann schloss er die Website und öffnete die Datei des Einwohnermeldeamts. Kristianes Vater, Per-Erik Thorstensen, wohnte in Tveita. Ganz in der Nähe war Tommy selbst aufgewachsen. Thorstensen schien allein zu wohnen und in Teilzeit an der Furuset Schule zu arbeiten, irgendetwas mit IT.

Er öffnete das Telefonbuch und suchte die Nummer des Mannes heraus.

Dann tippte er langsam den Namen der Mutter ins Suchfeld.

Elisabeth Thorstensen. Ihre Nummer hatte er auf dem Handy gespeichert gehabt, nach einer Woche aber wieder gelöscht.

Warum sie auf dieser Beerdigung gewesen war, hatte er nie verstanden. Mitleid? Aber wieso hatte sie sich einem derartigen Schmerz aussetzen wollen? Ich muss sie nicht verstehen, dachte Tommy, sie wird ihre Gründe gehabt haben. Andererseits kam er jetzt nicht mehr darum herum, sie zu kontaktieren. Wie weh er ihr damit auch tat.

Er drückte auf Enter und starrte nach draußen ins Schneetreiben. Der Winter schien nie mehr zu Ende gehen zu wollen.

Dann fiel sein Blick wieder auf den Bildschirm. Sie hieß tatsächlich noch immer Elisabeth Thorstensen. Wohnhaft in Bekkelaget auf der Bekkelagsterrasse. Im Telefonbuch gab es aber keinen Eintrag mehr. Sie musste ihn nach der Beerdigung von Daina gelöscht haben.

Das Einwohnermelderegister machte es ihm einfach. Es verriet ihm, dass sie mit Asgeir Nordli verheiratet war, geboren 1945. Und dass sie zwei Söhne hatten. Alexander, Kristianes Bruder, und Peter, zwölf Jahre alt. Ihn hatte sie 1992 mit Asgeir Nordli bekommen.

Nordlis Telefonnummern waren angegeben. Zwei Handynummern und ein Festnetzanschluss. Der Name des Mannes kam ihm irgendwie bekannt vor. Er googelte ihn und fand heraus, dass Nordli eine Immobilienfirma hatte, aber trotzdem klingelte bei Tommy nichts. Er klickte sich durch die Website des Unternehmens. Die Arbeitsbereiche Immobilienentwicklung und Verwaltungsdienste hörten sich nicht nach etwas Großem an, aber die im Brønnøysundregister angegebene Bilanz zeigte, dass es der Firma gutgehen musste. Auch die Summe der bezahlten Steuern ließ erkennen, dass es Elisabeth Thorstensen in ihrer neuen Ehe finanziell an nichts mangelte.

Er wählte die Nummer des Festnetzanschlusses, ehe er es sich anders überlegen konnte.

Es klingelte lange, ohne dass sich ein Anrufbeantworter meldete. Er sah auf die Uhr. Zehn. Vermutlich waren jetzt alle bei der Arbeit. Andererseits ging er irgendwie davon aus, dass Elisabeth Thorstensen nicht mehr arbeitete.

Gerade als er auflegen wollte, wurde am anderen Ende abgenommen.

Es blieb aber still.

»Hier ist Tommy Bergmann von der Osloer Polizei«, meldete er sich etwas lauter als geplant.

Die Person am anderen Ende holte hörbar Luft, als wollte sie etwas sagen, doch es kam kein Laut.

»Ich würde gerne mit Elisabeth Thorstensen sprechen.«

Es wurde aufgelegt.

Tommy rief eine von Nordlis Handynummern an. Der Mann meldete sich sofort, klang aber mürrisch, als käme der Anruf sehr ungelegen. Tommy stellte sich vor, und Asgeir Nordlis Einstellung änderte sich sogleich.

»Ich würde gerne mit Ihrer Frau sprechen«, sagte Tommy.

»Sie ist krankgeschrieben.«

Tommy gelang es schließlich, Nordli zu überreden, ihm die Handynummer von Elisabeth Thorstensen zu geben.

Er brauchte drei Anläufe, bis sie das Gespräch endlich entgegennahm.

»Elisabeth Thorstensen?«

»Ja?«, meldete die Frau am anderen Ende sich sehr leise.

Tommy nahm allen Mut zusammen, er hatte nur einen Versuch. »Es geht um …«, er hielt inne, als wäre er plötzlich nicht mehr imstande, den Namen auszusprechen. »Anders Rask. Das Wiederaufnahmeverfahren.« Für einen Moment dachte er, dass er besser gesagt hätte, es gehe um Kristiane, aber jetzt war es zu spät.

Alles, was er hörte, war ein gehauchtes »Auf Wiederhören«.

Dann war das Besetztzeichen zu hören.

Tommy schloss die Augen. Er erinnerte sich noch genau daran, wie Elisabeth Thorstensen auf dem Boden in der Küche gehockt hatte, tiefe Schnitte im Handgelenk, und wie ihr Gesicht vor ihm zusammengefallen war – von bildschön zu verzerrt, bis das Licht in ihren Augen verloschen war, als wäre alle Hoffnung für die Menschheit vertan.

Er wählte die Nummer noch einmal, bereute es aber gleich und legte auf.

Er ging auf den Flur, verschwand in der Toilette und wusch sich minutenlang das Gesicht mit kaltem Wasser. Wieder zurück an seinem Schreibtisch rief er Per-Erik Thorstensen an.

»Der gewünschte Gesprächspartner ist zurzeit nicht …«, meldete sich der Anrufbeantworter.

Er wählte die Festnetznummer, erreichte aber nur eine Ansage, die ihm mitteilte, die Nummer werde nicht mehr verwendet.

Einen Moment lang kaute Tommy auf seiner Unterlippe

herum und studierte seine Hände. Ballte die Faust und öffnete sie wieder. Eine sinnlose Bewegung, die er trotzdem mehrmals wiederholte. Dann nahm er sein Handy und suchte die Nummer vom Dagbladet-Journalisten Frank Krokhol heraus.

Sie verabredeten sich in acht Stunden am gewohnten Ort zum Essen.

Was sollte Susanne machen? Laut Reuter war sie die Organisiertere von ihnen beiden.

Er stand auf und ging zu ihrem Büro. Sie telefonierte. Ihr Schreibtisch war vollkommen leer, sah man einmal von dem PC und drei Ablagekörben ab. Posteingang, Postausgang und ein Korb für Fälle, an denen sie aktuell arbeitete. Außerdem standen zwei minimalistisch gerahmte Fotografien ihrer Tochter Mathea nebeneinander auf dem Tisch. Es sah aus, als erwartete sie jederzeit Besuch von einem Einrichtungsmagazin. Tommy verstand nicht, wie man so leben konnte. Und sie verstand sicher nicht, wie *er* seine Tage überstand. Sein Leben.

Er lehnte sich vorsichtig an den Türrahmen und beobachtete sie eine Weile. Sie musste seit dem Vortag beim Friseur gewesen sein. Die hellen Strähnchen waren neu. Ein Anblick, der ihn mehr, als ihm lieb war, an Hege erinnerte. Er tröstete sich damit, dass Susanne eigentlich dunkelblond war, fast brünett, und dass ihre Augen braun und nicht blau waren. Außerdem wusste er gar nicht, ob er sie mochte. Sie arbeitete seit zehn Jahren im Stabsbereich der Verkehrspolizei, wofür er sie schätzte. Und ihr fehlte nur noch die Masterarbeit, um ihr Jurastudium abschließen zu können. Auch er hatte ursprünglich studieren wollen, war aber nie dazu gekommen. Eine schlechte Entschuldigung, Susanne hatte schließlich auch noch eine kleine Tochter.

Alles in allem war sie gar nicht so übel.

Als er fest an die Tür klopfte, zuckte sie zusammen und drehte sich um.

»Ich rufe dich gleich zurück«, sagte sie zu der Person, mit der sie telefonierte.

»Kennst du den Kristiane-Fall?«

Sie tastete in ihren Haaren nach ihrer Lesebrille, die dabei beinahe runtergefallen wäre, antwortete aber nicht, sondern senkte nur die fein gezeichneten, dunklen Brauen.

»Du und ich sollen den lösen.«

Sie lachte unsicher.

»Wir haben eine Woche.«

»Ist das dein Ernst?«, fragte sie und zog den Kragen ihres dicken Pullovers nach unten, als wäre ihr plötzlich zu warm. »Wer ist denn auf die Idee gekommen?«

»Finneland, und Rodahl tanzt natürlich nach seiner Pfeife. Reuter hat gesagt, dass du mich unterstützen sollst. Er übernimmt in dieser Woche für mich. Also, lass uns sehen, was wir erreichen können.«

Susanne zog die Augenbrauen noch weiter zusammen. Ihre Wangen schienen in dem winterblassen Gesicht etwas Farbe anzunehmen.

»Wer, ich meine, hast du …« Sie hielt inne.

»Was?«

Sie schüttelte den Kopf. »Ach, vergiss es.«

»Wir müssen uns aufteilen. Dein Part sind dabei leider die Dienstbotenjobs. Ich rufe im Kriminalamt an, und du fährst rüber und holst die Sachen, die wir brauchen. Lass alles andere ruhen.« Ihr Gesicht nahm einen etwas seltsamen Ausdruck an, dann setzte sie sich die Brille auf.

»Okay, dann ruf an«, sagte sie.

»Wie viel kannst du arbeiten?«

»Du willst wissen, ob ich Mathea diese Woche habe?«

Er erinnerte sich nie. Sie und ihr Ex wechselten aber auch

oft die Termine, so dass man den Überblick einfach verlieren musste. Sein Leben war zwar ein einziges Chaos, es gab darin aber Fixpunkte, an denen er sich orientieren konnte: War er nicht beim Handball, konnte er arbeiten. Er hatte alle Zeit der Welt, nur nichts, was er mit dieser Zeit hätte anfangen können.

»Ja.«

»Ist das ein Problem für dich? Ich habe einen Ex, Nachbarn, Freunde und Eltern. Das lässt sich regeln. Und das weißt du.«

Er hob abwehrend die Hände. »Gut. Wenn es dir passt, kannst du eigentlich gleich losfahren«, sagte er. »Ich führe dann ein paar Telefonate.«

Den ganzen Vormittag verbrachte er am Telefon.

Erst rief er in der Psychiatrie in Ringvoll an, in der Anders Rask einsaß. Der Oberarzt, Furuberget, redete eine ganze Weile ohne Punkt und Komma, und als Tommy endlich auflegte, hatte er das Gefühl, seine Zeit vergeudet zu haben. Als hätte Furuberget ganz bewusst nicht auf den Punkt kommen wollen, der Tommy interessierte.

In der nächsten halben Stunde sprach er mit dem Kripos-Beamten, der seinerzeit gegen Rask ermittelt hatte. Tommy spürte sofort, dass dieser Mann ihm keine große Hilfe sein würde. Eher im Gegenteil: Er setzte jetzt vermutlich alles daran, mögliche Schwachstellen der alten Ermittlungen zu kaschieren. Polizeiinspektor Johan Holte war als Held pensioniert worden, er galt als derjenige, der Anders Rask hinter Schloss und Riegel gebracht hatte. Mittlerweile war er deutlich über siebzig, und Tommy spürte förmlich, dass Holte ganz und gar nicht darauf erpicht war, dass Rasks neuer Anwalt seine Heldenstory in Stücke riss.

Aber wenn Svein Finneland recht hatte, würde genau das geschehen.

»Sie sind sich also ganz sicher, dass Rask der Täter ist?«, schloss Tommy.

»Sicher?« Holte spuckte das Wort beinahe aus. »Rask ist ein gerissener Teufel, Bergmann. Ich bin mir sicher, dass er da oben in Ringvoll alle hinters Licht geführt hat.« Holte schnaubte. »Sollte er jemals hierherkommen, werde ich ihn persönlich ins Jenseits befördern und ihm einen Pfahl durch die Brust treiben, um sicherzugehen, dass er nie wieder aufersteht.«

9

Die Zeiger der Wanduhr waren erschreckend schnell vorangeschritten. Susanne Bech warf einen Blick auf ihre Armbanduhr, um sicherzugehen, dass die Uhrzeit stimmte. Dann ging ihr Blick zum Archivleiter, der ein paar Meter vor ihr hockte und die letzten Pappkartons auf den Rollwagen hievte.

Schon zwei Stunden. Zwei Stunden weiter entfernt von ihrem Ziel.

In Gedanken sah sie, wie ihr der Sand wie in einer Sanduhr durch die Finger rieselte. Sie musste das schaffen. Ihr Leben hing beinahe davon ab. Und Tommy *Bloody* Bergmann hatte vor, den ganzen Tag am Telefon zu sitzen. Wollte er den Fall so lösen, während sie die Hilfsarbeiten erledigte? Sie musste lächeln. Hatte ihre Mutter das nicht immer gesagt? *If you want something said, ask a man, if you want something done, ask a woman.* Sie beklagte sich nicht, aber war es wirklich okay, zu einer Dienstmagd reduziert zu werden? Einem Kurier? Deshalb hatte sie sich nicht bei der Kripo beworben.

Und Finnelands Befehl. *My ass.*

Sie wusste nicht, wie sie das alles einschätzen sollte. Bei der Besprechung am Morgen hatte sie nicht dabei sein dürfen, so weit ging die Liebe nicht. Aber Tommy *helfen* durfte sie, für Befehle aus zweiter Hand war sie also gut genug. Trotzdem entschied sie sich, das als Angebot von Svein zu betrachten. Damit er ihr noch mal voller Wonne die Hose runterziehen konnte, wie damals nach dem Sommerfest bei Fredrik Reuter. Und weitere fünf Mal danach. Dabei hatte sie sich selbst geschworen, nie wieder eine derart klamme Beziehung einzugehen.

Gerissener Drecksack.

Von ihrer Probezeit bei der Kripo blieben ihr nur noch zwei Monate, es war wirklich an der Zeit, dass sie etwas zustande brachte. Sonst war sie schneller zurück bei der Verkehrspolizei, als sie Piep sagen konnte. Dabei konnte sie nach der Scheidung einfach keinen Schichtdienst mehr machen. Das war physisch unmöglich. Die Festanstellung im Dezernat für Gewalt- und Sittlichkeitsverbrechen, für die sie sich im Herbst beworben hatte, hatte sie nicht bekommen, sie wusste genau, warum. Vermutlich wollte er ihr jetzt eine neue Chance geben, eine letzte Chance. Schließlich war bald Weihnachten, da bekamen ja alle ein weiches Herz. Ein Teil von ihr hätte diesen Drecksack am liebsten in die Wüste geschickt, der andere wäre gern neben ihm aufgewacht. Dabei hatte der verheiratete Herr nie bis zum nächsten Morgen bleiben können.

Scheiße, hatte sie damals im Juni gedacht, es führt doch zu nichts, eine andere Frau zu hintergehen. Hinterher hatte sie es darauf geschoben, dass sie betrunken gewesen war.

Bei den nächsten Treffen mit Svein Finneland war sie allerdings vollkommen nüchtern gewesen. Sie hatte wissen wollen, ob ihre Gefühle echt waren.

Der Mann, der vom Alter her ihr Vater sein konnte, hatte mehr Macht über sie, als ihr lieb und wirklich bewusst war. Trotzdem war es ihr im Herbst gelungen, dem Ganzen ein Ende zu setzen. Was allerdings nicht hieß, dass sie nicht mehr an ihn dachte. Und obwohl er zum zweiten Mal verheiratet war, notorisch untreu und zwanzig Jahre älter als sie, hatte sie seine SMS noch immer nicht gelöscht. All die Nachrichten, die er ihr geschickt hatte, nachdem sie Schluss gemacht hatte. In Svein Finnelands Welt war es bestimmt unverständlich, einfach so abserviert zu werden. Noch dazu von einer frisch geschiedenen, alleinerziehenden Mutter eines fünfjährigen Mädchens. Außerdem hatte er alle Macht der Welt und konnte sie im System so weit nach oben bringen, wie er nur wollte. Natürlich hätte sie nach der Trennung von Nicolay auch wieder heiraten können, aber alle, die sie getroffen hatte, waren genau wie er gewesen. Zu groß gewordene Jungs, außerstande, sich um ein Kind zu kümmern oder auf die Art zu leben, die sie sich wünschte. Ihre Beziehung war nie so gelaufen, wie sie sich das vorgestellt hatte.

Wie *ich* es mir vorgestellt hatte?, dachte sie und berührte unfreiwillig die Hand des Archivleiters.

Sie lächelte beiläufig, signierte für das Ausleihen der Dokumente und studierte einen Moment ihre Unterschrift. Susanne Bech. Sie war jedes Mal ein bisschen anders. Kindlich und unsicher. Wie ihr Leben. Der reinste Zickzackkurs, ohne Richtung und festen Grund unter den Füßen.

Nein, verdammt, Svein Finneland hatte in ihrem Leben nichts verloren.

Der Archivleiter half ihr, die drei Rollwagen mit Kartons voller Akten zur Laderampe zu bringen.

Die enorme Dokumentenmenge bedrückte sie für einen Moment, vielleicht graute ihr aber mehr noch vor dem

Inhalt dieser Kartons. An Anne-Lee Fransen aus Tønsberg erinnerte sie sich nur noch vage. Der Kristiane-Fall war ihr hingegen noch sehr präsent. Unangenehm präsent. Den Wortlaut der Zeitungsartikel kannte sie fast noch auswendig. Aber wie viele gleichaltrige Frauen hatte sie das zu verdrängen versucht. Sie war ein Jahr älter als Kristiane, und die Bilder der jungen Frau, die damals Tag für Tag in den Zeitungen gestanden hatten und die auch sie hätte sein können, hatten ihrer Seele so zugesetzt, dass sie in jenem Winter nicht einen Schritt allein gemacht hatte.

Sie half beim Verstauen der Akten im Lieferwagen und stellte die letzten beiden Kartons auf den Beifahrersitz.

»Danke«, sagte der Archivleiter und nahm ihre Hand, als erwartete er, sie bald wiederzusehen.

Als alle Kartons im Präsidium waren und sie endlich wieder in ihrem Büro saß, atmete sie auf. Tommy wollte, dass sie das Wichtigste kopierte. Das *Wichtigste*? Sie wusste ja nicht einmal, ob sie das Wichtigste auch mitgenommen hatte. Allein die Tatsache, dass sie die Unterlagen über die drei Prostituierten nicht hatte mitnehmen können, machte ihr ein schlechtes Gewissen. Seit einem Dreivierteljahr arbeitete sie jetzt als Ermittlerin, und das dominierende Gefühl, das sie in dieser Zeit gehabt hatte, war das schlechte Gewissen für all das, was sie nicht schaffte. Bei der Verkehrspolizei konnten sie alles, was sie nicht schafften, einfach an die nächste Dienststelle oder Schicht delegieren. Jetzt musste sie die Probleme selbst lösen. Das Morddezernat war die Endstation für das Elend der ganzen Welt.

Den Rest des Nachmittags verbrachte sie mit Kopieren und Organisieren. Auf halber Strecke gab sie beinahe auf und begann die zusammenfassenden Berichte des Kriminalamts zu lesen, während sie am Kopierer stand. Dabei bemerkte sie nicht einmal, ob jemand der anderen in den Raum kam oder nicht.

Nach zwei Seiten kam ihr plötzlich eine Erinnerung – wie ein Blitz aus heiterem Himmel.

Zwei Zeugen, dachte sie.

Sie hatte damals gerade erst bei der Polizei angefangen, und in den Streifenwagen hatte man nur über das laufende Verfahren gesprochen. Wie im Winter 1988 hatte sie auch damals alles gelesen, was darüber in den Zeitungen berichtet wurde.

Die zwei Zeugen hatten vor Gericht nicht ausgesagt, weil dies durch Rasks Geständnis nicht mehr notwendig gewesen war. Aber beide hatten Kristiane an diesem Samstag gesehen.

Doch, dachte sie, ich bin mir sicher. Einer der beiden war von einer Zeitung interviewt worden, Dagbladet oder VG. Die Überschrift hatte gelautet: *Ich habe Kristiane in Skøyen gesehen.*

Zwei Männer, zwei unterschiedliche Aussagen. Einer hatte Kristiane am Hauptbahnhof gesehen, der andere im Stadtteil Skøyen unter der Eisenbahnbrücke.

Anders Rask hatte ausgesagt, dass er sich mit Kristiane in der Stadt verabredet hatte, dass sie stattdessen aber zu ihm nach Hause gekommen sei. Er hatte damals ein Reihenhaus in Haugerud gemietet. Von Skøyen hatte er nie etwas gesagt. Sein Geständnis war aber von niemandem hinterfragt worden. Man hatte ihm jedes Wort geglaubt, wodurch die Zeugenaussagen plötzlich ohne Bedeutung waren.

Sie suchte schnell die entsprechenden Passagen im zusammenfassenden Bericht heraus.

Zeuge G. Gundersen beobachtet Kristiane gegen 18.30 Uhr am Osloer Hauptbahnhof stand auf Seite 12. Sonst nichts. Täuschte ihre Erinnerung sie?

Sie ging, so schnell sie konnte, zu ihrem eigenen Büro und verteilte die Dokumente im Büro auf dem Boden. Wenn sie Tommy voraus war, würde er sicher ein gutes Wort für sie einlegen. Sie musste diesen Fall für ihn lösen und alles vor ihm auf den Tisch legen. Finden, was das Kriminalamt übersehen hatte!

Sie blätterte sich rückwärts durch den zweiten der fünf Ordner mit den Zeugenaussagen im Fall Kristiane. Die Kartons mit den im Winter 1988/89 aus der Bevölkerung eingegangenen Tipps hatte sie noch nicht geöffnet. Bestimmt seitenweise Hirngespinste irgendwelcher verwirrter Leute. Sie hatte ein paarmal selbst am Infotelefon gesessen und wusste, dass die Phantasie der Menschen kaum Grenzen kannte.

Nach ein paar Minuten fand sie die Aussagen von Georg Gundersen, einem pensionierten Buchhalter aus Moss, er war damals bereits Ende siebzig gewesen.

Gundersen war zweimal befragt worden. Am 30. November 1988 war er sich auf der Polizeiwache in Moss *fast* sicher gewesen, dass er Kristiane gesehen hatte. Zwei Tage später war er in Oslo noch einmal von Kommissar Holte und einem anderen Kollegen, dessen Namen sie nicht kannte, befragt worden. Im Protokoll dieser Befragung stand nichts mehr von »fast« sicher. Jetzt war Gundersen sich vollkommen sicher gewesen. Unterschrieben hatte er mit derselben sicheren Schrift wie schon zwei Tage zuvor. Am Protokoll klebte eine kurze Notiz von Kommissar Holte, der Gundersen als glaubwürdigen Zeugen einstufte.

Die Suche im Register des Einwohnermeldeamts fiel ernüchternd aus.

Gundersen war 1998 gestorben.

Alles andere wäre vermutlich aber auch zu gut gewesen.

Wie verhielt es sich mit dem anderen Zeugen? Dem

Junkie, der damals in der Zeitung interviewt worden war?

Auf einer der letzten Seiten des Ordners fand sie, was sie suchte.

Bjørn-Åge Flaten, geboren am 4. März 1964, hatte laut Protokoll der Fahnder der Osloer Polizei während einer Festnahme wegen Drogenhandels am 19. November ausgesagt, Kristiane Thorstensen exakt eine Woche zuvor in Skøyen gesehen zu haben. Das Dokument war keine eigentliche Zeugenaussage im Fall Kristiane, sondern bloß eine Kopie seiner ersten Vernehmung, nachdem er wegen des Verkaufs von 50 Gramm Hasch und zehn Gramm Amphetamin in einer Wohnung in der Jens Bjelkes gate festgenommen worden war.

Bjørn-Åge Flaten war Ende 1988 in einer Wohnung in Rykinn gemeldet gewesen, gleichzeitig aber als Mieter einer Wohnung in einem alten Arbeiterhaus in Amalienborg in Skøyen eingetragen. Er hatte bei der Vernehmung gesagt, dass er ein Entgegenkommen der Polizei erwarte, wenn er Hinweise gab, durch die Kristiane gefunden werden konnte. Außerdem wollte er Geld, weil er damit rechnete, dass Kristianes Familie bald eine Belohnung aussetzen würde.

Allem Anschein nach hatte er aber nicht mehr gesagt, als dass er Kristiane am Tag ihres Verschwindens unter einer Eisenbahnbrücke in Skøyen gesehen hatte. Auf die Frage, warum er diesen Hinweis nicht eher gegeben hatte, antwortete Flaten, dass er eigentlich nie Zeitung läse und dass im Fernsehen ja auch nur Scheiße käme.

Susanne Bech kaute einen Moment lang auf dem Bügel ihrer Brille herum.

Das könnte der eine Fehler sein, der gemacht worden war, dachte sie. Ebenso simpel wie arrogant. Und doch so kompliziert. Die Ermittler waren sich sicher gewesen, dass Kristiane den Zug zum Hauptbahnhof genommen hatte und von dort vermutlich mit der U-Bahn nach Haugerud gefahren war, wo Rask nach eigenen Angaben gewartet hatte. Das passte nur nicht zu der Tatsache, dass sie an jenem Samstagabend von niemandem in der Furusetbahn bemerkt worden war. Immerhin handelte es sich dabei um eine der am stärksten frequentierten Linien Oslos.

Susanne starrte nach draußen in das Schneetreiben. Ein paar Sekunden lang dachte sie an Mathea, die jetzt im Kindergarten war. Daran, wie sie in ihrem rosa Anzug durch den Schnee stapfte. Und dann sah sie sich selbst in den Kindergarten kommen, wieder mal als Letzte. Nur dass niemand mehr da war, keine Mathea, kein Schneeanzug, niemand. Sie verdrängte den Gedanken, so etwas würde niemals geschehen. Niemals.

»Bjørn-Åge Flaten«, sagte sie laut vor sich hin, riss sich von ihren eigenen, kranken Gedanken los, setzte die Brille auf und las das ganze Dokument noch einmal durch.

Sie zweifelte daran, dass seine Aussage belastbar war und wirklich einen Wendepunkt der Ermittlungen darstellte. Oder war es ein Fehler, dass man ihn nie ernst genommen hatte?

Auf jeden Fall hing an diesem Dokument kein Zettel, auf dem sich jemand über die Glaubwürdigkeit des Zeugen geäußert hatte. Vielleicht war das aber auch gar nicht nötig. Bjørn-Åge Flaten hatte wie jeder andere Kriminelle versucht, Profit aus dem Unglück anderer zu schlagen. Wahr oder unwahr. Er dachte nur an sich selbst.

BJØRN-ÅGE FLATEN, schrieb sie auf einen Post-it-Zettel.

Noch bevor sie wirklich nachdenken konnte, hatte sie ihr Büro verlassen und war auf dem Weg zu Tommy. Seine Tür stand halb offen. Sie war schon eingetreten, als sie hörte, dass er telefonierte. Zigarettenrauch schlug ihr entgegen.

Das Telefonat dauerte eine gefühlte Ewigkeit, sie wollte ihn aber nicht unterbrechen. Wie immer, wenn Männer telefonierten, klang das Telefonat nach dem wichtigsten Gespräch ihres Lebens.

Statt weiter zu warten, ging sie zurück in ihr Büro und schlug Bjørn-Åge Flaten im Strafregister nach. Dann im Fahndungsregister und schließlich in der Datei über Polizeiinformanten. Der Mann hatte in den Neunzigern die meiste Zeit seines Lebens im Knast verbracht. Diebstahl, Raub, kleinere Drogendelikte. Jetzt schien er aber nicht mehr als Informant zu arbeiten. Susanne hatte eine Vorahnung, warum. Letzte bekannte Adresse: Sogneprest Munthe-Kaas' vei in Gjettum. Susanne kannte die terrassierten Blocks. Unter der Adresse war aber nur eine Person gemeldet: Bjørg Flaten. Seine Mutter.

Sie rief Bjørg Flaten an, es meldete sich aber niemand.

Beim zweiten Versuch nahm jemand den Hörer ab.

Susanne erkannte schnell, dass Bjørg ihren Sohn aufgegeben hatte.

»Ich habe keine Ahnung, wo er ist«, sagte sie gleichgültig, als wäre der Sohn nur ein Mieter, der vor langer Zeit mal kurz bei ihr gewohnt hatte. »Hier ist er jedenfalls nicht.«

»Wissen Sie, wo er sich normalerweise aufhält?«

Bjørg Flaten atmete schwer, blieb Susanne die Antwort aber schuldig. Die alte Frau weinte.

»Dieses verdammte Heroin. Solange er … wir sind ordentliche Menschen. Haben sogar unser Haus in Rykinn verkauft, um ihn zu retten.« Mehr hatte sie nicht zu sagen.

»Ich verstehe, dass das schwer für Sie ist«, sagte Susanne.

»Sie? Sie verstehen gar nichts.«

Susanne ging nicht darauf ein.

»Was habe ich denn nur falsch gemacht? Ich habe doch alles probiert. Sein Vater, ich weiß nicht.« Bjørg Flaten begann wieder zu weinen. Dann putzte sie sich zweimal laut die Nase.

Susanne schloss die Augen.

Ich verstehe alles, dachte sie. Absolut alles. Sie sagte aber nichts.

»Wenn er Kontakt zu Ihnen aufnimmt, rufen Sie mich bitte sofort an, ja?«

»Was hat er denn wieder angestellt?«

»Nichts. Sagen Sie ihm, dass er nichts getan hat, dass niemand ihn anklagen will.«

»Diese Einrichtung in Brobekk«, sagte Bjørg Flaten. »Von da haben sie mich ein paarmal angerufen.«

»Aus dem Brobekkveien? Der Unterkunft für Obdachlose?«

»Ja. Da lassen sie ihn anscheinend rein, auch wenn er unter Drogen steht.«

Susanne versicherte sich, dass Bjørg Flaten den Namen und die Telefonnummer der Heimleitung richtig notiert hatte.

Eine müde Stimme meldete sich unter der Nummer in Brobekk.

»Nein«, bekam sie beinahe sofort als Antwort. »Er ist nicht hier.«

Sie sah auf die Uhr, zog den Taschenspiegel aus der neuen, viel zu teuren Tasche, frischte ihren Lidschatten auf und nahm die Canada-Goose-Jacke von der Garderobe.

Irgendjemand da oben musste etwas über ihn wissen. Sie fragte nicht einmal Tommy, was er dazu meinte.

10

Als einer der Pfleger die Tür des Therapieraums öffnete, musste Arne Furuberget an die Worte denken, die er am Morgen gelesen hatte. Er war bis lang in die Nacht aufgeblieben und hatte die Krankenakten chronologisch durchgearbeitet. Trotzdem war er gleich morgens um sechs wieder ins Büro gefahren, um weiterzulesen.

Was hatte dieser Raum, dass er so viele Erinnerungen weckte?

War es das Zimmer als solches? Oder die Sonnenstrahlen, die durch die Wolkendecke brachen und ins Zimmer fielen? Es konnte natürlich auch der Anblick von Anders Rask sein, der ihm den Rücken zudrehte und die Aussicht über den Mjøsa genoss. Die kleinen, feingliedrigen Hände des Mannes sahen aus wie die Hände eines Kindes, vielleicht wie die eines der Mädchen, die er umgebracht hatte. Für deren Mord er verurteilt worden war, korrigierte Furuberget sich selbst.

»Lassen Sie uns allein«, sagte Furuberget.

Einer der Pfleger, ein großgewachsener Kerl, sah ihn misstrauisch an. Die Instruktionen waren eindeutig, keiner der Angestellten der Sicherheitsabteilung durfte mit einem Patienten allein sein, außer der Oberarzt genehmigte das.

Als Oberarzt war es damit Furubergets Entscheidung, ob er mit einem Patienten allein sein wollte. Bisher war das immer gutgegangen. Ein paarmal war er vermutlich nur um Haaresbreite dem Tod entgangen, aber das ließ ihn nicht zögern.

Als die Tür hinter ihm zufiel, war er sich plötzlich nicht mehr so sicher, die richtige Entscheidung getroffen zu haben. Rask hatte im Laufe all der Jahre, die er in Ringvoll einsaß, nicht einmal einer Fliege etwas zuleide getan. Trotzdem empfand Furuberget in der letzten Zeit eine spürbare Unsicherheit diesem Mann gegenüber. Er glaubte, dass sich hinter der so verlässlich wirkenden Fassade Wut aufstaute. Wut, die sich gegen kleine Mädchen richten würde.

Nur wer hatte dann die Prostituierte im Frognerveien umgebracht?

Die Worte, die er in den Krankenakten gelesen hatte, flimmerten in Gedanken über seine Netzhaut.

Edel Maria lebt.

Als führten sie das Gespräch gerade jetzt.

Edel Maria?
Ja, Edel Maria. Sie lebt.

Anders Rask stand noch immer regungslos am Fenster.

Furuberget setzte sich wachsam auf den Stuhl, auf dem er für gewöhnlich saß, und blickte zu dem Sofa, auf das Rask sich setzen sollte. Wenn er wollte. Furuberget versicherte sich, dass der Alarmknopf am Gürtel erreichbar war. Er musste ihn drücken, sollte Rask seine Drohungen wahr machen.

Nach fünf Minuten hatte Rask sich noch immer nicht bewegt.

»Was hat Sie beim letzten Mal veranlasst, mich zu bedrohen?« Arne Furuberget kritzelte ein Gesicht auf den Block, der vor ihm lag.

»Ich habe Sie nicht bedroht.«

»Erinnern Sie sich nicht?«

Anders Rask schüttelte den Kopf und drehte sich langsam nach rechts.

»Bei unserer letzten Begegnung haben Sie gesagt, dass ich sterben muss, wenn ich Sie nicht in die offene Abteilung verlege.«

Rasks Blick wurde leer. »Wir alle müssen sterben.«

»Wir müssen aber nicht alle ermordet werden, Anders. Das ist eine ernste Sache. Ich hoffe, Sie verstehen das.«

Anders Rask antwortete nicht.

»Sie versauen sich gerade alles.«

Noch immer keine Antwort.

»Denken Sie viel an den Tod, Anders?«

Anders Rask setzte sich vor Furuberget auf das Sofa und ließ seinen Blick durch den Raum schweifen. Seinem Gesichtsausdruck war zu entnehmen, dass er den Raum ebenso abstoßend fand wie Furuberget.

Ohne Vorwarnung stand Rask wieder auf und machte einen Schritt auf Furuberget zu. Der Arzt entschied sich, sitzen zu bleiben, drückte aber instinktiv den Rücken gegen die Lehne des Stuhls, so dass er den Holzrahmen unter dem grünen Bezug spürte.

Er ertappte sich dabei, erleichtert aufzuatmen, als Rask nach links ging und wieder ans Fenster trat.

Furuberget führte die Hand zum Alarmknopf und überlegte einen Moment lang, ob er ihn drücken sollte.

»Maria«, sagte Rask am Fenster.

Furuberget spürte das Zittern, das durch seinen Körper ging. Die Haut auf seinem Schädel spannte sich, sein Mund fühlte sich plötzlich trocken an, und seine Lippen klebten aufeinander, als er zu dem Becher mit Wasser griff.

»Maria?«

»Warum haben Sie mich nach diesem Namen gefragt?

Maria? Und Edel Maria?« Rask drehte sich um. Sein Blick war ernst, aber seine Lippen wurden von einem Lächeln umspielt, als dächte er, Furuberget bei einer Lüge ertappt zu haben. Furuberget gelang es nicht, seine Überraschung zu verbergen.

»Lebt Edel Maria noch, Anders?«

Es kribbelte Furuberget am ganzen Körper, als würde er Fieber bekommen. Im Grunde konnte er auf volles Risiko gehen.

»Edel Maria …«, sagte Rask leise, fast verträumt vor sich hin, als würde die Erinnerung langsam verblassen. Er drehte sich wieder zum Fenster.

»Vielleicht können wir eine Vereinbarung treffen.«

»Eine Vereinbarung? Was für eine Vereinbarung?«

»Sie haben einen Brief bekommen. Erinnern Sie sich noch an diesen Brief?«

Rask lachte. Ein jungenhaftes Lachen, als wäre er die Unschuld selbst. »Ich bekomme viele Briefe, viel mehr als Sie.«

»Natürlich, Anders. Natürlich. Wenn Sie mir diesen Brief geben, tue ich, was in meiner Macht steht, damit Sie verlegt werden. Aber dann dürfen Sie mich nicht mehr bedrohen. Sollte es noch einmal dazu kommen, wird es lange dauern, bis eine Verlegung überhaupt auch nur wieder diskutiert wird.«

»Welchen Brief?«, fragte Rask mit leiser Stimme.

»Sie wissen, welchen Brief ich meine.«

Anders Rask war so schnell bei Furuberget, dass dieser gar nicht reagieren konnte. Rasks Plastiksandalen dämpften den Laut seiner Schritte. Er hielt die eine Hand auf dem Rücken, als versteckte er dort etwas. Furuberget wusste, dass in der Küche drei hölzerne Kochlöffel verschwunden waren und dass in der Werkstatt seit drei Wochen ein Cuttermesser fehlte. Die ganze Klinik war auf den Kopf gestellt worden – ohne Erfolg. Die Patienten der Sicherheitsabteilung waren sogar bis auf die Haut ausgezogen worden.

Rask beugte sich zu ihm vor, wieder mit diesem Grinsen auf den Lippen.

»Sie werden sterben, das wissen Sie, oder?«

Er hob den Arm langsam an Furubergets Hals.

Kein Messer.

»Weil Sie sich vorgenommen haben, mich hier drinnen verrotten zu lassen. Sie wollen mich hier drin festhalten, selbst wenn ich freigesprochen werde.«

Furuberget legte die rechte Hand auf den Alarmknopf.

»Nehmen Sie den Arm da weg. Zeigen Sie mir, was Sie in der anderen Hand haben.«

»Vor was haben Sie denn Angst, Furuberget? Vor dem Tod?«

Rasks Geruch nach billiger Seife ließ Furuberget beinahe schlecht werden. Er spürte, wie Rask seine Hand so fest umklammerte, als wollte er ihm die Knochen brechen.

Furuberget drückte den Alarmknopf.

Rask trat einen Schritt zurück.

»Ihr Problem ist, dass Sie so armselig sind, so jämmerlich.«

Als die Pfleger durch die Tür stürmten, saß Rask bereits wieder auf dem Sofa.

Furuberget konnte sich nicht verkneifen, erleichtert aufzuatmen. »Ich bin nur versehentlich an den Knopf gekommen. Aber wir sind fertig, Sie können ihn auf sein Zimmer bringen.«

Unten im Büro zog er sich die Anzugjacke aus, löste die Manschettenknöpfe an seinem linken Ärmel und massierte die dunkel angelaufene Stelle, wo Rask ihn festgehalten hatte.

Er fühlte sich fiebrig.

Der Archivschrank öffnete sich mit einem Knall. Er warf

die alte Mappe mit den Krankenakten auf den Schreibtisch und zuckte zusammen, als sie auf die Tischplatte krachte. Alles machte ihm mit einem Mal Angst, die Bilder an den Wänden, der Gedanke, dass es in diesem Land nie wieder hell werden würde oder dass Rask einen Weg finden könnte, ihn umzubringen und zu der Person dort draußen zurückzufinden.

»*Edel Maria lebt*«, sagte er laut vor sich hin.

Patientin mittels EEG auf somatische Leiden überprüft. Paranoide Schizophrenie kann nicht ausgeschlossen werden, zeitlich begrenzte, nicht-schizophrene paranoide Psychosen sind aber wahrscheinlicher.

Arne Furuberget las seine eigenen Notizen. Es ging ihr besser, und er war einverstanden, dass sie nach Hause kam, wenn ihr das guttat. Er hatte geglaubt, dass das Trauma, dem sie ausgesetzt gewesen war, schlimmstenfalls eine latente Persönlichkeitsstörung bei ihr ausgelöst hatte. Ansätze dazu hatte sie bereits vorher gehabt, aber das war etwas, das auch in der örtlichen psychiatrischen Einrichtung behandelt werden konnte.

Er sah sich die Kopien der ersten Krankenblätter an. Aus den Siebzigern, verfasst in Frensby und Sandberg. Furuberget hatte selbst eine Zeit lang in Sandberg gearbeitet, sie aber dort nie behandelt.

Er überflog die Seiten.

1975. Juni. Patientin kommt immer wieder auf eine Frau zu sprechen, Edel Maria, die auf sie traumatische Wirkung zu haben scheint. Verfolgungswahn denkbar. Schizophrenie eher unwahrscheinlich. Patientin nicht bereit, über Symptome oder die eigene Krankheit zu sprechen. Grund der Ein-

lieferung: Selbstmordversuch, Selbstverletzung, fehlende Fürsorge für die Kinder aufgrund von Angstzuständen und anhaltender Depression.
September 1975. Patientin hat noch immer keinen Kontakt zur Familie. Person Edel Maria in der Behandlung nicht weiter verfolgt. Patientin ist auch nicht weiter auf sie eingegangen. Patientin hat im Laufe des Sommers eine enge Beziehung zu einem der Pfleger entwickelt und scheint den Alltag deutlich leichter zu bewältigen als bei Einlieferung. Patientin hat wieder Interesse an Literatur und Film und ist mehrmals ins Kino begleitet worden.

Furuberget erinnerte sich vage daran, die alte Krankenakte vor vierzehn oder fünfzehn Jahren schon einmal gelesen zu haben. Er hatte anfänglich selbst an Schizophrenie geglaubt, speziell an das, was früher als multiple Persönlichkeitsstörung bezeichnet worden war. Später war er dann davon abgekommen. Vielleicht weil das alles viel zu komplex wurde und weil es viel wichtiger war, sie wegen des großen Traumas zu behandeln, dem sie ausgesetzt gewesen war. Trotzdem hatte sie zweifelsohne Symptome einer dissoziativen Identitätsstörung gezeigt. Ihr Gedächtnisverlust war auffällig, und sie distanzierte sich von ihrem Trauma auf eine Art, als stünde sie unter Hypnose.

Aber hatte sie wirklich multiple Identitäten, die um ihre Persönlichkeit kämpften? Konnte er etwas derart Grundlegendes übersehen haben?

Vielleicht, dachte er. Vielleicht hatte er sich dieser extremen Erklärung nie geöffnet. Neuere Forschungsergebnisse zeigten, dass die dominierende Persönlichkeit tatsächlich zurücktreten konnte – manchmal sogar ganz bewusst – und dass beide Persönlichkeiten über die Existenz der anderen Bescheid wussten.

Schizophrenie war ein Spiegelkabinett, für den Patienten ebenso wie für den Arzt.

Furuberget spürte, dass er sich jetzt in genau einem solchen Spiegelkabinett befand, wohin er auch sah, alles sah gleich aus.

Er hielt den alten Bericht aus der Klinik Sandberg vorsichtig wie ein rohes Ei zwischen den Fingern.

Patientin kommt wieder auf eine Person zu sprechen. Edel Maria.

Aber was hatte das alles zu bedeuten? Vierzehn Jahre später?

Edel Maria lebt.

Wie?

Und warum hatte das arme Mädchen in Frogner diesen Namen gesagt?

Er musste sie finden. Und wenn es das Letzte war, was er tat.

11

Tommy Bergmann ahnte bereits, dass ihm die Sache aus den Händen gleiten würde. Er war schließlich nicht Jesus und konnte keine Wunder vollbringen. In einer Woche den Fall lösen? Das war schlichtweg unmöglich. Susanne war noch nicht mal mit den Kopien fertig, die er brauchte. Kristianes Mutter, Elisabeth Thorstensen, wollte nicht mit ihm reden, und der Vater des Mädchens, Per-Erik, war nicht zu erreichen.

Er öffnete das Fenster und zündete sich eine Zigarette an. Es war früher Nachmittag, trotzdem wollte es draußen schon dunkel werden. Er hatte nicht einmal bemerkt, dass es wieder zu schneien angefangen hatte. Die Temperaturen gingen auf und ab. Es war wirklich so, als wäre diese Stadt von irgendjemandem verflucht worden. Der Schnee wirbelte durch das geöffnete Fenster ins Büro, und die Zeitung, die direkt unter dem Fenster lag, wurde immer nasser. Kristianes Gesicht, das die rechte Spalte der Titelseite füllte, wirkte wie von Tränen übersät. Er nahm die Zeitung und schlug den Artikel auf. Zwei Seiten.

Ganz unten am Rand hatten sie ein Faksimile der Ausgabe vom 28. November 1988 abgedruckt. Es zeigte das Schwarzweißfoto eines recht kleinen, stämmigen Mannes, der zwei Mädchen in Kristianes Alter in den Armen hielt. Tommy erinnerte sich mit einem Mal an das Foto. Die Vetlandsåsen-Schule hatte an dem Sonntag, an dem Kristianes Leiche gefunden worden war, abends für die Jugendlichen ihre Türen geöffnet. Mit einem Mal waren alle Erinnerungen wieder da. Sogar an den Mann auf dem Bild erinnerte er sich. Das war ein Handballtrainer gewesen.

Aber der Name?

Tommy versuchte die Bildunterschrift auf dem Faksimile zu entziffern, aber die Schrift war zu klein. Dann hastete er mit der nassen Zeitung in der Hand über den Flur zu Halgeir Sørvaags Büro. Dabei achtete er penibel darauf, dass die durchnässten Seiten nicht zerrissen. Sørvaag telefonierte und schien nicht gerade froh darüber zu sein, dass Tommy, ohne anzuklopfen, in sein Büro stürmte.

»Deine Lupe!«

Zu Sørvaags Standardausrüstung gehörten Vergrößerungsgläser aller Art, weshalb er früher den Spitznamen Sherlock gehabt hatte.

Tommy ging zu Sørvaags Schreibtisch, an dessen Rand eine große Lupe mit eingebautem Licht montiert war. Sørvaag hatte sich dieses Glas auf eigene Kosten beschafft. Das Ganze grenzte an Autismus, als hätte er nicht mitbekommen, dass die Polizei längst auf eine eigene Kriminaltechnikeinheit zurückgreifen konnte. Andererseits konnte Tommy jetzt davon profitieren.

»Vorsichtig«, sagte Sørvaag und legte den Hörer wieder ans Ohr, um zu fragen: »Und was ist mit Frontrunner im dritten Rennen?«

Verfluchter Spieler, dachte Tommy. Wie konnte man nur seine gesamte Freizeit auf der Rennbahn verbringen?

Er legte die Zeitung auf den Tisch und drückte den gefederten Arm der großen Lupe nach unten. Die kreisrunde Lampe auf der Unterseite der Lupe blinkte ein paarmal. Dann sah er die Gesichter auf dem Zeitungsfoto aus dem Jahre 1988 in doppelter Größe.

»Verdammt«, sagte Tommy. Die Schrift war noch immer zu klein, um die Namen des Mannes und der beiden weinenden Mädchen erkennen zu können.

»Versuch die hier«, hörte er hinter sich. Sørvaag schnaufte wie ein Walross, als er den Hörer auf den Tisch legte und sich mit dem Stuhl abstieß. Als er zurückkam, hielt er die kleine Lupe mit der fest montierten Pinzette und der eingebauten Lampe in der Hand, die er immer im Feld nutzte.

»Die ist fünffach«, sagte Sørvaag und schob sich mitsamt Stuhl zurück zum Telefon.

»Frontrunner«, sagte er wieder in den Hörer. »Der ist Gold wert. Das hör ich schon am Namen.«

Endlich, dachte Tommy. Er ließ die kräftige Linse über die drei Gesichter gleiten. Die schwarzweißen Pixel waren jetzt deutlich zu erkennen. Er führte das Glas über die Bildlegende.

Jon-Olav Farberg, Lehrer an der Vetlandsåsen-Schule, hat das Schulhaus am Sonntag geöffnet. Hier versucht er, Kristianes Freundinnen Marianne und Eva Trost zu spenden.

»Jon-Olav Farberg«, sagte er leise. Tommy hatte die vage Erinnerung, den Mann bei einem Handballspiel gesehen zu haben, vielleicht hatte Farberg damals Kristianes Mannschaft trainiert. Und er war Lehrer, musste also auch Anders Rask gekannt haben. Warum nicht an diesem Punkt ansetzen?

Jon-Olav Farberg war im Internet leicht zu finden. Allem Anschein nach war er mittlerweile kein Lehrer mehr, sondern Teilhaber einer Firma für Personalscouting und Weiterbildung für Führungskräfte. Das Porträtfoto auf der Website zeigte einen Mann, der jünger aussah als seine beinahe sechzig Jahre.

Farberg ging sofort an sein Handy. Seine Stimme klang hell, fast jugendlich.

»Vielen von uns geht das an die Nieren«, sagte Farberg. »All diese Artikel über Kristiane. Es ist fast so, als ob man das Ganze noch einmal erlebte.«

»Verstehe.«

»Ich weiß nicht, was es Ihnen bringen sollte, mit mir zu reden, aber ich stehe Ihnen selbstverständlich zur Verfügung. Ich helfe gerne.«

Es entstand eine Pause.

Tommy dachte, dass sein Anruf vielleicht übereilt war.

Aber trotzdem, es konnte sich lohnen, zu ihm in sein Büro in Lilleaker zu fahren.

»Sie kannten Anders Rask?«, fragte er.

Jon-Olav Farberg antwortete nicht gleich.

»Dreht sich das hier um Anders?«

»Das kann ich Ihnen erklären, wenn ich bei Ihnen bin. Aber ja, Anders Rask hat die Wiederaufnahme des Verfahrens beantragt und …«

Jon-Olav Farberg seufzte schwer.

»Tut mir leid, verstehen Sie mich nicht falsch. Aber wieder mit Anders in Zusammenhang gebracht zu werden … wie damals. Das ist … sehr, sehr unangenehm.«

12

Arne Furuberget schaffte es kaum, sein Büro zu verlassen. War ihm die Drohung von Anders Rask so nah gegangen, dass er deshalb nicht mehr zur Ruhe kam? Er schloss die Augen und lehnte den Kopf an die Stütze seines hohen Bürostuhls. Oder klammerte er sich schon zu lange an diesen Job? Hatte er den klassischen Fehler gemacht und nicht erkannt, dass er für diese Anforderungen mittlerweile einfach zu alt war? Morgen wollte ein Polizist aus Oslo mit Anders Rask reden. An den Namen des Mannes erinnerte er sich nicht mehr, er sah immer nur Rasks Blick, als dieser durch den Therapieraum auf ihn zugekommen war und sein Handgelenk gepackt hatte. Zum ersten Mal hatte er erkannt, wie gefährlich Rask wirklich war. Er war jetzt schon seit elf Jahren in Ringvoll, doch in all der Zeit hatte er ihn nicht einmal so erlebt wie an diesem Tag. Er war aufgrund seiner Verbrechen in die Hochsicherheits-Klinik eingewiesen worden. Sein Verhalten war bisher aber makellos gewesen, nichts hatte in all den Jahren darauf hingedeutet, dass Ringvoll der richtige Ort für ihn war. Bis jetzt. Gestern die Morddrohung und heute der physische Kontakt. Furuberget versuchte, nicht mehr daran zu denken und sich stattdessen davon zu überzeugen, dass er im Laufe der Jahre schon viel schlimmere Patienten gehabt hatte. Ohne Erfolg. Nein, dachte er schließlich, schlimmere als Rask hatte ich nie. Ich kann ihn nicht lesen und habe sein Verhalten nie verstanden.

Schnell, als wäre es gefährlich, noch eine Minute länger im Büro zu bleiben, stand er aus seinem Stuhl auf, verließ das Büro und eilte wortlos an dem Wachmann im Erdgeschoss vorbei.

Schnee wirbelte ihm entgegen, als er die schwere Stahltür öffnete. Er ging mit langen, widerwilligen Schritten zum Tor und dachte zum ersten Mal, dass die Absperrungen der offenen Abteilung nicht hoch genug waren.

Er hielt die Chipkarte ans Lesegerät und spürte, dass seine Finger bereits kalt wurden. Er setzte sich in den Wagen, legte die alte Krankenakte auf den Rücksitz, ließ den Motor an und stieg dann noch einmal aus, um den Schnee von der Windschutzscheibe zu bürsten. Sein Blick schweifte zu den hell erleuchteten Fenstern der Anstalt hinüber. Hinter Rasks Fenster brannte Licht. Gerade als Furuberget mit dem Schnee fertig war, sah er eine Silhouette hinter Rasks Fenster.

»Mit wem kommunizierst du?«, fragte Furuberget laut vor sich hin. Er war Rasks gesamte Postliste durchgegangen, hatte aber nichts Auffälliges finden können.

Wie hatte er nur so dumm sein können, eine Vereinbarung mit ihm treffen zu wollen? Jetzt würde Rask den

Brief zerstören. Furuberget musste von vorn anfangen. Dabei wusste er, dass er in den Therapiesitzungen mit Rask weiterhin allein sein musste. Vor anderen würde Rask mit Sicherheit nichts sagen. Er konnte nur dem Schöpfer danken, dass dieser Mann Ringvoll nie verlassen würde, selbst wenn man ihn des Mordes an Kristiane freisprechen würde. Fünf andere Morde, das dauerte. Hätten die Idioten bei der Polizei nur das DNA-Material aufgehoben und das Sperma des Täters eingefroren.

»Verfluchte Idioten«, schimpfte er vor sich hin.

Er blieb stehen und lauschte dem gleichmäßigen Brummen des Dieselmotors, während er den Blick weiterhin auf die Silhouette hinter Rasks Fenster gerichtet hatte. Rask hob den Arm und winkte langsam.

Furuberget begann am ganzen Körper zu frieren. Er setzte sich ins Auto, wobei er sich mit Macht zusammenreißen musste, um seine Bewegungen zu kontrollieren.

Als er zehn Minuten später in der Einfahrt vor seiner Garage parkte, konnte er sich an die Fahrt kaum mehr erinnern. Er war in der Abenddämmerung in Ringvoll aufgebrochen, jetzt war es finstere Nacht.

Er schaltete den Motor aus und drehte den Kopf nach rechts. Bei den Nachbarn brannte nur die Außenlampe. Sie waren heute in die Ferien aufgebrochen und würden erst nach Weihnachten zurückkommen. Welch ein Glück, dachte er. Damit hatte er hier am Ende des Weges die Welt wieder ganz für sich. Nur Wald und Felder, die seiner Seele Ruhe gaben. Er hatte keine Lust, über Weihnachten nach Malaysia zu reisen, aber was sollte er machen?

Er öffnete die Autotür und stellte seine Füße in den Schnee. Ein Blick zum Haus reichte.

Es war dunkel. Nicht einmal die Außenlampe über seiner Tür brannte. Auch hinter den Fenstern war alles finster. Seit seine Frau im Ruhestand war, schaltete sie sonst immer schon um drei Uhr nachmittags die Außenlampe ein. Er sah auf seine Armbanduhr. Es war bereits vier.

Vielleicht hatte sie ja einen Spaziergang gemacht.

Aber sonst war sie immer da und bereitete das Essen vor, wenn er nach Hause kam. Seit die Kinder ausgezogen waren, war das so.

Er ließ die Autotür offen stehen und drückte die Krankenakte an seinen Körper. Kurz überlegte er, ob er eine Runde ums Haus drehen sollte, doch dann verwarf er den Gedanken und ging stattdessen die glatte Eisentreppe hoch. Lange tastete er in der Tasche nach seinen Schlüsseln. Als er sie endlich in der Hand hielt, warf er einen Blick auf die Reifenspuren im Schnee. In einer halben Stunde würde alles zugeschneit sein. Es war nicht mehr zu sehen, dass er noch am Morgen Schnee geschaufelt hatte.

Er ging die Treppe wieder hinunter und lief am Auto vorbei. Hockte sich hin und versuchte zu erkennen, ob da noch andere Reifenspuren waren, aber es war aussichtslos, der Schnee lag einfach zu hoch.

Erst mittags nach zwölf hatte es richtig zu schneien begonnen.

Er ging zurück zum Haus, schob vorsichtig den Schlüssel ins Schloss und öffnete die Tür.

Ein fremder Geruch?

Möglich.

Jemand war hier gewesen. Er umklammerte die Krankenakte, als könnte er sich nur damit verteidigen.

Noch im Windfang blieb er stehen und hob die Hand, um das Licht einzuschalten, hielt dann aber wieder inne.

»Gunn?«, rief er verhalten. »Gunn!«

Ohne das Licht einzuschalten, ging er leise durch den Flur, vorbei an der Küche.

Er fand sie im Wohnzimmer.

Als er sie sah, ließ er die Akte fallen und sah für einen Moment das Leben Revue passieren. Mit einem Mal war er wieder dreiundzwanzig, es war Sommer, sie war im dritten Monat und hatte niemals zuvor reizender gelächelt als an diesem Tag auf der Kirchentreppe.

Sie lag auf dem neuen Sofa auf dem Rücken, das Gesicht zur Decke gewandt.

Er stand wie angewurzelt da, konnte seine Beine nicht bewegen, obwohl er das Gefühl hatte, dass sich jemand von hinten näherte.

Plötzlich richtete sie sich auf. Furuberget wich nach hinten zurück und stieß mit dem Kopf gegen die Wand.

»Du bist ja schon zu Hause«, sagte sie mit heiserer Stimme und legte sich seufzend wieder hin. »Ich glaube, ich werde krank. Wie lange habe ich denn geschlafen?«

Er schüttelte den Kopf, konnte nichts sagen.

Morgen musste er dem Polizisten alles sagen.

Er holte ihr zwei Paracetamol aus dem Bad und gab sich alle Mühe, dass sie seine Verwirrung nicht bemerkte.

»Ich kümmere mich schon um das Essen«, sagte er. »Hast du Hunger?«

Sie schüttelte den Kopf und schlief fast augenblicklich wieder ein. Er hockte sich neben ihr hin und hielt eine Weile ihre Hand, bevor er in die Küche ging.

Später hob er die Papiere auf, die auf den Boden gefallen waren, und ging damit in sein Büro. Ihm war ein bisschen schwindelig, und es rauschte in seinen Ohren.

Er führte den Zeigefinger über die wenigen Zeilen, verstand aber nichts. Er wusste nur, dass Edel Maria irgendetwas mit dem Mord in Frogner zu tun hatte und dass Anders Rask das nicht überrascht hatte.

Er las die wenigen Zeilen, die in der Akte aus Sandberg

standen, schaltete den PC ein und versicherte sich, dass die Telefonnummer stimmte.

Sein Finger fuhr wieder und wieder über die drei Worte.

Edel Maria lebt.

Einen Moment lang fragte er sich, ob er Rune Flatanger beim Kriminalamt anrufen sollte, eigentlich war das ja eine Sache für die Polizei. Andererseits würde dann nur herauskommen, was für einen schlechten Job er damals geleistet hatte. Schließlich war sie in der fraglichen Zeit seine Patientin gewesen. Und seinen Ruf wollte er nicht mit dieser Hypothek belasten, auch wenn seine Karriere dem Ende entgegenging. Außerdem würde sie mit Sicherheit kein Wort sagen, wenn die Polizei auf sie losging. Und Anders Rask … er war sich sicher, dass Rask etwas darüber wusste. Er musste ihn aus seiner Deckung locken, durfte ihn nicht verschrecken.

Er nahm sein Handy und wählte die Nummer.

13

An manchen Tagen kam ihr die Treppe zum Dachgeschoss einfach unüberwindlich vor. Mathea hatte sich zweimal trotzend auf den Boden geworfen, das erste Mal direkt hinter der Haustür und dann noch einmal auf dem Treppenabsatz zur zweiten Etage. Susanne Bech hatte das Gefühl, dass sich zurzeit alles gegen sie verschworen hatte. Der Bus aus Vålerenga war überfüllt gewesen, so dass sie es zum x-ten Mal bereut hatte, sich nicht um einen

Platz im Personalkindergarten bemüht zu haben. Und jetzt konnte sie Mathea nicht mehr in einen anderen Kindergarten geben, dafür gefiel es ihr in ihrer Gruppe viel zu gut. Bestimmt würde die Kleine zum größten Schrecken für Susannes Mutter irgendwann mit einem Muslim an ihrer Seite enden, was in Oslo-Grønland aber nichts Besonderes war.

Andererseits, dachte sie, als sie die Treppe endlich hinter sich hatte und darauf wartete, dass auch die kleinen Füße in den lila Schneeboots die letzten zehn Stufen meisterten, musste sie so nicht Nicos Scheiß wegräumen. Oder sein Schweigen ertragen, seine Abwesenheit und die vorwurfsvollen Blicke, die immer ihr die Schuld gaben, dass seine Lust auf Sex vergangen war. Seiner Meinung nach stellte sie zu hohe Ansprüche und sollte endlich akzeptieren, dass er manchmal erst um neun Uhr morgens nach Hause kam, wenn er abends unterwegs war. Und sie endete dann nicht wie ihre Mutter – lebenslänglich gefangen in einer Ehe, die schon seit zwanzig Jahren zerrüttet war.

Sie schloss die Tür auf und war mit einem Mal wieder überzeugt, das Richtige getan zu haben. Natürlich war sie ein Esel, aber eben doch ein Esel, der die richtigen Entscheidungen gefällt hatte.

In der linken Hand hielt sie die mit Dokumenten vollgestopfte Tasche, über dem rechten Arm hing der Abfallsack mit Matheas nassen Anziehsachen, und mit den Fingern umklammerte sie die Tüte mit den Lebensmitteln. Drinnen im Flur stellte sie alles auf den alten Holzboden. Einige Dokumente rutschten aus der Tasche, darunter ein paar Tatortfotos, die sie gleich wieder einsammelte, sie wusste ja nicht, was die Kleine schon mitbekam.

Was war jetzt am dringendsten? Die Klamotten der Fünfjährigen waschen und trocknen oder nach der Nadel im

Heuhaufen suchen? Im Büro hatte sie nicht mal geschafft, was Tommy ihr aufgetragen hatte.

Statt den Rest der Unterlagen zu kopieren, die er haben wollte, war sie einer Eingebung folgend zu der Einrichtung im Brobekkveien gefahren. Sie hätte anrufen können, hatte sich aber für einen persönlichen Besuch entschieden. Irgendwie hatte sie das Gefühl gehabt, dass Bjørn-Åge Flaten Panik kriegen und abhauen würde, wenn er erfuhr, dass sie ihn suchte. Auch der Anruf bei seiner Mutter war möglicherweise ein Fehler gewesen. Aber sie brauchte etwas, das sie Tommy unter die Nase reiben konnte. Sie musste es schaffen, im Ermittlerteam fest angestellt zu werden, sonst brauchte sie einen neuen Job.

»Mama, ich bin sooo fertig«, sagte Mathea und stolperte über die Türschwelle. Die rote Mütze war ihr fast von den Haaren gerutscht, so dass sie aussah, als käme sie direkt aus der Weihnachtsmannwerkstatt.

»Kinder sind nicht ›fertig‹«, antwortete Susanne. »So was sagen nur Erwachsene, die jammern doch immer.«

»Dann bin ich auch erwachsen«, sagte Mathea und ließ sich auf die Knie sinken, als hätte sie vor, nie wieder aufzustehen. »Ich bin nämlich *wirklich* fertig.«

Sie ließ Mathea hinter der Wohnungstür sitzen, ging in die Küche und stellte die beiden Boxen mit Lammcurry, die sie im Punjab Tandoori gekauft hatte, auf die Arbeitsplatte. Dann zapfte sie sich ein Glas Rotwein aus dem 5-Liter-Weinschlauch im Pappkarton, der am Rand stand. Sie hatte das Glas halbleer, als sie aus dem Wohnzimmer das Geräusch des Fernsehers hörte. Das Intro von My Little Pony wurde immer lauter. Verdammte Ponys, dachte Susanne.

»Mama«, rief Mathea aus dem Wohnzimmer.

Susanne stand auf und ging zu ihr.

»Baden!«, sagte die Kleine, ohne den Blick vom Fernseher zu nehmen. »Wenn man fertig ist, muss man baden.«

Susanne ging am Sofa vorbei zur Balkontür, öffnete sie und betrachtete die Aussicht. Noch konnte sie von der Dachwohnung in der Mandalls gate den Fjord sehen, doch schon bald würde der Blick durch die Reihe der bereits im Bau befindlichen futuristischen Wohn- und Geschäftshäuser verstellt sein. Der Großbrand im Hollenderviertel hatte den Boden für ein Bauprojekt bereitet, das Oslo ein für alle Mal ins 21. Jahrhundert katapultieren sollte.

Und wennschon, dachte Susanne, sie gehörte nicht zu denen, die sich an die Vergangenheit klammerten. Trotzdem wäre die Aussicht dann für immer verloren. Ihr einziger Trost war, dass die Baukräne geschmückt waren und auf einem sogar ein leuchtender Weihnachtsbaum prangte, was sie irgendwie an Paris erinnerte, wo sie jetzt schon lange nicht mehr gewesen war. Aber sie hatte ja auch keinen Mann mehr, mit dem sie dorthin reisen könnte. Und ohne Mann fuhr man nicht nach Paris.

Vielleicht Svein, dachte sie und musste lächeln. Auf jeden Fall nicht der junge Typ, den sie am Wochenende mit nach Hause genommen hatte.

Sie wollte nicht daran denken. Es war so lange her, dass sie die Kontrolle verloren hatte. Monate, ein halbes Jahr. Kurz bevor sie Svein getroffen hatte. Vermutlich hatte sie deshalb Skrupel gehabt, mit ihm zu schlafen. Damals hatte sie wirklich geglaubt, mit alldem fertig zu sein. Ein für alle Mal. Aber so leicht konnte man sich nicht selbst betrügen. Ein Teil von ihr wollte einfach nur zurück, tief in den Keller oder hoch in den Himmel, je nachdem.

Sie schloss die Balkontür.

»Was habt ihr am Wochenende eigentlich gemacht? Du und Papa?«

Keine Antwort. Mathea bohrte nur einen Finger in die dicken, schwarzen Haare, die sie von Nico geerbt hatte, und starrte weiter auf den Fernseher.

Warum fragte sie überhaupt? Sie kannte die Antwort doch.

Und sie selbst? Was hatte sie getan?

Denk gar nicht erst daran.

Positiv war, dass sie endlich einmal keine Sonderschicht auf der Kriminalwache übernommen hatte, wie schon so oft, seit Nico ausgezogen war. Monsens schweinisches Gerede hatte sie inzwischen wirklich satt.

Sie drehte das Wasser an der Badewanne an und musterte sich selbst im Spiegel. Sie war es gewohnt, immer eine der Attraktivsten zu sein, doch damit war es bald vorbei. Das vergangene Jahr hatte deutliche Spuren in ihrem Gesicht hinterlassen. Sie war zweiunddreißig, im Augenblick sah es aber so aus, als schimmerte bereits das Gesicht ihrer Mutter durch ihre Haut. Als bekäme sie die gleichen Falten wie dieser Drachen. Botox, dachte sie. Ein Schuss in die Stirn konnte sie vielleicht davor bewahren, wie ihre Mutter auszusehen. Dafür würde sie alles tun. Innerlich wie äußerlich.

Ihre Mutter hatte den Kontakt zu ihr abgebrochen, nachdem Nico ausgezogen war. Seit Februar hatten sie nicht mehr miteinander gesprochen. Eigentlich war es absurd. Aber Susanne Bech war niemand, der als Erster klein beigab. Das hatte sie noch nie getan, und das würde sie auch niemals tun. Wie sie sich überhaupt von einem Mann wie Nicolay hatte trennen können, lautete der letzte Vorwurf, den ihre Mutter durchs Telefon gefaucht hatte. Susanne wusste, dass auch sie ausfällig geworden war, aber brach man deshalb den Kontakt zu seiner eigenen Tochter ab? Seither war es immer ihr Vater oder manchmal auch Nicolay gewesen, der Mathea abgeholt hatte, wenn sie bei ihren Großeltern übernachten wollte. Die einzige Verbindung, die Susanne jetzt noch zu ihrer Vergangenheit, zu ihrer Herkunft hatte, war ihr Vater. Ein immer abwesend wirkender Immobilienmakler, schwach, aber doch stark genug, um nicht ins gleiche Horn zu tuten wie ihre Mutter.

Das Telefon, dachte Susanne und sah zur Seite. Sie war wirklich ein selbstverliebtes kleines Mädchen, das noch immer nur jedem Mann gefallen wollte. Oder weshalb stand sie sonst so lange vorm Spiegel und begutachtete ihr eigenes Konterfei? Das Plätschern des Wassers übertönte alle Geräusche, sogar den idiotischen Klingelton ihres Handys.

»Mathea, hast du Mamas Handy gesehen?« Sie lief durch den Flur und konnte das Geräusch nicht orten, vielleicht war sie ja wirklich so dumm, wie ihre Mutter meinte.

»Warte mal, ich geb sie dir«, sagte Mathea, die plötzlich in Hemdchen und grüner Strumpfhose neben ihr stand und ihr mit todernster Miene das Nokia-Handy entgegenstreckte.

»Toll, wenn man so eine kleine Helferin hat«, sagte der Mann am anderen Ende.

»Mit wem spreche ich?«, fragte Susanne schärfer als beabsichtigt. Sie hatte nicht die Zeit gehabt, sich die Nummer auf dem Display anzusehen.

»Erinnern Sie sich nicht an mich? Wir haben uns doch eben erst gesehen?«

Die Notunterkunft im Brobekkveien. Der Mann von der Rezeption. Ein alter Hippie, Typ Langzeitstudent oder Streetworker.

»Ist Flaten gekommen?«

»Bingo.«

»Ich komme zu Ihnen hoch«, sagte sie, ohne sich auch nur einen Gedanken über die Logistik zu machen. Sie konnte Mathea ja nicht mitnehmen.

»Nein, tun Sie das nicht.«

Susanne wurde still.

»Dazu ist er nicht in Form.«

»Nicht in *Form*?«

»Wenn Sie jetzt herkommen, wird er kein Wort sagen. Dann bleiben seine Lippen geschlossen, verstehen Sie? Er ist krank, er hätte gar nicht kommen sollen.«

»Dann liefern Sie ihn doch in ein Krankenhaus ein.«

»Das entscheide ich, nicht Sie. Kommen Sie morgen früh um acht. Dann sind Ihre Chancen am besten.« Und damit legte er einfach auf.

Susanne atmete ein paarmal tief durch, dann dachte sie, dass der Typ oben am Brobekkveien vermutlich wusste, was er tat. Die Fragen, die er ihr am Nachmittag gestellt hatte, waren nicht dumm gewesen. Wird er verdächtigt, ist er angeklagt? Flaten wurde nicht einmal offiziell als Zeuge vernommen. Schließlich waren das noch keine offiziellen Ermittlungen. Noch nicht.

Als sie mit Mathea im Bad war, konnte sie sich nicht länger zurückhalten, sie musste die Akten studieren. Sie hätte dafür nach draußen gehen können, bildete sich aber ein, dass etwas Schreckliches passieren würde, wenn sie zu lange weg war. Dass Mathea in der Wanne ausrutschte, sich den Kopf anschlug und still ertrank. Dann wäre sie wirklich die Rabenmutter, als die ihre eigene Mutter sie immer darstellte.

Sie holte die Tasche aus dem Flur, setzte sich auf die warmen Bodenfliesen und begann zu lesen.

Susanne begann mit der Vernehmung von Bjørn-Åge Flaten. Sie wusste nicht, wie oft sie es bereits studiert hatte, nahm es sich aber noch einmal vor, als erwarte sie, jedes Mal etwas Neues darin zu entdecken. Sie notierte sich, dass sie sich am nächsten Tag um die alte Dagbladet-Reportage über Bjørn-Åge Flaten kümmern musste.

»Mama, guck mal!«, rief Mathea. Susanne blickte auf, musterte sie und bemerkte, dass der magere Körper ihrer Tochter noch immer etwas Babyhaftes hatte. An Bauch, Händen und Oberarmen war noch Babyspeck zu erkennen. Dann sah sie auf die Brust der Kleinen. Mathea hatte sich mit Schaum kleine Brüste gemacht.

Lachend nahm Susanne die nächste Akte aus der Tasche.

Oh nein, dachte sie und starrte auf die Plastikmappe mit den Fotografien von Kristiane Thorstensen. Format 10 × 15.

Die Fünfzehnjährige lag mit zur Seite gestreckten Armen auf dem Sektionstisch, wie ein Erlöser, der in Frieden kam. Das blaufleckige Gesicht ruhte auf den dicken, lockigen Haaren.

Susanne hielt sich die Hand vor den Mund.

Leise flüsterte sie: »Mein Gott, da ist ja nichts mehr übrig. Ich hoffe nur, dass ihre Mutter sie so nicht gesehen hat.«

Die anderen Bilder der Mappe verwässerten in Grautönen. Weinend kroch sie über den Badezimmerboden in den Flur und weiter ins Schlafzimmer, wo sie sich auf das nicht gemachte Doppelbett legte.

Irgendwann richtete sie sich wieder auf und setzte sich auf die Bettkante, die Hände vor dem Gesicht. Vor sich hörte sie ein Geräusch. Etwas fiel zu Boden.

»Mama, nicht traurig sein«, sagte Mathea.

Susanne rührte sich nicht, sondern presste weiter die Hände vors Gesicht.

In diesem Moment verfluchte sie sich selbst dafür, dass sie neues Leben in diese Welt gesetzt hatte. Wie konnte man nur glauben, dass das Leben Sinn hatte? Und Nico, dieser Arsch, warum hatte es nicht funktionieren können? Sie hatte doch immer nur das Beste für sie beide gewollt.

»Mama!«, Mathea begann zu weinen. »Ich habe Angst.«

Susanne kniete sich hin und öffnete die Arme.

Das kleine Herz klopfte mit doppelter Geschwindigkeit.

»Ich werde immer auf dich aufpassen, meine Kleine. Immer.«

Es gelang ihr, das Bild von Kristiane Thorstensen auf dem Stahltisch im Keller des Reichshospitals zu verdrängen, indem sie innerlich im Stillen unablässig den Namen Bjørn-Åge Flaten wiederholte.

Sie drückte den kleinen Körper an sich, als wollte sie Mathea nie wieder loslassen. Ihr Pulli war von den Haaren des Mädchens bereits ganz nass.

14

Er lief schon eine ganze Weile durch Lilleaker und ärgerte sich bereits darüber, dass er überhaupt auf die Idee gekommen war, hierherzufahren. Tommy mochte diesen Teil der Stadt nicht. Die stylischen Bürogebäude wirkten kalt und unpersönlich, und der lärmende Verkehr nervte ihn. Der Streifenwagen, mit dem er hierher an Oslos westlichen Stadtrand hatte mitfahren können, war längst weg. Er fühlte sich wie ein Fremder. Ein Eindringling in der chaotischen Landschaft aus alten und neuen Gebäuden, die den Fluss Lysakerelva säumten.

Das Dezemberdunkel hatte sich schon während der Fahrt ganz plötzlich über sie gesenkt, so dass die Wegweiser zu den einzelnen Gebäuden des einstigen Industriegeländes kaum noch zu lesen waren.

Tommy orientierte sich an den hell erleuchteten Firmenlogos auf den Dachfirsten der Gebäude. Inhaltsleere Namen voller gekünstelter Leichtigkeit. *MindWork* – Farbergs Firma –, die er schließlich in einem der Gebäude fand, passte gut ins Bild.

Die Büroräume im ersten Stock wirkten leer und verlassen, nur die Hälfte der rund fünfzehn Angestellten schien anwesend zu sein. Die Sekretärin an der Rezeption kümmerte sich kaum um Tommy, sondern konzentrierte sich mehr darauf, eine rote Glaskugel an den Plastikweihnachtsbaum zu hängen. Nach fünf Minuten tauchte endlich Farberg auf, um Tommy abzuholen.

Erst als er auf dem Besucherstuhl in Jon-Olav Farbergs Büro Platz genommen hatte, realisierte Tommy, dass der Mann auf der anderen Seite des Schreibtischs gerade erst geweint haben musste. Seine Augen wirkten rot und verquollen, und der Blick war seltsam ausweichend.

Farberg war einen Kopf kleiner als Tommy, strahlte aber trotz der etwas zögerlichen Einleitung eine natürliche Autorität aus, die Tommy das Gefühl gab, wieder in der Schule zu sein.

Jon-Olav Farberg schenkte ihnen beiden Kaffee ein, ließ seine Tasse jedoch unberührt.

»Haben Sie bemerkt, dass ich geheult habe?«, fragte er, ohne den Blick zu heben.

Tommy antwortete nicht.

»Das wird mir alles zu viel«, sagte Farberg mit leiser Stimme. »Heute Morgen das Bild von mir in der Zeitung, und jetzt sitzen Sie hier in meinem Büro.«

»Ich kann Sie gut verstehen.«

»Es ist alles wieder hochgekommen, als ich das Bild von Marianne, Eva und mir gesehen habe«, sagte er. »Verstehen Sie? Für einen Augenblick glauben Sie, dass das nur ein großer Irrtum ist, doch dann ist plötzlich alles wieder da. Ich konnte es nicht glauben, als sie sie gefunden haben.«

Tommy setzte die Kaffeetasse an die Lippen. Farberg hielt seinem Blick stand und lächelte traurig. Tommy dachte, dass die Zeit sehr wohlwollend mit Farberg umgegangen war. Er sah mindestens zehn Jahre jünger aus, als er war. Dichte, helle Haare, sonnengebräunte Haut und ein durchtrainierter Körper. Nur die blauen Augen ließen erkennen, dass der Mann bald sechzig war.

»Sie haben an der Schule aufgehört?«

»Ja, im Sommer nach Kristianes Tod. Ich konnte einfach nicht mehr. Außerdem hatte ich vom Schulsystem die Nase voll. Ich habe damals einen Job in der Personalabteilung des alten Televerket bekommen. Das passte. Danach habe ich diesen Weg weiterverfolgt. Die Firma hier leite ich jetzt seit bald zehn Jahren, und ich kann nicht sagen, dass ich das bereue. Ich arbeite sogar für Sie, war erst vor ein paar Tagen für ein Führungskräftecoaching im Präsidium, Sie kennen ja das Leitungsgremium …« Farberg ging nicht weiter darauf ein. Er schien Tommys Gesicht zu studieren und nach etwas Bekanntem zu suchen. Tommy wusste, was der Mann als Nächstes sagen würde.

»Ich kenne Sie doch, oder? Ich habe Sie doch schon mal gesehen.«

»Handball. In Oppsal. Aber das ist viele Jahre her. Ich glaube, Sie haben eine jüngere Mannschaft trainiert, während ich in der Juniorenliga gespielt habe.«

Farberg nickte langsam.

»Sie haben recht. Wusste ich doch, dass ich Sie schon mal gesehen habe. Aber Ihr Name sagt mir nichts. Sie halten sich gut, das muss ich sagen.«

Ein guter Lügner, dachte Tommy.

»Das Kompliment kann ich nur zurückgeben.«

Farberg lachte leise. »Waren Sie auf der Vetlandsåsen-Schule?«

Tommy schüttelte den Kopf. »Ich bin aus Tveita. Aus der Hochhaussiedlung.«

»Ah«, sagte Farberg. »*The original gangsters.* Vor denen hatten wir alle Angst.« Er lachte, aber es klang eher freundlich als herablassend. Außerdem hatte er recht, dachte Tommy. Viele seiner alten Kumpels waren auf die schiefe Bahn geraten oder an einer Überdosis gestorben. Einige waren sogar getötet worden. Und wäre er nicht beim Handball gelandet, wäre er womöglich selbst ein Teil der Tveita-Gang geworden.

»Sie waren Kristianes Lehrer?«

»Nur in Norwegisch und mal als Vertretungslehrer. Anders war damals ja ziemlich oft … krank.«

»Und ihr Handballtrainer waren Sie auch?«, fragte Tommy.

»Ich habe die Mannschaft Ende der Frühjahrssaison 1988 übernommen. Ich war es, der sie überredet hat, weiterzumachen. Sie hätte richtig, richtig gut werden können … ich glaube, ihr hätten alle Türen offen gestanden.«

Farberg verstummte und schüttelte gedankenverloren den Kopf.

»Ich erinnere mich jetzt an Sie. Sie waren gut, oder?«

»Geht so«, sagte Tommy. »Gut, aber nicht gut genug.«

»Hm, Sie sind sicher hier, weil Sie mit mir über Anders reden wollen und nicht über Handball?« Farberg änderte den Tonfall, seine Stimme klang mit einem Mal tiefer, ohne das Jungenhafte, das bisher hinauszuhören war. Es war leicht zu erkennen, dass das Thema Rask ihn quälte.

»Wie gut kannten Sie ihn?«

»Ziemlich gut. Wenn das überhaupt ging. Er war immer ein bisschen distanziert und unnahbar. Geöffnet hat er sich nur selten. War eine Kuriosität im Lehrerzimmer, so ganz ohne soziale Antennen. Aber er war klug, sehr klug, und die

Schüler liebten ihn.« Er schlug den Blick nieder, als wäre ihm plötzlich klargeworden, wie missverständlich seine Worte waren.

»Hatten Sie damals einen Verdacht?«

Das Telefon auf Farbergs Schreibtisch klingelte beinahe lautlos. Farberg entschuldigte sich. Er schloss die Augen, während er der Person am anderen Ende zuhörte. Eine Frau, vielleicht seine Lebensgefährtin. Tommy ließ seinen Blick durch den Raum schweifen. Das Büro war für den Leiter einer Consultingfirma ziemlich unaufgeräumt, dachte Tommy. Farberg selbst wirkte wie aus dem Ei gepellt, während sein Büro eher zu einem überarbeiteten Anwalt passte oder vielleicht zu jemandem in einem Kreativjob oder eben einem Lehrer, einem, der bei den Schülern beliebt war und ihre Mütter zum Lachen brachte. Auf dem Schreibtisch stapelten sich Unterlagen, und die Bilder an den Wänden waren so unterschiedlich, dass sie unmöglich zur Grundeinrichtung gehören konnten. Die musste Farberg selbst ausgewählt haben.

»Lass uns später darüber reden«, sagte Farberg zu der Frau am Telefon und legte auf, ohne sich zu verabschieden.

»Waren Sie jemals verheiratet?« Farberg sah Tommy fragend an und schnitt eine Grimasse.

»Eine Lebensgefährtin hatte ich mal.«

Farberg nickte. »Dann wissen Sie, wovon ich rede. Oder auch nicht. Wir haben uns vor einigen Jahren getrennt, sie bekam sogar meine Wohnung gleich hier in der Nähe. Die ist heute ein Vermögen wert. Und die Hälfte des Geldes. Trotzdem findet sie immer noch etwas, das sie mir vorwerfen kann.«

»Warum haben Sie eigentlich damals die Trauerarbeit übernommen?«

»Sie meinen, an der Schule?«

»Ja.«

»Verstehen Sie die Frage nicht falsch«, sagte Tommy und versuchte entwaffnend zu wirken. »Aber Sie wissen, warum ich frage? Häufig sind ja die Pyromanen diejenigen, die sich bei den Löscharbeiten am deutlichsten hervortun.«

Tommy studierte Farbergs Gesicht. Er schien oberflächlich ganz ruhig zu sein, aus seinen Augen sprach noch immer die Trauer. Entweder war er ein guter Schauspieler, oder er war ganz einfach nicht der Typ, der sich durch simple Provokationen aus der Deckung locken ließ.

Farberg nickte.

»Der Verbrecher kehrt immer zum Tatort zurück, und der Mann, der seine Frau vermisst meldet und vor Kummer fast umkommt, ist nicht selten der Täter«, sagte Tommy.

Noch immer keine Reaktion bei Farberg. Er nickte ein paarmal und hatte seinen Blick auf die Platte seines Schreibtisches geheftet.

»Sie müssen Ihren Job machen, Ihre Schlussfolgerungen ziehen, und Sie leben in Ihrer eigenen Wirklichkeit. In meiner Wirklichkeit bin ich gerne bereit, zu helfen, wenn es Menschen, insbesondere Kindern, schlecht geht.«

»Sie haben die Schule also aus reiner Herzensgüte geöffnet und die Schüler getröstet?«

Farbergs Hand knallte auf die Tischplatte.

»Verdammt, Bergmann!«

Jon-Olav Farberg studierte seine Handfläche, als wäre der Schlag auf die Tischplatte viel schmerzhafter gewesen als angenommen.

»Ist das Ihre Arbeitsweise? Schneien Sie immer überall rein, um sich dann wie ein Arschloch zu verhalten? Das muss ich mir nicht bieten lassen!« Seine Stimme war ruhiger geworden, aber die Wut brodelte noch immer unter der Oberfläche.

Tommy lehnte sich zurück. Farbergs Reaktion hatte ihn irgendwie beruhigt. Menschen, die wie Erlöser auftraten, traute er alles nur Erdenkliche zu. Viel lieber waren ihm da diejenigen, die Gefühle zeigten.

»Dann erklären Sie mir, warum Sie die Schule für Schüler geöffnet haben, die zum Teil ja gar nicht Ihre Schüler waren. Warum diese Initiative?«

»Ganz einfach, weil niemand sonst etwas getan hat. Ich habe noch an dem Sonntagabend, an dem sie gefunden worden war, bei der Rektorin angerufen. Ich musste mit jemandem reden, und sie war auch privat eine gute Freundin von mir. Aber sie war total fertig, brachte kaum ein Wort heraus. Dann habe ich den Leiter der Schulverwaltung angerufen, aber der war auf einem Wochenendtrip nach Kopenhagen. Schließlich habe ich selbst die Initiative ergriffen.«

»Was war mit Kristianes Klassenlehrer?«

»Das war ein seltsamer Kerl, an Feigheit nicht zu überbieten. Ich habe versucht, ihn zu überreden, die Leitung zu übernehmen, aber er wollte nicht, er meinte, das sei keine Sache der Schule. Der ist gar nicht erst aufgetaucht, dafür aber einige der anderen Lehrer, vor allem von den jüngeren. Die jungen sind immer irgendwie zu erreichen.«

Tommy notierte sich: *Klassenlehrer*?

»Wie war sein Name?«

»Gunnar Austbø. Ein alter Junggeselle, konservativ und fromm und vielleicht sogar ein bisschen rechtsnational. Aber ein guter Lehrer, ein Mathegenie und ein guter Pädagoge. Nur eben kein Gefühlsmensch und verflucht konfliktscheu.«

»Wissen Sie, wo er sich heute befindet? Ist er im Ruhestand?«

Jon-Olav Farberg dachte eine ganze Weile nach.

»Ich glaube, er ist nach Spanien gezogen, nachdem er

pensioniert wurde, aber sicher bin ich mir nicht. Ich kann ein paar alte Kollegen fragen, wenn Sie wollen.«

»Gerne. Kommen wir zurück zu Rask. Wo waren wir?«

»Verdacht«, sagte Farberg. »Sie haben mich gefragt, ob ich einen Verdacht hatte. Die Antwort lautet nein. Wer würde so etwas denken? Er war ein Sonderling, aber ich hätte niemals gedacht, dass er zu so etwas fähig wäre.«

»Was halten Sie von der Wiederaufnahme des Verfahrens? Glauben Sie, dass er freigesprochen wird?«

»Was weiß ich? Das kann ich nicht beurteilen.«

Nein, wie auch, dachte Tommy und sah auf seine Armbanduhr. Er hatte Zeit totgeschlagen und einen weiteren Namen in seinem Notizbuch stehen: Gunnar Austbø. Verdammt seltsames Auftreten, wenn eine seiner Schülerinnen ermordet wurde.

»Ich wünschte, ich hätte Ihnen mehr helfen können, aber ich habe wirklich nicht so viel zu sagen.« Jon-Olav Farberg steckte die Visitenkarte ein, die Tommy ihm gegeben hatte, und stand auf, um seinen Gast nach draußen zu begleiten. Gemeinsam gingen sie zum Fahrstuhl. Farberg hatte den gleichen festen Händedruck wie zuvor.

Tommy versuchte seinen Kopf auszuschalten und sich auf die Aussicht aus dem Fahrstuhl zu konzentrieren. Der Lysakerfjord glitzerte im Licht der Leuchtreklame einer Shippingfirma.

Draußen auf dem Parkplatz zündete er sich eine Zigarette an und nahm das Handy heraus. Er versuchte sich zu orientieren, die E 18 dröhnte hundert Meter weiter unterhalb vorbei, und linker Hand führte der Lilleakerveien nach oben.

Wie zum Henker kam man zum Bahnhof von Lilleaker, ohne in diesem ewigen Dunkel der Stadt überfahren zu werden?

Er war erst wenige Schritte in Richtung Lilleakerveien gegangen, als er hinter sich seinen Namen hörte.

»Bergmann, Bergmann! Tommy!«

Er blieb stehen, drehte sich aber nicht um. Die jungenhafte Stimme war eindeutig.

Jon-Olav Farberg schloss zu ihm auf. Er war außer Atem, vielleicht war er über die Treppe nach unten gelaufen. Sein Gesichtsausdruck war verändert, als hätte er am helllichten Tag Gespenster gesehen.

»Ist was passiert?«, fragte Tommy.

Farberg wischte sich den Schweiß von der Stirn und nickte.

»Oder nein, aber mir ist doch noch was eingefallen. Das ist mir ganz plötzlich in den Sinn gekommen, als Sie weg waren. Ich bin mir nicht sicher, ob es von Bedeutung ist, aber …«

»Was denn?«

»Anders hat mir mal von einem Freund erzählt, mit dem er allem Anschein nach viel redete.«

Tommy zog die Stirn kraus. »Und?«

»Ach, bestimmt hat das nichts zu sagen.«

»Wie hieß denn dieser Freund?«

»Yngvar.«

»Aha. Und woher kannte Rask diesen Yngvar? Und wie heißt der weiter?«

»Also, das ist bestimmt nicht von Bedeutung. Und ich weiß eigentlich auch nur, dass er Yngvar heißt.«

»Ich bin mir sicher, dass Sie mehr wissen«, sagte Tommy. »Sonst wären Sie mir nicht gefolgt.«

»Anders hat mal vor vielen Jahren gesagt, dass Yngvar nicht ganz dicht sei. Dass er wahnsinnig schnell total ausrasten könne. Er schien Angst vor dem zu haben, was passieren könnte.«

Tommy musste nachdenken. Noch eine Sache, die er überprüfen musste, wenn er die Tonnen von Dokumenten vom Kriminalamt bekam. Bestimmt nur ein Schuss ins Dunkle. Andererseits war es bei einer derart umfangreichen Ermittlung durchaus möglich, dass man Details von größter Bedeutung übersehen hatte.

»Ich hatte den Eindruck, dass Anders und dieser Yngvar irgendwann mal zusammengearbeitet hatten.«

»In einer Schule?«

»Möglich. Aber das hat er mir nie gesagt. Aber ich weiß wirklich nicht, ob das wichtig ist. Ich hatte nur so ein blödes Gefühl, als mir das in den Sinn kam, kaum dass Sie gegangen waren.«

»Okay, haben Sie das jemals der Polizei erzählt?«

»Nein. In der Schule hatte niemand einen Verdacht gegen Anders, außerdem wurde ich nie polizeilich vernommen. Und wenn ich mich jetzt so höre, klingt es auch wirklich nicht so, als ob es relevant wäre.«

»Nein, da mögen Sie recht haben.«

Was sollte Tommy sonst sagen? Jon-Olav Farberg schien in seiner dünnen Anzugjacke zu frieren und schloss die Knöpfe mit zitternden Fingern.

»Es ist kalt geworden«, sagte er.

Es ist schon seit Wochen kalt, dachte Tommy.

Er sah Farberg nach, bis dieser wieder im Gebäude verschwunden war.

Zehn Minuten später fuhr der Zug in Richtung Ski im Bahnhof ein und bewahrte ihn vor dem Kältetod.

Er fand einen freien Fensterplatz, dreckig und durchgesessen, und starrte sich selbst in der Scheibe an.

Gunnar Austbø, dachte er. Was für eine Niete von Klassenlehrer mochte das gewesen sein?

15

Welcher Gott konnte eine solche Welt erschaffen haben? Diese Frage stellte Elisabeth Thorstensen sich immer wieder. Die Welt war so schlecht, so armselig und so wenig zu verstehen, dass ihre Existenz in sich schon ein Beweis dafür war, dass es keinen Gott gab. Sie wusste das, seit sie neun Jahre alt war, aber das Wissen darum belastete sie mehr und mehr.

Sie hatte sich nach dem Essen im Büro eingeschlossen und weigerte sich herauszukommen, obwohl Asgeir sie immer wieder darum gebeten hatte.

Mit einer umständlichen Bewegung schob sie all die Zeitungen, die sie auf dem Tisch aufgestapelt hatte, zu Boden. Kristianes Gesicht mischte sich mit dem von Anders Rask. Auf einem der Bilder sah man ihn etwas verloren mit schlaff herunterhängenden Armen in einem Wald irgendwo in Vestfold stehen. Er sah aus wie ein zurückgebliebener kleiner Junge.

Ein Schauer lief ihr über den Rücken, und eine Wunde riss in ihr auf, als erwachte sie aus einem grauenvollen Traum, um nur Sekunden später zu erkennen, dass es kein Traum, sondern die Wirklichkeit war. Die Stimmen vor der Tür waren so laut wie die Schreie der Möwen im Sommer. Sie pickten mit ihren Schnäbeln auf den Spalt zwischen der Tür und dem Boden ein, als wollten sie sich auf sie stürzen wie auf die Fischabfälle, die man über die Reling warf. Die Schnäbel kamen jetzt über den Boden auf sie zu, es wurden immer mehr, sie hackten auf die Regale ein, die Bücher, die sie angesammelt hatte, damit sie ihr einen Ausweg boten, eine Fluchtmöglichkeit, doch das funktionierte schon lange nicht mehr.

Die Schnäbel erreichten ihre Schläfen, und sie legte die Hände an den Kopf, um sich zu schützen. Sie sollten es dort oben doch so schön haben, nicht so wie hier unten. Er sollte nie wieder Hand an sie legen, sich nie wieder neben sie legen. Jede Nacht drang er in sie ein. Wann hatte sie aufgehört, ihn Papa zu nennen? Es klang so fremd, wie etwas aus einem weit entfernten Land.

Alles würde gut werden, wenn die Mädchen nur nicht so wurden wie sie.

Sie zuckte zusammen, als es an der Tür klopfte.

»Ich habe dir einen Tee gekocht.« Asgeirs Stimme war sanft wie immer. Er war immer nett gewesen, viel zu nett. Was hatte er nicht alles ganz bewusst übersehen? Immer hatte er ein Auge zugedrückt. Ohne ihn wäre sie längst nicht mehr am Leben.

»Stell ihn einfach in die Küche, ich komme gleich.«

Sie stellte sich vor, wie er draußen auf dem Flur stand. Zuerst hatte er ihr angeboten, etwas zu kochen, aber sie hatte gesagt, dass sie keinen Hunger habe. Er hatte allein mit Peter gegessen und ihr danach Kaffee und Gebäck angeboten. Wieder hatte sie abgelehnt. »Eine Tasse Tee«, hatte sie distanziert und ohne nachzudenken erwidert, wie irgendeine gefühlskalte Großmutter in einem Film über englische Adelsfamilien.

Schließlich verschwanden seine Schritte in Richtung Küche.

Elisabeth Thorstensen setzte sich inmitten des Zeitungschaos auf den Boden und begann mit den Fingern durch die Seiten zu wühlen, als glaubte sie, Kristiane darunter finden zu können.

Sie spürte, dass die Membran zwischen ihr und der ultimativen Lösung hauchdünn geworden war. In der kommenden Nacht wollte sie tun, was sie tun musste.

Sie nahm den Brief der Anklagebehörde und zerriss ihn in winzige Fetzen, bevor sie abrupt aufstand, die Gardinen zur Seite zog und auf die dunkle Fensterscheibe starrte.

»Verstehst du das?«, fragte sie.

»Verstehst du das?«, schrie sie im nächsten Augenblick.

Erst dann hörte sie das Telefon unten in der Halle klingeln.

Leise Schritte.

Eine gedämpfte Stimme.

Schließlich klopfte es wieder an der Tür.

Sie hatte die Stirn ans Fenster gelegt, die grellen Lichter eines Zuges zerrissen das Dunkel der Hecke draußen. Was hinderte sie daran, den Kopf durch das Fenster zu stoßen und einfach zu verbluten?

»Das ist der Polizist«, sagte Asgeir. »Dieser Bergmann.«

Elisabeth Thorstensen warf ihrem Spiegelbild so etwas wie ein Lächeln zu. Dann fuhr sie mit der Hand zu ihrer Wange und streichelte sie.

»Bergmann«, sagte sie leise. »Du wolltest mich retten.«

»Hast du was gesagt?«, fragte Asgeir draußen vor der Tür.

»Geh weg.«

Er wartete.

»Du hast gesagt, dass du mich retten willst. Erinnerst du dich nicht?«

»Aber …«

»Geh weg!«, schrie sie.

16

Tommy nahm so selten die Straßenbahn, dass er sich plötzlich in seiner eigenen Stadt wie ein Tourist fühlte. Er beobachtete eine junge Ausländerin, die schräg vor ihm stand. Sie trug einen weißen Schleier mit gestickten Silberfäden und war geschminkt wie eine westliche Frau. Er versuchte zu verdrängen, dass sie ihn an Hadja erinnerte, ebenso wie die Prostituierte, die er zuvor gesprochen hatte. Manchmal, vor dem Handballtraining, keimte so etwas wie kindliche Hoffnung auf. Dabei hatte er sie schon seit einem Jahr nicht mehr gesehen. Das letzte Mal bei ein paar Spielen kurz vor Weihnachten.

Du kannst so nicht weitermachen, dachte er und drückte auf den Halteknopf. Morgen, beim Training, musste er mit Sara reden und fragen, wie es ihrer Mutter, Hadja, ging. Das konnte doch nicht so schwer sein.

Von der Haltestelle Rosenhoff ging er, ohne sich Gedanken über den Weg zu machen, in Richtung des indischen Stammlokals von Frank Krokhol. Verkrampft setzte er einen Schritt vor den anderen, er musste dringend aufs Klo. Nachdem er am Hauptbahnhof den Zug verlassen hatte, war er beinahe aus Trotz in eine Kaschemme in der Olsens gate gegangen und hatte zwei Pils getrunken. Nicht um den Fahndern, die alle paar Stunden ganz zufällig in diese Lokale schneiten, in die Parade zu fahren, sondern einfach um die Säufer zu beobachten, die Huren, die Laufburschen der Zuhälter, die alten Junkies, ja das ganze Sortiment der Kleinkriminellen, die sich auf der untersten Stufe der kriminellen Rangordnung befanden und dort auch bleiben würden, bis sie ihr Leben aushauchten. Eine bulgarische Hure Ende zwanzig hatte sich dicht neben ihn gesetzt. Er spürte noch immer, wo sie ihn mit ihrem Schenkel berührt hatte, und der Duft ihres süßlich schweren Parfüms lag ihm noch in der Nase. Sie hatte ihn gefragt, ob er einsam sei. Natürlich. Ihre dunklen Augen und pechschwarzen Haare hatten ihn an Hadja denken lassen, und einen Moment hatte er sich gefragt, ob er sie nicht bitten sollte, die Nacht mit ihm in Lambertseter zu verbringen und bis zum Morgen zu bleiben. Es gab schlimmere Möglichkeiten, den Job zu verlieren.

Er war gegangen, als sie in Richtung Toilette verschwunden war. Hatte drei Zweihunderter in eine Serviette gelegt, die Worte *You're too good for this* darauf gekritzelt und sie dem Barkeeper gegeben, den er noch aus alten Zeiten kannte. »Sorg dafür, dass sie die kriegt und niemand sonst«, hatte er gesagt.

Noch in der Tür des House of Punjab gab er dem Kellner ein Zeichen. Die Geste für ein Bier war überall auf der Welt die gleiche, auch in einem indischen Restaurant in Sinsen.

Die Art, wie Tommy direkt auf die Toilette zusteuerte, ließ Frank Krokhol grinsen wie einen Schuljungen.

»Um ehrlich zu sein, Tommy, ich bin wirklich gespannt«, sagte Krokhol, als Tommy zurück war. Der alte Marxist und Frauenheld fischte einen Klumpen Borkum Riff aus der Packung und begann umständlich, seine Pfeife zu stopfen. Tommy studierte die langsamen Bewegungen seines Gegenübers, während er sich mechanisch eine Zigarette anzündete.

»Also, was läuft da ab?«, fragte Tommy.

»Kristiane Thorstensen«, sagte Krokhol und schaute in die

übersichtliche Speisekarte, die er sicher längst auswendig kannte. Er paffte ein paarmal und richtete seinen Blick dann auf Tommy.

Tommy schüttelte lächelnd den Kopf. »Nein, erzähl mir lieber was über Anders Rask«, sagte er. »Das einzige Interview, das er jemals gegeben hat, war mit dir.«

Krokhol schien vor allem mit seiner Pfeife beschäftigt zu sein. Der Geruch des cognacgetränkten Tabaks erinnerte Tommy an den Vater von Erlend Dybdahl, seinem besten Freund aus der Kindheit.

»Es darf nichts nach außen dringen«, sagte Tommy.

»Totale Funkstille?«, fragte Krokhol.

»Ich gebe dir, was ich dir geben kann, aber nicht jetzt. Du bereitest uns so schon genug Probleme.«

Frank Krokhol lächelte.

»Aha, dann hast du also den Kristiane-Fall gekriegt?«

Tommy nickte, bevor er einen Schluck von seinem Bier nahm.

»Ich habe morgen eine Verabredung oben in Ringvoll.«

»Uih, dann muss die Sache ja verflucht schnell gehen. Nun, Anders Rask … er ist ein simpler Pädophiler«, sagte Krokhol.

»Ein Mamasöhnchen mit einer Verliebtheit in kleine Mädchen und Jugendliche mit wachsenden Brüsten. Dazu ist er noch total verrückt und hat ein schon pathologisches Bedürfnis, sich wichtigzumachen. Als eure Leute ihm bei den Vernehmungen zu glauben begannen, ist er völlig abgedreht und hat sich wie Satan selbst gefühlt. Tja, und so war er natürlich eine willkommene Beute für Staatsanwalt Schrøder. Das war damals ja eine Riesengeschichte, und er war der perfekte Täter. Wenn du mich fragst, passte er ein bisschen zu gut, dabei kamen als Täter wirklich Tausende von Männern in Frage. Das ist eigentlich schon alles. Jetzt sitzt er in Ringvoll und bekommt eimerweise Fanpost von verrückten Frauen aus dem ganzen Land.«

»Was ist mit den Sachen, die bei ihm zu Hause gefunden worden sind?«

»Er hatte die Mädchen ja in der Schule, Tommy. Da kann er Kleinigkeiten mitgenommen haben. Er war ja besessen von diesen Kindern. Und das Klebeband, mein Gott, wer hat nicht so was zu Hause bei sich?«

»Warum hast du so starke Gefühle für ihn?«, fragte Tommy.

»Zum einen weil ich glaube, dass er unschuldig ist, sieht man mal davon ab, dass er ein Schwein und potentieller Vergewaltiger sein kann, und zum anderen weil der wirkliche Täter damit noch unter uns ist, wenn er denn noch lebt.«

Tommy sagte nichts.

»Und das Schlimmste ist«, fuhr Krokhol fort, »dass derjenige, der Kristiane getötet hat, vermutlich auch all die anderen umgebracht hat. Und diese Daina doch wohl auch, nicht wahr, Tommy? Sonst wärt ihr nicht so zurückhaltend. Mann, ich bin diese Rask-Dokumente sicher hundert Mal durchgegangen, kann aber nicht darüber schreiben … Ich beiß mir in die Nase, wenn diese Daina nicht dasselbe ertragen musste. Ist ihr auch ein Finger abgeschnitten worden? Welcher? Hat er dieses Mal mit dem Zeigefinger der rechten Hand angefangen?«

Tommys Schweigen war Antwort genug.

»Erzähl mir von dem Daina-Fall«, flüsterte Krokhol und versuchte, Tommys Blick einzufangen.

Tommy schüttelte nur den Kopf.

»Ihr tappt doch alle total im Dunkeln, Tommy. Versuch nicht, mich vom Gegenteil zu überzeugen.«

»Wenn du das schreibst, sind wir fertig miteinander«, sagte Tommy.

»Für wie dumm hältst du mich eigentlich? Wir brauchen uns doch wohl gegenseitig. Aber denk mal nach. Rask ist kaum allein zurechtgekommen. Du hast die Aufnahmen aus Vestfold gesehen. Er stand nur da und hat wahllos in der Gegend rumgezeigt, wie ein Idiot. Und das mit den Fingern hat er ganz einfach erraten. Mehr war das nicht.«

»Glaubst du wirklich?«, fragte Tommy und hatte mit einem Mal das sichere Gefühl, dass er in dieser Nacht den Fernseher nicht anschalten würde. Er schüttelte über sich selbst den Kopf.

»*Glauben?*«, fragte Krokhol. »Himmel noch mal. Ihr sucht nach einem Mann, nur einem, und dieser Mann ist sicher nicht Rask. Es gibt zu viele Gemeinsamkeiten, als dass es mehrere Täter sein könnten. Außerdem leben wir in einem kleinen Land, so viele Verrückte gibt es hier nicht. Wenn er noch lebt, ist er irgendwo dort draußen, Tommy. Und wenn du ihn nicht bald findest, wird er noch ein Mädchen umbringen. Jetzt sitzt er bestimmt irgendwo und liest alles, was er über Kristiane und Daina in die Finger kriegen kann. Aber irgendwann wird der Druck wieder so groß werden, dass er sich nicht mehr im Zaum halten kann und wieder mordet.«

Verdammt paradox, dachte Tommy, während er beobachtete, wie Krokhol sich umständlich erhob, um auf die Toilette zu gehen. Hättest du nicht so viel über Daina und Kristiane geschrieben und ihre Bilder übergroß auf den Titelseiten platziert, würde er vielleicht nicht wieder töten.

»Glaubst du, dass Rask Kontakt zu jemandem draußen hat?«, fragte Tommy, als Krokhol wieder zurück war.

Krokhol lehnte sich auf seinem Stuhl zurück. Er nahm die Pfeife in die rechte Hand und begann, den Tabak mit einem Streichholz herauszufischen.

»Wie meinst du das?«

»Vergiss es.«

»Willst du damit andeuten, dass die Morde möglicherweise zu zweit begangen wurden?«

»Vergiss es, hab ich gesagt.«

Tommy fuhr wieder zum Büro. Auf dem Schreibtisch stapelten sich Dokumente, geordnet mit kleinen Post-it-Zetteln.

Eine halbe Stunde lang verschaffte er sich einen Überblick über die Unterlagen und erkannte, dass Susanne noch nicht fertig sein konnte. Aber das war nicht weiter schlimm. Vielleicht war es besser, wenn sie morgen früh mit zu Rask kam.

17

Mama!«, hörte sie neben sich und blinzelte ein paarmal. Mathea drehte sich neben ihr um, aber den Schrei hatte sie sich nur eingebildet. Alpträume hatte ihre Tochter durchaus, regelmäßig, jedoch nicht so früh am Abend.

Sie blieb liegen und dachte an Nico. An sein Gesicht, als sie es zum ersten Mal gesehen hatte. Es war nicht gefährlich, an ihn zu denken. Niemand wusste, was sie dachte. Es war erlaubt, zu bereuen. Und selten hatte sie etwas mehr bereut als eben jetzt.

Als sie sich umdrehte, um Mathea so nahe wie eben möglich zu sein, tauchten die Bilder von Kristiane Thorstensen auf ihrer Netzhaut auf. Sie starrte auf die dicken, schwarzen Wimpern ihrer Tochter. Sie würde als Jugendliche kaum

Mascara brauchen, aber das machte alles nur noch schlimmer: Männer würden sie ansehen, begehren, missbrauchen, bis sie schließlich ihr eigenes Kind identifizieren musste. Irgendwo auf einem Metalltisch in einem Gerichtsmedizinischen Institut, gehüllt in weißes Leinen, die Arme über der Brust gefaltet.

Sie presste sich die Hände aufs Gesicht.

Das Klingeln ihres Handys rettete sie.

Zum ersten Mal war es beruhigend, die Stimme von Tommy Bergmann zu hören. Dass mit ihm irgendetwas nicht stimmte, war klar, ebenso klar war aber auch, dass er sich für Menschen einsetzte, die in Not waren und Hilfe brauchten. Wenn sie einmal wirklich Angst vor etwas hatte, war er jemand, den sie anrufen konnte.

»Es ist sicher gut, wenn wir uns gegenseitig auf den neuesten Stand bringen«, sagte er. »Ich fahre übrigens morgen früh nach Ringvoll.«

»Anders Rask?«, fragte sie.

»Ich treffe ihn morgen.«

Sie überlegte, ob sie ihn fragen sollte, ob sie mitfahren konnte, ließ es aber bleiben. Das Gefühl, die dumme Gans zu sein, die zu Hause blieb und Wäsche wusch, während der Herr des Hauses unterwegs war und etwas erlebte, war aber nicht von der Hand zu weisen. Andererseits hatte sie in ihrer momentanen Situation keine andere Wahl, als nach seiner Pfeife zu tanzen.

Sie warf einen Blick in den Spiegel, ging ins Wohnzimmer und setzte sich aufs Sofa.

»Ich habe heute nicht alles geschafft«, sagte sie.

»Habe ich gesehen.«

»Den Rest erledige ich morgen.«

Tommy erwiderte nichts. Eine alte Technik der Herrschenden, dachte Susanne. Alt, aber effektiv.

»Ich habe heute Nachmittag etwas anderes gemacht. Ich habe aber das Gefühl, an etwas dran zu sein, weißt du.« Sie sagte ihm, dass sie auf der Suche nach einem alten Zeugen in Brobekk gewesen war.

»Okay!« Er hörte sich überrascht an.

»Aber ich bin mir nicht sicher, ob uns das weiterbringt«, sagte sie.

»An wem bist du dran?«

»Das ist nur … erinnerst du dich, dass zwei Zeugen angegeben hatten, Kristiane an dem Samstag, an dem sie verschwunden ist, noch gesehen zu haben?«

Wieder antwortete Tommy nicht sofort.

»Ja«, sagte er schließlich. »Ich erinnere mich daran. Einer davon war Bjørn-Åge Flaten. Ich hab den Typen so oft in die Ausnüchterung gefahren, dass ich mich an die einzelnen Male gar nicht mehr erinnern kann.«

Sie drehte eine Locke zwischen den Fingern und ließ sie wieder los.

»Was ist mit ihm?«, fragte Tommy. Sie wusste es bereits, es hatte zwischen den Zeilen gestanden, dass Flaten unzuverlässig war und es womöglich nur auf das Geld abgesehen hatte. Deshalb hatten sie seine Aussage nicht weiter verfolgt.

Susanne sagte nichts. Sie hatte nichts zu sagen.

»Auf den war noch nie Verlass, Susanne, ich kannte den damals richtig gut.«

Als Bent und du noch Streife gefahren seid, dachte sie. Mann, wie leid sie diese alten Geschichten war. Sie waren damals wirklich eine berüchtigte Bande, waren ausgerückt und hatten kriminelle Einwanderer und Kleindealer vermöbelt. Im Bericht hatte dann nur gestanden, dass sich die Betreffenden der Festnahme widersetzt hätten.

»Ich will nur mit ihm reden. Er hat angegeben, Kristiane

in Skøyen gesehen zu haben. Ich meine … warum sollte er das tun?«

»Junkies wie er sind pathologische Lügner. Er wollte einfach ein Stück vom Kuchen, verstehst du? Als ihm nicht geglaubt wurde, ging er zur Zeitung. Mag sein, dass er da was bekommen hat, aber sicher nicht mehr als einen Tausender. Eine Woche später hat er die ganze Chose noch ausgeschmückt. Das war ein Riesenaufmacher in der Zeitung. Aber das war alles vor deiner Zeit.«

»Mama!«, hörte sie Mathea durch die offen stehende Schlafzimmertür.

»Also, ich fahre dann morgen zu Rask. Kann nicht gerade sagen, dass ich mich auf dieses Treffen freue.«

Verdammt, dachte Susanne. Verdammte Männer.

»Warum sollte Bjørn-Åge Flaten eine Lüge in die Welt setzen?«

»Mama, ich hab ins Bett gemacht.« Mathea stand in der Küche und sah ins Wohnzimmer.

Sie hatte vergessen, Mathea aufs Klo zu schicken, obwohl sie zum Abendessen mehrere Gläser Milch getrunken hatte. Eigentlich machte sie ja auch nicht mehr ins Bett. Eigentlich.

»Gleich«, flüsterte sie Mathea zu. »Jammer jetzt nicht rum.« Vielleicht war sie ja wirklich die Rabenmutter, für die ihre eigene Mutter sie immer hielt. Nicht so eine wunderbare Mutter, wie es ihre Schwester Line sicher geworden wäre, hätte sie nur damals vor neunzehn Jahren den Sicherheitsgurt angelegt und sich nicht von ihrem Freund totfahren lassen.

»Linie 9«, sagte Tommy leise. »Sagt dir das was?«

»Ich bin aus Asker«, antwortete Susanne.

»Die 9 führte damals von Ljabru nach Jar. Sie hielt in Sæter und in Skøyen. Sogar in Amalienborg, wo unser Freund

Bjørn-Åge damals wohnte. Wenn du von der Nordstrandhalle nach Skøyen willst, nimmst du dann nicht die Straßenbahn? Ich glaube, keiner der beiden Schlaumeier hat das Mädchen wirklich gesehen.«

»Sie wurde am Bahnhof Nordstrand gesehen, als sie den Zug genommen hat.«

»Und wennschon«, sagte Tommy. »Das bringt uns nicht weiter. Der alte Mann, der sie am Hauptbahnhof gesehen hat, lebt nicht mehr. Ich verstehe nicht, warum sie nicht die Straßenbahn genommen hat, und irgendwie glaube ich die ganze Geschichte mit dem Zug auch nicht. Vielleicht hat sie einfach die Kapuze ihres Pullis aufgelassen. Oder sich eine Mütze aufgesetzt.«

»Niemand hat damals Mützen oder Kapuzen getragen. Das wäre sozialer Selbstmord gewesen«, erwiderte sie.

»Susanne«, sagte Tommy. »Du …«

»Verstehst du denn nicht, dass das eine absolut zentrale Frage ist?« Plötzlich war es so, als hörte sie ihre Stimme von außen. Sie war immer höher geworden, wie bei ihren Auseinandersetzungen mit Nicolay.

Es wurde still am anderen Ende.

»Sorry. Es ist einfach alles ein bisschen viel.«

Warum? Warum sich entschuldigen? Das war wieder mal so typisch für sie. Von klein auf war ihr eingetrichtert worden, sich für alles Mögliche zu entschuldigen, wenigstens vor Männern. Als wollte sie damit sagen, dass sie ja bloß ein kleines, dummes, hysterisches Mädchen war.

»Vielleicht wollte sie nicht gesehen werden, Tommy. Vielleicht ist sie bis zum Bahnhof gelaufen, weil da weniger Leute waren. Niemand, der sie kannte. Vielleicht hatte Kristiane etwas vor, wovon die anderen Mädchen nichts wissen sollten. Hast du an die Möglichkeit schon mal gedacht? Sie wollte nicht nach Godlia mitgenommen werden und auch nicht mit den anderen auf die Straßenbahn warten, sondern ist stattdessen über den dunklen Nordstrandveien in Richtung Bahnhof gegangen. Sie wusste ja, dass von da ein Zug nach Skøyen fuhr.«

Tommy wurde still.

»Okay, ich gebe dir eine Chance.«

»Danke.«

Vielleicht sollte ich dein Chef sein, dachte Susanne. Wenn ich nur schon mein Examen hätte.

Tommy legte ohne ein weiteres Wort auf.

Susanne blieb vor dem Spiegel stehen, das Handy noch am Ohr.

»Mama«, sagte Mathea kleinlaut hinter ihr. »Mir ist kalt.«

Das Kind! Sie hatte Mathea komplett vergessen. Nachdem sie die Kleine geduscht, die Matratze umgedreht, das Bettzeug gewechselt und sie in die Decke eingekuschelt hatte, ließ sie das Lied von The Motels laufen, das sie sonst nie zu hören wagte, weil Line es immer gehört hatte, wenn sie Liebeskummer gehabt hatte. Sie hörte es so laut, dass Mathea davon wieder aufwachen hätte können. Weil nichts in diesem Leben jemals wieder zurückkam.

It's like I told you
Only the lonely can play

Sie faltete die Hände und betete, dass Bjørn-Åge Flaten sie erlöste.

18

Das Klopfen war nicht zu überhören. Er hatte versucht, es auszublenden, aber jetzt gelang ihm das nicht mehr. Es übertönte das Summen seiner Frau, die im Bad unter der Dusche leise ein altes Lied angestimmt hatte.

Wieder klopfte es.

Unten.

Einmal. Zweimal. Dreimal.

Dann Stille.

Wenn das nicht die Heizungsrohre waren, schlug unten im Keller jemand rhythmisch gegen den Stahl, um ihn nach unten zu locken.

Arne Furuberget ließ die Zeitung sinken und starrte auf die Flurtür. Das Wohnzimmer lag fast im Dunkeln. Nur die Leselampe an seinem alten Børge-Mogensen-Sessel brannte.

Seine Finger umklammerten die Lehne, als das Klopfen erneut zu hören war.

Am liebsten hätte er gerufen: »Gunn, kannst du mal nachsehen, ob die Kellertür zu ist?«, aber das würde ihr nur Angst machen. Außerdem war sie im Bad.

Wie festgefroren saß er in dem Sessel. Außerstande, sich zu bewegen. Wie gefangen zwischen dem großen, schwarzen Fenster zum Garten und dem Unbekannten, das im Keller lauerte.

Eine Weile blieb er mit der Zeitung auf dem Schoß sitzen und betrachtete die Spiegelung seines Gesichts auf der Fensterscheibe. Draußen war alles schwarz.

Er schloss die Augen, als das Klopfen erneut begann. Dann stand er auf und zog die schweren Vorhänge zu. Mit vorsichtigen Schritten lief er durchs Wohnzimmer, blieb im Flur stehen und wandte sich nach links in Richtung Bad.

Seine Frau summte noch immer dieselbe Melodie, ein melancholisches Lied, das er schon oft gehört hatte, dessen Namen er aber nicht kannte. Es beruhigte ihn etwas, bis er das Klopfen auch hier hörte.

Er ging, so schnell er konnte, zum Windfang und versicherte sich, dass die Haustür abgeschlossen war. Atmete erleichtert auf.

Doch wenn er ehrlich war, hatte er doch Angst vor der Tür, die vom Keller in den Garten auf der rückwärtigen Seite des Hauses führte.

Er drehte sich um und ging widerwillig zurück bis zur Kellertür.

Vor ihm lag die Treppe. Unten war alles dunkel. Arne Furuberget spürte für ein paar Sekunden wieder die kindliche Angst vor der Finsternis. Sein Bruder hatte ihn so oft in einem stockfinsteren Schuppen eingesperrt.

Er schnaubte verächtlich über sich selbst und ging mit möglichst entschlossenen Schritten über die Betonstufen nach unten. Etwa auf der Hälfte der Treppe musste er stehen bleiben und sich an das Geländer klammern.

Die Geräusche waren jetzt ganz nah. Die Heizungsrohre führten an der Kellerdecke entlang.

Seine Augen versagten ihm den Dienst. Er sah nichts mehr. Vor sich, sechs Stufen tiefer, war nur ein schwarzes Meer. Geradeaus lag das alte Bad, das die Kinder genutzt hatten, als sie noch zu Hause wohnten. Gewöhnlich brannte dort drinnen Licht. Jetzt war alles dunkel.

Er ging vorsichtig die letzten Stufen hinunter, wäre aber trotzdem beinahe gestolpert. Sein Atem keuchte, als hätte er stundenlang im Hobbyraum gearbeitet. Er wollte sich das nicht eingestehen, aber dieser Keller machte ihm Angst, seit sie vor dreißig Jahren zum ersten Mal mit dem Makler das Haus besichtigt hatten. Er war wie ein Labyrinth. Und ganz hinten, noch hinter dem Waschkeller mit der Tür in den Garten und dem Fernsehzimmer, das sie inzwischen nur noch selten nutzten, lag der Heizungskeller mit der Ölheizung, deren Funktionsweise er nie verstanden hatte.

Er fand den Lichtschalter an der Wand.

Die Leuchtstoffröhre unter der Decke flackerte ein paarmal.

War da nicht was im Waschkeller gewesen? Ein Gesicht?

Nein.

»Ich habe keine Angst vor Ihnen«, sagte er laut und ging in Richtung Waschkeller.

Der Raum lag grau und leer vor ihm. Die rauen Betonwände und die feuchte Luft erinnerten ihn an eine Zelle. Isolation. Er würde sich besser fühlen, wenn er Rask wieder auf die Isolationsstation verlegen könnte. Aber das war aussichtslos. Für eine derart eigenmächtige Handlung würde er seinen Job verlieren, auch wenn er kurz vor der Pensionierung stand.

Am Ende des Raumes war die alte, hölzerne Tür zum Garten. Kein Sicherheitsschloss. Das brauchte man hier draußen auf dem Land doch nicht.

Er legte die Hand auf die Türklinke.

Als er gerade überprüfen wollte, ob die Tür abgeschlossen war, hörte er hinter sich im Gang wieder das Klopfen.

Es musste aus dem schwarzen, widerlichen Heizungskeller kommen.

Auf seinen Armen stellten sich die Haare auf.

Da drinnen war jemand.

»Verdammt!«, sagte er und zerrte an der Tür nach draußen.

Sie war verschlossen. Oder nicht? Die alte Tür klemmte mitunter, das wusste er. Er drückte noch einmal die Klinke herunter und ruckte mit aller Kraft, aber die Tür blieb zu.

Wie war derjenige, der an die Rohre schlug, dann in den Keller gekommen? Hatte er sich einschließen lassen, als die Tür einmal offen gestanden hatte?

Furuberget nahm sein Handy aus der Tasche und wählte die Nummer von Ringvoll.

»Ja«, meldete sich der wachhabende Pfleger.

»Ich habe mich verwählt«, sagte er nur.

Jetzt, dachte er, als das Klopfen erneut begann. Jetzt hole ich mir dich. Mit raschen Schritten ging er durch den Waschkeller zurück auf den Kellerflur. Das Licht des Fernsehzimmers stach ihm in die Augen, als er auf den Schalter drückte. Er nahm den Schürhaken, der neben dem Kamin stand, und ging auf die Stahltür am Ende des Raums zu.

Schritte, dachte er, da waren doch Schritte. Langsam drehte er sich um.

»Was machst du denn hier?«, fragte seine Frau. Sie hatte Pantoffeln an den Füßen und trug den alten Morgenmantel.

Wieder klopfte es in den Rohren.

»Ich rufe morgen den Service an. Das ist nur der Heizkessel, Arne.«

Er nickte.

Als sie ein paar Schritte auf ihn zuging, wich er instinktiv zurück.

»Was ist passiert?«

»Nichts.«

Er wollte etwas sagen, sie irgendwie beruhigen, aber das Klingeln des Telefons oben im Erdgeschoss erschreckte ihn so, dass ihm der Schürhaken aus der Hand rutschte.

Als wüsste er bereits, wer da anrief.

»Edel Maria lebt«, sagte er. »Sie lebt.«

Seine Frau schüttelte den Kopf.

Er schnitt eine Grimasse. Wollte ihr sagen, dass sie bis Weihnachten niemanden mehr ins Haus lassen dürfe, wirklich niemanden, aber über seine Lippen kam kein Laut.

19

Tommy Bergmann versuchte sich damit zu beruhigen, dass er Susanne Bech vermutlich nie verstehen würde. Er wusste wirklich nicht, ob er sie im Team behalten wollte, sollte sich die Möglichkeit bieten, oder nicht.

»Verdammt«, sagte er, als der Server der Einwohnermeldebehörde seine Suche nach »Gunnar Austbø« unbeantwortet retournierte. Der letzte Eintrag war der Umzug nach Spanien 1998. Weiter kam er nicht, denn Austbø hatte natürlich keine Familie. Ein kauziger alter Junggeselle, der sich an jenem schicksalsträchtigen Sonntagabend im Winter 1988 nicht um Kristianes Freundinnen hatte kümmern wollen.

Er fragte sich, ob er Jon-Olav Farberg anrufen und ihn bitten sollte, einige der alten Kollegen zu kontaktieren, die vielleicht etwas wissen konnten, verwarf den Gedanken dann aber wieder. Stattdessen kritzelte er kurz eine Zusammenfassung des Gesprächs mit Farberg auf ein Blatt Papier und schickte es Susanne, damit sie es zu den Akten legte, sollte sich das Ganze tatsächlich zu einem Fall entwickeln.

Übersicht, sagte er zu sich selbst, ich brauche Übersicht. Und um die zu bekommen, musste er die Aktenberge durcharbeiten, die Susanne ihm bereits jetzt zusammengetragen hatte.

Nachdem er eine oder zwei Stunden gelesen hatte, kopierte er den Bericht des Rechtspsychiaters aus der Verhandlung gegen Rask, steckte ihn in einen Umschlag und schickte ihn per Eilpost an Rune Flatanger in der Einsatzgruppe des Kriminalamtes. Zu dem Bericht hatte er die Notiz geheftet, dass Flatanger den Bericht so schnell wie möglich lesen solle und dass er ihn im Laufe des morgigen Tages anrufen würde. Tommy hatte ein ambivalentes Verhältnis zu Flatanger, er hatte immer wieder das Gefühl, dass Flatanger ihn las wie ein offenes Buch. Wenn er ehrlich war, mochte er Flatanger nicht. Eigentlich mochte er gar keine Psychologen. Aber Flatanger war der beste, mit dem er bisher gearbeitet hatte, und er brauchte alle nur erdenkliche Hilfe.

Als er nach Hause kam, blieb er mitten auf der Treppe zum Erdgeschoss stehen.

Geräusche, dachte er. Von unten. Manchmal spielten seine Ohren ihm einen Streich, indem sie einfach zu gut hörten. Kratzen? Er ging noch einmal nach unten zu den Briefkästen und dann langsam weiter in den Keller. Vor der Tür zu den Kellerabteilen blieb er eine Weile stehen. Als die Tür oben plötzlich aufging, versteckte er sich unter der Treppe. Über sich hörte er Schritte, die aber weiter nach oben führten.

Als die Geräusche der Person auf der Treppe verstummt waren, holte er den Schlüssel aus der Tasche und schloss die Tür auf. Einen Moment blieb er mit den Füßen wippend auf der Türschwelle stehen. Dann machte er einen ersten, vorsichtigen Schritt in den großen, dunklen, muffig riechenden Raum. Hinter ihm fiel die Tür laut krachend ins Schloss. Er hob den Arm und tastete an der Wand entlang nach dem Lichtschalter. Wartete.

Jemand oder etwas atmete.

Ein Paar Augen blitzten unten am Boden in dem spärlichen Licht auf, das von den Straßenlaternen durch die Kellerfenster fiel.

Er schaltete das Licht ein und zuckte zusammen, als eine schwarzweiße Katze sich miauend in die hinterste Ecke des Raums drückte. Erleichterung überkam ihn, doch gleich darauf fragte er sich, ob er nicht allmählich eine Schraube locker hatte.

Er machte ein paar Schritte auf das Tier zu.

»Komm her«, sagte er mit leiser Stimme, ging langsam in die Hocke und streckte den Arm in Richtung Katze aus.

Einen Augenblick lang musste er unaufmerksam gewesen sein, denn wie aus dem Nichts ging plötzlich hinter ihm die Tür auf.

Er verlor die Balance, als er aufzuspringen versuchte, stützte sich kurz mit dem Knie auf und wirbelte herum.

Die Person, die die Kellertür geöffnet hatte, war noch nicht eingetreten. Er sah nur die Hand am Türrahmen.

Verwirrt dachte er, dass er den Fernseher ausgemacht hatte, bevor er in der Nacht eingeschlafen war. Dann sah er sich im Raum um und entdeckte etwas entfernt eine Schneeschaufel und einen spitzen Spaten.

»Oh, Sie sind hier?«

Es brauchte ein paar Sekunden, bis Tommy wieder ganz ruhig atmete. Mein Gott, dachte er, so kann das nicht weitergehen.

Die alte Ingebrigtsen aus dem dritten Stock betrat den Raum. »Ich werde langsam verwirrt«, sagte sie und schüttelte den Kopf. Die Katze stürmte auf sie zu und drückte sich an ihre Beine.

»Das ist Ihre Katze? Niedliches Tier.«

»Oh ja«, sagte sie. »Nach Trygves Tod hatte ich ja niemanden mehr zum Reden.«

Tommy erinnerte sich an die Nacht, als ihr Mann abgeholt worden war. Er war damals vom Knallen der Türen aufgewacht und auf den Flur gegangen. Die Sanitäter hatten ihm zugenickt, einen von ihnen kannte er aus alten Zeiten. Dem ruhigen Tempo, das sie anschlugen, hatte er entnehmen können, dass jemand im Haus verstorben war, und gleich an das alte Ehepaar im dritten Stock gedacht.

Frau Ingebrigtsen seufzte. »Dass ich ihn hier unten vergessen konnte«, sagte sie mehr zu sich selbst als zu Tommy.

»Ich habe ihn gehört und …«

»Es ist doch gut, einen Polizisten im Haus zu haben«, sagte sie und schenkte ihm ein Lächeln.

»Schön, dass Sie das so sehen.«

»Nur schade, dass das hier unten nicht viel nützt.«

Er hielt ihren Blick fest. »Wie meinen Sie das?«

Sie nickte in Richtung eines Punktes hinter ihm.

Er drehte sich um.

Sie ging mit der Katze auf dem Arm an ihm vorbei.

»Das ist doch Ihr Kellerverschlag, oder?«

Widerwillig folgte er ihr.

Das Vorhängeschloss war aufgekniffen worden.

Er schloss die Augen.

»Es war einfacher, als wir hier unten nur Koks hatten«, sagte sie leise. »Und die Leute noch den Unterschied von Mein und Dein kannten.«

Als er wieder in seine Wohnung kam, versuchte er sich einzureden, dass das alles nur ein Zufall war. Jemand hatte den Verschlag durchwühlt, obwohl es da kaum etwas zu finden gab. Eigentlich nur alte Bananenkartons mit abgetragenen Kleidern, ein paar Schulbücher, die er aus unerfindlichen Gründen aufgehoben hatte, und einige wenige Lehrbücher von der Polizeischule.

Das ist alles nur ein Zufall, dachte er, nicht mehr. Einer

der Söhne der alleinerziehenden Mutter im zweiten Stock hing an der Nadel. Wahrscheinlich war der das gewesen, oder einer seiner Kumpel. Sie waren dumm genug, einen Bruch in dem Haus zu unternehmen, in dem sie wohnten; dumm genug, sich ausgerechnet den Verschlag des Polizisten im Haus auszusuchen. Er musste sich den Knaben vorknöpfen, wenn er ihn das nächste Mal sah.

Obwohl es ihm gelang, sich selbst von der Zufallsvariante zu überzeugen, lief er einen Moment lang durch die Wohnung, bevor er sich schlafen legte. Er öffnete alle Schränke und Schubladen und überprüfte Bücherregale, Karten und Fotografien – er warf sogar einen Blick in den Kühlschrank.

Verdammter Trottel, dachte er beim Anblick der abgelaufenen Brotaufstriche und der Milchkartons, die er längst hätte ausleeren und wegschmeißen sollen.

Aber das Gefühl, dass etwas nicht stimmte, wollte nicht weichen.

Irgendetwas in seiner Wohnung war nicht so wie zuvor.

Nach einer halben Stunde mit weit geöffneten Augen stand er im Bad und durchwühlte den Schrank. Schließlich fand er eine Schachtel Vival, die Hege vergessen haben musste. Er nahm eine Tablette, ohne einen Blick auf das Verfallsdatum zu werfen, und spülte sie mit Leitungswasser herunter.

Vielleicht wachte er morgen tatsächlich noch früh genug auf, um nach Ringvoll zu fahren. Vielleicht auch nicht.

Er war sich wirklich nicht sicher, ob das Treffen mit Anders Rask jetzt das war, was er brauchte.

20

Ringvoll lag ein gutes Stück von Skreia entfernt. Es wirkte wie ein idyllisches Fleckchen, sah man einmal davon ab, dass das Gebäude ein echter Hochsicherheitstrakt war. Draußen vor dem Zaun gepflügte, schneebedeckte Äcker, die sanft zum Mjøsa hin abfielen. Der Himmel spiegelte sich auf dem zugefrorenen See. Der Eingangsbereich der Klinik war weniger pittoresk, im Gegenteil. Tommy klingelte und schlug sich den Jackenkragen hoch. Er spürte am ganzen Körper, dass die Tablette, die er in der Nacht genommen hatte, langsam ihre Wirkung verlor. Ein paar Stunden noch. Für einen Moment fühlte er sich besser, obwohl er gleich Anders Rask gegenüberstehen sollte. Die leicht benebelte, verschrobene Wirklichkeitsauffassung, die er den Benzodiazepinen zu verdanken hatte, deprimierte ihn immer etwas.

Er blieb auf dem Kiesweg stehen, der zum Hauptgebäude führte. Eine Leine schlug gegen einen Fahnenmast. Neben dem länglichen, gelben Haupttrakt lagen zwei niedrigere Nebengebäude neueren Datums, die über gläserne Tunnel mit dem Hauptgebäude verbunden waren. Es war bestimmt nicht unmöglich, von hier abzuhauen, dachte er, klingelte an der nächsten Tür und drehte sich auf der breiten Granittreppe um. Der Maschendraht war dick, aber nicht sonderlich abschreckend. Mit einem stabilen Bolzenschneider und ein bisschen Hilfe von außen sollte der kein Problem sein. Strom führte er sicher keinen. Vielleicht gab es ja noch andere Gründe, warum die hier Eingesperrten keine höheren

Sicherheitsvorkehrungen brauchten. Vermutlich war das Chaos in ihren Köpfen viel zu groß, um sich auch noch Gedanken über einen Fluchtplan zu machen. Außerdem – wo sollten sie einen Bolzenschneider herbekommen?

An der Wache zeigte er seinen Dienstausweis. Der Sicherheitsbeamte saß gut geschützt hinter dickem Plexiglas. Er reichte Tommy einen Aufkleber mit einem B durch die Luke. Während Tommy darauf wartete, abgeholt zu werden, ging er einige der Fragen durch, die er Rask stellen wollte. Wie er die Sache angehen sollte, wusste er aber noch immer nicht. Er war sich nicht mal wirklich sicher, ob er wusste, weshalb er hier war. Aber was sollte er sonst tun? In sechs Tagen musste er Oberstaatsanwalt Finneland irgendetwas Konkretes liefern.

Der Pfleger, der ihn abholte, war ein kräftiger junger Mann mit freundlichem, aber respekteinflößendem Blick und festem Händedruck. Solide, dachte Tommy.

Die Frage, die er stellte, pulverisierte jedoch den Eindruck, den er gerade bekommen hatte: »Sie sind der, der mit Anders reden will, nicht wahr?«

Anders, dachte er, das klang viel zu kameradschaftlich, als wäre Anders Rask ein Mensch wie alle anderen. Tommy versuchte zu verdrängen, dass Rask vermutlich sechs Mädchen auf dem Gewissen hatte. Er musste versuchen, das Ganze aus einem anderen Blickwinkel zu sehen, so wie Frank Krokhol. Nur ein Vergewaltiger, kein Mörder.

Tommy wurde in ein großes Büro direkt neben dem Wachraum geführt, von dem aus er eine großartige Aussicht auf den größten Binnensee des Landes hatte. Tommys Augen glitten über das Türschild: Oberarzt Arne Furuberget.

Der Mann, der ihn empfing, machte eine vage Handbewegung in Richtung Pfleger, als wollte er ihn lieber jetzt als gleich aus dem Raum haben. Überrascht stellte Tommy fest, dass der Mann vor ihm tatsächlich Furuberget war. Er hatte ihn sich jünger vorgestellt, möglicherweise in seinem eigenen Alter. Aber auch die Einrichtung des Raums zeigte, dass Furuberget in einer anderen Zeit zu leben schien. Der alte Schreibtisch aus Edelholz und die großen naturalistischen Gemälde passten besser zum Ende des 19. Jahrhunderts als in die Gegenwart. Nur der schlanke Computerbildschirm entsprach nicht der viktorianischen Zeit.

Furuberget zeigte in Richtung Sitzecke, blieb aber selbst vor dem Fenster stehen, so dass Tommy nur seine Silhouette sehen konnte.

»Ich glaube, dass Rask des Mordes an Kristiane Thorstensen freigesprochen werden wird«, begann der Arzt. »Das würde dann bedeuten, dass der Mörder noch frei herumläuft. Außer, Rask war es doch. Sollte Rask wirklich für alle Morde freigesprochen werden, haben Sie ein echtes Problem.«

»Wenn ich richtig informiert bin, haben Sie mit Rune Flatanger über den Daina-Mord gesprochen?«

Furuberget nickte und setzte eine ernste Miene auf.

»Dann verstehen Sie ja sicher auch, warum ich hier bin?«

»Ich möchte mich zur Schuldfrage nicht äußern, ehe nicht ein neues Urteil vorliegt. Die Arbeit der Polizei ist nicht meine Domäne.« Furuberget senkte den Blick und studierte seine Hände.

»Wie viel Besuch bekommt er?«, fragte Tommy.

»So gut wie keinen. Mit seiner Familie will er nichts zu tun haben. Und die auch nicht mit ihm.«

»Aber er hat Besuch bekommen?«

»Im ersten Jahr, ja.«

»Von wem?«

»Das weiß ich nicht mehr.«

»Wenn er seitdem keinen Besuch mehr bekommen hat,

werden Sie sich doch wohl daran erinnern, wer das gewesen ist?«

»Bergmann, ich habe dreißig Patienten im Sicherheitstrakt und fünfzig auf den offenen Stationen. Das ist die reinste Fabrik hier, da kann ich mich wirklich nicht an alles erinnern. Tut mir leid.«

»Besucherlisten?«

Furuberget schüttelte den Kopf. »So etwas bewahren wir nicht auf.«

»Aber es muss doch in seiner Akte stehen, wer ihn besucht hat?«

Furuberget atmete schwer. »Ich werde sehen, was ich herausfinden kann.«

Eine Pause entstand, in der Furuberget zu seinem Schreibtisch ging, ein Tuch nahm und seine Brille zu putzen begann.

»Was …«, begann Tommy, wurde aber unterbrochen:

»Es ist gut, dass Sie allein kommen, wie ich es mir erbeten habe. Rask wird instabil, wenn er sich unter Druck gesetzt fühlt, das ist häufig so bei Menschen mit Psychosen.«

»Dann ist er noch immer psychotisch?«

Furuberget beantwortete die Frage nicht.

»Wie meinen Sie das? Ist er noch immer so krank wie bei seiner Einlieferung?«

Furuberget studierte umständlich seine Brillengläser. Dann setzte er die Brille zufrieden auf.

»Mehr oder weniger krank oder mehr oder weniger gesund, kommt ganz darauf an, wie man das sieht. Manchmal hat man den Eindruck, dass er so fit und klar ist wie Sie und ich. Oder noch fitter. Unter uns gesagt: Es ist nicht ausgeschlossen, dass er uns etwas vormacht. Er ist auf jeden Fall in der Lage, das, was wir als sein anderes Ich bezeichnen, für längere Zeit zu unterdrücken und gut zu funktionieren, auch sozial. Außerdem ist er hochintelligent. Aber in seinem Kopf sieht es aus wie im Labyrinth von Knossos. Wie soll man da den Ausgang finden?«

Tommy runzelte die Stirn.

»Hat man sich erst in dieser Art von Krankheit verstrickt, ist es beinahe unmöglich, da wieder rauszukommen.«

»Dann wird er auch nicht entlassen, wenn er freigesprochen wird?«

Arne Furuberget sah ihn ernst an, dann kräuselten sich seine Lippen.

»Nicht, solange ich hier das Sagen habe. Aber meine Macht ist begrenzt. Wenn er für alle Morde freigesprochen wird, dürfte es schwierig, wenn nicht unmöglich sein, ihn hier festzuhalten. Noch dazu werde ich bald pensioniert. Und wie mein Nachfolger Rask einschätzt, kann ich nicht sagen.«

Der kleine, aber kräftige Pfleger kam wieder herein.

»Sind Sie so weit?«, fragte Furuberget.

Der Pfleger nickte.

Tommy stand auf.

»Kommen Sie nicht mit?«

Arne Furuberget schüttelte resigniert lächelnd den Kopf.

»Ich fürchte, das würde ihn nur provozieren. Ich bin nicht gerade sein Lieblingsarzt, um es mal so zu sagen. Die Begegnung mit Ihnen wird er aber sicher zu schätzen wissen.«

»Ach ja?«

»Ich habe ihn selten so aufgedreht und fröhlich erlebt wie gestern. Ich weiß auch nicht, vielleicht erachtet er das Gespräch mit Ihnen als seine große Chance.«

Tommy blieb in der Tür noch einmal stehen.

»Und was, wenn er es doch getan hat? Sie haben gesagt, dass er über lange Phasen gesund wirken kann?«

»Wenn er sich vor Gericht jedes Mal zusammenreißt und

die Beweise so dürftig sind wie damals, wird er für alle Morde freigesprochen werden. Aber Sie haben recht: Was, wenn er es doch war? Ich fürchte, die Antwort ist einfach. Dann wird er wieder töten, das ist dann nur eine Frage der Zeit.«

Tommy atmete schwer durch die Nase aus, es klang wie ein Seufzen.

»Aber machen Sie sich deshalb keine Sorgen«, sagte Furuberget. »Anders Rask wird schon bis zu seinem Tod innerhalb dieser Wände hier bleiben.«

Lassen Sie uns das hoffen, dachte Tommy.

»Was glauben Sie persönlich? Ist er der Täter?«

»Es ist zum Glück nicht mein Job, diese Frage zu beantworten.«

Tommy ging zurück und schlug in die ausgestreckte Hand des Arztes ein.

»Nein, dafür müssten Sie schon in meiner Haut stecken.« Arne Furuberget lachte leise. »Danke für das Gespräch. Es wäre nett, wenn Sie mich auf dem Laufenden halten würden.«

Furuberget blieb in einer etwas künstlichen Haltung stehen. Er hatte den rechten Arm angehoben und den Zeigefinger wie ein alter Lehrer ausgestreckt.

»Muss ich sonst noch etwas wissen?«, fragte Tommy.

Furuberget ließ den Arm sinken und schüttelte den Kopf.

21

Tommy folgte dem Pfleger durch eine Schleuse mit doppelten Türen, so dass er den Gedanken an eine mögliche Flucht fallenließ. Erst recht, als sie auf dem Flur im Erdgeschoss weitere zwei Bereiche mit verschlossenen Stahltüren passieren mussten. Die erste öffnete sich nur mit einer Codekarte, die zweite mit einem Schlüssel. Der Pfleger trug ein Funkgerät und einen Piepser am Gürtel, außerdem war dort noch eine kleine Tasche befestigt, in der Tommy Riemen oder Plastikstrips vermutete.

Als sie das Ende des Flurs erreicht hatten, kam ihnen ein Patient in Begleitung von zwei Pflegern entgegen. Tommy begegnete dem Blick des Patienten.

Gänsehaut bildete sich auf seinem Arm, und der Haaransatz in seinem Nacken begann zu kribbeln.

Der flackernde, wilde Blick kam ihm seltsam bekannt vor.

Das Fenster am Ende des Flurs war vergittert. Er legte die Finger um die Stahlstäbe und versuchte sich auf die Aussicht auf den Mjøsa zu konzentrieren.

Eine Unmenge von Bildern zog plötzlich über seine Netzhaut. Ein Mann, der auf einem Flur wie diesem in Embryonalhaltung auf dem Boden lag, brüllend wie ein verletztes Tier. Weiße Holzschuhe, die über den Boden klackerten. Eine zerspringende Tasse. Er selbst ganz allein, verlassen.

Er drehte sich um und sah dem Patienten und den zwei Pflegern nach. Sie waren zehn Meter weiter stehen geblieben, irgendetwas schien den Patienten zu beunruhigen, er lief in kleinen Schritten auf dem flaschengrünen Linoleum hin und her.

Das ist nicht möglich, dachte er und musterte die verwirrte Person, während aus einem der angrenzenden Patientenzimmer gedämpfte Schreie zu hören waren.

Tommy schloss die Augen, und die Bilder wurden deutlicher.

Fragmente eines anderen Dialekts, die zu Boden fallende Tasse, er erinnerte sich mit einem Mal an das Motiv darauf und sah in Gedanken, wie der Kaffee sich auf dem Boden verteilte und an seinem Bein hochspritzte. Mutters abgeschliffener Dialekt, sie hatte nie ganz verbergen können, dass sie aus dem Norden stammte. Besonders deutlich hörte man das, wenn sie wütend war. Ein Mann, der auf dem Boden lag, ein Flur wie dieser.

Als er die Augen wieder öffnete, waren der Patient und die beiden Pfleger verschwunden, sie mussten durch die Tür in die nächste Zone gegangen sein.

»Kommen Sie«, sagte der Pfleger, der ihn begleitete. Er stand am Fuß der Treppe, die nach oben führte, und sah ihn fragend an.

Tommy nickte.

»Dann ist er nicht auf der Isolation?«, fragte er.

»Nein, das Zimmer von Anders ist im ersten Stock«, erwiderte der Pfleger und wurde von einem lauten Schrei unterbrochen.

Eine Tür sprang auf.

Der Schrei hallte durchs Treppenhaus bis ganz nach oben in den dritten Stock und schien von den Wänden noch verstärkt zu werden.

Es knackte im Lautsprecher des Funkgeräts, und der Piepser meldete sich. Der Pfleger ließ die Hand sinken, die gerade den Code für die Tür nach oben eintippen wollte, und lief zurück nach unten.

»Ich komme gleich wieder«, rief er laut, um die fast tierischen Schreie zu übertönen.

Tommy spürte, dass die Schreie ihm die letzte Kraft raubten. Und wieder kam die Erinnerung. Eine Hand, die ihm über die Wange streichelte. Weich und warm. Die Hand einer Frau? Oder die eines Mannes? Er erinnerte sich nur an die Worte. Alles wird gut, mein Freund. Alles wird gut.

Fast wie in Trance ging er die Treppe wieder hinunter

bis zum Fenster im Erdgeschoss, legte die Finger um die Stahlstäbe und ließ seinen Blick über die schneebedeckten Felder schweifen.

Die Frage in seinem Inneren war glasklar: *War ich schon mal hier?*

22

Er wurde in einen Besucherraum im ersten Stock geleitet. Der Raum lag auf der Westseite des Gebäudes mit Aussicht auf den bewaldeten Bergrücken. Die Erinnerungen, die ihn eben noch gequält hatten, waren glücklicherweise verblasst, so dass Tommy kurz davor war, das alles als einen Traum abzutun, als Auswüchse einer Phantasie, von der er nicht wusste, woher sie kam.

Abgesehen von dem Gitter vor dem Fenster, der Kamera unter der Decke und der Klingel am Türrahmen sah der Raum wie ein altes Lehrerzimmer aus. Orange bezogene Kiefernmöbel und simple Holzschnitte in einfachen Rahmen an den Wänden. Bestimmt Bilder von Patienten, dachte Tommy. Er fuhr mit den Fingern über das Glas eines Rahmens, als wollte er sich vergewissern, dass es wirklich Plexiglas war. Der Künstler war durchaus talentiert. Grasende Pferde auf einer Sommerwiese und ein Mann, der sich auf ein Gatter stützte.

Er bemerkte die Signatur A.R., als neben ihm die Tür aufging.

Dasselbe unergründliche Lächeln auf den Lippen.

Der Mann blieb regungslos in der Tür stehen. Auch bei ihm schienen sich Erinnerungen zu melden, als er Tommy sah. Sein Blick war leer, nur das Zucken in seinen Mundwinkeln zeigte, dass er lebte.

Zwei Pfleger folgten direkt hinter ihm. Der Mann, den er schon kannte, und ein großer, etwas schlaksiger Pfleger. Rask wirkte nicht so, als wäre das nötig. Eher hatte man den Eindruck, er könne sich nicht verteidigen, sollte jemand auf ihn losgehen. Außerdem war er nie gewalttätig geworden – sah man von den wehrlosen Mädchen ab. Andererseits war die Gewalt, für die er verurteilt worden war, so unglaublich grob, dass Tommy ihn auch nicht mit anderen Menschen allein lassen würde, hätte er die Verantwortung für dieses Krankenhaus.

Anders Rask sah viel älter aus als in dem Dokumentarfilm oder auf den Zeitungsfotos. Die Jahre hier oben waren nicht spurlos an ihm vorbeigegangen. Sogar die auffallend weiblichen Züge waren in den elf Jahren, die er nun einsaß, verblasst. Er trug einen alten Wollpullover mit Rautenmuster auf der Brust und eine abgetragene Cordhose. An den nackten Füßen hatte er feuerrote Crocs. Tommy versuchte, sich Rask als den Mann vorzustellen, der er einmal gewesen war. Ein Mann, dem es ein Leichtes war, die Mädchen an der Schule zu verzaubern, so dass sie sich in ihn verliebten und sogar bei ihm klingelten. Ein Mann, der so schlau war, sich nur an den Mädchen zu vergreifen, von denen er absolut sicher war, dass er sie kontrollieren konnte. Abgesehen von dem einen Mädchen aus Bryn, das sich getraut hatte, zu seiner Mutter zu gehen und ihr zu erzählen, was Rask in Wahrheit bei sich zu Hause mit ihr machte. Oder in dem Ferienhaus in Magnor. Allein der Gedanke daran, dass Rask sie dort hinausgelockt hatte, gerade einmal elf oder zwölf Jahre alt, reichte für Tommy. Sollte er doch an diesem Ort verrotten. Er wollte gar nicht daran denken, was er selbst mit einem Mann wie Rask anstellen würde, sollte er die Gelegenheit dazu bekommen.

»Das Bild gefällt Ihnen?«, fragte Anders Rask. Er studierte einen Punkt außerhalb des Fensters, etwas oben am Waldrand schien seine Aufmerksamkeit zu erregen.

»Sie haben auf jeden Fall mehr Talent als ich«, sagte Tommy und fuhr mit dem Finger über einige Linien des Holzschnittes. »Ich selbst bin über Linolschnitt und Kartoffeldruck nie hinausgekommen.«

Anders Rask lachte ein seltsam kicherndes Lachen.

Da stürmte ein Mann mittleren Alters in den Raum. Er trug einen Anzug, aber keinen Schlips. Er stellte sich Tommy als Anwalt Gundersen vor, von der Kanzlei Gundersen, Harboe & Co. in Gjøvik.

Tommy deutete eine Bewegung in Richtung der Sitzmöbel an, als wäre er der Gastgeber dieses Treffens. Rask setzte sich, ohne jemandem die Hand zu geben. Tommy war das nur recht, etwas in ihm sträubte sich dagegen, Rasks lange Finger an seiner Haut zu spüren.

»Das ist heute doch keine Vernehmung, oder?«

Anders Rask fuhr sich mit leicht zitternden Fingern durch die fettig glänzenden grauen Haare.

»Nein«, sagte Tommy und nahm ihm gegenüber Platz. Er wechselte einen raschen Blick mit den beiden Pflegern, die sich an die Wand gestellt hatten. Anwalt Gundersen räusperte sich, sagte aber nichts.

»Ich will ehrlich zu Ihnen sein, ich habe den Auftrag erhalten, mir den Kristiane-Fall noch einmal anzuschauen, für den Sie ja das Wiederaufnahmeverfahren beantragt haben. Ich werde Ihnen keine Fragen zu den anderen Morden oder Übergriffen stellen, für die Sie verurteilt worden sind. Nur Kristiane.«

Anders Rask hatte mit einem Mal wieder dieses Lächeln

auf den Lippen. Sein Blick wirkte aber leer, vielleicht stand er unter Medikamenten.

»Warum haben Sie einen Mord gestanden, von dem Sie nun behaupten, ihn nicht begangen zu haben?«

Rask sah aus, als verstünde er die Frage nicht.

»Ich habe geweint, als sie sie gefunden haben«, sagte er.

Lügner, dachte Tommy. Verfluchter Lügner. Er hätte sagen können, dass er an jenem Tag dabei war, wollte Rask aber keine Geschenke machen.

»Wissen Sie, wer sie ermordet hat? Haben Sie deshalb gestanden?« Tommy beugte sich vor.

Etwas in Rasks Gesicht änderte sich. Er blinzelte ein paarmal, und sein Kopf bewegte sich hin und her, als wären ihm die Fragen unangenehm.

»Also«, mischte der Anwalt sich ein, »Sie haben doch gesagt, dass das hier heute keine Vernehmung ist?«

»Oder wollten Sie im Rampenlicht stehen, über sich selbst in der Zeitung lesen?«

»Ich glaube, wir brechen …«, sagte Anwalt Gundersen.

»Lassen Sie ihn antworten«, sagte Tommy.

Der Mann vor ihm – der meistgehasste Mann des Landes – wirkte mit einem Mal verloren wie ein kleiner Junge. Hilflos rutschte er auf seinem Stuhl herum.

Es wurde still im Raum. Von den fünf Männern sagte eine ganze Weile niemand ein Wort.

»Hat er von dem Mord vor ein paar Wochen gelesen?«, fragte Tommy an den Anwalt gerichtet.

»Ja«, antwortete Rask.

»Wo?«

»In der Zeitung.«

»Wer, glauben Sie, war das?«

Rask sah aus, als tauchte er ganz in seinen Gedanken ab, außerstande, sich in der Wirklichkeit zu orientieren.

»Sie waren Kristianes Lehrer?«, fragte Tommy.

Rask nickte, und seine Lippen verzogen sich zu einem kurzen Lächeln.

»In welchen …«

»Französisch und Englisch, und hin und wieder auch Kunst. Sport habe ich sicher auch mal unterrichtet. Und Kunst, aber das habe ich ja schon gesagt?« Er nickte in Richtung Wand zu dem Holzschnitt.

»Wie war sie in der Schule?«

Erneut entstand eine lange Pause.

»Sie brauchen nicht zu antworten«, sagte der Anwalt.

»Haben Sie selbst nie etwas falsch gemacht, Tommy? Ich sehe Ihnen doch an, dass Sie auch schon mal etwas Falsches getan haben. Mehr als nur eine Dummheit, glaube ich.« Anders Rasks Stimme war leise, gerade noch zu hören. »Und, Tommy – was ist das überhaupt für ein proletarischer Name? Und warum machen Sie sich keine Notizen? Ich rede nicht mit irgendwem … Tommy.«

Dieses Mal war es an Tommy zu schweigen.

»Anders …«, begann der Anwalt und richtete sich dann an Tommy Bergmann. »Ich weiß nicht, ob das jetzt sonderlich klug war.«

»Nein«, sagte Anders Rask mehr zu sich selbst als zu den anderen im Raum. »Klug war das nicht.«

Tommy nickte.

Er musste wieder an die Eindrücke denken, die ihn vorhin überkommen hatten. Was hatte er gesehen? Sich selbst?

Er spürte eine kalte Hand auf seiner. Rask hatte sich vorgebeugt. Einer der Pfleger, der kleine gedrungene, trat schnell vor.

»Ist schon in Ordnung«, sagte Tommy und begegnete Anders Rasks Blick. Wenn er ihn direkt ansah, war mehr als deutlich zu erkennen, dass Rask unter Medikamenten stand. Was alles bei ihm diagnostiziert worden war, ließ sich schwer sagen, sicher aber eine deutliche Persönlichkeitsstörung.

»Nehmen Sie Ihre Hand weg«, sagte Tommy ruhig.

Anders Rask zog die Hand zurück und fiel irgendwie in sich zusammen.

»Er ist müde«, sagte der Pfleger.

»Wir können abbrechen.« Tommy sah auf die Uhr. Rask schien für diese Welt vollkommen verloren zu sein. Da noch reichlich Zeit bis zum Handballtraining war, konnte er vielleicht vorher sogar noch für eine Stunde im Büro vorbeifahren. Handball, dachte er. Vielleicht fühlte er sich deshalb so eng verbunden mit Kristiane Thorstensen. Er war nicht nur dabei gewesen, als sie gefunden wurde, sie war auch eines der größten Handballtalente der Stadt in ihrer Altersklasse gewesen. Im Herbst 1988 war sie von Oppsal nach Nordstrand gewechselt, um bessere Trainingsbedingungen zu haben. Laut Jon-Olav Farberg hatte er ihr diesen Wechsel nahegelegt. In der Nordstrandhalle hatte sie auch ihr letztes Spiel bestritten, danach war sie nicht mehr lebend gesehen worden.

»Ja, brechen wir hier ab«, sagte Anwalt Gundersen und stand auf.

»Nur eine letzte Frage«, sagte Tommy und versuchte, Rasks Blick einzufangen. »Wer hat Sie hier besucht? Im ersten Jahr nach Ihrer Inhaftierung?«

Anders Rask starrte leer vor sich hin.

Nach einer halben Minute räusperte Gundersen sich.

Er drückte fest Tommys Hand, als wollte er seine Dankbarkeit dafür ausdrücken, dass die Osloer Polizei das Wiederaufnahmeverfahren gegen Rask ernst nahm und wirklich erwog, ob Rask nur aus Sucht nach Aufmerksamkeit gestanden haben konnte.

»Ich danke Ihnen«, sagte Tommy. »Aber ich glaube, Sie

wissen mehr, Anders. Weil Sie eine wichtige Person sind, nicht wahr?«

Er drehte sich nur leicht zu Anders Rask, aber der Mann saß noch immer wie versteinert auf seinem Stuhl und umklammerte die Armlehnen. Es sah aus, als sehnte er sich in den Wald, den er hinter dem Stacheldrahtzaun sehen konnte.

»Wenn es etwas gibt, das wir tun können …«, sagte Anwalt Gundersen.

Tommy ging hinaus in den Flur. Wieder übermannte ihn für einen Moment das Gefühl, schon einmal an diesem Ort gewesen zu sein.

»Tommy!«, hallte Anders Rasks Stimme aus dem Besuchsraum. Sie klang verzweifelt, als würde sie jeden Moment versagen.

Gundersen schüttelte langsam den Kopf. »Er … ist müde.« Als wüsste er sonst nichts über seinen Mandanten zu sagen.

Der große, schlaksige Pfleger trat in die Tür. Neben ihm stand Anders Rask.

»Sie sind hierhergekommen, um Hilfe zu bekommen«, sagte Rask. Seine Stimme klang mit einem Mal pompös.

»Vielleicht.«

»Lassen Sie uns dort hinüber gehen.« Anders Rask nickte in Richtung des Fensters am Ende des Flurs. »Es ist so dunkel da drinnen. Ich mag diese Seite des Hauses nicht. Ich habe versucht, ein Zimmer mit Blick auf den Mjøsa zu bekommen, aber das werde ich wohl nie kriegen. Verstehen Sie, warum?«

»Nein.« Furuberget wollte Rask also kein Zimmer geben, das die gleiche Aussicht wie sein Arztzimmer hatte, aber in der Werkstatt mit Messern und anderen scharfen Gegenständen durfte Rask arbeiten.

Als sie das Ende des Flurs erreicht hatten, trat Anders

Rask ans Fenster und betrachtete durch die Gitterstäbe die Aussicht.

»Es gibt so viel Schönheit in der Welt, Tommy.«

Tommy verstand sofort, dass Anders Rask kein einfach zu lösendes Rätsel war. Mit einem Mal wirkte er wie eine vollständig andere Person als zuvor, als hätte seine Persönlichkeit sich im Laufe nur weniger Minuten komplett verändert.

»Es ist schön hier. Ich verstehe, dass Sie ein Zimmer auf dieser Seite möchten.«

»Sie sind Handballtrainer?«, fragte Rask. »Für Mädchen? In Kristianes Alter?«

Tommy antwortete nicht, er warf einen Blick zum Anwalt hinüber. Jemand musste Rask erzählt haben, was er über Tommy wusste. Rask sollte aber am besten gar nichts über ihn wissen, andernfalls konnte das gefährlich werden. Womöglich wusste er bald auch noch, wo Tommy wohnte. Der Fernseher, dachte er. Und das Schloss.

Er schüttelte die Gedanken ab.

Zufälle.

»Kristiane war eine Schönheit. Sie war stark, klug und schön. Und sie zeigte im Klavierspiel eine ebenso große Begabung wie beim Handball, das wissen Sie, nicht wahr, Tommy?«

»Ja.«

»Sie war ein anständiges Mädchen. Ich hätte nicht im Traum daran gedacht, ihr etwas anzutun.«

Tommy sagte nichts, dachte sich aber seinen Teil.

»Sie haben natürlich Bilder von ihr gesehen.«

»Ja.«

»Was sehen Sie in ihren Augen, Tommy? Auf den Bildern aus der Schule?«

»Was ich sehe?«

»Auf dem Bild, das nach ihrem Verschwinden in der Zeitung war.«

»Ich sehe ein Mädchen, ein ganz gewöhnliches Mädchen.«

Anders Rask lächelte wieder.

»Ein gewöhnliches Mädchen«, wiederholte er mit jetzt wieder ernstem Gesicht. Von dem berüchtigten Grinsen keine Spur.

»Was sehen *Sie*?«, fragte Tommy.

»Ich habe sie in einem Laden getroffen. Ein paar Wochen vor ihrem Verschwinden. Ich war in dem Herbst ziemlich oft krank und hatte sie seit der achten Klasse wohl nicht mehr gesehen.«

Ein paar Wochen bevor du sie umgebracht hast, dachte Tommy. Er spürte, dass die beiden Pfleger und der Anwalt hinter ihnen standen.

»Ja?«

»Wissen Sie, was ich gesehen habe?«

Rasks Blick wirkte klarer, die Betäubung durch die Medikamente schien nachgelassen zu haben.

»Sie hatte eine Art Glasplatte in ihrem Kopf. Auf der einen Seite die Vernunft, auf der anderen etwas ganz anderes. Wahnsinn, Tommy. Der steckte in ihr.«

Tommy schüttelte langsam den Kopf.

»Wie meinen Sie das?«

»Jemand hatte das *Feuer* in ihr entzündet, Tommy. Jemand hatte im Sommer zwischen der achten und neunten Klasse etwas in ihr ausgelöst, etwas Wahnhaftes. Verstehen Sie nicht, was ich meine?«

»Ihr Freund?«

Rask grinste wieder.

»Das war doch nur ein pickeliges Jüngelchen. Außerdem hatte sie sich noch vor dem Sommer getrennt.«

Er legte die Finger an Tommys Jackenkragen. Vorsichtig, nicht gewaltsam.

»Anders?« Die Stimme des Pflegers war ruhig.

»Das Feuer«, sagte Anders Rask und ließ Tommys Jacke los. »Jemand hat das Feuer in ihr entfacht, Tommy.« Mit einem Mal waren Rasks Augen wieder matt und leer, und er stützte sich schwer an das Gitter vor dem Fenster.

23

Nach zwei Stunden Warten konnte sie einfach nicht mehr. Immer nur auf einem Stuhl in diesem trostlosen Gemeinschaftsraum zu sitzen und Junkies und Besoffene zu beobachten, die sich fragten, was die Bullentussi hier zu suchen hatte, war einfach zu viel für Susanne Bech. Bjørn-Åge Flaten schien lieber zu schlafen, als sich ins Stadtzentrum zu begeben und irgendwie Geld ranzuschaffen. Bestimmt hatte er genug Dope für den Tag. Trotzdem musste er doch irgendwann wieder los, um sich Stoff für den Rest der Woche zu besorgen. Außerdem musste er die Obdachlosenunterkunft verlassen, um sich den nächsten Schuss setzen zu können, und das konnte eigentlich nicht mehr lange dauern. Jeder hier steckte in dieser Robinson-Crusoe-Wirtschaft fest, sie reichte nie weiter als bis zum nächsten Schuss oder allenfalls bis zu den nächsten beiden Tagen. Vermutlich träumte jeder hier von dem einen, ultimativen Bruch, der ihn für immer aus der Scheiße holen konnte.

Susanne fuhr die kurze Strecke bis zum IKEA, tauchte im Gewimmel der Hausfrauen unter, aß einen Apfelkuchen und trank eine Tasse Kaffee. Sie hatte sich gerade eine Gabel Kuchen in den Mund gesteckt und dachte an den, an den sie nicht denken durfte, als ihr Telefon klingelte.

»Er ist wach. Aber er darf sich hier drinnen keinen Schuss setzen, er wird also ziemlich bald das Haus verlassen, wenn er weiterhin vorhat, sein Leben zugrunde zu richten. Der müsste wirklich ins Krankenhaus.«

»Dann schicken Sie ihn doch in die Klinik«, murmelte sie, den Mund voll Apfelkuchen, »aber nicht gleich. Lassen Sie ihn bloß nicht gehen.«

Sie rannte aus dem riesigen Möbelhaus und stürmte über das Labyrinth der Treppen nach unten. Wie hatte sie nur so blöd sein können, aus lauter Ungeduld zu IKEA zu fahren? Wenige Minuten später war sie zurück im Gemeinschaftsraum.

Nach einer Viertelstunde tauchte ein Mann in ihrem Blickfeld auf, der dem Klischee eines lebenden Toten wirklich bis ins letzte Detail entsprach. Sein Gesicht war ohne jede Farbe, ohne Leben. Es schien nicht faltig zu werden, sondern sich irgendwie zersetzen zu wollen. Wie alt konnte er sein? Acht Jahre älter als sie? Die Klamotten schien er vor ein paar Jahren irgendwo unten auf der Haupteinkaufsstraße von einem Kleiderständer geklaut zu haben, sie hingen an ihm wie an einer Vogelscheuche. Die langen Haare waren frisch gewaschen und verdeckten die eingefallenen Wangen. Er wich ihrem Blick aus und sackte auf dem Stuhl ihr gegenüber zusammen. Seinem Atem nach konnte er jeden Augenblick vor ihren Augen sterben. Auf dem einen Handrücken prangte ein simples Gefängnistattoo. Seine Finger wirkten wie Krallen.

Er blieb regungslos sitzen, nachdem sie sich vorgestellt hatte. Irgendetwas draußen vor dem Fenster schien seine Aufmerksamkeit zu erregen. Sie blickte in die gleiche Richtung, sah aber nur das Grau in Grau der Autos, die ihre weißen Abgase ausspuckten.

»Ich bin hierhergekommen, weil ich ...«

»Geht es um den Fall?«, fiel er ihr ins Wort, schob die Ärmel seines Pullovers hoch und kratzte sich an den Unterarmen. Erst links, dann rechts.

Susanne hatte nicht damit gerechnet, dass er so gut informiert war.

»Glauben Sie, ich kriege hier nichts mit?«, fragte er und lächelte vorsichtig. Ihm fehlten ein paar Zähne.

Bjørn-Åge Flaten erhob sich mühsam von seinem Stuhl und holte ein paar Zettel und Münzen aus seiner Gesäßtasche, die er auf den Tisch legte. Dann ein Päckchen Tabak. Seine krummen Finger fischten sich ein Blättchen aus der Packung, das er mit Tabak füllte. Die kleine Bewegung ließ ihn bereits schwerer atmen.

»Sie haben damals gesagt, dass Sie Kristiane in Skøyen gesehen haben?«

Bjørn-Åge Flaten zündete sich die Zigarette an und begann zu husten, erst vorsichtig, dann kräftiger. Als er endlich fertig war, konzentrierte er sich eine ganze Weile auf seinen Atem.

»Ich sollte längst tot sein, aber das Heroin macht es mir möglich, trotz der Schmerzen zu leben, paradox, nicht wahr?«

Sie hing einen Moment an dem Gedanken fest, was Bjørn-Åge Flaten heute hätte sein können. Welche Karriere möglich gewesen wäre und welche er gemacht hatte. Von einem herrschaftlichen Villenviertel in Bærum bis zu einer Notunterkunft für Obdachlose in Brobekk war es ein weiter Weg. Am meisten verunsicherte sie der Gedanke, dass auch sie selbst an einem Ort wie diesem hätte landen können. Die Membran, die sie vor dem Abgrund gerettet hatte, war so dünn, dass sie sich über ihre Existenz nie ganz sicher gewesen war.

Der Anblick von Flaten reichte aber, um sie für absehbare Zeit von harten Drogen abzuschrecken.

»Was fehlt Ihnen denn?«, fragte sie.

»Spielt keine Rolle«, sagte Flaten. Seine Augen wirkten, wenn das denn überhaupt möglich war, noch älter als der Rest seines Gesichts.

»Haben Sie Kristiane wirklich gesehen?«

»Warum ist das jetzt noch wichtig? Das Mädchen ist doch tot?«

»Ich glaube, es ist wichtig, Bjørn-Åge.«

Seine Augen verengten sich zu Schlitzen, und er zog ein paarmal an seiner Zigarette, als verachtete er sie dafür, ihn beim Vornamen genannt zu haben.

»Ich habe Geld gebraucht.« Er starrte auf seine Zigarette, die ausgegangen war.

»Wie meinen Sie das?«

»Ich hab das erfunden. Dafür habt ihr mich doch angeklagt, oder?«

»Können Sie mir nicht einfach die Wahrheit sagen?«

»Und was ist die Wahrheit?«, fragte er. »Wahrheit und Lüge sind doch oft zwei Seiten der gleichen Medaille.« Seine Stimme klang brüchig, die Worte zitterten.

Sie hatte nichts zu sagen und spürte, wie sich allmählich Enttäuschung in ihr breitmachte, dann so etwas wie Scham, von der sie hoffte, dass Flaten sie nicht bemerkte, obwohl ihre Wangen leicht rot wurden. Sie sah auf die Uhr an der Wand. Es war zu spät, um sich jetzt noch auf den Weg nach Ringvoll zu machen. Besser fuhr sie zurück ins Präsidium und versuchte Kristianes alten Lehrer zu finden, der mittlerweile in Spanien lebte. Alles war besser, als hier mit einem Junkie zu sitzen, von dem sie in ihrer Naivität geglaubt hatte, dass er 1988 die Wahrheit gesagt hatte. Wie auch immer die aussah.

Bjørn-Åge Flaten rang nach Atem.

»Ich muss runter in die Stadt«, sagte er.

Sie nutzte den Rest des Tages, um Gunnar Austbø aufzuspüren, telefonierte die meiste Zeit aber mit einem Kriposbeamten, der sein Bestes tat, um ihr einen Kontakt in Spanien zu beschaffen.

Der Höhepunkt des Nachmittags war ein Anruf von Tommy. Er hörte sich seltsam an, fast als hätte er am helllichten Tage Gespenster gesehen. Aber was Anders Rask gesagt hatte, machte ihr Hoffnung, dass damals, 1988, wirklich etwas übersehen worden war.

»*Jemand hatte das Feuer in ihr entzündet*«, hatte Tommy gesagt.

»Was?«

»Jemand hatte das Feuer in ihr entzündet. In jenem Sommer. 1988.«

Seine Stimme hatte schwach geklungen, als hätte ihn die Begegnung mit Anders Rask aller Kraft beraubt.

Was ist nur mit dir los, Tommy?, fragte Susanne Bech sich, als sie in ihrem Büro saß und ziellos vor sich hin starrte.

Sie dachte nicht an Nico.

Nicht an Svein Finneland.

Sondern an Tommy.

»Jemand hatte das Feuer in ihr entzündet«, sagte sie leise vor sich hin. So etwas konnte gefährlich sein, weiß Gott.

Aber was war Wahrheit, was Lüge?

Durften Sie Anders Rask überhaupt Glauben schenken?

Als Tommy um vier Uhr noch immer nicht zurück war, verließ sie das Büro, holte bei sich zu Hause die Schlittschuhe und fuhr dann in den Kindergarten, um Mathea abzuholen. Wie viele Akten sie auch studierte, weiter brachte sie das nicht.

Eine der jungen Kindergarten-Aushilfen hatte Spätdienst.

Susanne versuchte sich an einem Lächeln.

Das junge Mädchen wusste nicht einmal, wessen Mutter sie war.

»Mathea«, sagte Susanne und versuchte so entspannt wie nur möglich zu klingen. Die Tasche mit den Schlittschuhen stellte sie vorsichtig auf den Boden.

»Ja …« Der Blick des jungen Mädchens wich dem ihren aus, und Susanne fragte sich plötzlich, ob sie überhaupt wusste, wer Mathea war.

Was war sie eigentlich für eine Mutter? Jeden Tag übergab sie das Kostbarste, was sie hatte, an irgendwelche Menschen, die sie nicht kannte und an deren Namen sie sich nicht erinnerte.

Ein Klopfen hinter den Schläfen meldete sich. Dann wurde ihr eiskalt, als erwartete sie, dass das Mädel als Nächstes sagte: *Aber Mathea ist tot, hat man Sie denn nicht angerufen?*

Die junge Frau sagte etwas, aber Susanne verstand die Worte nicht, wollte plötzlich nur noch raus aus dem Kindergarten.

»Sie ist draußen«, sagte plötzlich ein Junge in Matheas Alter. Es dauerte ein paar Sekunden, bis Susanne ihn erkannte. Emil spielte häufig mit Mathea. Er war sogar schon mit seiner Mutter bei ihnen zu Hause gewesen.

»Also«, begann die Aushilfe. »Ich …«

»Dann sehen wir uns morgen«, sagte Susanne, nahm die Tasche mit den nassen Kleidern von Matheas Haken und warf sie sich über die Schulter.

Mathea rutschte gerade kopfüber die Rutsche herunter, als Susanne nach draußen kam.

Sie ging zu ihrer Tochter, ohne dass diese sie bemerkte.

»Guck mal, Mama, ich bin tot.«

Susanne schloss die Augen, erst wollte sie erwidern: »Sag so etwas nicht«, entschloss sich dann aber, die Worte zu ignorieren. Das Licht, das durch die Fenster des hell erleuchteten Kindergartens fiel, reichte nicht bis zur Rutsche, und bis zum nächsten Haus waren es gut fünfzehn Meter. Und die Laternen an der Straße brannten nicht.

»Haben die dich hier draußen alleine spielen lassen?«

Mathea antwortete nicht.

»Mathea?«

»Ich darf das.«

Susanne ging zum Tor des Freigeländes. Es war verschlossen und zudem mit einem kräftigen Vorhängeschloss gesichert.

Links von sich hörte sie schwere Schritte.

Eine großgewachsene Gestalt trat auf der anderen Seite des Tors aus dem Dunkel. Der Mann schien den ganzen Bürgersteig einzunehmen. Susanne versuchte, sein Gesicht zu erkennen, aber er hatte die Kapuze der Daunenjacke aufgesetzt und sah in Richtung der Blocks auf der anderen Straßenseite.

Susanne starrte zu dem Mann, der jetzt nur noch zwei Meter von ihr entfernt war, und dachte, dass sie das Gesicht von Anders Rask sehen würde, sollte er sich jetzt umdrehen. Sie wandte sich ab und ging zurück zu Mathea. Dann nahm sie die Tasche mit den nassen Sachen und die Schlittschuhe und zog ihre Tochter beinahe hinter sich her.

Jetzt reiß dich aber zusammen, dachte sie.

Das Bild von Kristiane Thorstensen auf dem Sektionstisch flimmerte über ihre Netzhaut.

Es würde niemand so verrückt sein, in einen noch geöffneten Kindergarten einzudringen.

Oder doch? Vielleicht ein Mann, der Jahre in Ringvoll verbracht und bereits sechs Mädchen umgebracht hatte?

Es war wie eine Befreiung, als endlich der Bus kam. Drinnen war es warm und hell, und als sie Matheas kleine, warme Hand in der ihren spürte, vergaß Susanne den gesichtslosen Mann auf dem Weg hinter dem Kindergarten.

In einem Einkaufscenter aßen sie chinesisch und guckten sich im Spielzeugladen Weihnachtsgeschenke aus. Dann gingen sie quer durch die Stadt zur Eislaufbahn in Spikersuppa. Jedes Mal, wenn sie unter der Weihnachtsbeleuchtung auf der Karl Johans gate an einem Junkie vorbeikamen, wünschte Susanne sich, dass es Bjørn-Åge Flaten wäre. Und dass er sagen würde: In Wahrheit habe ich erst heute gelogen. Ich habe Kristiane wirklich in Skøyen gesehen und werde Ihnen jetzt sagen, was ich noch niemandem gesagt habe.

Sie liefen so lange Schlittschuh, bis Mathea wirklich nicht mehr auf den Beinen stehen konnte. Im Taxi auf dem Weg nach Grønland übermannte der Gedanke sie mit einer solchen Wucht, dass ihr beinahe die Tränen kamen. Das kleine Mädchen neben ihr, die weihnachtlich geschmückten Straßen, die Müdigkeit – all das verleitete sie, an die Möglichkeit zu denken, dass Mathea irgendwann einmal den Halt verlor und niemand etwas tun konnte, um sie zu retten. Irgendwann hatte auch Bjørn-Åge Flaten so die Hand seiner Mutter gehalten, nachdem sie Eislaufen gewesen waren. Und auch Kristiane. Trotzdem war irgendwann alles vergessen, jede Brücke eingerissen, und sie verschwanden in der Tiefe, aus der ihre Mütter sie nicht mehr retten konnten.

Sie zog Mathea die Handschuhe aus. Die Kleine ließ den Kopf hängen und blinzelte. Ich lasse dich nie wieder los, dachte Susanne. Nie mehr.

Das Taxi hielt bei Rot vor dem Bahnhof.

Susanne sah zu einer Gruppe Junkies hinüber, die auf der Treppe zur U-Bahn herumlungerten. Ein junges, hübsches Mädchen beugte sich zu einem älteren, verlotterten Typen vor. Was führte diese jungen Leute zum ersten Mal hierher?

Der Gedanke ließ sie mit einem Mal Rasks Worte verstehen.

Jemand hatte das Feuer in ihr entzündet.

Kristiane hatte sich verliebt.

»Natürlich«, murmelte Susanne.

Sie hatte sich in jemanden verliebt, den sie niemals hätte treffen dürfen.

Und das war ihr Tod gewesen.

24

Das Aufwärmen war schlimmer als sonst. Auf jeden Fall kam ihm das so vor. Tommy Bergmann versuchte, Kontrolle über seinen Atem zu bekommen und den Puls auf ein erträgliches Niveau zu senken. Entweder war er die Übungen zu schnell angegangen, oder er hatte in der letzten Zeit zu wenig geschlafen. Die Sache mit Anders Rask setzte ihm mehr zu, als er gedacht hatte.

Vielleicht stimmte aber auch irgendetwas mit ihm nicht. Es war ja möglich, dass sein Herz schlappmachte, noch bevor er vierzig war.

Jedes Mal, wenn der Arzt nach Krankheiten in der Familie fragte, antwortete er einfach mit nein. In Wahrheit hatte er keine Ahnung, weder was die Seite seiner Mutter noch die seines Vaters anging. Er wusste nichts über den Heimatort seiner Mutter in Nordnorwegen, aus dem sie weggezogen war. Und was seinen Vater anging, wusste er gar nichts. Im Familienbuch stand bloß »Vater unbekannt«. Tommy versuchte, sich darüber keine Gedanken zu machen, wusste aber, dass diese zwei Worte im besten Fall für einen One-Night-Stand standen, im schlimmsten für eine Vergewaltigung, Inzest oder einen »Code 6«, also einen gewalttätigen Psychopathen, mit dem jeder Kontakt tunlichst zu vermeiden war.

Ein Mann wie ich, dachte er. Elend war vererbbar, das wusste er durch seine Arbeit nur zu gut.

Aber wenigstens hatte er Hege in Frieden gelassen, nachdem sie ausgezogen war, hatte wenigstens erkannt, dass er diese Schlacht verloren hatte.

»Alles in Ordnung?«, hörte er hinter sich.

Der Co-Trainer, Arne Drabløs, sah ihn besorgt an. Einen Moment lang fragte Tommy sich, was er in dieser Halle eigentlich verloren hatte. Er war vor ein paar Jahren einfach mal mitgekommen, um seinem besten Freund zu helfen, doch mittlerweile hatte er sich um die ganze Mannschaft zu kümmern, obwohl er nicht einmal eine eigene Tochter im Team hatte. Er schob den Gedanken beiseite. Die Mannschaft und die Arbeit als Trainer waren seine einzige Verbindung zu einem einigermaßen normalen Leben. Und zu den Leben der anderen, die nicht nur aus Tod und Elend bestanden.

»Ja, mach einfach weiter.« Er ließ sich auf die Bank fallen, ohne dass sein Puls spürbar sank.

Das Feuer, dachte er und beobachtete die Mädchen.

Jemand hatte das Feuer in ihr entzündet.

Vielleicht war es bloß die Vorstellung, noch einmal vor Elisabeth Thorstensen treten zu müssen, die ihm alle Kraft raubte. Wie hatte sie überhaupt weiterleben können? Zweimal hatte er sie auf dem Rückweg von Ringvoll anzurufen versucht. Beim ersten Mal war gleich aufgelegt worden, nachdem er seinen Namen genannt hatte, beim zweiten hatte sich nur der Anrufbeantworter gemeldet. Etwas in ihrer Stimme hatte ihm einen Schrecken versetzt. Sie wirkte so leer, so vollkommen leblos.

»Hallo Tommy!«, hörte er links von sich.

Sara kam wieder einmal zu spät aus der Umkleide, wie so oft seit dem letzten Sommer, und mogelte sich damit wie selbstverständlich am Aufwärmtraining vorbei. Er hatte schon ein paarmal mit ihr gesprochen, auf möglichst positive Weise. Dass Schimpfen nichts brachte, wusste er nur zu genau. Auf dem Spielfeld war sie nachlässig geworden, und höchstwahrscheinlich würde sie in absehbarer Zeit ganz aufhören. Dabei brauchten sie jede einzelne Spielerin.

Erst jetzt wurde er auf zwei Jungs in Saras Alter aufmerksam, vielleicht auch etwas älter, die ein paar Bänke von ihm entfernt saßen. Sara ging zu ihnen und fuhr einem der beiden durch die Haare. Sie lachten über irgendetwas. Der Junge streichelte ihre nackten, braunen Beine. Tommy stand auf und nahm die Pfeife, um ein Zeichen zu geben, dass sie sich in der Mitte versammeln sollten. Er winkte Sara zu sich.

»Komm schon«, sagte er.

Der Junge, der Saras Bein gestreichelt hatte, grinste ihn auffordernd an, und Tommys erster Eindruck von ihm wurde damit nur bestärkt. Gangstergene. Zu jung für ein Tattoo am Hals, trotzdem hatte er eins. Sein Polizistenblick hatte ihn in diesen Dingen nie getäuscht. Der Junge würde Schwierigkeiten bringen, und er schien Sara bereits vollkommen in seiner Hand zu haben.

Das Training war so gut wie schon lange nicht mehr, aber es ging Tommy näher, dass Sara offensichtlich dem kleinen Gangster verfallen war, als dass seine Mannschaft wirklich ein Niveau zu erreichen schien, mit dem sie um die Tabellenspitze mitspielen konnte. Martine und Isabelle waren so gut, dass er bei ihrem Anblick leider immer wieder an Kristiane Thorstensen denken musste. Er sollte den beiden zu ihrem eigenen Besten den Wechsel in eine andere Mannschaft nahelegen. Nordstrand oder Bekkelaget, oder vielleicht Oppsal. Andererseits würde er sie gerne noch bis zum Sommer im Team behalten.

Nach dem Training wurde ihm bewusst, wie anders alles geworden war. Nicht zu vergleichen mit dem letzten oder gar vorletzten Jahr. Keine Hadja, die ganz zufällig vorbeikam, und auch die Mädchen waren verändert, sie waren mit ihren vierzehn oder fünfzehn Jahren definitiv keine Kinder mehr.

Anschließend blieb er noch eine halbe Stunde in der Halle, um sich das Training der Damenmannschaft anzuschauen. Er wusste, dass sie nach dem Sommer einen neuen Trainer brauchten, und hatte zu seiner eigenen Verwunderung auf die Anfrage des Teams geantwortet, dass er sich ein Engagement vorstellen könne. Es gab Tage, an denen er aus sich selbst wirklich nicht schlau wurde, schließlich hatte er noch vor kurzem überlegt, das Training der Jugendmannschaft aufzugeben.

Als er auf den Parkplatz kam, sah er, was er lieber nicht gesehen hätte. Er blieb einen Moment lang im Dunkeln stehen, während der fallende Schnee seine Haare und die Schulterpartie seiner Trainingsjacke durchnässte. Ein Mädchen, bei dem es sich nur um Sara handeln konnte, stand auf der Rückseite des Einkaufszentrums, in der Hand eine Zigarette. Der Junge, mit dem sie knutschte, konnte nur der Kerl sein, den er in der Halle gesehen hatte.

Tommy biss sich auf die Lippe.

Für wen hielt er sich eigentlich? Er war schließlich nicht ihr Vater. Andererseits hatte er so einen wirklich guten Grund, Hadja anzurufen.

Er drehte sich um und ging zu seinem Wagen.

Der Junge, der von seinem Aussehen her nur Probleme erwarten ließ, hatte das Feuer in ihr entzündet. Sie wurde bald fünfzehn. Sie wusste genau, was sie wollte.

Das Feuer, dachte er, als sein Handy klingelte. Jemand hatte das Feuer in Kristiane entzündet.

Er sah aufs Display und erkannte die Nummer sofort. Er hatte sie erst vor wenigen Stunden gespeichert.

Er blieb im dichten Schneegestöber vor dem Auto stehen und nahm den Anruf an.

»Tommy Bergmann«, sagte er und versuchte gleichermaßen selbstbewusst wie entgegenkommend zu klingen.

Am anderen Ende blieb es erst einmal still.

Ein Bus fuhr am Parkplatz vorbei und durchbrach die Stille. Er legte eine Hand auf das freie Ohr.

»Frau Thorstensen?«

25

Tommy hatte keine andere Wahl. Er konnte nicht zu Hause vorbeifahren, um erst zu duschen. Lediglich zwei Zigaretten schaffte er auf der kurzen Fahrt.

Elisabeth Thorstensen wohnte in einer alten Patriziervilla an der Kreuzung von Kastellveien und Solveien, nur wenige Kilometer von Mortensrud entfernt. Ihre Worte »ich gehe früh zu Bett« hatten ihn verstehen lassen, dass es jetzt oder nie sein musste.

Er hoffte, nicht nach Schweiß zu stinken, als er auf der Treppe stand. Ähnlich wie vor sechzehn Jahren bewunderte er kurz die Aussicht über die Stadt. Die Lichter von Nesodden schimmerten wie ein gelber Streifen durch das Schneegestöber. Der Blick war anders als von Godlia, wo sie vorher gewohnt hatte, trotzdem hatte er das Gefühl, irgendwie sechzehn Jahre in die Vergangenheit gereist zu sein.

Er hob vorsichtig den Arm und klopfte an.

Kein Türschild, konnte er noch denken, als die Klinke auch schon nach unten ging.

Er erinnerte sich noch ganz genau an das kindliche Keramikschild, das neben der Tür des roten Hauses im Skøyenbrynet gehangen hatte. *Hier wohnen Alexander und Kristiane, Per-Erik und Elisabeth Thorstensen.*

Die Person in der Tür musste ihr neuer Mann sein, Asgeir Nordli. Mit seinen grauen, nach hinten gekämmten, halblangen Haaren sah er wie ein Künstler aus.

Der Mann musterte Tommy Bergmann skeptisch. Zwischen seinen Augen hatte sich eine tiefe Falte gebildet. Tommy war sich bewusst, dass er nicht nur verschwitzt aussah, sondern auch noch seine Trainingsklamotten trug. Klemetsrud Handball, bestickt mit kleinen Sponsorenaufnähern vom Einkaufszentrum, einem örtlichen Klempner und einer Baufirma.

Er stellte sich vor.

Der grauhaarige Mann atmete tief durch die Nase, bevor er Tommy die Hand gab. Dann bat er ihn herein und schloss die Tür.

»Ich finde, das hier ist keine gute Idee«, sagte er leise.

»Sie hat mich selbst angerufen«, entgegnete Tommy.

»Nachdem Sie sie den ganzen Tag mit Ihren Anrufen bombardiert haben. Kommen Sie«, sagte Asgeir Nordli und führte ihn durch die Eingangshalle zur ersten Tür auf der rechten Seite. Tommy registrierte weiße Wände, antike Möbel und abstrakte Kunst an den Wänden.

Asgeir Nordli öffnete die Tür zu einer Art Bibliothek oder Büro und schloss sie hinter Tommy wieder. Vor dem Fenster sah er die Lichter von Ulvøya, während die Insel Malmøya vom Schneetreiben verschluckt worden war. Nordli schaltete die Deckenbeleuchtung ein. Übervolle Bücherregale kamen zum Vorschein, ein paar Bilder an den Wänden, ein Schreibtisch und ein Gästebett. Der Raum war groß, bestimmt nicht kleiner als Tommys Wohnzimmer. Eines der Bilder nahm Tommy auf unangenehme Weise gefangen. Es zeigte einen Mann, der von einer monströsen, schwarzweißen Vagina geboren wurde.

Nordli entging nicht, wie Tommy das Bild anstarrte.

»Nichts für zartbesaitete Seelen«, sagte er.

»Ihre Bücher?«, fragte Tommy und nickte in Richtung der Regale.

Nordli seufzte resigniert, als störten ihn derart irrelevante Fragen.

»Seit Sie zum ersten Mal angerufen haben, hat sie nicht mehr aufgehört zu weinen.«

»Das tut mir leid, aber …«

Hinter ihnen wurde die Tür aufgerissen, und ein etwa zwölfjähriger Junge starrte Tommy an, als wäre er gefährlich.

»Peter, geh wieder hoch in dein Zimmer«, sagte Asgeir Nordli.

»Peter«, sagte eine Frauenstimme hinter dem Jungen.

Tommy hörte Schritte und spürte, dass er auf das Wiedersehen mit Elisabeth Thorstensen nicht gut genug vorbereitet war. Seine Knie wurden weich, sein Herzschlag beschleunigte sich.

»Wir sollten wieder rausgehen«, sagte Asgeir Nordli. Beinahe widerwillig ging er zurück auf den Flur und legte seine Arme um die Frau, die dort wartete. Tommy erkannte sie sofort wieder.

Neben ihr stand ihr Sohn, der den Tränen nahe zu sein schien.

Die Mutter legte ihre Hand auf seine Schulter, rote Nägel, ein schmaler Ehering.

Tommy begegnete ihrem Blick, ihre Augen waren noch immer so dunkel wie vor sechzehn Jahren, ihnen fehlte aber der Ausdruck, das ganze Gesicht war vollkommen ohne Mimik. Nicht einmal sein seltsamer Aufzug oder die Tatsache, dass er von all dem Schnee klitschnass war, schien sie zu beeindrucken.

»Ich komme gleich, gehen Sie nur schon rein. Biete ihm etwas zu trinken an, Asgeir. Vielleicht einen Kaffee?«

Tommy wusste nicht, ob es ihn erleichterte oder enttäuschte, dass sie ihn nicht wiedererkannte. Wie sollte das auch möglich sein?

Er wurde von Asgeir Nordli durch das Haus geführt. Ein gutes Zuhause, ein Haus, wie es ihm selbst gefallen würde, wenn er das Geld hätte. Ein Haus, das Elisabeth Thorstensen vielleicht die Ruhe gegeben hatte, die sie brauchte, um weiterleben zu können. Weiße Wände, breite Kieferndielen, abstrakte farbenfrohe Kunst an den Wänden und genug Bücher für ein ganzes Leben. Es roch noch nach den Resten eines exotischen Essens, die Kräuter ließen ihn an Hadja denken. Er nickte einer Frau mit philippinischem Aussehen zu, die ihren Kopf aus der Küchentür streckte. Dann folgte er Asgeir Nordli bis in den Wintergarten, der sich an das Wohnzimmer anschloss.

»Sie sitzt gerne hier«, sagte Asgeir Nordli und stellte sich ans Fenster. Der Schnee schien jetzt wirklich noch dichter zu fallen als zuvor, als wollte er die ganze Stadt unter sich begraben.

Tommy nahm in einem der Korbsessel Platz. Auf dem niedrigen Tischchen vor ihm standen vier oder fünf Teelichter, ein halbvolles Glas Rotwein und ein übervoller Aschenbecher. Daneben lagen Bücher, eine leere Schachtel Zigaretten und ein altes Schwarzweißfoto von Kristiane Thorstensen. Es schien irgendwann in den Achtzigern in einem Passbildautomaten aufgenommen worden zu sein. Die Art, wie sie in die Kamera lächelte, ließ vermuten, dass draußen vor dem Automaten jemand stand und die verschiedenen Bilder begutachtete.

Asgeir Nordli war aus dem Wintergarten verschwunden, ohne dass Tommy es bemerkt hatte.

Er nahm das Foto vorsichtig mit zwei Fingern, als wäre es Beweismaterial, auf dem er keine Abdrücke hinterlassen wollte.

Wieder dachte er, dass dieses Bild nicht für irgendjemanden aufgenommen worden war. Ihr Blick war ernst, obwohl sie lächelte.

Jemand hatte das Feuer in ihr entzündet, dachte er und hörte in Gedanken Anders Rasks Stimme. Sollte er einem Mann Glauben schenken, von dessen Unschuld er nicht einmal überzeugt war?

Er legte das Foto wieder zurück, als er Elisabeth und Asgeir Nordli irgendwo im Wohnzimmer hörte. Nordli versuchte, sie davon abzubringen, mit Tommy zu reden, doch vergebens.

Tommy sprang auf, als sie in den Wintergarten trat. Er hatte die Trainingsjacke ausgezogen und über die Lehne des Stuhls gelegt. Er dachte, dass der weiße Schriftzug Klemetsrud Handball in Anbetracht der Situation mehr als unpassend wäre. Die Folge war, dass er jetzt wie ein Idiot in grünem Militärpulli und durchgeschwitzter Jogginghose vor ihr stand.

»Tommy Bergmann, es freut mich, dass Sie Zeit für mich haben.«

Ihre schlanken Finger verschwanden in seiner rechten Pranke. Die andere Hand legte sie ihm vorsichtig an die Wange. Er wollte seinen Blick abwenden, aber es gelang ihm nicht.

»Dass Sie das sind.«

Sie streichelte ihm wie vor sechzehn Jahren sanft über die Haut. Fast glaubte er, ihr Blut über seine Haut sickern zu spüren.

»Ich hatte nicht erwartet, dass Sie mich wiedererkennen«, sagte er.

Sie zog den Arm zurück und streifte den Ärmel ihrer Bluse nach unten. Die alten Narben waren nicht zu übersehen.

»Ich würde Sie noch in hundert Jahren wiedererkennen.«

Sie ließ sich auf einen Stuhl fallen und wischte sich die Wangen mit dem Handrücken ab. Beinahe verstohlen betrachtete er sie. Die braunen Haare waren noch so wie früher, und das Gesicht war noch immer geprägt von den feinen, symmetrischen Linien, jetzt aber durchzogen von Falten, die von Augen und Mund ausgingen. Trotzdem, würde er sie nicht kennen, hätte er sie zehn Jahre jünger geschätzt. Es war überraschend, wie gut sie sich gehalten hatte. Aus all den Akten, die er über den Mord an Kristiane gelesen hatte, wusste er, dass die Tat ihr extrem zugesetzt hatte. Sie war mehrere Jahre lang in einer Klinik gewesen. Wo genau, wusste er nicht.

»Sie sah ihm so ähnlich.« Elisabeth Thorstensen nahm das Passbild in die Hand.

»Ihrem Mann?«

»Per-Erik«, sagte sie und starrte auf das kleine Bild. »Ich

glaube, ich habe seit fünfzehn Jahren nicht mit ihm gesprochen. Nicht ein einziges Mal. Ich habe mir all die Jahre auch kein Bild von meiner Tochter angesehen. Seit 1988. Bis dann dieser Artikel im Dagbladet war. Ich bin im Laden vor dem Zeitungsständer zusammengebrochen. Viele Jahre hat immer erst Asgeir die Zeitungen für mich gelesen. Und die Nachrichten schaue ich nie. Finden Sie nicht, dass die mich erst hätten anrufen müssen?«

Sie hob den Kopf. Ihr Gesichtsausdruck ließ keinen Zweifel zu. Diese Trauer würde sie mit ins Grab nehmen.

»Es tut mir leid«, stammelte er nur.

Elisabeth Thorstensen verbarg das Gesicht in den Händen und weinte leise, fast lautlos. Er wusste nicht, was er tun sollte. Gerade als er aufstehen und sie trösten wollte, murmelte sie etwas.

»Ich wünschte mir, er wäre es gewesen.«

»Rask?«

»Das würde mir Ruhe geben«, sagte sie durch die Finger.

Was sollte er dazu sagen? Wünschten sie sich nicht alle, dass Rask Kristiane und die anderen Mädchen getötet hatte?

Er wartete, bis sie sich wieder einigermaßen gesammelt hatte. Abwesend zündete sie sich eine Zigarette an.

»Es gibt eine Sache, die ich Sie fragen muss. Etwas, das mir neulich in den Sinn gekommen ist.«

»Ja?«

»Sie haben damals etwas gesagt, an dem Abend, an dem wir zu Ihnen gekommen sind, nachdem Kristiane gefunden worden war. Erinnern Sie sich?«

Sie schüttelte den Kopf.

»Sie sagten: *Das ist alles meine Schuld.*«

Eine lange Pause entstand.

»Warum haben Sie das damals gesagt?«

»Ich kann mich nicht daran erinnern, das gesagt zu haben. Warum sollte ich so etwas gesagt haben?« In ihrem Gesicht verschloss sich etwas.

»Sie sind Handballtrainer, oder?«, sagte sie schließlich. Sie versuchte sich an einem Lächeln und deutete auf die Trainingsjacke, die über dem Stuhlrücken hing.

Er nickte.

Ihr Blick richtete sich wieder nach innen, als dächte auch sie in diesem Moment daran, wie Kristiane damals aus der Nordstrandhalle gekommen und mit der Tasche über der Schulter in Richtung Bahnhof gelaufen war. Vielleicht war sie ganz langsam geschlendert, vielleicht aber auch schnell gegangen, um den Zug noch zu erreichen. Aber warum den Zug? Warum nicht die Straßenbahn? Das wäre für sie viel kürzer gewesen. Er verstand das alles noch immer nicht, durfte aber seine Zeit nicht damit vergeuden, auch wenn Susanne das von ihm verlangte.

»Wir müssen die Entscheidung fällen, ob wir den Fall neu aufrollen sollen«, sagte Tommy. »Aber dafür brauchen wir mehr, und das möglichst schon jetzt. Sie wissen, dass die Beweise gegen Rask schwach sind. Wenn es rund um den Fall etwas gibt, das Sie nicht verstehen oder das nicht ins Bild passt …«

»Ich habe damals schon gesagt, was es zu sagen gab.«

Was nicht viel war, dachte Tommy. Sie war, noch Monate, nachdem Kristiane gefunden worden war, kaum vernehmungsfähig gewesen. Als im Februar 1989 ein weiterer, ähnlicher Mord an einer Prostituierten geschah, waren alle verfügbaren Polizeikräfte zusammengezogen worden. Alle waren überzeugt davon gewesen, dass es derselbe Täter war, so dass sich alle nur noch auf den aktuellen Mord konzentrierten, kalte Spuren waren kalte Spuren. Von den rund siebentausend Seiten Ermittlungsmaterial gegen Anders Rask machten die Vernehmungsprotokolle von Elisabeth Thorstensen einen verschwindend geringen Teil aus.

»Ich muss Sie zuerst nach ein paar Namen fragen«, sagte Tommy.

»Namen?«

»Maria«, sagte er schnell.

»Maria?« Elisabeth Thorstensen schüttelte den Kopf.

»Oder Edel Maria. Kommt Ihnen der Name irgendwie bekannt vor?« Sørvaags kleine Privatspur, aber vielleicht war an der ja doch etwas dran.

»Nein«, sagte sie, »das sagt mir nichts.«

Tommy wartete, aber sie machte keine Anstalten, etwas hinzuzufügen.

»Und dann muss ich Sie natürlich fragen, warum Sie bei der Beerdigung des litauischen Mädchens waren? Daina. Das waren doch Sie?«

Elisabeth Thorstensen schnitt eine Grimasse, als müsste sie sich konzentrieren, nicht wieder zu weinen.

»Ja«, sagte sie leise. »Vielleicht war ich da, um mich mit meinem eigenen Schicksal zu versöhnen. Ich war ja nicht bei der Beerdigung meiner eigenen Tochter, das wissen Sie ja vielleicht. Was bin ich für eine Mutter, wenn ich nicht mal in der Lage bin, mich von meinem eigenen Kind zu verabschieden?«

Tommy wusste nicht, was er darauf erwidern sollte. Er hätte sie fragen können, wer ihrer Meinung nach Daina getötet hatte, aber das hatte keinen Zweck. Außerdem durfte er ihr keine Details über den Mord anvertrauen.

»Wie sieht es mit einem Freund aus?«, fragte Tommy. »Hatte Kristiane keinen Freund, als sie verschwand?«

Elisabeth Thorstensen schüttelte den Kopf.

»Nicht dass ich wüsste. Sie hat ihr eigenes Leben gelebt. Ich glaube, sie hatte mit ihrem Freund Schluss gemacht, diesem … ich glaube, er hieß Ståle. Irgendwann im Sommer. Um ehrlich zu sein, habe ich da nicht so genau aufgepasst.«

»Sie haben im Laufe des Herbstes keine Veränderung bei ihr bemerkt?«

»Nein.«

»Und sie hat nicht gesagt, wohin sie an jenem Samstagabend wollte?«

Elisabeth Thorstensen schüttelte den Kopf.

»Ist sie für gewöhnlich mit der Straßenbahn oder mit dem Zug gefahren?«

Sie schloss die Augen.

»Kristiane«, begann sie, ehe sie wieder innehielt. »Sie hat meistens …« Sie verstummte erneut.

Tommy resignierte innerlich.

»Sie waren an jenem Samstag nicht zu Hause? Und das Spiel haben Sie auch nicht gesehen?«

»Nein.«

»Weder Sie noch Per-Erik?«

»Er war auf Geschäftsreise in Schweden.«

Tommy Bergmann wusste, dass Per-Erik Thorstensen nur in Göteborg gewesen war. Instinktiv hatte er gedacht, dass Per-Erik Thorstensen nur dreieinhalb Stunden von Oslo entfernt gewesen war, als Kristiane verschwand. Er hätte gut hin- und herfahren können.

»Dann war nur Alexander zu Hause?«

Elisabeth Thorstensen nickte, sah ihm aber nicht in die Augen.

»Wir haben unseren Kindern immer viel Freiheit gelassen, ich wusste oft nicht, wo sie waren, bis sie abends nach Hause kamen. Freiheit und Eigenverantwortung, für uns hat das immer gut funktioniert.«

Tommy war sich bewusst darüber, dass die Polizei damals sehr gründlich vorgegangen war. Alle Alibis und alle Bewegungen waren akribisch durchgegangen und kartiert worden – abgesehen von Elisabeth Thorstensen. Die Familie war gründlich unter die Lupe genommen worden. Erst der engere Familienkreis, dann Freunde sowie nähere und entferntere Bekannte. Kristianes Exfreund Ståle hatte ein Alibi. Er war vernommen und für unschuldig erklärt worden. Und auch keiner der anderen Befragten hatte sich in irgendeiner Weise verdächtig gemacht. Sogar die bekannten Sexualstraftäter waren überprüft worden: halbpsychotische Gewalttäter und verurteilte Mörder. Aber alle hatten ein Alibi gehabt.

Andererseits musste der Täter nicht unbedingt zu diesem Abschaum gehören. Es konnte jemand sein, der dazu in der Lage war, seinen Wahn zu verbergen. Hatte nicht auch Oberarzt Furuberget gesagt, dass Rask zwei Gesichter hatte und über lange Phasen vollkommen gesund wirken konnte? Wenn Rask das konnte, dann waren sicher auch andere dazu in der Lage.

Leute wie ich, dachte Tommy.

»Mein Leben war gut, beinahe perfekt«, sagte Elisabeth Thorstensen.

Er tat so, als hätte er sie nicht gehört, und fragte stattdessen:

»Und wo waren Sie selbst an diesem Abend?« Es war ihr schwacher Punkt, der nie angesprochen worden war, nach Rasks Festnahme hatte es dafür aber auch keine Veranlassung mehr gegeben. Vielleicht eine Bagatelle, aber versuchen musste er es.

»Ich war in der Stadt. Mehr brauchen Sie nicht zu wissen, Tommy.«

Ihre Stimme klang entschlossen, aber nicht abweisend. Sie erwiderte seinen Blick. Mehr gab es zu diesem Thema nicht zu sagen. Ein paar Sekunden musterten sie sich gegenseitig. Sie war attraktiv, dachte er. Mehr als attraktiv.

»Na dann.«

»Und noch etwas *müssen* Sie wissen, Tommy. Ich habe bis 1987 in einer Hölle gelebt. Doch dann wurde mein Leben mit einem Mal besser als jemals zuvor. Und ein Jahr später verschwand Kristiane.«

»Wie soll ich das verstehen?«

»Manchmal hat er mich mit einem nassen Handtuch verprügelt, in das er Apfelsinen eingeschlagen hatte.«

Erst verstand Tommy nicht, wie sie das meinte, dann sickerte der Satz langsam in sein Bewusstsein. Mit einem Mal hatte Tommy das Gefühl, der Wintergarten drehte sich und der Korbstuhl unter ihm löste sich auf.

»Per-Erik«, sagte er leise.

Sie starrten einander an. Einen Moment lang glaubte er, ihr Blick ginge direkt durch ihn hindurch. Sie kannte Männer wie ihn. Dann fanden sie wieder eine Art Balance. Elisabeth Thorstensen fummelte an der Zigarettenschachtel herum, die auf dem Tisch lag. Aus dem Wohnzimmer drang leise Jazzmusik. Tommy schloss die Augen und dachte, dass er nicht so schlecht gewesen war wie Per-Erik Thorstensen. Lügner, dachte er im nächsten Moment.

»Davon steht nichts in den alten Ermittlungsunterlagen.«

Sie blies ihm den Rauch entgegen.

»Das war immer unser kleines Geheimnis. Als das losging, waren wir gerade ein Jahr zusammen. Das mit den Apfelsinen war seine Spezialität. Man kriegt davon keine blauen Flecke, aber kleine innere Blutungen. Sie können sich nicht vorstellen, wie schmerzhaft das ist.«

Er hatte dazu nichts zu sagen und wäre am liebsten gegangen.

»Beinahe all die Jahre, Tommy. Sogar als ich mit Kristiane schwanger war, er meinte, ich würde anderen Männern schöne Augen machen. Ich war schwanger, Tommy, *schwanger.* Ich hätte sie verlieren können.«

Er spürte, wie ihm übel wurde.

»Wollen Sie mich nicht fragen, warum ich ihn nicht verlassen habe?«

Tommy konnte nicht mehr. Er schloss die Augen, atmete tief durch die Nase, sah aber nur Hege.

Nein, dachte er, ich frage dich nicht, warum du bei ihm geblieben bist.

Irgendwie schaffte er es, eine Zigarette aus seiner Prince-Schachtel zu fischen. Dann wühlte er durch die Taschen seiner Trainingsjacke und tat so, als suchte er nach seinem Handy, nur um etwas zu tun zu haben und ihre Frage nicht beantworten zu müssen. Es war nicht da, er musste es im Auto liegengelassen haben.

»Stimmt was nicht?«, fragte sie.

»Nein«, sagte er.

Sie lächelte ihn an und sah wirklich so aus, als machte sie sich um ihn Sorgen.

»Im letzten Jahr vor Kristianes Tod wurde dann alles irgendwie besser. Wie durch ein Wunder. Er fing an, zu so einer Männer-Selbsthilfegruppe zu gehen, alles Leute, die lernen wollten, ihre Gefühle zu kontrollieren. Ganz aus eigenem Antrieb. Ich hab nie kapiert, woher das kam, aber mit einem Mal schien er sich wirklich unter Kontrolle zu haben.«

Tommy sagte nichts.

»Können Sie sich vorstellen, wie es ist, sein Kind zu verlieren, wenn nach so einer Ehe plötzlich alles gut zu werden scheint?«

Er nickte vorsichtig.

»Können Sie sich das vorstellen?«, wiederholte sie. »Gerade wenn Ihr Leben gut zu werden beginnt? Richtig gut? Dass man dann sein Kind verliert?« Elisabeth Thorstensen streifte den Ärmel ihrer Bluse hoch und entblößte ihren linken Unterarm. Die Narben hoben sich noch immer weiß von der Haut ab.

»Als ich aus dem Krankenhaus zurückkam, oder besser gesagt aus dem Irrenhaus, war Per-Erik bereits ausgezogen. Als hätte Kristiane erst sterben müssen, damit das passiert. Ich habe alles, was an sie erinnerte, weggeworfen. Dieses Bild hier habe ich letztes Jahr von Alex bekommen.« Elisabeth Thorstensen streichelte mit dem Zeigefinger über das kleine Passbild. Sie schien sich in Erinnerungen zu verlieren.

»Wer hat diese Gruppe geleitet?«, fragte er plötzlich.

Elisabeth Thorstensen musterte ihn lange.

»Wie meinen Sie das?«

»Diese Männergruppe, die Per-Erik besucht hat. Um seine Gefühle unter Kontrolle zu bekommen.«

Sie nahm den letzten Zug von ihrer Zigarette. Tommy ließ seinen Blick über die Stadt schweifen, das Schneetreiben hatte nachgelassen.

»Das weiß ich nicht.«

»Versuchen Sie, sich zu erinnern.«

»Ist das so wichtig?«

»Hat er in dieser Gruppe irgendwelche Freundschaften geschlossen?«

Hatte Farberg nicht gesagt, dass Rask einen Freund gehabt hatte? Jemanden, der so wütend werden konnte, dass selbst Rask vor den Konsequenzen Angst hatte?

»Weiß ich nicht, wirklich nicht.«

»Wissen Sie, wo dieser Kurs stattfand?«

»Das kann doch nicht so wichtig sein?«

»Versuchen Sie, sich zu erinnern.«

»Ich meine, das wäre irgendwo im Westen der Stadt gewesen.«

»Im Westen?«

»Ja. Ich meine, Per-Erik hätte so was gesagt, aber wo genau, weiß ich nicht mehr.«

Im Westen, schrieb er in sein Notizbuch. Er konnte sich nicht mehr konzentrieren. Sie sahen einander an. Er hätte seinen Blick abwenden sollen, wollte aber nicht. Sie lächelte vorsichtig. »Und Sie wissen noch immer nicht, warum Sie damals gesagt haben, das alles sei Ihr Fehler gewesen?«

Elisabeth Thorstensen öffnete den Mund, als wollte sie etwas sagen, doch dann schien sie sich in letzter Sekunde selbst zurückzuhalten.

»Warum können Sie mir nicht sagen, wo Sie an jenem Abend waren?«

Er sprach noch einmal das offensichtlichste Loch in den damaligen Ermittlungen an. Vielleicht war es nicht verwunderlich, dass die Frage nicht gestellt worden war, als Elisabeth Thorstensen im Winter 1989 aus der Klinik entlassen wurde. Vielleicht war es nur eine Bagatelle, aber er wollte endlich Ordnung in der Sache haben. Er musste etwas für Svein Finneland finden, wie unbedeutend es auch aussah.

»Warum ist das so wichtig?«

Sie sah wieder aus, als würde sie jeden Moment in Tränen ausbrechen.

Asgeir Nordli kam in der Tür zum Vorschein.

Elisabeth Thorstensen verbarg ihr Gesicht in den Händen.

»Ich glaube, Sie gehen jetzt besser«, sagte Asgeir Nordli.

»Nein«, sagte sie, ohne die Hände wegzunehmen. »Lass gut sein, Asgeir. Bitte!«

Sie saß mit den Händen vor dem Gesicht da, bis Nordli gegangen war.

Tommy nickte Elisabeth Thorstensen vorsichtig zu.

»Ich war bei einem anderen Mann«, sagte sie.

Die Worte schienen sie zu erleichtern. Ihre Hand zuckte zu ihren Haaren, sie ordnete einige Strähnen. Tommy verfluchte sich dafür, dass ihr Anblick ihm gefiel. Die feinen Hände, die dunklen Züge, die glänzenden Augen.

»An dem Samstag, an dem sie verschwunden ist?«

Sie nickte. »Wir waren bis Sonntagmorgen im SAS-Hotel. Er war damals verheiratet.«

Tommy spürte ein leichtes Zittern im Körper, versuchte aber, so entspannt wie nur möglich zu wirken, als er sich seine Notizen machte.

»Können Sie mir den Namen nennen?«

Sie starrte an ihm vorbei in die Luft. »Morten Høgda.«

Der Stift stockte auf dem Papier.

»Sie hatten damals also ein Verhältnis, von dem Per-Erik nichts wusste?«

»Ja. Aber das hat Per-Erik sich selbst zuzuschreiben. Schließlich war das seine Schuld. Er war es doch, der mich in Mortens Arme getrieben hat. Buchstäblich in seine Arme geprügelt. Wenn Sie an meiner Stelle gewesen wären, hätten Sie dasselbe getan.«

Ihre Blicke begegneten sich noch einmal, aber keiner der beiden sagte etwas.

Tommy glaubte zu wissen, dass Morten Høgda eine Art Investor war. Einer dieser halbwegs bekannten Reichen, von denen hin und wieder in den Zeitungen die Rede war.

Aber bei dem Namen klingelte noch irgendetwas anderes.

»Haben Sie das deshalb gesagt?«

»Was?«

»*Das ist alles meine Schuld …*«

»Ich verstehe nicht …«

»Nun, Sie waren an dem Abend, an dem Kristiane verschwunden ist, mit einem anderen Mann zusammen …«

Elisabeth Thorstensen holte tief Luft und ließ viel Zeit verstreichen, ehe sie wieder ausatmete.

»Wissen Sie was«, sagte sie ruhig. »Ich glaube, wir sind jetzt fertig hier.«

26

Er hatte keine Schneebürste im Auto, nur einen alten Eiskratzer. Dabei war nicht das Eis das Problem, sondern die verrückte Menge Schnee, die gefallen war. Seufzend versuchte er, den zentimeterdicken Schnee mit den Scheibenwischern von der Scheibe zu fegen.

Hinter dem Küchenfenster sah er noch immer die Silhouette von Elisabeth Thorstensen. Sie hatte ihn nicht zur Tür begleitet, sondern nur ein kaum hörbares »Tschüs« über die Lippen gebracht.

Wie hatte dieser Vertretungspastor geheißen, der seinerzeit dabei gewesen war?

Er musste morgen im Pfarramt von Oppsal anrufen.

Aber doch, sie hatte das gesagt. Sie hatte es laut herausgeschrien.

Das ist alles meine Schuld.

Mochte sein, dass er zu weit gegangen war, dachte Tommy. Aber er hatte nur noch fünf Tage, und nun hatte er wenigstens einen neuen Namen auf seinem Block.

Morten Høgda.

Er nahm sein Handy, das auf dem Beifahrersitz lag, und rief die Zentrale an. Sollte dort nicht zu viel los sein, konnten sie den Namen für ihn recherchieren. Morten Høgda.

Fluchend realisierte er, dass der Akku leer war. Das Telefon musste sich nach Elisabeth Thorstensens Anruf abgeschaltet haben. Wie lange war das jetzt her? Er sah auf die Uhr. Zwei Stunden? Drei?

Die Rückfahrt nach Bekkelaget, eigentlich nur ein paar Minuten mit dem Auto, kam ihm wie eine Fahrt über einen Gebirgspass vor. Bei all dem Schnee kam er kaum den Lambertseterveien hoch.

Zu Hause ging er gleich zu seinem alten Festnetztelefon. Er wählte die Nummer der Zentrale und bat sie, zwei Recherchen für ihn zu machen: Morten Høgda und der Vertretungspastor in Oppsal. Der Name des Mannes war ihm unterwegs im Auto eingefallen. Hallvard Thorstad.

Während er darauf wartete, dass sie ihn zurückriefen, setzte er sich aufs Sofa und zündete sich eine Zigarette an. Er schaltete die Stehlampe in der Ecke ein und hatte mit einem Mal das Gefühl, dass etwas nicht stimmte. Er stand auf und ließ seinen Blick durch den Raum schweifen. Dann ging er ins Schlafzimmer, schaltete das Licht ein und starrte auf das Bett, das einmal Heges und sein Bett gewesen war. Irgendwie hatte er das Gefühl, dass dort noch vor kurzem jemand anderes gelegen hatte, schob den Gedanken aber beiseite. Blödsinn, dachte er und trat ans Bett. Er hockte sich hin, streckte den Arm mit der Zigarette nach oben, um das Bettzeug nicht anzuzünden, und beugte sich hinunter.

Das Telefon im Flur klingelte. Er stieß sich den Kopf an der Bettkante und zuckte instinktiv wieder nach unten. Unter dem Bett war nur Staub. Tommy fluchte laut.

»Morten Høgda«, sagte Johnsen von der Zentrale, »ist dreimal wegen Vergewaltigung angezeigt worden. Die Anzeigen, sie stammten von drei verschiedenen Frauen, sind aber alle wieder zurückgezogen worden. Laut Sitte ist er ein häufiger Kunde im Hurenmilieu. Letztjährige Einnahme: vierzig Millionen, Vermögen: einhundertzehn. Scheint ein netter Zeitgenosse zu sein, bloß mit etwas gewalttätigem Sexualtrieb.«

Tommy schloss die Augen und dachte an Elisabeth Thorstensen. Vielleicht hatte sie mit Asgeir Nordli jetzt endlich jemanden gefunden, auf den sie vertrauen konnte. Nordli schien wirklich in Ordnung zu sein. Vielleicht zu nett, aber das konnte bei einer Frau, die so viel durchgemacht hatte wie Elisabeth Thorstensen, ja nicht schaden.

»Okay, danke«, sagte er. In seinem Kopf formte sich ein Gedanke. Manche Frauen waren ja bereit, für ihre Männer alles zu tun – was konnte Elisabeth Thorstensen damals für Morten Høgda gemacht haben?

»Und haben Sie auch die Nummer von Hallvard Thorstad?«

»Es gibt in Norwegen nur einen Hallvard Thorstad, und der wohnt in einem Kaff irgendwo im Vestland.« Johnsen diktierte ihm eine Nummer, die Tommy auf eine alte Zeitung kritzelte.

»Danke.«

»Übrigens, in der Zentrale in Oppland ist ja jetzt echt die Hölle los.«

»Wieso das denn?«, fragte Tommy abwesend.

»Haben Sie etwa noch nichts davon gehört?«

»Wovon?« Tommy versuchte, die oberste Kommodenschublade zu öffnen, um das Ladegerät herauszuholen.

»Anders Rask ist abgehauen.«

Er hatte die Hand halb in die Schublade geschoben. »Was?«

»Anders Rask ist aus der Klinik ausgebrochen, gemeinsam mit irgendeinem anderen Verrückten. Zwei Wachleute sind tot. Delta ist schon alarmiert, und der Heli ist in der Luft.

Es dauert sicher nicht lange. Mit dieser Kamera werden sie die schon bald finden.«

»Verdammt!«, sagte Tommy, drehte sich auf dem Flur um und starrte auf das Sofa. Tisch, Teppich, Bilder, die übliche Unordnung, das Regal. Alles wirkte normal. Und trotzdem wollte das Gefühl, dass irgendetwas in seiner Wohnung verändert war, sich nicht verflüchtigen. Und die Nachricht, dass Rask aus Ringvoll ausgebrochen war, machte es nicht besser. Wie hatte er das bloß schaffen können?, fragte Tommy sich. Und wo war er jetzt? Bestimmt hier in der Stadt, dachte Tommy.

»Wann war das?«

»Vor ein paar Stunden.«

Eine kurze Pause entstand.

Ein paar Stunden. Man brauchte nicht mehr als höchstens anderthalb Stunden bis Oslo. Vielleicht hatten sie unterwegs den Wagen gewechselt, waren in irgendein verschlafenes Wohnviertel gefahren und hatten sich ein altes Auto geklaut, das sie kurzschließen konnten. Zwei Stunden, maximal, dachte er. Die sind bereits in der Stadt. Nirgendwo sonst konnte man sich so gut verstecken.

»Nein, die kommen nicht weit«, sagte er zu Johnsen. »Danke für die Info.«

Er legte das Telefon vorsichtig auf die Gabel und schloss sein Handy an das Ladegerät an.

Acht verpasste Anrufe. Alle von Reuter.

»Wo zum Henker warst du?«, brüllte Reuter, als Tommy ihn anrief.

»Hab vergessen, mein Telefon zu laden.«

»Vergessen?«

»Ich war bei Elisabeth Thorstensen.«

Die Info schien Reuter etwas freundlicher zu stimmen. »Und? Ist was dabei rausgekommen?«

»Ja.«

»Lass uns morgen darüber reden. Finneland will ein Treffen bei ihm, um Punkt sieben, keine Sekunde später. Ich tippe, dass wir Rasks Ausbruch zugeteilt kriegen, er will ihn schnell finden, andererseits sollst du aber auch weitermachen, nur dass du jetzt vermutlich noch weniger Zeit hast als vorher. Glaubst du, dass Rask unser Mann ist?«

»Hat er nicht gemordet, um fliehen zu können?«

»Keine Ahnung, wer das war. Der andere Typ, der mit ihm ausgebrochen ist, ist ein echter Psycho, auch dem ist alles zuzutrauen. Einer von den beiden, wenn nicht sogar beide, hatten anscheinend ein Verhältnis mit einer der Sicherheitsbeamtinnen da oben. Sie hat ihnen ihre Karte gegeben und die Schlüssel und was weiß ich noch alles. Die dumme Kuh sitzt jetzt in Gjøvik, wir müssen ihr nur noch die Daumenschrauben anlegen, um sie zum Reden zu bringen. Was hast du für mich, Tommy? Mann, noch zwei Tote, so eine Scheiße hat uns echt noch gefehlt.«

Was sollte er sagen? Er war zu lange in diesem Spiel, als dass ihn noch irgendetwas überraschen konnte. Fast.

Nach dem Gespräch mit Reuter ging er direkt unter die Dusche und ließ das heiße Wasser minutenlang auf sich niederprasseln.

Irgendwo weit entfernt glaubte er, sein Handy klingeln zu hören, vielleicht war das aber auch die Türklingel. Er stellte die Dusche ab und blieb eingeseift stehen, die Haare voller Shampoo. Die Tür des Badezimmers hatte er ausnahmsweise sogar abgeschlossen. Er wollte nicht überrascht werden, sollte Rask ihn aufsuchen.

Nein, dachte er. Habe ich mir nur eingebildet.

Kein Telefonklingeln, keine anderen Geräusche.

Er drehte das Wasser wieder an. Nachdem er das Shampoo abgespült hatte, wurde ihm plötzlich klar, worauf er im

Wohnzimmer reagiert hatte. Trotz der Hitze im Bad stellten die Haare auf seinen Unterarmen sich auf.

Die Fotografie war verschwunden.

Er blieb in der Dusche stehen, als wäre plötzlich eine stoische Ruhe über ihn gekommen. Oder als wäre er gelähmt. Er schaffte es gerade noch, das Wasser abzustellen.

Er wickelte sich ein Handtuch um den Körper, schloss die Badezimmertür auf und ging tropfnass ins Wohnzimmer.

Sein Blick ging zu dem IKEA-Regal. Es war halbvoll mit Büchern und ein paar Zeitschriften. Zwei vertrocknete Kakteen standen herum, irgendwelches Zeugs, das Hege dagelassen hatte, und einige gerahmte Fotografien aus alten Zeiten. Ein Bild von ihm selbst und Hege, vor zehn Jahren aufgenommen, das er stehengelassen hatte, um sich selbst zu bestrafen. Ein altes Klassenfoto und ein Porträtbild von ihm selbst.

Etwas versteckt hinter einer Postkarte aus Australien, die ihm ein alter Klassenkamerad geschickt hatte, der nicht mehr lebte, stand ein kleines Foto seiner Mutter. In einem Silberrahmen. Aufgenommen in der Schwesternschule des Roten Kreuzes in Tromsø irgendwann in den Sechzigern kurz vor seiner Geburt.

Aber dieses Foto war jetzt weg.

Er trat langsam ein paar Schritte nach hinten auf den Flur. Er hat mich gefunden, flüsterte er.

Er war hier und hat das Foto mitgenommen.

Das Handy lag noch auf der Kommode im Flur.

Bent antwortete beinahe unmittelbar.

»Ich dachte, du schläfst um diese Uhrzeit«, sagte er.

»Eine Waffe«, sagte Tommy. »Ich brauche eine Waffe.«

Teil 3

Dezember 2004

1

Die Aussicht war nicht annähernd so wie am Morgen des Vortages. Obwohl es bald zehn Uhr war, schien noch Dämmerung zu herrschen. Die Sicht beschränkte sich auf weniger als fünfzig Meter, und die Psychiatrische Klinik Ringvoll verschwand beinahe vollständig im Schneetreiben. Der kräftige Wind klatschte das Seil immer wieder an die Fahnenstange, trotzdem hing die Flagge vor Nässe schwer nach unten.

Wie viele Winter erlebt man in einem Leben?, fragte Tommy Bergmann sich. Bei Kristiane Thorstensen waren es nur fünfzehn gewesen.

Wie alt waren die beiden getöteten Wachleute? Er wusste es nicht, er wusste eigentlich gar nichts, dachte er und versicherte sich, dass die kleine Pistole, die Bent ihm noch in der Nacht gebracht hatte, eine Raven MP-25, gut versteckt im Handschuhfach lag. Geschlafen hatte er in der letzten Nacht gar nicht. Hingegen hatte er viele Stunden im Keller verbracht und seinen Verschlag durchstöbert. Nach dem Tod seiner Mutter hatte er ein paar Kisten, die noch auf dem Boden in Tveita gestanden hatten, an sich genommen. Und das kaputte Vorhängeschloss vor zwei Tagen war kein Zufall gewesen. Er wusste nicht, was sich in den Kisten befand, weshalb er auch nicht sagen konnte, ob etwas fehlte. Trotzdem war er alle Unterlagen durchgegangen, um Hinweise dafür zu finden, wer sie eigentlich gewesen war und wen sie gekannt haben konnte. Irgendwann hatte er dann aufgeben müssen. Es gab keine interessante Post, nur ein paar Briefe und Postkarten von Freundinnen oder vielleicht mal einem flüchtigen Geliebten. Ansonsten handelte es sich fast ausschließlich um alte Quittungen und Berechnungen, aus denen hervorging, dass sie zeitweise gerade mal genug zum Leben gehabt hatten, wenn überhaupt. Was der Einbrecher im Keller gesucht hatte, wusste Tommy nicht. Er war sich aber sicher, dass der Mann, der damals Kristiane Thorstensen und die anderen Mädchen getötet hatte, bei ihm zu Hause in Lambertseter gewesen war. Und das mindestens zwei Mal.

Die Autotür wurde vom Wind zugeworfen, als Tommy ausstieg. Er setzte die Kapuze der Daunenjacke auf und rannte zum Tor. Dieser verfluchte Svein Finneland, dachte er. Es war seine Idee gewesen, dass Tommy noch einmal nach Ringvoll fahren sollte, um Anders Rasks Zelle zu durchsuchen. Und die des anderen Flüchtigen, Øystein Jensrud, ein psychotischer fünfunddreißigjähriger Mann, der vor sieben Jahren seine beiden Eltern umgebracht hatte. Tommy hielt es für erfolgversprechender, mit Elisabeth Thorstensens früherem Geliebten Morten Høgda zu sprechen, was er allerdings nicht laut gesagt hatte, da die kurze Morgenbesprechung bei Finneland so schon stürmisch genug gewesen war. Trotzdem hatte Tommy der erhitzten Diskussion nicht richtig folgen können. Sie waren zu viert gewesen: Svein Finneland, Fredrik Reuter, der Psychologe Rune Flatanger vom Kriminalamt und Tommy. Finneland und Flatanger hatten sich über Rask gestritten. Rune Flatanger hatte den vorangegangenen Abend damit verbracht, das Material durchzugehen, das Tommy ihm geschickt hatte, und war schnell zu der Erkenntnis gelangt, dass Rask niemals jemanden getötet hatte. Rask war laut Flatanger aller Wahrscheinlichkeit nach genau das, was Frank Krokhol gesagt hatte: ein simpler Pädophiler, aber eben kein

Serienmörder. Finneland hingegen war der Ansicht, dass die Flucht und die Morde in Ringvoll das Gegenteil bewiesen. Tommy hatte die meiste Zeit im Fensterrahmen von Finnelands Büro gesessen und auf den Verkehr gestarrt, der sich draußen vorbeischob. Einen Moment lang war er sich sicher gewesen, dass sein eigener Vater wieder auf der Bildfläche erschienen war. Seine Mutter war vor etwas Grausamem geflohen, dessen war er sich sicher, und eigentlich konnte das nur sein Vater gewesen sein. Denn woher sonst sollte seine brutale Veranlagung kommen? Und wer sonst würde in seine Wohnung einbrechen und eine Fotografie von Tommys Mutter stehlen?

Irgendwie quälte ihn der verrückte Gedanke, dass sie möglicherweise seinen leiblichen Vater suchten.

Für ein paar Sekunden sah Tommy sich wie von außen. Ein kleines Kind irgendwo in Nordnorwegen. Er und seine Mutter auf der Flucht, mitten in der Nacht. In einem fremden Auto. Sie weinte die ganze Fahrt, verbarg ihr Gesicht. Hatte ein Mann sie gefahren? Und waren da nicht auch Schreie zu hören gewesen, Schreie wie in einer psychiatrischen Abteilung?

War das eine reale Erinnerung oder etwas, das ihm sein Gedächtnis nur vorgaukelte?

Tommy wehrte ein paar Reporter ab, die aus ihren Autos stürmten, als sie ihn zum Tor gehen sahen. »Kein Kommentar«, bellte er ihnen entgegen und zeigte den Wachleuten am Tor seinen Ausweis.

Nicht Arne Furuberget empfing ihn an diesem Tag, sondern ein Mann, der sich als Thorleif Fiskum vorstellte, stellvertretender Leiter der Anstalt. Sein Gesicht sah aus wie eine Totenmaske.

»Wo ist Furuberget?«, fragte Tommy.

»Er ist vor einer Stunde gefahren. Seiner Frau geht es nicht gut, sie hat angerufen und ihn gebeten, nach Hause zu kommen. Außerdem war er schon die ganze Nacht hier. Er kommt heute Nachmittag zurück.«

»Dann ist er jetzt zu Hause?«

»Das ist alles so schrecklich«, sagte der Mann leise und schüttelte den Kopf. »Dass jemand aus dem Haus uns hintergangen hat, Bergmann.«

Er nickte. Was sollte er dazu sagen?

»Sie bereut das jetzt natürlich. Rask hatte ihr versprochen, dass niemand zu Schaden kommen würde. Sie war dumm genug, ihm zu glauben.«

Thorleif Fiskum setzte sich neben einem Mann hin, der sich als der Einsatzleiter aus Gjøvik vorstellte. Tommy dachte, dass dieser Mann den Einsatz schon lange nicht mehr leitete.

Sie diskutierten ein paar Minuten darüber, wie Rask und Jensrud hatten entkommen können, wobei Tommy dieses Thema eigentlich nur aus Höflichkeit angeschnitten hatte. Dass Jensrud aus Materialien aus der Werkstatt ein Messer gefertigt hatte und eine der Sicherheitsbeamtinnen sich in Rask verliebt hatte, interessierte ihn eigentlich nicht. Für ihn war nur wichtig, Anders Rask zu finden. Die beiden Ausbrecher konnten im Prinzip überall sein, trotzdem glaubte Tommy fest daran, dass sie in Oslo waren. Entweder war Rask in seiner Wohnung gewesen, oder ein anderer Mann. Der wirkliche Täter? Sein Vater? Tommy schnaubte beinahe über seine Gedanken. Reiß dich zusammen, dachte er. Eigentlich konnte das nicht Rask gewesen sein. Schließlich war schon einen Tag vor dem Ausbruch jemand in seinem Keller gewesen. Und das konnte kein Zufall sein.

»Ich würde gerne Anders Rasks Zelle sehen«, sagte Tommy.

»Wir haben den Raum bereits durchsucht«, warf der Einsatzleiter aus Gjøvik ein.

»Ich würde gerne Anders Rasks Zelle sehen«, wiederholte Tommy, als wäre er Autist.

Nach ein paar Minuten wurde er von einem Wachmann abgeholt. Seinem Gesicht war anzusehen, dass er geweint hatte, die Augen waren rot, der Blick ausweichend.

Tommy folgte ihm mit ruhigen Schritten, den Blick auf das flaschengrüne Linoleum gerichtet.

Ich war schon mal hier. Oder an einem Ort wie diesem, dachte er genau wie am Tag zuvor.

Sie gingen durch die Schleuse in die Sicherheitsabteilung. Er blieb auf dem Flur stehen, als er die Stahltür hinter sich ins Schloss fallen hörte. Drehte sich langsam um.

Mit seiner Mutter war er an einem solchen Ort gewesen.

Vielleicht nicht genau hier, aber an einem Ort wie diesem.

Aber wo? Und wann?

Der Wachmann hielt ihn zurück, als er die Tür zu Rasks Zelle geöffnet hatte.

»Ich habe versprochen, nichts zu sagen«, sagte der Wachmann und schlug den Blick nieder.

»Was nicht zu sagen?«

»Vor ein paar Tagen war Furuberget hier drin.«

Er wartete, als glaubte er, Tommy müsse verstehen, was er damit meinte.

»Ja?«

»Er hat nach etwas gesucht, während Rask in der Werkstatt war. Nach einem Brief. Ich habe ihn nie zuvor so verzweifelt gesehen. Er war fast zwei Stunden hier drin.«

»Einen Brief, den Rask bekommen hat?«

Der Wachmann nickte.

»Hat er ihn gefunden?«

»Nein. Er hat überall gesucht. Ich habe hier draußen gestanden und ihm in den letzten zehn Minuten zugesehen. Alles lag herum, er hatte sogar den Bezug von der Matratze gezogen und das halbe Bett demontiert.«

»Okay. Schließen Sie die Luke«, sagte Tommy und schloss die Tür hinter sich. Er wollte seine Gedanken nicht mit dem Wachmann teilen.

Er brauchte ein paar Minuten, um sich in dem spartanisch eingerichteten Raum zu orientieren. Es gab nur wenige mögliche Verstecke. Abgesehen von dem Bett war das Regal die natürlichste Option.

Tommy sah auf die Uhr und dachte, dass es sicher das Beste wäre, Furuberget anzurufen, statt selbst zu suchen. Aber es musste einen Grund geben, warum er die Suche nach dem Brief geheim halten wollte. Wenn Tommy den Brief nicht selbst fand, würde Furuberget das Ganze sicher leugnen.

Ganz am oberen Rand des Bücherregals stand eine Art Fotoalbum. Tommy zog es heraus und legte es auf den Schreibtisch vor dem Fenster. Es erwies sich als ein Buch mit diversen ausgeschnittenen Schriftstücken, ein bizarres Scrapbook, von dem Tommy nicht verstand, warum Furuberget es ihm gelassen hatte. Rask hatte es sogar aktualisiert.

Auf der ersten Seite hatte Rask einen vergilbten Zeitungsartikel aus der Tønsberger Zeitung aus dem Jahr 1978 eingeklebt. Es ging um den Mord an Anne-Lee Fransen. Auf den nächsten Seiten folgten weitere Artikel über dasselbe Mädchen aus anderen Zeitungen. Tommy las hier und da ein paar Zeilen. Anne-Lee war von einer Freundin, die auf der anderen Seite von Tønsberg wohnte, mit dem Fahrrad nach Hause gefahren. Das Fahrrad war ein Jahr später auf einem Waldweg unweit des Tatorts gefunden worden. In einer Zeitungsreportage war etwas später darüber spekuliert worden, dass der Täter das Fahrrad nach dem Mord in Tønsberg geholt und in der Nähe des Tatorts abgestellt haben musste. Tommy erinnerte sich, dass Rask vor Gericht ausgesagt hatte, zurückgefahren zu sein und das Fahrrad geholt zu haben, nachdem er sie im Wald ermordet hatte. Weiter folgten eine Reihe von Ausschnitten mit Bildern von Anne-Lee. Auf den nächsten Seiten waren Ausschnitte von den drei ermordeten Prostituierten eingeklebt worden, über die es aber nicht so viel Material gab. Wären sie heute ermordet worden, hätte man sicher irgendwelche kaputten Familien ausgegraben und alte Klassenfotos, die süße Mädchen irgendwo in der Provinz zeigten. Zur Zeit der Tat waren sie nur noch beginnende Heroinwracks gewesen, die in viel zu kurzen Röcken und mit zerstochenen Armen in irgendwelche Autos gestiegen waren. Nein, wirklich öffentliches Mitleid hatten die drei Schülerinnen Anne-Lee, Kristiane und die drei Jahre später ermordete Frida aus Skedsmokorset bekommen.

Der Großteil von Rasks Album widmete sich aber dem Mord an Kristiane Thorstensen. Die Zeitungsausschnitte hatten den Weg in die Psychiatrische Klinik in Ringvoll gefunden. Entweder hatte Rask das alles direkt nach dem Mord zusammengetragen oder es handelte sich um Material, das beschlagnahmt worden war, ihm dann aber nach dem rechtskräftigen Urteil zurückgegeben worden war. Die letzten Ausschnitte waren erst ein paar Tage alt: Frank Krokhols Reportagen über Kristiane und die Wiederaufnahme des Verfahrens.

Tommy versuchte sich nicht darüber aufzuregen, dass man Rask sein grausames Poesiealbum gelassen hatte, sondern konzentrierte sich auf die wenigen Stellen, die Rask unterstrichen hatte. Er fand keine speziellen Zusammenhänge, kein Muster, dem Rask gefolgt war. Er klappte das

Album zusammen und verwendete die nächsten zehn bis fünfzehn Minuten darauf, die anderen Orte abzusuchen, an denen Rask Briefe oder Zettel versteckt haben könnte. Er suchte das Regal nach Hohlräumen ab, überprüfte, ob der Bodenbelag irgendwo locker war oder ob zwischen Kleiderschrank und Wand etwas sein konnte.

»Nichts«, murmelte er. Schließlich nahm er das kleine Schweizermesser, das er in der Tasche seiner Daunenjacke hatte, schob die Klinge vorsichtig in Rasks Matratze und schnitt sie längs auf. Er klappte den oberen Teil der Matratze hoch und kontrollierte jede Springfeder.

Dann wandte er sich wieder dem Regal zu.

Ein letzter Versuch, dachte er und nahm die Bücher der Reihe nach heraus, hielt sie am Rücken fest und schüttelte sie. Nichts. Als Letztes nahm er das dicke, rote *The Book of the Law*.

Als er begann, durch die dünnen Seiten zu blättern, bemerkte er, wie dick der Umschlag war.

Er setzte sich an den Schreibtisch und legte das Buch vorsichtig vor sich hin, als wäre es die zerbrechlichste Sache der Welt. Er fuhr mit dem Zeigefinger über das vergilbte, alte Papier auf der Innenseite des Buchdeckels. Der Brief lag zwischen dem Papier und dem Karton des Einbands.

Anders Rask musste es irgendwie geschafft haben, das dünne Papier zu lösen und den Brief darunterzuschieben, bevor er es wieder festgeklebt hatte.

Tommy starrte auf den zusammengefalteten Zettel und saß ein paar Sekunden wie versteinert da. Dann faltete er das Blatt mit vorsichtigen Bewegungen auseinander und hielt es ganz am Rand fest, um keine Fingerabdrücke zu zerstören.

Schnell überflog er den Text. Ein nicht datierter Brief. Zierliche Schrift, Füller. Aber wer hatte den Brief geschrieben? Rask selbst? Tommy hielt den Zettel ins Licht der Deckenlampe. Das Papier wirkte ziemlich neu. Er ging rückwärts bis zum Bett und las langsam Wort für Wort.

Wenn du dies liest, bin ich vielleicht bereits tot.
Ich habe immer gewusst, dass du der Auserwählte sein musst.
Wie Jesus sich den Mann ausgesucht hat, der ihn verraten sollte, habe ich damals vielleicht dich ausgesucht.
Die Begabung des Teufels, die ich mein Eigen nenne, wird mein Schicksal besiegeln, du kannst nichts dafür, niemand kann etwas dafür, vielleicht nicht einmal ich selbst?
Eine Gabe ist eine Gabe, das ist nichts, worum du oder ich jemals gebeten haben.
Du hast selbst eine Gabe, mein Junge, bist du dir darüber bewusst?
Aber du hast wie ich niemals darum gebeten.
Wie kein Kind jemals darum gebeten hat, geboren zu werden.
Ach, Kind … warum schreibe ich das?
Als ich klein war, habe ich meine Eltern bedrängt, mir die Zukunft von der Zigeunerin eines Wanderzirkus vorhersagen zu lassen. Ich habe die Handflächen nach oben gedreht, und sie hat sie lange angestarrt und dann meine Hände zusammengelegt. Du brauchst nicht zu bezahlen, hat sie gesagt, und mich dann aus dem Zelt geschickt. Zu meiner Mutter sagte sie, ich sei zu jung für so etwas, zu jung für Prophezeiungen, sie hätte mich gar nicht erst ins Zelt bitten dürfen. Ich war unglücklich, Junge, stell dir das vor, ich war unglücklich, dass diese Zigeunerin mir meine Zukunft nicht vorhersagen wollte.
Von dort, wo ich wohne, sieht das Meer nur schwarz aus, keine Wellen, keine Schaumkronen …
Ich habe die Zeitung zerrissen, als ich ihr Gesicht wiedersah.

Was glaubst du, hat diese Wahrsagerin in meinen Händen gesehen?
Dass alles einen Sinn hat?
Dass ihre Tränen nur die Tränen der Medusa waren?

Wer hatte diese Zeilen geschrieben?

Rask selbst? War das möglich?

Oder hatte jemand das an Rask geschrieben?

Tommy schauderte bei dem Gedanken, dass Rask den Brief dort deponiert hatte, damit er, Tommy, ihn fand? Kannte er Rask womöglich von früher?

Er las den Text noch einmal. *Was glaubst du, hat diese Wahrsagerin in meinen Händen gesehen?*

Eine Frau, dachte er. War das die Handschrift einer Frau?

Er faltete den Brief zusammen und hastete aus Rasks Zelle, als hätte er Angst, darin eingeschlossen zu werden.

Die Wache stand draußen.

»Wo wohnt Arne Furuberget?«

»Keine Ahnung.«

»Bringen Sie mich hier raus.«

In der Sicherheitsschleuse las er den Brief noch einmal.

Von dort, wo ich wohne, sieht das Meer nur schwarz aus.

Jetzt war er sich ganz sicher. Das war die Handschrift einer Frau.

Und Medusa? War nicht auch das eine Frau gewesen?

Er behielt den Brief für sich, zeigte ihn weder dem stellvertretenden Klinikleiter noch dem Mann aus Gjøvik, der noch immer da war. Sollten sie sich doch um den Ausbruch kümmern, der schien sie ohnehin voll und ganz zu beschäftigen.

»Wo wohnt Furuberget?«

Er bekam die Adresse, und der Arzt kritzelte ihm eine Wegbeschreibung auf die Rückseite eines Umschlags. Das Haus schien am äußersten Ende von Skreia am Rand eines Ackers zu liegen.

»Ach, rufen Sie ihn lieber an. Ich muss zurück in die Stadt. Könnten Sie mir einen Umschlag geben?« Er steckte den Brief vorsichtig in den Umschlag.

Draußen vor dem Fenster wurde es bereits dunkel.

»Er antwortet nicht.«

»Versuchen Sie es auf seinem Handy.«

Der Arzt griff zu seinem Handy und suchte Furubergets Mobilnummer heraus.

Dann schüttelte er den Kopf.

»Der schläft bestimmt nur«, sagte Tommy. Er nahm die Zeichnung mit, die der Arzt gemacht hatte, und ging zur Tür.

Im Auto legte er den Brief mit dem Umschlag oben auf die nicht registrierte Waffe ins Handschuhfach.

Der Brief musste von jemandem sein, der Rask von früher kannte.

Ein Name tauchte in seinen Gedanken auf.

Jon-Olav Farberg. Rasks Kollege an der Vetlandsåsen-Schule. Er hatte doch etwas von einer Freundschaft von Rask zu einem gewissen Yngvar gesagt.

Aber Yngvar war keine Frau. Und die Handschrift wirkte schon sehr weiblich.

Tommy Bergmann schnaubte und fuhr nach rechts in Richtung Skreia-Zentrum, bevor er auf die weihnachtlich geschmückte Hauptstraße mit all den Geschäften kam. Nach sieben oder acht Minuten bog er nach links in einen kleinen Weg ein, der durch ein Wäldchen führte. Zwei Häuser lagen für sich allein. Hinter keinem der Fenster brannte Licht. Das linke Haus, nach Angaben des Arztes

Furubergets Haus, lag vollkommen im Dunklen. An dem anderen brannte wenigstens die Außenbeleuchtung.

Er machte das Autoradio aus und schaltete den Motor aus. Alles wurde still und dunkel, während der Wagen lautlos auf dem Neuschnee ausrollte. Tommy trat auf die Bremse, als er zehn bis fünfzehn Meter vom Haus entfernt war. Bei den Nachbarn stand ein verschneites Auto vor der Garage.

Er blieb ein paar Minuten im Auto sitzen und versuchte hinter den Fenstern Bewegungen zu erkennen. Erst in Furubergets Haus, dann bei den Nachbarn. Schließlich öffnete er das Handschuhfach und tastete nach der Raven-Pistole, wobei er das Haus nicht aus den Augen ließ. Als Letztes schaltete er die Scheinwerfer wieder ein.

Ziemlich frische Reifenspuren führten zu Furubergets Haus. Er schaltete die Scheinwerfer wieder aus, öffnete die Autotür und stieg aus. Dann entsicherte er die Waffe und ging aufs Haus zu. Es waren vier Reifenspuren, rechts und links des Weges. Rechts etwas verschneiter als links.

Verdammt, dachte er. Ein Auto war ihm auf dem Weg hierher in diese Einsamkeit entgegengekommen. Er erinnerte sich aber nicht mehr an die Marke. Mit raschen Schritten ging er auf das Haus zu. Die Treppe war so glatt, dass er sich am Geländer festhalten musste, um nicht zu fallen.

Bevor er die Klinke mit dem Ärmel seiner Daunenjacke nach unten drückte, um keine Fingerabdrücke zu verwischen, wartete er ein paar Sekunden.

Die Tür war unverschlossen und öffnete sich mit einem Knirschen.

Er trat vorsichtig mit gezückter Waffe auf den Flur und schaltete das Licht ein.

Pantoffeln ragten aus einer Tür weiter hinten, und eine Blutlache breitete sich langsam in Richtung Küche aus. Der Fußboden schien nicht ganz eben zu sein.

Tommy schob sich dicht an der Wand entlang, sich nach allen Richtungen mit der Waffe absichernd.

Arne Furuberget lag auf dem Bauch, die Füße auf der Türschwelle. Sein zur Seite gedrehter Kopf ruhte im eigenen Blut. Die Kehle war ihm bis zum Ohr aufgeschnitten worden, und der Rücken des Blazers war vom Blut getränkt. Vor ihm auf dem Boden lagen zerbrochene Kaffeetassen, eine silberne Kanne, ein Tablett und Kekse, die Kaffee aufgesogen hatten.

Tommy bückte sich rasch und tastete nach Furubergets Hand. Sie war noch warm.

Verdammt, dachte er wieder. Es musste das Auto gewesen sein, das er gesehen hatte. Aber was war das für ein Modell gewesen? Ein mittelgroßer Pkw, mehr wusste er nicht.

Er ging zurück durch den Flur. Wenn die Frau krank war …, dachte er.

Er öffnete die erste Tür auf der linken Seite, schob sie mit dem Fuß ganz auf und schwang die Pistole in beiden Händen herum. Ein Gästezimmer. Leer.

Die Frau lag im nächsten Zimmer. Auch ihr war die Kehle durchgeschnitten worden, wenn sie auch deutlich schlimmer zugerichtet worden war als ihr Mann. Er brachte es nicht über sich, das Licht anzumachen, ließ aber die Pistole sinken, nahm sein Handy und wählte den Notruf. Nach dem kurzen Gespräch kontaktierte er Fredrik Reuter und erzählte ihm von dem Brief, den er in Rasks Zelle gefunden hatte.

»Streng genommen ist das nicht unser Fall, Tommy. Ich muss mit Svein reden. Er versucht …«

Tommy beendete das Gespräch und zuckte zusammen, als er das Klopfen aus dem Keller hörte. Dreimal.

Er ging zur Treppe, die in den Keller führte, und versuchte sich selbst davon zu überzeugen, dass das bestimmt nur die

Ölheizung war. Dann setzte er sich mitten auf die Treppe und zielte mit der Pistole ins Dunkel.

Als er draußen das Blaulicht rotieren sah, steckte er die Pistole in die Innentasche und nahm einen der bewaffneten Beamten mit in den Keller.

Er war leer. Alle Türen verschlossen.

Oben im Wohnzimmer kam der örtliche Polizist zum gleichen Schluss wie Tommy.

»Der Besuch hat ihn getötet. Der Kaffee war ja wohl nicht für Rask bestimmt.«

Tommy schüttelte den Kopf.

Schließlich kamen auch der Einsatzleiter aus Gjøvik und Furubergets Stellvertreter aus der Klinik.

»Das war Rask«, sagte der Einsatzleiter.

»Hätten Sie für Rask Kaffee gekocht?«, fragte der Ortspolizist. Tommy hätte ihm am liebsten auf die Schulter geklopft.

»In was für einem Auto sind sie geflohen?«, fragte Tommy den Einsatzleiter.

»Ein Nissan Micra.« Der Einsatzleiter versuchte sich an einem Lächeln.

»Mir ist auf dem Weg hierher ein Auto entgegengekommen.«

»Ja?« Er riss die Augen auf.

»Aber das war kein Nissan Micra. Es wurde bereits dunkel, und das Fahrzeug war nicht leicht zu erkennen, aber ich bin mir sicher, dass es kein Micra war.«

»Und was für ein Auto war es dann?«

»Keine Ahnung.« Tommy schnitt eine Grimasse. »Das war unmöglich zu erkennen. Vielleicht ein Ford Focus oder ein Opel Astra, Sie wissen schon, Mittelklasse, glaube ich.«

Der Einsatzleiter öffnete den Mund, sagte dann aber doch nichts.

»Hat Furuberget jemals über einen Brief gesprochen, den Rask bekommen hat?«

Der Stellvertreter schüttelte den Kopf. Er war im Eingangsbereich auf die Knie gesunken.

2

Erst eine Stunde später konnte Tommy Bergmann den Tatort verlassen.

Der Nachmittagsverkehr war dicht, seit er bei Minnesund auf die E6 gefahren war, bewegte er sich in einer endlosen Kolonne vorwärts. Ein Inferno aus weißem Schnee und roten Rücklichtern umgab ihn. Die Landschaft um sich herum konnte er kaum erkennen. Trotzdem kamen ihm die kleine Senke und das Wäldchen bekannt vor. Im Vorbeifahren sah er ein Hinweisschild für das alte Krankenhaus Frensby und fuhr spontan ab.

War das hier?, dachte er und schaltete das Fernlicht ein. Vor ihm lag eine kurvige Landstraße.

Er wusste, dass die alte E6 einen anderen Verlauf gehabt hatte, damals hatte die Straße in der Nähe des Krankenhauses Frensby vorbeigeführt. Hatte nicht Mutter in den ersten Jahren in Tveita dort gearbeitet? Je näher er kam, desto klarer wurde seine Erinnerung.

Nach ein paar Minuten stand er vor dem alten, inzwischen geschlossenen Krankenhaus. Es war wie ein gotisches Monument aus einer Zeit, die er nicht vermisste. Die dunklen Fenster starrten ihn an, als er über den Platz in Richtung Haupteingang ging. Vorsichtig trat er auf die glatte Granittreppe und versuchte, durch das Fenster etwas zu erkennen. Die Lampe eines Notausgangs warf ihr Licht auf den grünen Fußboden. Rechts und links waren Türen zu erkennen.

Vorsichtig legte er die Hand auf die Klinke, aber die Tür war verschlossen. Erleichtert atmete er auf. Er war sich nicht sicher, ob er das Geheimnis, das dieser alte Bau barg, wirklich lüften wollte. Seine Mutter hatte hier gearbeitet, Anfang der Siebziger, da war er sich jetzt sicher.

Aber hatte er hier auch Elisabeth Thorstensen gesehen?

Nein. Er schüttelte den Kopf. Das bildete er sich nur ein.

Er war gerade wieder auf der E6, als sein Handy klingelte.

Er nahm es und warf einen Blick auf die Nummer auf dem Display. Der Anruf kam aus Nordstrand oder Lambertseter. Verdammt, dachte er, das konnte nur Elisabeth Thorstensen sein.

»Werden Sie ihn finden?«, fragte sie, ohne sich vorzustellen.

Tommy fuhr auf die rechte Spur. Er spürte, wie müde er nach der durchwachten Nacht war. Er musste an der Shell-Tankstelle in Kløfta eine Pause machen, einen Kaffee trinken, eine rauchen und ein bisschen frische Luft schnappen.

»Ja«, sagte Tommy.

»Ich habe ein ganz schreckliches Gefühl«, sagte sie. Ihre Stimme klang irgendwie verdreht, seltsam kindlich.

»Wie meinen Sie das?«

»Dass er hierherkommt«, sagte Elisabeth Thorstensen und schwieg dann eine ganze Weile.

»Wollen Sie Polizeischutz, ist es das?«

Sie antwortete nicht.

»Hat er jemals Kontakt zu Ihnen aufgenommen?«

»Nein.«

»Dann kommt er auch nicht.«

»Ich will keinen Polizeischutz, nein, wirklich nicht«, sagte sie mehr zu sich selbst.

»Wollten Sie noch irgendetwas anderes sagen?«, fragte er nach einer Weile. Am liebsten hätte er ihr gesagt, dass es ihm leidtäte, am Tag zuvor so weit gegangen zu sein, tat es aber nicht.

»Das mit dem Verhältnis zu Morten …«, sie unterbrach sich selbst. »Also, ich verstehe nicht, warum das so interessant für Sie ist.«

Für Sie scheint es ja auch immer noch ziemlich interessant zu sein, dachte Tommy und fuhr in Richtung Tankstelle.

»Ich versuche nur, die Löcher zu stopfen, die ich in den alten Ermittlungsunterlagen gefunden habe. Sie dürfen mich gerne einen Pedanten nennen.«

Elisabeth Thorstensen holte tief Luft. »Na dann«, sagte sie beim Ausatmen.

Tommy parkte den Wagen und stieg aus.

Das Dröhnen der E6 war deutlich zu hören. Er ging durch den nassen Schnee zur Rückseite des Gebäudes und zündete sich eine Zigarette an. Hier hatte er mal mit Hege gesessen. Auf dem Rückweg von Rena, wo sie Freunde in ihrem Ferienhaus besucht hatten. Es war einer der schönsten Ausflüge gewesen, die sie gemeinsam unternommen hatten. Es war Sommer, und sie waren glücklich gewesen, beide. So glücklich, wie man nur sein konnte. Und dann hatte sie gesagt, dass sie ein Kind von ihm wollte.

Er starrte in den Himmel. Graue Wolken hetzten über den schwarzen Himmel. Bald würde es noch mehr Schnee geben.

»Ich rufe Sie an, sollte etwas passieren«, sagte er zu Elisabeth Thorstensen.

»Alex ist sein Sohn.«

Er nahm einen tiefen Zug von seiner Zigarette.

»Sein Sohn?«

»Per-Erik ist nicht der Vater von Alex. Morten ist der Vater. Morten Høgda.« Sie verstummte.

Er wartete.

»Ich weiß nicht, warum ich Ihnen das sage. Das hat ja nichts mit Kristiane zu tun. Es ist nur so, dass ich sie seit 1988 verdrängt habe. Und ganz viel anderes auch. Ich kann so aber nicht weitermachen. Auf Lügen kann man kein Leben aufbauen. Verstehen Sie, was ich meine, Tommy?«

Er antwortete nicht.

»Verstehen Sie das?«, fragte sie noch einmal.

»Ja. Ich verstehe«, sagte er so leise, dass seine Worte im Lärm der Autobahn untergingen.

»Nur Sie und eine Freundin wissen das. Und ich will auch, dass das vorläufig unter uns bleibt. Kein Wort zu Per-Erik.«

»Nein, natürlich. Ich kann ihn übrigens nicht erreichen. Er ist in Thailand, sagen seine Kollegen.«

»Das überrascht mich nicht«, erwiderte sie, nicht ohne eine gewisse Kälte in der Stimme. »Thaifrauen stellen keine Ansprüche.«

Er ignorierte ihren Kommentar. »Und sonst weiß niemand, dass Høgda Alex' Vater ist?«

Sie zögerte. »Nein.«

»Nicht mal Morten Høgda selbst?«

Sie antwortete nicht.

»Ich deute das als ein ›doch‹«, sagte Tommy und dachte, dass er es gar nicht mochte, angelogen zu werden. Aber er wollte sie nicht provozieren.

»Und Alex?«

»Nein, Gott bewahre.«

»Ich würde gerne mit Høgda sprechen.«

»Wenn Sie meinen.« Die Antwort kam rasch.

»Haben Sie noch Kontakt? Sind Sie befreundet?«

»Wir reden hin und wieder miteinander. Nicht oft. Er wird vermutlich nicht verstehen, warum Sie das wollen. Sie müssen es nehmen, wie es kommt. Ich kapiere nur nicht, was er mit der Sache zu tun haben soll.«

»Er ist Alex' Vater«, sagte Tommy. »Und er war an dem Abend, an dem Kristiane verschwunden ist, mit Ihnen zusammen. Vielleicht war das ja auch der Abend, an dem sie umgebracht wurde.«

Sie schwieg.

»Erzählen Sie mir ein bisschen mehr über ihn.«

»Er war ein Freund von Per-Erik. Sie haben zusammengearbeitet, waren Geschäftspartner. Eigentlich haben sie alles geteilt. Bevor Morten dann irgendwann die ganze Firma übernahm.«

Sie haben alles geteilt, dachte Tommy. Sogar dich.

»Noch was«, sagte er, »wegen Alexander. Alex ... Ich möchte Sie das ganz direkt fragen. Ist es möglich, dass er damals bei der Vernehmung gelogen hat, als er angab, den ganzen Nachmittag und Abend allein zu Hause gewesen zu sein? Jedenfalls bis zehn, danach will er auf eine Party gegangen sein. Es erinnert sich aber niemand daran, ihn vor Mitternacht dort gesehen zu haben.«

»Ich kann mich nicht mehr daran erinnern«, sagte Elisabeth Thorstensen. »Warum sollte er lügen?«

Verstehen Sie es nicht, oder wollen Sie es nicht verstehen?, dachte Tommy.

»Dann waren Alex und Kristiane fast den ganzen Samstag allein?«

»Ja, ich glaube schon.«

»Kann er sie irgendwo abgeholt oder hingebracht haben? Nach dem Handballtraining?«

»Wie meinen Sie das?«

»Alex behauptet, an dem Samstag, an dem Kristiane verschwunden ist, bis zehn Uhr allein zu Hause gewesen und dann zu dieser Party gefahren zu sein. Da ist er aber nicht vor Mitternacht gesehen worden, wenn wir den Zeugenaussagen angetrunkener Halbwüchsiger denn überhaupt Glauben schenken sollen. Hat er sie öfter mal irgendwohin gefahren? Wie war die Beziehung der beiden?«

»Ich verstehe nicht, worauf Sie hinauswollen.«

»Glauben Sie, dass er etwas zurückhalten könnte, dass er etwas weiß, aber nicht sagen will, vielleicht aus Furcht, in den Fall hineingezogen werden zu können?«

Sie wartete lange mit der Antwort.

Zu lange.

»Nein. Nein, das kann ich mir nicht vorstellen.«

»Wohnt er noch immer in Tromsø?«

Sie schwieg.

»Ich …«, begann sie dann.

»Ja?«

»Ich muss jetzt gehen.«

Als er wieder im Auto saß, nahm er die Plastikmappe mit dem Brief, den Rask bekommen hatte. Er brauchte mehr Zeit, viel mehr Zeit.

Alex war also nicht der Sohn von Per-Erik Thorstensen.

Und wer zum Henker hatte Rask diesen Brief geschrieben?

Eine Frau.

3

Der letzte Mensch, mit dem Susanne Bech in diesem Moment sprechen wollte, war Halgeir Sørvaag. Sie war nach dem Essen für einen Moment in eine vorübergehende Depression abgerutscht. Eine ihrer unzähligen Gemütsschwankungen, mit denen Nicolay, wie er gesagt hatte, nicht mehr leben konnte.

Seit acht Uhr morgens versuchte sie nun schon, die Dokumente systematisch durchzugehen und dabei einen Gedanken nicht außer Acht zu lassen: *Kristiane hatte sich in jemanden verliebt, in den sie sich nicht verlieben durfte.* Vor dem Mittagessen hatte sie es sogar geschafft, in die Redaktion der Aftenposten zu fahren, um im Textarchiv der Zeitung irgendwas über Bjørn-Åge Flatens Versuch zu finden, seine Geschichte zu verkaufen. Nach all den Stunden war sie inzwischen vollkommen ausgebrannt und leer, doch ausgerechnet jetzt stand der verdammte Halgeir-*ich-ziehe-dich-mit-meinen-Blicken-aus*-Sørvaag auf der Türschwelle und scharrte mit den Hufen.

Sie drehte langsam ihren Stuhl und hoffte, dass Sørvaag nicht sah, dass sie geweint hatte. Vor zehn Minuten war sie kurz davor gewesen, Nicolay anzurufen und zu bitten, an Weihnachten nach Hause zu kommen und das Mädchen zu vergessen, mit dem er sich gerade tröstete. Stattdessen war sie dann auf die Toilette gestürmt und hatte so leise wie nur möglich geweint.

»Ja?«, sagte sie und setzte die Lesebrille auf. Vielleicht sah sie dann ja wie eine seriöse Zweiunddreißigjährige aus und nicht wie ein verheulter Teenager, der die Entscheidungen seines Lebens bereute. Anders Rask war ausgebrochen, zwei Wachleute waren tot, der Oberarzt und seine Frau waren erstochen worden, und sie hockte auf dem Klo und weinte, weil sie Nico verlassen hatte und an Weihnachten mit Mathea allein sein würde.

»Hast du Tommy gesehen?«, fragte Sørvaag und klang dabei mürrischer, als er es eigentlich wollte.

Nein, ich habe diesen Sonderling nicht gesehen, dachte Susanne.

Sie schaffte es, den Mund zu halten und nur den Kopf zu schütteln.

Halgeir Sørvaag grunzte etwas und warf ihr einen seltsamen Blick zu.

»Kann ich dir irgendwie helfen?«

Er zuckte mit den Schultern und fingerte an seiner Strickjacke herum, als wäre er ein Schuljunge und kein Mann, der mit Riesenschritten aufs Rentenalter zumarschierte.

»Ach, nur wegen diesem … du erinnerst dich vielleicht …«

An was erinnern?, dachte Susanne. Dass er ihr die Hand auf den Po gelegt hatte, als sie auf dem Sommerfest miteinander getanzt hatten? Oder dass sie anschließend mit Finneland im Bett gelandet war? Verfluchte Männer! Wie leid sie die alle war.

»Das da mit Edel Maria. Und dieser Nut…« Sørvaag hielt sich selbst zurück. Susannes Augen verengten sich zu Schlitzen. Wenn er das arme litauische Mädchen als Nutte bezeichnete, würde sie aufstehen und ihm eine knallen, auch wenn sie dann ihren Job verlor.

»Was ist mit ihr?«

»Das Mädchen hat ja eigentlich nur eine verständliche Sache gesagt. Und das war Maria. Erinnerst du dich, dass ich gesagt habe, diesen Namen schon mal gehört zu haben?«

Ich erinnere mich auf jeden Fall, wie Reuter dich zusammengefaltet hat, dachte Susanne.

»Ja.«

»Ich wusste, dass der alte Lorentzen, mein erster Chef, vor vielen Jahren mal über einen Fall gesprochen hat, an dem er an seinem vorigen Dienstort irgendwo im Norden gearbeitet hatte. Und da war dieser Name aufgetaucht. Edel Maria.«

»Du bist noch immer davon überzeugt?« Susanne nahm die Brille ab, all ihre Gedanken über ihr einsames Weihnachten allein mit Mathea waren mit einem Mal wie weggewischt. Sørvaag war, gelinde gesagt, nicht ihr Favorit, aber dumm war er nicht.

»Wo hat Lorentzen gearbeitet?«

»Es ist sicher ein Zufall.«

»Einen Versuch wäre es wert.«

»Das Problem ist, dass seine Personalmappe zerstört ist. Und dass er tot ist, und seine Frau auch.«

»Ja, aber dann probier doch mal, andere zu finden, die mit ihm zusammengearbeitet haben, oder seine Kinder, irgendwen, der dir sagen kann, wo er gearbeitet hat.«

Sørvaag nickte.

»Er hat das nur mir erzählt, es ging um ein junges Mädchen, das irgendwo da oben im Norden gefunden worden ist. Nach Monaten. Laut Obduktionsbericht war sie äußerst schlimm zugerichtet und dann auch noch von Tieren angenagt worden. Sie hieß Edel Maria, ich bin mir jetzt ganz sicher.«

Sein Handy klingelte.

»Aber das ist bestimmt nur ein Zufall«, sagte er noch einmal und verschwand über den Flur.

Das ist verdammt noch mal kein Zufall, dachte Susanne und suchte die Nummer des Kriminalamts heraus.

»Ob wir eine Übersicht über alle Ermordeten in den sechziger Jahren haben? In Nordnorwegen?« Der Mann am anderen Ende lachte sarkastisch. »Nein, so ein System ist noch nicht mal erfunden. Die Fälle sind bestimmt da archiviert worden, wo sie passiert sind. Allenfalls sind die da oben im Norden im Staatsarchiv. Sollten die Akten denn noch existieren. Es tut mir leid, ich kriege gerade einen Anruf auf der anderen Leitung.«

Sie wurde in die Warteschleife geschoben.

Es war beinahe halb fünf.

In Gedanken sah sie Mathea bäuchlings auf der Kindergartenrutsche liegen, während nicht weit entfernt eine dunkel gekleidete Gestalt stand und sie beobachtete. Sie legte auf. Ihr Kind war deutlich wichtiger, als auf einen Mann zu warten, der sich doch nur über sie lustig machte.

Sie hatte gerade die Daunenjacke vom Haken genommen, als ihr Handy klingelte.

»Du musst nach Malmøya fahren«, sagte Tommy, ohne sie zu begrüßen.

»Dir auch einen guten Tag. Probleme?«

»Und wie. Mir ist der Wagen mit dem- oder derjenigen entgegengekommen, der Furuberget umgebracht hat. Aber meinst du, ich erinnere mich, was das für ein Auto war? Ich weiß nur noch, was es sicher nicht war.«

»Blöd«, sagte Susanne. Sie war bereits auf der Treppe nach unten, auf den Fahrstuhl hatte sie nicht warten wollen. Mit etwas Glück schaffte sie es zum Kindergarten, bevor er schloss.

»Egal. Furuberget hat nach einem Brief gesucht, den Rask bekommen hat. Es gibt da eine Verbindung, verstehst du?«

Susanne schüttelte den Kopf. »Tommy …«

»Ich glaube, Furuberget wurde von jemandem getötet, den er von früher kannte. Er war dabei, Kaffee zu servieren, als er ermordet wurde, verstehst du? Vielleicht von der Person, die den Brief geschrieben hat. Und ich glaube, dass es sich dabei um eine Frau handelt. Das verwirrt mich.«

»Ich verstehe nichts«, sagte Susanne.

Sie hastete über den Grønlandsleiret und hielt in dem Chaos aus Weihnachtsbeleuchtung, Tandoorirestaurants, Weihnachtsmännern und verschleierten Frauen nach einem Taxi Ausschau. Tommy erzählte von dem Brief, nach dem Furuberget gesucht hatte. Dem Brief von einer Frau. Medusas Tränen.

»Jon-Olav Farberg ist der Einzige, von dem wir wissen, dass er Rask kannte. Ich glaube, dass er mit irgendwas hinter dem Berg hält. Lies den Bericht, fahr zu ihm raus, und bilde dir eine eigene Meinung.«

Susanne hatte das Protokoll des ersten Gesprächs mit Farberg bereits gelesen. Sie wusste genau, was Tommy meinte. Rasks Freund Yngvar, wer sollte das sein? Wenn Farberg A sagte, musste er auch B sagen.

»Ich glaube, dass dieser Brief an Rask von einer Frau stammt. Und ich glaube, er ist auf dem Weg zu ihr. Klär das mit Farberg. Ich muss heute Abend noch mit jemand anderem reden. Es eilt.«

»Okay, dann besorg ich mir einen Babysitter.«

Er seufzte am anderen Ende, als hätte er vergessen, dass sie ein Kind hatte.

Der wird mich niemals für eine feste Stelle empfehlen, dachte sie. Wenn ich das jetzt nicht hinkriege, ist die Sache gelaufen.

»Es kann aber Abend werden.«

»Du musst dich auf jeden Fall heute noch darum kümmern. Fühl ihm auf den Zahn, du bist gut in so was. Lies noch mal das Protokoll, das ich nach meinem Gespräch mit ihm in Lysaker geschrieben habe. Da steht auch seine

Nummer. Frag ihn nach Rask. Nutz das als Einstieg. Er kennt Rask. Rask ist ausgebrochen. Klar so weit?«

Sie erreichte Torvald beim ersten Versuch. Er hatte noch einen Termin und konnte Mathea so kurzfristig nicht abholen, auch wenn er nur ein paar Schritte vom Kindergarten entfernt arbeitete. Aber abends könne er natürlich wieder auf sie aufpassen. Wäre Mathea zwei Jahre jünger, hätte sie bestimmt geglaubt, der schwule Nachbar sei ihr Vater.

Susanne spürte, wie es ihr kalt den Rücken herunterlief. Sie musste erst noch das blöde Protokoll ausdrucken. Und Mathea würde dann draußen vor dem Kindergarten in Begleitung einer angenervten Erzieherin warten.

Sie blieb auf dem Bürgersteig stehen und wählte Tommys Nummer.

»Warum …«, begann sie, aber sein Anschluss war besetzt.

Warum kannst du nicht dahin fahren, warum muss ich das unbedingt machen?, dachte sie.

Sie ging den gleichen Weg zurück, den sie genommen hatte. Das Präsidium schimmerte wie ein Eisschloss durch die Bäume im Park, als wäre sie auf dem Weg zur Schneekönigin aus Andersens Märchen.

Die Schneekönigin.

Die böse Hexe.

Eine Frau hatte Rask einen Brief geschrieben, meinte Tommy. *Medusas Tränen*?

Susanne schaltete den Computer ein und sah auf die Uhr. Dann rief sie die Taxizentrale an und bestellte für zehn vor fünf einen Wagen. Das musste reichen. Sie tippte »Medusa« ins Suchfeld und überflog den Text.

Ein Monster aus der griechischen Mythologie. Lebende Giftschlangen als Haare. Wenn man ihr direkt in die Augen sah, erstarrte man zu Stein. Medusa war ursprünglich eine bezaubernde junge Frau, »der Traum vieler Freier«, doch als sie von Poseidon, dem Herrn der Meere, in Athenes eigenem Tempel gefangen und vergewaltigt wurde, verwandelte die wütende Athene ihre Haare in Schlangen und verfluchte ihr Gesicht, so dass niemand sie mehr ansehen konnte, ohne zu Stein zu werden.

»Was soll das denn?«, murmelte Susanne vor sich hin.

Edel Maria. Medusa.

Nein. Lieber las sie das Protokoll, das Tommy von seinem Gespräch mit Farberg geschrieben hatte.

4

In den Medien gab es kaum ein anderes Thema als den Ausbruch von Rask und Jensrud. Tommy stellte auf seinem alten Blaupunktradio den staatlichen Sender NRK ein. Die Hauptverantwortung für den Fall hatte noch immer der Bezirk Vestoppland, was Tommy nur recht war. Auch die Macht von Oberstaatsanwalt Finneland schien begrenzt zu sein. Die Stimme des Nachrichtensprechers vermeldete, was schon Fredrik Reuter auf Tommys Anrufbeantworter zum Besten gegeben hatte, während er bei Flatanger im Kriminalamt gewesen war: Der Nissan Micra, den sie bei ihrem Ausbruch aus Ringvoll benutzt hatten, war ausgebrannt in der Gemeinde Sørum gefunden worden. Vermutlich hatte die Frau, die jetzt als Rasks Geliebte bezeichnet wurde – eine der weiblichen Angestellten in Ringvoll –, dort einen anderen Wagen bereitgestellt. Aber solange sie hartnäckig leugnete, den beiden Ausbrechern auch noch mit einem weiteren Wagen geholfen zu haben, konnten Rask und Jensrud ihre Flucht in einem unbekannten Fahrzeug fortsetzen. Der Pressesprecher der Polizei stand jetzt natürlich vor dem Dilemma, keine Panik zu verbreiten, dem Publikum aber trotzdem klarzumachen, dass Rask und Jensrud lebensgefährlich und möglicherweise bewaffnet waren. Der Polizeichef von Vestoppland hatte deshalb keine andere Wahl, als die Bevölkerung der ganzen Region Østland zur Vorsicht aufzurufen und zu bitten, Unbekannten nicht die Tür zu öffnen.

Genial, dachte Tommy. Anderthalb Millionen Menschen sollten anderen jetzt also nicht mehr die Tür aufmachen. Er parkte im Munkedamsveien und nahm die Raven-Pistole aus dem Handschuhfach. Sollten Anders Rask und sein Kompagnon auf die Idee kommen, ihn aufzusuchen, würde er sie beide ins Jenseits befördern.

Ein Gedanke nagte an ihm, als er Richtung Aker Brygge ging. Anders Rask konnte überhaupt nicht in seiner Wohnung gewesen sein, auf jeden Fall nicht im Keller. Er musste den drogenabhängigen Sohn seiner Nachbarin finden, andererseits war er sich sicher, dass weder er noch einer seiner Kumpel bei ihm eingebrochen hatte, denn die hätten mitgenommen, was auch nur ansatzweise von Wert war. Ganz sicher die Weinflaschen und das Silberzeug, das Hege dagelassen hatte. Wer auch immer bei ihm im Keller gewesen war, hatte nach etwas anderem gesucht. Vielleicht wollte er ihm auch nur einen Schrecken einjagen. In diesem Fall war ihm das wirklich gelungen. Tommy mochte keine Feinde, die er nicht sehen konnte.

Er ärgerte sich über sich selbst, als er im Aufzug stand und zur obersten Etage des Gebäudes in der noblen Hafenpromenade hinauffuhr. Er tastete nach der Pistole und versicherte sich, dass er den Reißverschluss der Tasche zugezogen hatte.

Morten Høgda machte ihm selbst die Tür auf. Tommy empfand dem Mann gegenüber eine spontane Abneigung. Je reicher, desto gieriger, dachte er.

Auf dem Weg über den Flur fielen Tommy die Bilder auf, die an den Wänden hingen. Er hatte nicht die Zeit, die Motive zu studieren, und sah nur wahllos wirkende, pastellfarbene Pinselstriche. Høgda führte ihn ins Wohnzimmer, wenn man den Raum denn überhaupt als solches bezeichnen konnte. Er war mindestens so groß wie Tommys komplette Wohnung.

»Sie könnten hier ablegen«, sagte Høgda herablassend und zeigte auf einen Garderobenständer, sicher von irgendeinem Designer entworfen, dessen Namen Tommy nicht kannte.

Er musste im Stillen lächeln. Høgdas antrainierter Østlandsdialekt klang nicht gerade glaubhaft. Aber zu einer der teuersten Wohnungen der Stadt hatte er es gebracht, das musste man ihm lassen.

Das Wohnzimmer bot Aussicht auf das Rathaus, die Festung Akershus, den Bunnefjord und die Halbinsel Nesodden. Das Postkartenpanorama mit all den funkelnden Lichtern tat für einen Moment seine Wirkung. Tommy blieb reglos stehen und betrachtete den Anblick durch die riesigen Fensterscheiben.

»Wollen Sie was trinken?«

Morten Høgda stand hinten an einer offenen Küche.

Alles war geleckt und aufgeräumt. Bestimmt kam bei ihm zweimal pro Tag die Putzfrau, und abends ging er vermutlich essen.

»Whisky, Cognac oder etwas Alkoholfreies?«

»Eine Cola wäre nett.«

»Wird gemacht.« Morten Høgda schien seine anfängliche Ablehnung aufzugeben und sich stattdessen Mühe zu geben. Du führst mich nicht hinters Licht, dachte Tommy. Entweder hat man die entspannte Selbstsicherheit, die einem ökonomische Sicherheit, Bildung und ein Elternhaus mit der richtigen Postleitzahl geben, oder man hat sie nicht. Das war mit Geld nicht zu kaufen. Die Scham über die bescheidene Herkunft war die Schwäche aller Neureichen. Tommy wusste, dass Morten Høgda ein einfacher Fischersohn war, der sein erstes Geld mit dem Ausnehmen von Dorschen verdient hatte. Es wäre klug, er würde das einsehen und Schluss mit den antrainierten Faxen machen.

»Sie kommen doch aus Nordnorwegen. Woher genau?«, fragte Tommy, als Høgda die Gläser auf den Couchtisch stellte.

»Kvænangen.« Die Antwort kam etwas widerwillig.

»Aha«, sagte Tommy lächelnd.

Morten Høgda saß auf dem Sofa und schien irgendwie den Hals einzuziehen, als er einen Schluck aus seinem kristallenen Whiskyglas nahm. Da hatte er sein ganzes Leben alles darangesetzt, sich so fein wie möglich zu präsentieren, handgenähte Schuhe zu tragen und Hosen mit messerscharfen Bügelfalten, und dann kam dieser dahergelaufene Asoziale und fragte als Erstes, aus welchem Fischerdorf er stammte. Tommy Bergmann musste fast über sich lachen und überlegte einen Augenblick, ob er nicht einräumen sollte, dass auch seine Mutter aus Nordnorwegen stammte, um eine persönliche Beziehung aufzubauen und Høgda zu zeigen, dass sie so unterschiedlich gar nicht waren. Schließlich entschied er sich aber, damit erst einmal zu warten.

»Elisabeth hat mir erzählt, dass Sie wissen ...« Morten Høgda starrte abwesend in sein Glas. Es war bereits leer.

»Ich muss nur ein paar Löcher in den bisherigen Ermittlungen stopfen. Hatten Sie engen Kontakt zu Per-Erik und Elisabeth?«

»Um ehrlich zu sein, Bergmann …« Høgda holte die Whiskyflasche und goss sein Glas noch einmal halbvoll, »verstehe ich nicht recht, warum Sie mit mir reden wollen. Ja, wir hatten über viele Jahre eine Beziehung, hinter dem Rücken eines meiner besten Freunde, Per-Erik. Und ja, ich bin der Vater von Alex. Er weiß es selber nicht, und auch ich hatte jahrelang keine Ahnung davon. Ich verstehe aber nicht, was das mit Kristiane zu tun hat. Sie war Per-Eriks Tochter, und die Götter können bezeugen, wie sehr er dieses Mädchen geliebt hat. Sie war sein Ein und Alles, Bergmann.«

Tommy musste nachdenken. Høgda schien nicht feige zu sein, das war klar. Er sah Tommy mit ernster Miene direkt an. Seine Augen waren grün, fast türkis, und für einen Moment musste Tommy an Heges Augen denken. Høgdas leicht feminine Züge hatten ihm in seinen jüngeren Jahren bestimmt bei den Damen geholfen. Inzwischen wirkte sein Gesicht müde und etwas abgelebt, er war über sechzig, bekam aber bestimmt trotzdem noch die Frauen, die er wollte. Und wenn nicht, dann nahm er sie sich wohl einfach.

»Wie gesagt«, erwiderte Tommy. »Wir müssen nicht lange reden. Ich will nur ein paar offene Fragen klären. Rask hat die Wiederaufnahme des Verfahrens beantragt, das wissen Sie, und jetzt ist er ausgebrochen …«

»Das ist wirklich unglaublich«, sagte Morten Høgda. »Wenn Sie ihn finden, können Sie ihn von mir aus einfach erschießen. Um es klar zu sagen, ich hoffe, dass diese beiden Widerstand leisten, dann könnte man endlich einmal kurzen Prozess machen.« Er nahm einen großen Schluck Whisky.

»Na ja. Zurück zur Frage, Sie waren also ein Freund der Familie?«

»Definitiv. Sowohl ich als auch meine erste Frau, und später dann meine zweite.«

»Auch noch nach Kristianes Geburt?«

»Ja, Bergmann, bis zu ihrem Tod. Bis Per-Erik mich in einer Sonntagnacht angerufen und mir erzählt hat, dass sie gefunden worden war. Ich habe nie wieder einen erwachsenen Mann so weinen gehört. Es war eine doppelte Tragödie, er hatte sich Elisabeth gegenüber jahrelang wie ein Schwein verhalten, sich dann aber große Mühe gegeben, und zwar ernsthaft. Und ausgerechnet da wird sein Augenstern getötet. Ich dachte wirklich, er würde sich das Leben nehmen. Aber da wusste ich noch nichts davon, dass Elisabeth das schon versucht hatte.«

Er suchte nach Tommys Blick, vielleicht wusste Høgda, dass Tommy es gewesen war, der die Blutung an Elisabeth Thorstensens Handgelenk gestoppt hatte.

»Sie waren also an dem Abend zusammen, an dem Kristiane verschwunden ist?«

»Von etwa zwei Uhr nachmittags bis um elf Uhr am nächsten Tag.«

»Die ganze Zeit?«

Er nickte.

»Was haben Sie gemacht?«

Høgda schnaubte.

»Vermutlich haben wir gemacht, was Menschen machen, die untreu sind, wir haben wohl versucht, uns die Seele aus dem Leib zu vögeln.«

Tommy sagte nichts.

»Ich war nur einer in einer endlosen Reihe von Männern. Über Jahre hinweg konnte Elisabeth haben, wen sie wollte. Das war sicher eine Art Trost für sie. Per-Erik war kein Engel.«

Høgda sah aus, als befände er sich an einem anderen Ort, weit in der Vergangenheit.

»Sie kannten Kristiane gut?«

Morten Høgda leerte seinen Whisky und starrte eine Weile ins Glas, als stünde die Antwort irgendwo dort unten.

»Und was meinen Sie damit, Bergmann?« Høgdas fast türkise Augen, die Tommy noch einmal an Hege erinnerten, verengten sich zu schmalen Schlitzen.

»Ich brauche nur die Einschätzung eines Außenstehenden über das Mädchen. Jemanden, der die Dinge etwas von außen sieht, dabei die Familie aber kennt. Ich versuche, mir einen Eindruck von Kristiane zu verschaffen.«

»Und wofür soll das gut sein, so viele Jahre danach? Macht sie das etwa wieder lebendig? Oder glauben Sie, dass das Elisabeth hilft, in den letzten Jahren hier auf Erden noch einmal Ruhe zu finden?«

Morten Høgda goss sich noch ein Glas Bushmills ein und verließ damit die Sitzgruppe, ohne etwas zu sagen. Tommy starrte auf seine Hände, das kleine Notizbuch, die leere Seite, den Stift auf dem Glastisch.

Das Geräusch einer Schiebetür, die geöffnet wurde, durchbrach die Stille.

Dann setzte ein anderes, leises Geräusch ein, wie aus unsichtbaren Lautsprechern. Eine Oper, die er schon einmal gehört hatte. Ein Tenor.

Kalte Luft zog über den Fußboden, dann roch es nach Zigarettenrauch. Tommy ging zum Eingangsbereich der weitläufigen Wohnung, um auch seine Zigaretten zu holen. Im Flur blieb er stehen und betrachtete eine der Grafiken. Eine Fotografie, übermalt mit Pastellfarben. Jetzt, da er sich Zeit nahm, erkannte er auch, was sie darstellte: Auf einem Bild hing eine junge Asiatin, vermutlich Japanerin, von der Decke eines dunklen Raums, mit einem Seil an den Handgelenken gefesselt. Möglicherweise war der Körper von blauen Flecken übersät, das war durch die rote Pastellfarbe nicht mehr zu erkennen, die sich in drei Pinselstrichen über das Foto zog.

Tommy wurde übel. Auch einige der anderen Fotografien zeigten gefesselte, erniedrigte Frauen. Schwarzweißfotos mit farbigen Strichen übermalt. Gelb, rosa, grün.

Er versuchte die Bilder von seiner Netzhaut zu verdrängen und trat zu Morten Høgda auf die Terrasse. Der Schnee fiel jetzt wieder dichter, man konnte kaum noch bis zur Akershus-Festung hinübersehen. Er war noch immer etwas benommen von der gelinde gesagt bizarren Sammlung. Kunst war das ja wohl kaum. Dafür erinnerte es ihn zu sehr an etwas anderes. An ihn selbst.

»Interessante Bilder haben Sie da an den Wänden.«

»Die sind schön, nicht wahr?«, sagte Morten Høgda leise. Er schien kaum registriert zu haben, dass Tommy auf die Terrasse getreten war. »Akira Nobioki. Ich habe ein kleines Vermögen dafür bezahlt.«

»Sie haben wohl nicht so häufig Besuch von Ihren Enkeln?«, fragte Tommy.

»Ich habe nicht viel Besuch, ich bin nicht so begeistert von Menschen, und ich habe keine Kinder«, sagte Morten Høgda.

»Sie haben Alex.«

Er lachte leise.

»Die Bilder stehen für sich selbst. Nobioki hat eine ganz eigene Ästhetik.«

»Neigen Sie zu so etwas?«, fragte Tommy. »Zu Misshandlungen?«

Morten Høgda verzog das Gesicht. »Nennen Sie es Misshandlung, wenn Sie wollen. Sie sind wohl kein Liberaler? Das ist Kunst, Bergmann, Kunst.«

Tommy zündete sich eine Zigarette an und lachte leise. Er dachte, dass er gehen sollte, aber dafür war es jetzt zu spät. Diese Freude wollte er Høgda nicht machen. Sie blieben stehen und rauchten schweigend. Aus der Stadt drang kaum ein Laut zu ihnen nach oben, nur das leise Brummen einer Nesoddenfähre war durch die Musik zu hören. Die Oper hörte sich wieder bekannt an. Tommy wusste, dass er diese Musik schon irgendwo gehört hatte. Morten Høgda schien zu bemerken, dass Tommy über die Musik nachgrübelte. Er drückte seine Zigarette aus und nahm eine neue aus der Schachtel, die auf dem Teakholztisch lag.

»Warum ist Iago so schlecht?«, fragte Høgda und zündete sich die Zigarette an. »Sie als Polizist sollten das doch wissen.«

Othello, dachte Tommy. Das war Verdis *Othello.* Wo hatte er die Oper schon gehört? Wieder sah er sich auf dem Flur in Ringvoll stehen und den Blick eines Patienten erwidern. Ein Glas war zu Boden gefallen, daran erinnerte er sich, und an den durchdringenden Schrei. Ich muss das als Kind erlebt haben, dachte er plötzlich ganz klar. Aber wo?

Dann wusste er auf einmal, wo er die Musik gehört hatte. Ihr alter Nachbar in Tveita hatte so etwas gehört. Er war einer der wenigen Männer, dem seine Mutter vertraut hatte.

Morten Høgda räusperte sich. »Warum hat Iago so eine Freude daran, Othellos Leben zu zerstören? Warum nutzen manche Menschen das blinde Vertrauen der anderen so verflucht bewusst aus, Bergmann?«

»Das weiß ich nicht.« Tommy erinnerte sich kaum an die Handlung.

Er dachte, dass er noch einmal zu Høgda zurückkommen musste. Er wollte sich die alten Vergewaltigungsanzeigen persönlich anschauen, doch ihn jetzt damit unter Druck zu setzen wäre idiotisch.

»Kristiane war ein tolles Mädchen«, sagte Morten Høgda. »Was soll ich sonst sagen? Sie hatte alle Chancen, alle Karrieremöglichkeiten standen ihr offen, und sie konnte kriegen, wen sie wollte. Genau wie ihre Mutter.«

Tommy nickte.

»Und was ist mit Alex?«

Ihre Blicke begegneten sich.

Høgda sah weg. »Was ist mit ihm?«

»Haben Sie Kontakt zu ihm?«

Er schüttelte den Kopf.

»Er weiß, dass Sie sein Vater sind«, behauptete Tommy freiheraus.

»Was hat das damit zu tun?«, fragte Morten Høgda, ohne eine Miene zu verziehen.

»Nichts.« Es zeigt nur, dass Elisabeth Thorstensen mich angelogen hat, dachte er.

»Okay, er weiß es, wir haben uns ein paarmal getroffen.«

»Ich mag es nicht, wenn Menschen mich anlügen.«

»Das war dumm«, räumte Høgda ein. Tommy war sich sicher, dass der Mann etwas zurückhielt.

»Hat Elisabeth Sie gebeten zu lügen?«

»Nein.«

Tommy ging nicht weiter darauf ein, obwohl er Høgda nicht glaubte.

Sie gingen wieder hinein und blieben in der Halle vor einem großen, modernistischen Gemälde stehen.

»Mein Boot«, sagte Høgda. Das Gemälde zeigte ein Küstenörtchen. Das Boot lag ein Stück vom Ufer entfernt. Tommy erkannte gerade mal die Signatur des Künstlers in der unteren linken Ecke. Hvasser 1987.

Dann gingen sie wieder an den bizarren Bildern vorbei. Gefesselte, misshandelte Frauen. Tommy dachte, dass es der Gedanke an Elisabeth Thorstensen war, der ihm diese Bilder so unerträglich machte. Mochte sie so etwas?, fragte er sich gequält.

Morten Høgda verabschiedete ihn mit einem festen Händedruck. Er legte sogar noch seine andere Hand auf

Tommys Hand, als wären sie gute Freunde. Seine Hände waren groß mit gepflegten Nägeln, die Haut war weich wie bei einer Frau.

»Rufen Sie mich an, wenn Sie glauben, dass ich Ihnen noch weiterhelfen kann. Und finden Sie diese beiden Wahnsinnigen!«

Tommy ging durch Aker Brygge und zog sich die Kapuze seiner Daunenjacke über den Kopf.

Eine ganze Weile blieb er stehen und sah vom Land aus zur Nesoddenfähre hinüber. Die funkelnden Lichter verschwanden im Schneegestöber.

Das Gefühl, irgendwie in die Irre geführt worden zu sein, erfüllte ihn langsam. War er kurz vor dem Ziel getäuscht worden?

Er hatte Høgda verabscheut, als er die Wohnung betreten hatte, ihn aber gemocht, als er wieder gegangen war. Und dabei fast vergessen, dass er wegen Vergewaltigung angezeigt worden war und ein regelmäßiger Gast des Straßenstrichs sein sollte.

Auf irgendetwas, was Høgda gesagt oder getan hatte, musste er unmittelbar reagiert haben.

Als er den Zündschlüssel umdrehte, fühlte sich alles wie ein Traum an. Er streckte seinen Arm nach Høgda aus, lief hinter ihm her, wusste aber, dass er ihn nie erreichen würde.

Erst in der Tiefgarage des Präsidiums wurde ihm alles klar.

Morten Høgda hatte seit den späten Siebzigern ein Ferienhaus in Hvasser.

Und um nach Hvasser zu kommen, musste man durch welche Stadt fahren?

Tønsberg.

Das erste der Mädchen stammte aus Tønsberg.

5

Sie wusste nicht, wie oft Torvald, der im selben Haus einen Stock unter ihr wohnte, sie schon gerettet hatte. Susanne schlich sich vorsichtig aus Matheas Zimmer und spürte die Wärme der Kleinen noch in ihrem Pullover. Torvald hatte in den letzten Minuten am Türrahmen gelehnt und zugesehen, wie sie ihre Tochter in den Schlaf gewiegt hatte. Susanne streichelte ihm über die Wange.

»Weißt du eigentlich, dass ich manchmal davon träume, dass du hetero bist?«, flüsterte sie.

Er war bildhübsch und genauso alt wie sie. Nur schade, dass der Herrgott entschieden hatte, dass er für die Frauen dieser Welt verloren war.

»Du willst doch wohl nicht in den Klamotten zu einem Date?«, fragte er, als sie einen alten Wollpullover überzog.

»Kein Date«, sagte sie und umarmte ihn.

»Mein Gott, was für ein spannendes Leben du führst.«

»Ich hab dir doch gesagt, dass ich arbeiten muss, Torvald.«

Er schüttelte den Kopf.

Sie legte sich die Daunenjacke über den Arm und verschwand über die Treppe nach unten. Die Messingleisten am Rand jeder Stufe ließen sie an das Haus im Frognerveien denken, obwohl sie nie dort gewesen war, sondern nur die Tatortfotos gesehen hatte.

Der Täter musste wie sie gegangen sein. Ruhig und gesammelt. Nicht so, als hätte er gerade erst jemanden abgeschlachtet. Was ging in dem Kopf eines solchen Mannes vor? Wenn es denn ein Mann war?

Vergewaltigt von Poseidon. Die Schuld auf sich genommen.

Auf der kurzen Taxifahrt versuchte sie, den Brief zu lesen, den Tommy bei Rask gefunden hatte. Er hatte ihn ihr durchs Telefon diktiert, und sie hatte ihn auf die Rückseite einer alten Elle geschrieben, über das Gesicht eines Lancôme-Models.

Ein Wanderzirkus. Eine Zigeunerin. Du hast selbst eine Gabe.

Von dort, wo ich wohne, sieht das Meer nur schwarz aus.

Tommy war sich sicher, dass eine Frau diesen Brief geschrieben hatte.

Susanne schüttelte den Kopf und schnaubte. Eine Frau, warum eine Frau?

Als das Taxi langsam über die Brücke nach Ormøya fuhr, dachte sie, dass man hier draußen auf den griechischen Inseln der Stadt ein gutes Leben führen konnte.

»Hier würde es mir auch gefallen«, sagte sie zu sich selbst, als das Taxi vor dem Haus von Jon-Olav Farberg hielt.

Sie warf sich die teure Handtasche, die Nico ihr im letzten Jahr zu Weihnachten geschenkt hatte, über die Schulter und sah das Taxi verschwinden. Mit einem Mal fühlte sie sich total verlassen. Sie war nur ein paar Kilometer von ihrer eigenen Wohnung und Mathea entfernt, fürchtete aber trotzdem, sie möglicherweise nie wiederzusehen.

Der Mond war durch die Wolkendecke gebrochen und warf sein fahles Licht auf die Wasserfläche vor der alten Villa.

Susanne blieb auf dem Kies des Vorplatzes stehen und versicherte sich, dass die Plastikmappe mit der Kopie des Briefes an Rask in ihrer Tasche steckte.

Leise drang das Klingeln bis zu ihr nach draußen. Ansonsten hörte sie nur das Plätschern der Wellen. Sie legte das Ohr an die Tür und sah auf die Uhr. Es war erst zehn vor neun.

Vorsichtige Schritte näherten sich. Dann war eine Frauenstimme zu hören. Ein mürrisches Murmeln, als verachtete sie es, dass jemand so spät noch klingeln konnte.

Die Frau, die die Tür öffnete, schien über Susannes Anblick geradezu entsetzt zu sein, und daran änderte sich auch nichts, als sie ihren Dienstausweis hochhielt und fragte, ob Jon-Olav Farberg zu Hause sei.

»Was hat er denn getan?«, fragte die Frau leise. Ihre dicken, grauen Haare waren in einem Knoten auf dem Kopf gebändigt. Susanne versuchte die Frau irgendwie einzuordnen. Lehrerin, oder vielleicht Künstlerin, mit eigenem Atelier im Haus.

Die Tür des Windfangs war geschlossen, aber durch das Türglas konnte sie in den Flur sehen.

Susanne schüttelte den Kopf.

»Nichts. Im Gegenteil. Wir haben die Hoffnung, dass er uns bei einem Fall helfen kann.« Susanne versuchte so freundlich wie nur möglich zu lächeln.

»Tut mir leid, ich war nur so überrascht«, sagte die Frau, erwiderte das Lächeln und stellte sich als Birgit Farberg vor.

»Jon-Olav ist unter der Dusche. Er war gerade joggen.«

»Ich kann warten.«

»Ich werde ihm Bescheid geben.« Die Frau sah auf ihre exklusive Armbanduhr. »Aber dann muss ich wirklich die Nachrichten sehen. Diese Sache mit dem Ausbruch … schrecklich. Wenn so Leute da draußen rumrennen, wage ich es ja kaum mehr, vor die Tür zu gehen. Was, wenn Rask hierherkommt? Jon-Olav hat ja mal mit ihm zusammengearbeitet.«

Sie führte Susanne durch die Diele in eine Art Bibliothek. Direkt vor den Fenstern lag der Fjord.

Dann hörte Susanne schnelle Schritte von oben über die Treppe nach unten kommen. Der Fernseher wurde lauter gestellt, als die Nachrichten auf TV2 begannen. Das Fernsehzimmer musste nebenan liegen. Die erste Meldung war natürlich der Ausbruch von Anders Rask und seinem Mitgefangenen. Der Nachrichtensprecher gab sich alle Mühe, dramatisch zu klingen, was man ihm nicht verübeln konnte, schließlich hatten zwei der gestörtesten Männer des Landes zwei Wachen getötet und waren jetzt irgendwo im Land unterwegs.

Susanne versuchte das Gefühl zu verdrängen, dass Rask wusste, wer sie war. Dass Tommy etwas über sie gesagt hatte. Und dass die beiden jetzt in diesem Augenblick auf dem Weg zu Mathea waren.

Wie sie die Verletzbarkeit hasste, die sie spürte, seit ihre Tochter auf der Welt war. Es war, als hätte sie eine feine Lage winziger Nadeln auf der Haut. Sollte Mathea irgendwann einmal etwas zustoßen, würden sich all diese Nadeln langsam in ihre Haut pressen und sie schmerzhaft verbluten lassen.

Sie stand aus dem Ohrensessel auf, ging im Zimmer auf und ab und trat ans Regal. Als alter Lehrer hatte Farberg mehr als genug Bücher.

Zwischen zwei Regalen hing eine Serie älterer Lithographien oder Radierungen. Susanne erkannte zwei Zorn-Motive, formvollendete nackte Frauen in Schwarzweiß. Links davon hing ein altes Schwarzweißfoto. Ein fast kahler Mann mit mächtigem, langem Bart starrte auf einen Punkt seitlich des Fotografen. In Susannes Augen wirkte er gestört, wie eine Mischung aus Strindberg und Rasputin. Am unteren Rand der Fotografie stand mit weißer Schrift: *John Norén. Goodwin. Uppsala.*

»Hallo!« Die Stimme hinter ihr übertönte das Geräusch des Fernsehers. Susanne drehte sich um und sah Jon-Olav Farberg in der Tür stehen. Er hatte nackte Füße, trug eine Jeans und ein offenes Hemd und trocknete sich die Haare mit einem Handtuch ab.

Susanne war überrascht darüber, wie gut er sich gehalten hatte. Sie hätte ihn mindestens zehn Jahre jünger geschätzt.

Er ging auf sie zu und stellte sich vor. Dann fragte er: »Was ist denn aus dem anderen geworden, diesem Bergmann?«

»Der ist beschäftigt.«

Jon-Olav Farberg lächelte und deutete auf das Ledersofa.

»Rask ist ausgebrochen.« Susanne nickte in Richtung des Nebenraums mit dem Fernseher. »Der Oberarzt ist tot. Aber Sie wissen das sicher längst. Sie kannten Rask damals, als Kristiane Thorstensen getötet wurde.«

Er nickte. »Ich frage mich, was jetzt in Anders' Kopf vorgeht.«

»Wenn sie nur nicht auf eine dumme Idee kommen«, sagte Susanne. »Auf eine noch dümmere, wenn das denn überhaupt möglich ist.«

Farberg knöpfte sich das hellblaue Oxfordhemd zu. Auf seiner Stirn stand Schweiß. Wie es aussah, hatte er nach dem Joggen zu früh geduscht.

»Was glauben Sie, wird jetzt geschehen? Wohin könnte er wollen? Sie kennen Rask besser als wir.« Susanne nickte noch einmal in Richtung Nebenzimmer. Der Polizeichef von Vestoppland, der gerade interviewt wurde, hatte eine tiefe, brummende Stimme, die sich deutlich von der Stimme der Osloer Polizeipräsidentin abhob, die zuvor gesprochen hatte.

»Ich weiß es nicht«, sagte Farberg. »Ich kannte ihn nie richtig gut, keiner von uns tat das.«

»Glauben Sie, dass Rask zu Bekannten geht, um sich dort zu verstecken? Oder dass er jemanden umbringt?«

Jon-Olav Farberg sah skeptisch aus. »Zu mir kommt er auf jeden Fall nicht.« Er versuchte zu lächeln, schien es aber gleich wieder zu bereuen, als wäre ihm plötzlich bewusst geworden, dass das durchaus eine Möglichkeit war.

»Es muss der andere gewesen sein, der diese Wachen umgebracht hat«, sagte Farberg. »Anders könnte niemals zwei erwachsene Männer töten. Wie heißt der andere noch?«

»Jensrud. Øystein Jensrud.« Ein leichtes Zucken ging durch Farbergs Körper. Geistesabwesend knöpfte er die Manschetten seines Hemdes zu.

»Jensrud«, sagte er langsam vor sich hin.

»Kennen Sie den?«

Farberg antwortete nicht.

»Seine Flucht muss man doch als Schuldgeständnis deuten, oder? Und was ist mit dem Oberarzt? Glauben Sie, dass Rask auch ihn getötet hat?«

Farberg zuckte mit den Schultern. »Um ganz ehrlich zu sein, ich kann mir kaum vorstellen, dass Anders überhaupt dazu in der Lage wäre, einen Menschen zu töten. Tut mir leid, ich hätte Ihnen die Nummer von Gunnar Austbø besorgen sollen, nicht wahr? Das war der Klassenlehrer von Kristiane. Hat Bergmann Ihnen das gesagt?«

Susanne nickte.

»*First thing in the morning.*«

»Ich bin aber eigentlich zu Ihnen gekommen, um mit Ihnen über den Mann zu sprechen, den Sie erwähnt haben. Diesen Freund von Rask.«

»Freund?« Farberg sah sie etwas verwirrt an.

Susanne beugte sich vor.

»Ach ja.« Farberg schien in den Sinn zu kommen, was sie meinte.

Wie konnte er den vergessen?, fragte Susanne sich und verfluchte Tommy dafür, dass er sich Farberg nicht gleich richtig zur Brust genommen hatte. Und warum hatte er Rask nicht zu diesem Yngvar befragt, wenn er schon die Chance dazu gehabt hatte? Vielleicht versuchte Rask ja, zu diesem Freund zu gelangen, wenn sie auch nicht glaubte, dass die beiden Ausbrecher wirklich weit kommen würden.

Es klopfte an der Tür, und Farbergs Frau kam zum Vorschein.

Susanne verstand nicht, was die beiden verband. Farberg war viel zu attraktiv für sie, er war ein komplett anderer Typ, lebendig, gesellig, humorvoll, während sie – sollte sie denn einmal hübsch gewesen sein – inzwischen nur noch verlebt und mürrisch wirkte.

»Ich gehe eine Runde spazieren«, flüsterte sie und wich Susannes Blick aus.

»Okay«, sagte Farberg, ohne sich umzudrehen, und irgendwie klang es so, als wünschte er sich, dass sie nie wieder zurückkäme.

Die Frau schloss die Tür hinter sich.

Farberg sah Susanne direkt in die Augen, schnitt eine Grimasse und schüttelte den Kopf. »Warum nur immer alles so kompliziert sein muss«, sagte er.

»Dieser Freund«, sagte Susanne und blickte in ihr Notizbuch, um den Augenkontakt zu vermeiden.

»Yngvar«, erwiderte Farberg. »Es ist ja nicht sicher …«

»Möglicherweise ist diese Spur aber wertvoll.« Sie kann zentral sein, dachte Susanne. »Glauben Sie, dass die beiden zusammengearbeitet haben können?«

»Wie gesagt, ich halte das für möglich, aber das ist alles andere als sicher«, wiederholte Farberg.

»Erinnern Sie sich noch an andere Dinge, die in Zusammenhang mit diesem Yngvar standen? Wann hat Rask zum ersten Mal von ihm erzählt?«

»Ich glaube, das war auf einem Lehrerfest, irgendwann im Sommer bei einem Rektor. Er hatte ein bisschen getrunken, sonst trank er nur selten …«

»Yngvar arbeitete also nicht auf der Vetlandsåsen-Schule?«, fragte Susanne.

Jon-Olav Farberg schüttelte den Kopf und stand auf, und für einen Moment sah es so aus, als wollte er direkt auf Susanne zugehen. Stattdessen ging er so dicht an ihr vorbei, dass sein Hosenbein ihre Schulter streifte. Ein paar Schritte hinter ihr blieb er stehen.

»Ich weiß nicht, wie oft ich hier gestanden habe, seit ich hier raus gezogen bin.«

Susanne blickte sich zu ihm um.

Jon-Olav Farberg hatte ihr den Rücken zugewandt und starrte in den Garten, der sanft zum Meer hin abfiel.

»Jetzt kann ich nie wieder woanders wohnen als hier.«

Schließlich drehte er sich zu ihr um und ging zurück zur Sitzgruppe.

»Ich kann versuchen, Ihnen die Personallisten der Schulen zu besorgen, in denen Rask gearbeitet hat. Ich weiß, dass Laila, die Sekretärin, ein perfektes System über alle hat, die dort gearbeitet haben. Sie hat im Büro bestimmt auch noch eine Akte über Anders, und wenn nicht, kann sie die Personalakte aus Bryn anfordern, wo er vorher gearbeitet hat.«

»Gut«, erwiderte Susanne. »Sagen Sie ihr bitte, dass das für die Polizei ist und alle Beteiligten Schweigepflicht haben.«

»Haben Sie eine Nummer, unter der ich Sie erreichen kann? Oder soll ich Bergmann anrufen?«

Susanne nahm ihre Tasche und wühlte darin herum. Sie

fühlte seinen Blick auf sich, als sie die ganz am Boden liegende Visitenkarte herausnahm.

»Frauen und Handtaschen«, sagte er mit einem warmen Lächeln. »Das ist wohl immer so.«

Susanne stand auf. »Herzlichen Dank für Ihre Hilfe. Hier ist meine Nummer. Sie können jederzeit anrufen.«

Dieses Haus ist wirklich ein Traum, dachte sie noch, als sie über den Flur ging.

Im Windfang sagte Farberg: »Er hatte ein Ferienhaus.« Er berührte ihren Unterarm und ließ die Hand einen Moment dort liegen. Ihre Blicke begegneten sich. Lächelnd nahm er die Hand weg.

»Ein Ferienhaus? Wer?«

»Das ist mir gerade wieder eingefallen.« Farberg sah Susanne direkt an und nickte mehrmals. »Ja, verdammt, Anders hat das mal erzählt.«

»Ein Ferienhaus? Dieser Yngvar hatte ein Ferienhaus?«

»Genau.« Farberg fuhr sich mit der Hand durch die Haare, er sah nachdenklich aus. Schließlich atmete er schwer durch die Nase aus. »Aber ich erinnere mich nicht mehr, wo das war. Keine Chance.«

»Versuchen Sie es.«

»Yngvar wohnte da.«

»Er wohnte da?«

Jon-Olav nickte vorsichtig. »Ja, das hat er gesagt.«

Er öffnete ihr die Tür. Die kalte Luft schlug ihr direkt ins Gesicht und half ihr, klarer zu denken.

Vorsichtig ging sie über die glatten Stufen nach unten.

»Ich rufe Sie an, wenn mir noch was einfällt. Oder wenn Anders anruft.« Farberg lachte über sich selbst.

»Nur noch eine letzte Sache«, sagte Susanne und wartete damit, sich umzudrehen. Im Nachbarhaus, ja, in der ganzen Umgebung war es bedrückend dunkel.

»Maria«, sagte sie und drehte sich um.

Farberg legte den Kopf auf die Seite. Die Luft war eiskalt, aber er stand nur im Hemd da, als hätte er einen Ofen in sich.

»Was haben Sie gesagt?«

»Sagt Ihnen der Name Maria etwas? Edel Maria? Hat Rask jemals ein Mädchen oder eine Frau erwähnt, die Maria hieß, oder Edel Maria?«

Farberg antwortete nicht.

»Klingelt da nichts bei Ihnen?«

»Ich glaube nicht, nein.«

Susanne wartete. Wir suchen nach einer Frau, dachte sie, aber das konnte sie nicht sagen. Eine Frau, die Anders Rask einen Brief geschrieben hatte. Und die er jetzt vielleicht treffen wollte.

Am liebsten wäre sie ins Haus gegangen, um sich ein Taxi zu rufen, aber das wäre sicher nicht gut gewesen.

»Wo wohnen Sie?«, fragte Farberg. »Haben Sie kein Auto?«

»Ich gehe jetzt los.«

»Ich kann Sie nach Hause fahren.«

Sie steckte die Hand in ihre Louis-Vuitton-Tasche. Ihre Finger legten sich verkrampft um ihr Handy.

»Mein Lebensgefährte holt mich ab.«

Farberg schwieg einen Moment. »Auch ein Polizist?«, fragte er dann.

Sie nickte.

»Oder ein Taxifahrer?« Er lachte leise, während sie zu gehen begann.

»Ich rufe Sie wegen Gunnar Austbø an«, sagte Farberg. »Okay?«

6

Es fühlte sich an, als wäre im Treppenhaus etwas anders als sonst. Was genau, konnte er nicht sagen, aber kaum dass er durch die Tür getreten war, hatte Tommy das Gefühl, dass etwas passiert sein musste. Er öffnete den Reißverschluss seiner rechten Jackentasche. Die kleine Raven-Pistole hatte einen Schuss im Lauf. Wenn notwendig, würde er durch die Jacke schießen. So still wie nur möglich ging er nach unten in den Keller, schaltete das Licht ein und drehte sich blitzschnell zu dem Hohlraum unter der Treppe um.

Dann schloss er die Kellertür auf, legte die Finger um den Schaft der Waffe und machte das Licht an. Er trat ein und sah sich um. Schneeschaufeln und ein paar Fahrräder. Dann glitt sein Blick über die Reihe der Kellerverschläge. Grobe offene Holztüren mit Vorhängeschlössern.

Er hatte sich nicht darum gekümmert, an seinem Verschlag ein neues Vorhängeschloss anzubringen, sondern einfach das alte hängen lassen, damit die Tür nicht aufging. Trotzdem stand sie jetzt etwas offen. Mit raschen Schritten trat er an den Verschlag. Der Raum war so niedrig, dass er seine Haare an der Kellerdecke spürte. Zwei Schritte von der Tür entfernt riss er die Pistole aus seiner Tasche. Das Vorhängeschloss war tatsächlich abgenommen und die Tür nur angelehnt worden. Mit der linken Hand riss er die Tür auf. Das Blut pumpte mit voller Wucht in seinen Kopf, und in seinen Ohren rauschte es so laut, dass er kaum etwas hörte. Er schwang die Pistole hin und her, um den ganzen Raum abzudecken.

Dann schien alle Luft aus seinen Lungen zu entweichen. Zum Glück, dachte er und fragte sich gleichzeitig, was er da eigentlich machte. Im Verschlag sah alles normal aus. Vielleicht war nur jemand an das Schloss gekommen und hatte die Tür anschließend nicht wieder richtig zugemacht.

Auf dem Weg nach oben ins Treppenhaus überkam ihn aber wieder das ungute Gefühl, dass etwas vorgefallen sein musste. Er blieb innen vor der Haustür stehen und warf einen Blick auf die Pinnwand mit den Hausinformationen. Etwas über einen Weihnachtsmarkt, einen gebrauchten Kinderwagen. Die Kopie der Einladung zur Generalversammlung im Januar. Eine Info des Hausmeisterdienstes und des Maklers.

Er nahm das Schlüsselbund aus der Hosentasche und versicherte sich, dass er den Reißverschluss der Jackentasche geschlossen hatte, damit die Waffe nicht herausfallen konnte. Vorsichtig öffnete er seinen Briefkasten und fand einen einzelnen Brief. Ein Umschlag mit Fenster, dachte er und war ein seltenes Mal froh, nur eine Rechnung bekommen zu haben.

Erst dann sah er den zusammengefalteten Zettel ganz hinten im Briefkasten.

Er schob die Hand hinein und fischte das Blatt heraus.

Zuerst gelang es ihm nicht, die Buchstaben zu einem vernünftigen Satz zu verbinden, sie tanzten einfach so über das weiße Papier. Dann, als er den Inhalt endlich verstand, musste er einen Schritt zur Seite treten, um nicht das Gleichgewicht zu verlieren und in den Keller zu stürzen.

Er hat mich gefunden, dachte er. Eine andere Erklärung schien es nicht zu geben. Mit der rechten Hand tastete er nach der kleinen Pistole und drehte sich langsam um, aber er war allein.

Alles war still. Auch das Plappern des Fernsehers aus der Wohnung der Pakistani war verstummt.

Mit der Hand auf der Pistole las er den Text.

In Whitechapel haben sie gesagt, das alles könne eine Hebamme gemacht haben. Eine Frau. Wusstest du das? Aber warum nicht? Sie hätte wirklich am helllichten Tage mit einer blutigen Schürze herumlaufen können und würde sich auch bestens mit der Anatomie der Frau auskennen. Außerdem hätte sie keine Schwierigkeiten mit dem Anblick von Blut. Warum sind sie erst so spät auf diese Idee gekommen? Viel zu spät, um ihn – oder sie – zu finden.

Tommy, mein Freund, was glaubst du?
Könnte das eine Frau gewesen sein?

Und erinnerst du dich an mich?
Fast hätte ich sie lebensgefährlich verletzt. Und dich auch.
Sie hat mich an sie erinnert.
Alles drehte sich immer nur um sie.

Wenn du doch nur verstehen würdest, dass wir zwei dieselben sind, wäre ich noch vor Weihnachten tot.

Aber sorge dich nicht um mich, mein Freund, denn ich habe bereits die Hölle gesehen
offen liegen.

Er blieb lange stehen und schüttelte nur den Kopf. *Wenn du doch nur verstehen würdest, dass wir zwei dieselben sind, wäre ich noch vor Weihnachten tot.* Es waren weniger als zwei Wochen bis Weihnachten. Und wir zwei sind dieselben? Stimmte das? *Wir zwei sind dieselben.*

Erst die verschwundene Fotografie der Mutter. Und jetzt das.

Er nahm die Kopie des Briefes heraus, den er in Anders Rasks Zelle gefunden hatte. Der Brief, nach dem Furuberget gesucht hatte.

Es war nicht dieselbe Schrift.

Der Brief an Rask war von einer Frau geschrieben worden, da war er sich ganz sicher.

Dieser Brief stammte von einem Mann.

Sie suchten nach zwei Personen.

Eine Frau, die mit Rask Kontakt hatte.

Und einem Mann. Einem Mann, der Tommy kannte?

Tommy drehte sich langsam um die eigene Achse, faltete vorsichtig den Brief zusammen und steckte ihn in die Innentasche seiner Daunenjacke. Es war ihm egal, dass er seine Fingerabdrücke darauf hinterließ. Wer auch immer durch die Haustür gekommen war und den Brief in seinen Postkasten geworfen hatte, hatte Handschuhe getragen, da war er sich ganz sicher. Er wartete ein paar Sekunden auf dem Treppenabsatz, dann ging er noch einmal in den dunklen Keller hinunter. So leise wie möglich setzte er einen Fuß vor den anderen. Es war so still im Treppenhaus, dass er seinen eigenen Atem hörte.

Wie war er reingekommen?

Für die Tür zur Straße brauchte man einen Systemschlüssel. Solche Schlüssel machte kein Schlüsseldienst nach, sonst konnten sie ihr Gewerbe an den Nagel hängen. Man musste diese Schlüssel bei der Hausverwaltung bestellen, und die Hausbesitzer hatten eine Übersicht über die Anzahl Schlüssel und ihre Besitzer.

Der Mann musste zusammen mit jemand anderem ins Haus gekommen sein, wenn er nicht einfach irgendwo geklingelt hatte und hereingelassen worden war. Auf die gleiche Weise konnte er ins Haus gekommen sein, als er in seiner Wohnung das Bild von Tommys Mutter gestohlen hatte. Aber wie zum Henker war er an seine Wohnungsschlüssel gekommen? Plötzlich wurde Tommy bewusst, dass er das Schloss austauschen musste.

Er begann bei den Pakistani, die im Erdgeschoss gegenüber seiner eigenen Wohnung wohnten. Nachdem er dreimal geklingelt und mindestens ebenso oft geklopft hatte, gab er es auf. Er hörte den Fernseher drinnen und sah, dass es hinter dem Spion dunkel wurde, aber vermutlich trauten sie sich nicht zu öffnen, wenn er vor der Tür stand. Dafür hatte er sich vielleicht zu oft mit ihnen gestritten. Alles in allem war es nicht verwunderlich, dass die Pakistani ihn ignorierten, wenn er an ihre Tür hämmerte.

Auf dem Weg in den ersten Stock nahm er den Brief noch einmal aus seiner Tasche. Erst jetzt, beim zweiten Lesen, drangen die Worte wirklich bis zu ihm durch.

Bei dem Satz *wir zwei sind dieselben* lief es ihm wieder kalt den Rücken herunter, aber dieses Mal fiel ihm noch etwas ganz anderes auf. Nämlich die seltsame Satzstellung am Ende des Briefes.

Aber sorge dich nicht um mich, mein Freund, denn ich habe
bereits die Hölle gesehen
offen liegen.

Seltsam, dachte Tommy, als er an der Tür im ersten Stock klingelte. Warum schreibt er nicht »offen liegen sehen«?

Das junge Pärchen im ersten Stock hatte nichts gesehen oder gehört, dabei hatte Tommy sie nur gefragt, ob sie im Laufe des Tages oder am Abend zuvor einen Unbekannten ins Haus gelassen hatten. Der Brief war nicht datiert, wenn das Datum denn überhaupt eine Bedeutung hatte. Auch im zweiten Stock kam er nicht weiter, das Paar, das dort wohnte, wollte aber seine Tochter fragen, ob möglicherweise sie nach der Schule einen Fremden ins Haus gelassen hatte.

Seine letzte Hoffnung war Frau Ingebrigtsen, die ganz oben wohnte. Bevor er klingelte, öffnete er das Fenster im Treppenhaus und sah nach unten zum Eingang. Man konnte nicht sehen, wer vor der Tür stand. Der Baldachin verwehrte den Blick. Allenfalls aus dem Schlafzimmerfenster war etwas zu erkennen.

Er klingelte und wartete. Der Fernseher lief laut, sie war also zu Hause. Er sah auf seine Armbanduhr und klingelte noch einmal. Sie war seine letzte Chance. Wenn niemand geöffnet oder Fremde ins Haus gelassen hatte, konnte das nur bedeuten, dass die Person Zugang zu einem Systemschlüssel hatte. Oder mit dem Postboten oder irgendwelchen Besuchern ins Haus gekommen war?

Er richtete seinen Blick auf den alten Spion, der schon in den Siebzigern montiert worden sein musste. Aus blankem Glas und ohne Weitwinkel. Als das kleine Auge schwarz wurde, wusste er, dass Frau Ingebrigtsen auf der anderen Seite stand.

»Sind Sie das, Bergmann?«, fragte Frau Ingebrigtsen durch den schmalen Spalt, den die Türkette zuließ.

»Ich wollte Sie nur fragen, ob Sie heute oder gestern Abend irgendwelchen Unbekannten die Tür geöffnet haben.«

»Hier oben?«

»Nein, unten. Haben Sie über den Türöffner jemanden hereingelassen, den Sie nicht kannten? Oder ist vielleicht zusammen mit Ihnen jemand ins Haus gekommen? Möglicherweise hat er gesagt, dass er jemanden im Haus besuchen will.«

Sie schüttelte den Kopf und nahm die Türkette ab, als wollte sie zeigen, dass sie ihm vertraute.

»Das heißt …«, sagte sie und öffnete die Tür halb. Tommy kam in den Sinn, dass sie in letzter Zeit vergesslich geworden war, jedenfalls hatte sie das mal erwähnt. Ihr Verhalten wirkte merkwürdig. Als hätte sie ein schlechtes Gewissen oder als würde sie wirklich langsam dement.

»… da war jemand, der Ihnen Blumen bringen wollte.«

Tommy riss die Augen auf, dabei hatte er sich vorgenommen, auf jeden Fall ruhig zu bleiben.

»Blumen für mich?« Er versuchte zu lächeln, war sich aber nicht sicher, ob es ihm überzeugend gelang.

Sie nickte. »Ja, ein Mann, er hat gesagt, dass er Blumen für Sie hat.«

»Wissen Sie noch, wann das war?«

»Heute, irgendwann gegen Mittag. Elf oder zwölf, so genau weiß ich das nicht mehr. Es kann auch am frühen Nachmittag gewesen sein.«

»Und Sie haben ihn ins Haus gelassen?«

Frau Ingebrigtsen wartete mit der Antwort.

»War das falsch?«, fragte sie schließlich leise. Tommy hielt ihrem Blick stand. Die tiefblaue Iris war umgeben von einem Netzwerk aus geplatzten Äderchen, die Augen waren feucht, als wäre sie kurz davor, in Tränen auszubrechen.

»Nein, überhaupt nicht. Blumen sind immer schön«, sagte er und lächelte sie an. Und dieses Mal gelang ihm das Lächeln sogar.

Frau Ingebrigtsen erwiderte es. »Vielleicht schwärmt ja jemand für Sie?«, sagte sie neckend, so dass er beinahe das Kind in ihr sah.

Er schüttelte den Kopf.

»Das bezweifle ich, Frau Ingebrigtsen. Aber Sie haben den Mann nicht zufällig gesehen? Also den Blumenboten?«

»Nein, ich bin zum Fenster gegangen, konnte ihn aber nicht sehen.«

»Und Sie haben draußen auch keinen Lieferwagen von Interflora oder einem der örtlichen Blumenläden gesehen?«

»Nein. Aber er hatte eine sehr angenehme Stimme, ein höflicher, freundlicher Mann. Die trifft man nicht alle Tage.«

»Das kann man wohl sagen. Können Sie die Stimme beschreiben?«

Frau Ingebrigtsen runzelte die Stirn. Sie begann vielleicht etwas verwirrt zu werden, dumm war sie deshalb noch lange nicht, und in diesem Augenblick wirkte sie so klar wie eh und je.

»Warum fragen Sie das?«

Tommy versuchte sich an einer entwaffnenden Grimasse, ein Lächeln vielleicht.

»Ach, eigentlich kein direkter Grund. Ich bin nur neugierig, wer das gewesen sein kann.«

»Wer?«, fragte Frau Ingebrigtsen.

Tommy realisierte, dass er nicht weiterkam. Er versuchte noch ein paar andere Fragen, aber jetzt schien sie wieder verwirrt zu sein.

Er wünschte ihr einen schönen Abend und ging langsam ins Erdgeschoss hinunter, als erwartete er, dass der Mann, der den Brief mit der seltsamen Wortwahl geschrieben hatte, unten auf ihn wartete.

Wir zwei sind dieselben.
Die Hölle gesehen
offen liegen.

Sein Hinterkopf schmerzte, und er fühlte sich wie schon so oft einfach nicht fähig genug für diesen Job. Hatte er wieder mal im Blinden getappt? Morten Høgda stammte aus dem

Norden, aus der Finnmark, warum hatte er nicht eher daran gedacht? Auch Tommys Mutter stammte von dort, wobei er den genauen Ort nicht kannte. Ich weiß wirklich verdammt wenig über mich selbst, dachte er wieder und wieder, bis sich sein Kopf einfach nur noch leer anfühlte. War Morten Høgda in seiner Wohnung gewesen und hatte das Bild von Tommys Mutter genommen und heute bei Frau Ingebrigtsen geklingelt? Aber warum sollte dieser Verrückte das Bild von Tommys Mutter stehlen?

Als er den Schlüssel ins Schloss schob, fiel es ihm wie Schuppen von den Augen. Er drehte sich langsam um und sah nach unten zu den Briefkästen. Dann fiel sein Blick auf die Pinnwand neben der Tür.

Langsam ging er die sechs Stufen nach unten und riss den Zettel mit der Übersicht über die Hausmeisterdienste herunter.

Die Hausverwaltung war Asgeir Nordlis Firma.

Und Asgeir Nordli war der Mann von Elisabeth Thorstensen.

Tommy nahm sein Handy und wählte Nordlis Nummer.

Der Teilnehmer ist im Moment nicht erreichbar, sagte die Stimme am anderen Ende.

Er nahm die Kopie des Briefes an Rask.

Medusas Tränen.

Die Handschrift einer Frau.

Wo habe ich Elisabeth Thorstensen schon einmal gesehen?

7

Sie glaubte noch immer, seinen Arm unter ihrem Kopf zu spüren, aber er war weg.

»Torvald?«, fragte sie ins Dunkel und richtete sich auf. Der schwache Duft seines Aftershaves lag noch in der Luft. Susanne legte sich wieder hin und wünschte sich, dass er sie noch im Arm hielt und ihr über die Haare streichelte. Aus irgendeinem Grund hatte sie Angst gehabt, allein in der Wohnung zu sein, als sie von Jon-Olav Farberg zurückgekommen war. Das Telefonat mit Leif Monsen von der Kriminalwache, das sie gleich danach geführt hatte, war auch nicht gerade ein Stimmungsaufheller gewesen. Sie wollte, dass er eine Recherche ausführte und alle Ferienhausbesitzer mit Namen Yngvar in Vestfold herausfilterte, aber seine Abfuhr war dermaßen drastisch gewesen, dass sie kaum noch wagte, diesen Punkt noch einmal bei Tommy anzusprechen. Manchmal brach sie einfach zusammen und war außerstande, für sich selbst zu sorgen, geschweige denn für Mathea. Was konnte da sicherer sein, als in den Armen eines bildhübschen Schwulen einzuschlafen?

Sie hob den Arm und sah auf die selbstleuchtenden Ziffern ihrer Uhr. Halb drei. Torvald war bestimmt schon vor Stunden gegangen. Die Geräusche der Stadt drangen wie ein leises Rauschen durch das Dachfenster und lullten sie beinahe wieder in den Schlaf, bis sie irgendwo in der Wohnung ihr Handy klingeln hörte.

Hatte eben schon jemand angerufen? War sie deshalb aufgewacht?

Sie schlug die Decke um sich und ging mit raschen Schritten in die Küche, wo ihr das Handy von der Arbeitsplatte her grün entgegenleuchtete. Eine unbekannte Nummer aus Oslo. Während sie auf den Weihnachtsstern blickte, den Torvald im Laufe des Abends ins Fenster gehängt hatte, legte sie das Handy langsam an ihr Ohr.

»Susanne Bech?«, fragte eine Frauenstimme.

»Mit wem spreche ich?«, erwiderte Susanne.

»Tut mir leid, dass ich Sie geweckt habe.«

Die Frau machte eine kurze Pause, und Susanne zog die Augenbrauen zusammen. Irgendwie hatte sie plötzlich das merkwürdige Gefühl, dass jemand in Matheas Zimmer war. Hatte Torvald die Tür auch richtig zugemacht?

»Wer spricht da?«, fragte sie streng und schaltete die Poul-Henningsen-Lampe über dem Küchentisch ein.

»Ich rufe aus dem Krankenhaus Lovisenberg an.«

Mama, dachte Susanne im ersten Moment. Aber dann würden sie doch aus Bærum anrufen, das heißt, wenn sie überhaupt informiert würde, bevor sie tot war.

Sie ging mit schnellen Schritten zur Wohnungstür und verriegelte das Sicherheitsschloss. Dann ging sie zu Mathea.

»Wir haben hier einen Patienten, der darauf besteht, mit Ihnen zu sprechen.«

Susanne blieb vor Matheas Tür stehen und legte ihre Hand auf das bunte Bild der Prinzessin, das mit Klebestreifen an der Tür befestigt war.

»Kann das nicht bis morgen warten?«

»Ich bin mir nicht sicher, ob er dann noch lebt.«

Susanne spürte, wie sie Gänsehaut bekam.

»Geht es um Flaten? Bjørn-Åge Flaten?«

»Ja, er will nur mit Ihnen sprechen. Er sagt, er habe Informationen. Der Arzt hat eingewilligt, dass Sie kommen dürfen.«

Eine Pause entstand. Susanne hörte schließlich ihre eigene Stimme: »Sehen Sie zu, dass er am Leben bleibt. Ich komme sofort.«

Sie hatte keine Wahl. Sie musste Mathea mitnehmen. Torvald hatte seinen Teil bereits geleistet.

Sie öffnete die Tür zum Kinderzimmer.

Der Atem der Kleinen ging so ruhig, dass Susanne sofort ein schlechtes Gewissen bekam. Sie sah auf ihre Armbanduhr, dachte an Nico und versprach sich selbst, diese verdammte Uhr noch vor Weihnachten zu verkaufen.

Zehn Minuten später stand Mathea voll angezogen an der Tür und wartete auf Susanne. Sie hatte die Erlaubnis bekommen, anzuziehen, was sie wollte, solange es nur Winterkleider waren. Es war mitten in der Nacht, kurz vor drei, und das Mädchen sah aus, als wollte es zu einem Ball: weiße Wollstrumpfhose, ein viel zu kleines, grünes Samtkleid mit weißer Schleife und darüber ein blauer Dufflecoat. Auf dem Kopf trug sie einen Hut, der sich wunderbar für eine Neuverfilmung von *Madita* geeignet hätte.

Gott, was sind wir für ein Paar, dachte Susanne, als ihr der kalte Wind auf der Schweigaards gate entgegenschlug.

»Das ist lustig, Mama«, sagte Mathea.

»Findest du?«

Zum Glück warteten zwei Taxen vor dem Busbahnhof.

»Fragen Sie nicht«, sagte Susanne zu dem Taxifahrer und schob Mathea auf die Rückbank.

»Wohin fahren wir?«, fragte sie.

Das Taxi verschwand im Tunnel.

»Ich muss nur mit einem Mann reden.« Susanne nahm die kleine Hand und drückte sie. Ein Mann, der sterben wird, dachte sie und hörte innerlich die Stimme von Bjørn-Åge Flatens Mutter.

Aber erst muss er mir beichten.

»Ich muss mit Bjørn-Åge Flaten sprechen«, sagte Susanne zu der Krankenschwester auf der akutpsychiatrischen Station. Die tippte etwas in den Computer und sah dann zu Mathea.

»Hallo!«, sagte Mathea.

»Könnten Sie sich einen Moment um sie kümmern? Geben Sie ihr einfach etwas zu malen.«

»Magst du einen Kakao?«, fragte die Schwester. Ihr abgeschliffener Vestlandsdialekt hatte eine beruhigende Wirkung auf Susanne.

»Er sollte gar nicht hier bei uns sein«, sagte die Schwester zu Susanne. »Sie wissen ja, wie das ist. Er hat eine vorübergehende Psychose und wird prompt von einer Streife hier abgeliefert.«

»Wo sollte er denn sein?«

»Im Hospiz. Wir verlegen ihn morgen, wenn er denn so lange überlebt.«

»Wenn er psychotisch ist, dann …«

»Er hat Medikamente bekommen. Betrachten Sie es als seinen Letzten Willen.«

Mathea verschwand mit der Schwester im Stationszimmer und wirkte dabei so vertrauensvoll, dass Susanne beinahe Angst um sie bekam. Eines Tages würde ihr Vertrauen in andere Erwachsene noch ihr Schicksal bestimmen.

Susanne öffnete vorsichtig die Tür zu Bjørn-Åge Flatens Zimmer. Ein Schrei aus dem Raum nebenan ließ sie zusammenzucken. Sie sah zum Stationszimmer hinüber, aber Mathea schien keine Angst bekommen zu haben.

Was bin ich eigentlich für eine Mutter? Wecke mein Kind mitten in der Nacht und schleppe es in eine Psychiatrische Klinik.

Sie betrat den Raum.

Eine festmontierte Nachtlampe verlieh Bjørn-Åge Flatens Gesicht einen milden Ton, als befände er sich irgendwo zwischen Leben und Tod. An einem guten Ort.

Er konnte nicht fest geschlafen haben, denn er wachte auf, als sie gerade erst zwei Schritte auf sein Bett zugegangen war.

»Ich tue nur so«, sagte er mit leiser, heiserer Stimme. »Verstehst du? Wenn ich mal einen anständigen Platz zum Schlafen brauche.«

Susanne zog die warme Daunenjacke aus, legte sie auf den Boden und setzte sich auf den Stuhl, den die Schwester ihr bereitgestellt hatte.

»Sie sind krank«, sagte sie.

Bjørn-Åge Flaten schloss die Augen. Er sah alt aus.

»Nur du weißt, dass ich hier bin. Nicht mal meine Mutter weiß davon. Sie hat mich aufgegeben.«

»Ich habe Sie nicht aufgegeben«, sagte Susanne, nahm seine Hand und drückte sie, als wäre sie seine Geliebte.

»Ich habe alle betrogen. Alle, die mir Gutes wollten. Ich wollte dich nicht auch bescheißen.«

»Wie meinen Sie das?«

»Du hast mir nie geglaubt. Niemand hat mir geglaubt.«

»Dann sagen Sie mir jetzt die Wahrheit.«

»Ich will nur, dass du den findest, der Kristiane umgebracht hat und all die anderen Mädchen.«

Susanne ließ seine Hand für einen Moment los, aber er griff sofort danach, mit all der Kraft, die er noch hatte.

»Ich habe sie unter der Eisenbahnbrücke in Skøyen getroffen.«

»An dem Samstag, an dem sie verschwunden ist?«

»Ja.«

»Stand sie da einfach rum?«

»Ich war mit dem Zug aus der Stadt gekommen. War als Letzter noch auf dem Bahnsteig und bin dann unten auf dem Bürgersteig stehen geblieben, um mir eine Zigarette anzuzünden.«

»Und dann?«

»Nicht weit von mir entfernt unter der Brücke stand ein Mädchen. Neben ihr auf dem Boden so eine Nordstrand-Tasche. Es sah so aus, als wüsste sie nicht recht, was sie tun sollte. Sie hat sich eine Kippe von mir geschnorrt.«

»Und?«

»Und dann habe ich ihr Feuer gegeben und gesagt, dass ein Mädchen wie sie nicht rauchen sollte.«

»Hat sie sonst noch was gesagt?«

»Nicht viel. Ich habe ihr gesagt, dass ich nach Amalienborg will und dass sie mich begleiten kann, falls sie auch dahinmuss. Und dass ich nicht gefährlich bin.«

»Hat sie ihren Namen genannt?«

»Nein. Das Foto von ihr habe ich erst eine Woche später gesehen. In der Zeitung, als sie vermisst wurde.«

»Dann ist sie mit Ihnen mitgegangen?«

»Du glaubst mir nicht.«

Sie streichelte seine Hand.

»Doch.«

»Sie hatte wirklich denselben Weg wie ich. Ich hab sie gefragt, ob sie zu einer Party wollte.«

»Und?«

»Sie hat nur gesagt, dass sie jemanden besuchen will.«

»Wen, hat sie nicht gesagt?«

Er schüttelte langsam den Kopf.

»In Amalienborg haben wir uns dann getrennt.«

»Ist Ihnen auf dem Weg jemand entgegengekommen?«

»Eine alte Tante mit Hund. Die hat aber nur starr zu Boden geschaut, die hat solche wie mich bestimmt gehasst. Damals liefen verdammt viele Junkies in Skøyen rum. Ganz Amalienborg war voll davon.«

»Und dann?«

»Ich hab ihr gesagt, dass sie aufpassen soll, damit sie nicht in irgendeine Scheiße gerät. Irgendwie schien sie was zu beschäftigen oder zu quälen, aber ich wollte nicht nachfragen. Ich hab natürlich an irgendeinen Lover gedacht.«

»Und dann?«

Es klopfte an der Tür.

Bjørn-Åge Flatens Blick zuckte zur Seite. Susanne hielt weiterhin seine Hand und streichelte sie mit der anderen.

Die Krankenschwester stand mit Mathea in der Tür.

»Ist das dein Kind?«, flüsterte er.

Sie nickte und winkte Mathea zu sich. »Setz dich einfach dahin.«

Sie dachte, dass Mathea Angst vor Flaten haben könnte, so nah wie er dem Tode war.

Er hatte die Augen jetzt geschlossen. Tränen quollen unter seinen Lidern hervor.

»Wie heißt sie?«

»Mathea«, flüsterte Susanne.

»Sag niemals zu dir selbst …«

»Was denn?«

»Wenn ich nur noch eine Chance bekäme …«

Sie nahm wieder seine Hand. Er schien jetzt wirklich dem Tode nahe zu sein.

»Was haben Sie gemacht, nachdem Sie sich getrennt haben?«

»Was?«

»Was haben Sie …«

»Ich habe so getan, als würde ich in ein Haus gehen, bin aber kurz stehen geblieben und hab ihr nachgesehen.«

Susanne umklammerte seine Finger noch fester.

»Wohin ist sie gegangen?«

»Du glaubst mir nicht.«

»Doch.«

»Sie ist nach links abgebogen. In Richtung Terrassenblocks.«

»Terrassenblocks?«

»Diese fetten Häuser mit übereinanderliegenden Terrassenwohnungen, die Dinger, die Selvaag früher gebaut hat.«

»Sie glauben, sie wollte dahin?«

»Ja. Wenn sie woanders hingewollt hätte, wäre sie geradeaus weitergegangen. Über den Nedre Skøyen vei. Ist doch klar, oder? Einen anderen Weg gibt es da nicht.«

»Mama«, sagte Mathea von ihrem Platz am Fenster aus. »Ich will nach Hause.«

Bjørn-Åge Flaten lächelte vorsichtig.

»Fahr mit ihr nach Hause. Aber versprich mir eins.«

»Was auch immer.«

»Glaub mir.«

8

In der Wohnung war alles unverändert. Tommy öffnete den Kühlschrank. Im mittleren Fach lagen noch zwei Flaschen Bier. Er öffnete eine mit dem Feuerzeug, trank ein paar Schluck und befestigte dann die Türkette, die er bei Bergersen im Trondheimsveien gekauft hatte. Laut Verkäufer eine wirklich solide Sache.

Wer auch immer zuvor bei ihm eingedrungen war und die Fotografie seiner Mutter gestohlen hatte, er sollte nur wiederkommen, dachte er, als er die Schrauben festzog. Oder sie beide. Wenn es wirklich Rask war, würde er diesen Jensrud vermutlich mitbringen. Für die Nacht musste die Kette reichen, morgen brauchte er dann neue Türschlösser.

Er stellte sich mitten ins Zimmer und musterte noch einmal das Regal. Die Fotografie der Mutter fehlte. Er hätte den Diebstahl melden sollen, aber wozu? Spuren gab es sicher keine. Außerdem musste sein ungebetener Gast einen Schlüssel gehabt haben.

Er nahm eine alte Fotografie von sich selbst aus dem Regal. Ein Porträt aus der sechsten Klasse. An dem Tag, an dem dieses Foto aufgenommen worden war, hatte es geregnet. Daran erinnerte er sich noch. Und dass es irgendwann im Herbst gewesen war. Regnete es nicht immer im Herbst?

Was habe ich alles verdrängt?, fragte er sich. Und an was erinnere ich mich? Trockene Blätter, die um die Ecken der Blocks wirbelten, ein staubiger Frühlingstag, die unglaubliche Leere der Trabantenstadt im Frühling. Die Sonne, die die kleine Wohnung bis zur Unerträglichkeit aufheizte, kaputte Scheiben an der U-Bahn-Station. Das Knirschen der Scherben auf dem Boden, Stoffschuhe auf dem Bahnsteig und den stromführenden Schienen, ein Junkie auf den Knien, Penner auf der Treppe, eine warme Sommernacht und ein Pärchen, das es wie zwei Hunde in der Unterführung am Tvetenveien trieb.

Er schüttelte den Kopf über sich selbst und stellte den Siebziger-Jahre-Tommy zurück in das staubige Regal.

Dann legte er sich auf das Sofa, zog die Wolldecke über sich und las den verfluchten Brief ein weiteres Mal.

Er hätte Reuter anrufen sollen, war dafür aber einfach zu müde.

Die Hölle gesehen
offen liegen.
Kommst du hierher, töte ich dich.

Ich bin bereit, war das Letzte, was er dachte, bevor er einschlief und den Anblick der Raven-Pistole, die auf dem Couchtisch lag, mit in seinen Traum nahm. Er sah seine durchnässten Marschstiefel, das Licht einer Taschenlampe, das vor ihm durch einen Nadelwald schweifte. Weit hinten im Wald war eine Gestalt zu erkennen, die eine Bewegung mit etwas Blankem machte. Er versuchte, schneller zu laufen, aber es gelang ihm nicht. Seine Beine wollten nicht. Der moorige Boden gab nach, und als er in seiner Tasche nach der Waffe suchte, rutschte sie ihm aus den Fingern, fiel zu Boden und versank im Matsch. Als er endlich ankam, war die Gestalt mit dem blanken Gegenstand verschwunden, dafür lag am Boden ein Mädchen. Es war so dunkel, dass er ihr Gesicht nicht erkennen konnte. Sie hielt sich den Bauch, ihr Leib war von oben bis unten aufgeschlitzt. Ihr Gesicht war weiß wie das einer Puppe, sie weinte, und als er sich nach unten beugte, sah sie ihn an und schrie so laut, dass es ihn schlagartig zu Boden warf und die Nässe durch seine Hosenbeine drang.

Er richtete sich auf dem Sofa auf. Gänsehaut auf den verschwitzten Armen.

Das Geräusch, dachte er. Dieser Schrei.

Dann erst registrierte er den schrillen, hartnäckigen Klingelton der Türglocke. Er schien die ganze Wohnung auszufüllen.

Es war eiskalt, als hätte jemand die Heizung abgestellt.

Wieder klingelte es.

Tommy nahm die Pistole vom Couchtisch. Das Display des Videorekorders zeigte 03:40 Uhr.

Er warf die Decke zur Seite und stellte die Füße auf den Boden. Einen kurzen Moment fürchtete er, es könne dort unten nass und matschig sein, dass Traum und Wirklichkeit sich mischten und er in einem Labyrinth steckte, aus dem er nicht mehr entrinnen konnte.

Wieder klingelte es.

Das konnte nicht Rask sein. Nicht so.

Trotzdem lief er geduckt und schnell durchs Wohnzimmer und in den Flur und registrierte, dass er vorausschauend genug gewesen war, die Gardine im Gästezimmer zuzuziehen, denn das Fenster lag direkt neben der Haustür.

Er wartete an der Sprechanlage. Starrte auf die Kette, den Zeigefinger am Abzug.

Als es wieder klingelte, nahm er den Hörer ab.

Erst nur Rauschen, dann: »Tommy?«

Es vergingen ein paar Sekunden, bis er die Stimme erkannte.

Die Stimme einer Frau.

Sie klang anders, als er sie in Erinnerung hatte, benommen, betäubt von Alkohol oder etwas anderem.

Er drückte den Türöffner und sah durch den Spion in seiner Wohnungstür.

Elisabeth Thorstensen ließ die Eingangstür hinter sich ins Schloss fallen. Sie trug einen dicken Pelz, in dem sie fast ein bisschen verloren aussah, als stammte sie aus einer anderen Zeit und verstünde nicht recht, was um sie herum passierte.

Tommy sah, dass sie einen Moment lang an den Briefkästen stehen blieb, als müsste sie ein letztes Mal nachdenken. Dann ging sie die vier Stufen zu seiner Wohnung hoch.

Nordlis Hausverwaltung, dachte er.

Hatte sie einen eigenen Satz Schlüssel?

Oder ihr Mann?

Oder hatte sie die Schlüssel jemand anderem gegeben?

Er öffnete die Tür des Besenschranks, der sich neben der Wohnungstür befand, und legte die Pistole hinein.

Ein paar Sekunden lang betrachtete er sie durch den Spion.

Den Ausdruck in ihren Augen wusste er nicht recht zu deuten. War das Trauer oder Wahn? Vielleicht auch beides.

Vorsichtig schloss er die Tür auf und nahm die Kette ab, als fürchtete er, dass in den letzten Sekunden sonst noch jemand in den Flur getreten sein könnte.

»Ich habe Tabletten genommen«, sagte sie leise. Sie stand mitten in der Tür und wirkte in dem Riesenpelz wie ein zerzaustes Vogeljunges. Die dunklen Haare waren nass von Schnee, Wimperntusche lief ihr über die Wangen.

»Die habe ich mal von einem Arzt bekommen, der in mich verliebt war.« Sie lachte leise vor sich hin, aber ihre Augen waren voller Trauer. »Nachdem Asgeir ins Bett gegangen ist, habe ich einige Drinks genommen.«

»Kommen Sie rein«, sagte er.

Elisabeth Thorstensen versuchte den Pelz auszuziehen.

Er half ihr aus dem Mantel.

»Ich wollte nicht mehr leben. Ich wusste nicht … und dann habe ich an dich gedacht.«

Sie legte die Hände an sein Gesicht und lehnte den Kopf an seine Brust.

»Du hast mich schon mal gerettet.«

Vorsichtig versuchte er, sie von sich wegzuschieben, aber sie ließ ihn nicht los.

»Lass mich nicht allein«, sagte sie.

Sie begann zu weinen. Nach einer Minute wurde aus dem Weinen aber ein Lachen.

»Ich weiß nicht, warum ich hierhergekommen bin«, flüsterte sie.

Du weißt das ganz genau, dachte Tommy, sagte aber nichts.

»Du musst immer nett zu mir sein, Tommy«, hauchte sie in sein Ohr. »Versprich mir das.«

Ihm kam ein verbotener Gedanke. Schon damals, als sie mit dem Messer in der Hand auf dem Badezimmerboden gehockt hatte, hatte er sie begehrenswert gefunden. Er verdrängte die Bilder, so durfte er nicht denken.

»Wie spät ist es?«, fragte sie.

»Kurz vor vier.«

»Kann ich hier schlafen?«

Tommy schüttelte den Kopf, aber der Blick, mit dem sie ihn ansah, verriet ihm, dass er sie nicht sich selbst überlassen durfte.

»Ich vermisse sie. Ich kann nicht ohne sie leben, Tommy.«

Er holte tief Luft und wusste, dass er einen Fehler machte.

»Sie können hier auf dem Sofa schlafen.«

»Dann musst du neben mir liegen. Ich will nicht sterben.«

Er legte die Arme um sie.

»Sie werden nicht sterben.«

Er wachte aus einer Art Halbschlaf auf, als irgendwo im Treppenhaus eine Tür schlug.

Die Pistole, dachte er. Sie war noch im Besenschrank.

Elisabeth Thorstensen lag halb auf, halb neben ihm auf dem Sofa und schlief fest.

Er dankte dem Schöpfer, dass sie noch ihre Kleider trugen.

Nichts passiert, dachte er und spürte erst jetzt die dröhnenden Kopfschmerzen.

Er schob sie auf dem Sofa zur Seite, ohne dass sie aufwachte, doch als er von der Toilette zurückkam, war sie wach. Als hätte sie nur so getan, als schliefe sie.

»Sie ist das Erste, woran ich denke, bevor ich aufstehe, und abends, wenn ich schlafen gehe, sind meine Gedanken noch immer bei ihr.«

Ihr Gesicht war in dem schwachen Licht der Straßenlaternen, das durch das Fenster hereinfiel, nur vage zu erkennen.

»Du darfst niemals etwas anderes über mich denken.«

»Das tue ich auch nicht.«

»Kristiane hätte dich gemocht. Du bist ein guter Mensch. Weißt du das, Tommy?«

Er schloss die Augen und dachte, dass dies das Beste war, was jemals ein Mensch über ihn gesagt hatte.

Er musterte ihren Körper, als sie aufstand und sich die Haare nach hinten strich. Dann schenkte sie ihm ein Lächeln, das ihn auf merkwürdige Weise mit Ruhe erfüllte.

Als sie am Bücherregal entlangging, verwandelte diese Ruhe sich ins Gegenteil.

»Ihr wart ein so schönes Paar«, sagte sie plötzlich. Sie musste das Bild von ihm und Hege gesehen haben. Warum hatte er es nur im Regal stehenlassen?

»Ich glaube, es ist besser, wenn Sie jetzt gehen.«

Elisabeth Thorstensen stellte die Fotografie von ihm und Hege weg und machte ein betont beleidigtes Gesicht.

»Na dann.«

Sie ging dicht an ihm vorbei ins Bad, während er zurück ins Wohnzimmer ging und das Handy vom Couchtisch nahm.

In der Nacht hatte er eine Nachricht von Susanne bekommen.

Kristiane wollte zu den Terrassenhäusern im Nedre Skøyen vei. Morgen mehr.

Er starrte noch immer auf die Nachricht, als Elisabeth Thorstensen aus dem Bad kam.

»Rufst du mir ein Taxi? Das ist ja wohl das Mindeste, was du für mich tun kannst.«

»Vielleicht.«

Elisabeth Thorstensen stand angezogen im Flur. Tommy lehnte sich an den Türrahmen, eine brennende Zigarette in der Hand.

Sie hatte sich schnell geschminkt, Mascara und Lippenstift aufgelegt. Es war Viertel vor sechs am Morgen, warum sie sich diese Mühe machte, war ihm ein Rätsel.

Sie kam auf ihn zu, stahl ihm die Zigarette aus der Hand und nahm ein paar Züge, bevor sie sie ihm zurückgab.

»Komm her«, sagte sie.

Sie küsste ihn schnell auf den Mund und legte ihren Kopf an seine Brust.

Dann hörte er draußen vor dem Schlafzimmerfenster ein Auto anhalten. Ein Dieselmotor brummte leise.

»Kristiane war wie ein Geschenk des Himmels, Tommy. Sie hat Per-Erik erlöst. Mag sein, dass sich das anhört, als wäre ich verrückt, aber für mich fühlte sich das wirklich so an. Verstehst du das?«

»Ja.«

»Es ist also wirklich möglich, ein besserer Mensch zu werden. Er hat das auf jeden Fall geschafft.«

Tommy verdrängte den Gedanken an sich selbst. Er sollte auf der Couch von Viggo Osvold liegen und nicht hier stehen, die Arme um eine Zeugin geschlungen.

Er schob sie zurück.

»Ich habe Sie früher schon mal gesehen. Vor dem Mord an Kristiane. Ich finde keine Ruhe, bis ich nicht weiß, wo das war.«

»Ich muss jetzt gehen«, sagte sie.

»Wo sind Sie nach Kristianes Tod eingewiesen worden?«

»Frensby.«

Er spürte einen Stich im Magen. Dort hatte seine Mutter gearbeitet.

»Und davor?«

»Ich war mehrmals da. Seit meinem achtzehnten Lebensjahr. Mein Vater … er … ich kann darüber jetzt nicht sprechen.«

Danke, dachte er. Das war der Ort, an dem er sie vor Jahren gesehen haben musste, als er einmal mit seiner Mutter dort gewesen war.

»Können wir uns mal treffen? Noch vor Weihnachten?«

»Das geht nicht«, sagte er. »Und das wissen Sie auch.«

»Ich …«, begann sie. Sie sahen sich lange an. Ihre Augen schienen feucht zu werden, aber irgendwie gelang es ihr, die Trauer in den Hintergrund zu drängen. »… ach, nichts.«

Sie öffnete die Tür und blieb verunsichert ein paar Sekunden stehen, bevor sie sie wieder schloss.

Jetzt, dachte Tommy, jetzt sagst du mir, warum du wirklich gekommen bist.

Er nahm den letzten Zug von der Zigarette. Sie kam noch einmal zu ihm, stellte sich dicht vor ihn und legte die Arme um ihn.

»Ich dachte, ich würde das mit ins Grab nehmen«, sagte sie.

»Was?«

»Ich glaube, Kristiane war in ihn verliebt.«

»In wen?«

Sie schloss die Augen.

»Er war wahnsinnig manipulativ und hatte dieselbe Anziehungskraft auf Frauen wie sein Vater. Ich kam kaum aus der Beziehung mit ihm raus, Tommy. Wen Morten erst in den Fingern hat, lässt er so schnell nicht los.«

»Wie meinen Sie das? Sie war verliebt in Morten Høgda?«

Sie schüttelte den Kopf. »Alex ist genauso.«

Tommy trat einen Schritt zurück.

»Was versuchen Sie mir da eigentlich zu sagen?«, fragte er.

Elisabeth Thorstensen hielt lange die Luft an, ehe sie durch die Nase wieder ausatmete. »Ich glaube, Kristiane war bis über beide Ohren in Alexander verliebt. In *Alex*.«

Er schüttelte langsam den Kopf. »In ihren Bruder?«

»Halbbruder, ja.«

Elisabeth Thorstensen schloss die Augen.

»Mein Gott«, sagte sie. »Möge sie mir vergeben. Mein Kind.«

Er wartete.

»Ich glaube, er hat sie benutzt«, sagte sie so leise, dass er sie kaum hörte.

»Wie meinen Sie das?«

»Ich habe Haare von ihr in seinem Bett gefunden. Du hast doch selbst ihre Haare gesehen, da gibt es kein Vertun.«

Ihm fiel wieder ein, was Anders Rask gesagt hatte.

Sie hatte sich in jenem Sommer verändert. Hatte sich von ihrem Freund getrennt …

Jemand hatte das Feuer in ihr entzündet.

In seinem Kopf war jetzt nur noch Anders Rask. Sein wilder Blick. Wie die Kräfte ihn verließen, nachdem er versucht hatte, ihn davon zu überzeugen, dass Kristiane sich in jenem Sommer verändert hatte.

»Hatte Alexander auch Anders Rask als Lehrer?«, fragte er.

Sie sah verzweifelt aus, als erlebte sie all das Schreckliche noch einmal.

»Sag das niemandem, Tommy.«

»Das kann ich Ihnen nicht versprechen. Das hier stellt alles auf den Kopf, Elisabeth, verstehen Sie das?«

Sie folgte ihm ins Schlafzimmer.

»Beantworten Sie mir noch diese eine Frage, hatte Alex Rask in der Schule?«

»Ja.«

Sein Handy klingelte.

Der Taxifahrer wollte wissen, ob denn nun bald mal jemand käme. Das Taxameter liefe bereits.

»Und noch was«, sagte er, »Sie müssen es mir sagen, wenn da noch immer irgendetwas mit Morten Høgda läuft.«

Sie schüttelte den Kopf.

»Versprechen Sie mir das?«

»Ich verspreche es.«

Er drückte ihre Hand.

»Ruf mich an«, flüsterte sie. »Versprichst *du mir* das?«

»Was verbergen Sie vor mir?«

Sie schüttelte den Kopf.

»Sie beschützen doch jemanden.«

»Wen?«

»Wem haben Sie das erzählt? Das mit Alex und Kristiane?«

»Niemandem.«

»Sie wollte an jenem Samstag wirklich nach Skøyen, Elisabeth.«

Sie schlug die Hände vors Gesicht.

»Wer hat damals in Skøyen gewohnt?«

»Ich weiß es nicht«, flüsterte sie.

»Morten Høgda? Haben Sie es ihm gesagt? Oder Per-Erik?«

»Nein«, sagte sie, »nein!«

Sie sackte auf die Knie und verbarg ihr Gesicht hinter den Händen.

»Nicht Morten«, flüsterte sie, »Morten kann es nicht sein.«

Einen Moment lang überlegte er, ob er einen Krankenwagen rufen sollte. Sie wirkte kraftlos, als hätte sie sich aufgegeben.

Er hockte sich neben sie, hielt ihre Handgelenke und spürte die Narben, die das Küchenmesser hinterlassen hatte.

»Ich muss mit Alex reden, das verstehen Sie doch. Arbeitet er im Krankenhaus in Tromsø?«

»Ja«, hauchte sie.

»Fahren Sie jetzt nach Hause«, sagte er. »Ich rufe Sie heute Abend an.«

»Versprechen Sie mir das?«
Er nickte.

Als er das Taxi hinter dem Supermarkt verschwinden sah, war er sich sicher, gerade einen Riesenfehler begangen zu haben.

Er hatte erst am vergangenen Abend mit den Ermittlern in Oppland gesprochen.

Im Haus der Furubergets hatten die Kriminaltechniker zwei ungleiche Schuhabdrücke gefunden, die zu keinem der beiden Hausbewohner passten, aber auch nicht zu Rask oder Jensrud, die bei ihrer Flucht Turnschuhe getragen hatten.

Arne Furuberget hatte Besuch von zwei Menschen gehabt, als er ermordet wurde.

Tommy war sich sicher, dass der Brief an Rask von einer Frau verfasst worden war. Was auch immer die Kripos-Analyse ergab.

Sie suchten also nicht nach Rask und Jensrud.

Sie suchten nach einem Mann. Und einer Frau.

Teil 4

1

Susanne Bech winkte Mathea zum Abschied zu und versuchte nicht daran zu denken, dass die Kleine in der letzten Nacht nur wenige Stunden geschlafen hatte. Es war fünf nach sieben, und sie waren ein seltenes Mal die Ersten im Kindergarten.

Sie fuhr mit der U-Bahn bis zum Hauptbahnhof, wo sie eine Weile mehr oder weniger ziellos herumlief. Sie stellte sich vor, dass auch Kristiane an jenem Samstag Ende November 1988 dort so herumgeirrt sein musste. In der Halle wimmelte es von Menschen, die zu ihren Zügen eilten. Sie ging gegen den Strom in Richtung der alten Ostbahnhalle. Der große geschmückte Tannenbaum erinnerte sie an Weihnachten, das mit jedem Tag näher rückte. Alles wird gut, dachte sie. Mathea und sie, wenn sie nur einander hatten, hatten sie doch alles, was sie brauchten.

Sie versuchte in Kristianes Haut zu schlüpfen, ging durch die Halle, die jetzt einem Einkaufszentrum glich, und durch die Türen nach draußen, wo Kristiane damals gesehen worden war. Auch Kristiane musste an jenem Abend mitten auf dem Bahnhofsvorplatz gestanden haben, dachte sie.

Unmittelbar vor ihr lag die Karl Johans gate, geschmückt mit grünen Girlanden und Weihnachtsbeleuchtung, die der Stadt das so notwendige Licht schenkte. Ein steter Strom von Menschen schob sich an ihr vorbei in Richtung Bahnhof. Auf dem Weg zu einem neuen Arbeitstag. Vielleicht war es allein der Gedanke an Weihnachten, der ihnen die Kraft gab, auch noch diesen Winter durchzuhalten.

Kristiane hatte damals einen Entschluss gefasst, dachte Susanne. Sie hatte wie sie hier gestanden, nachdem sie den Zug aus Nordstrand genommen hatte, damit ihre Mannschaftskameradinnen sie nicht sahen. Und weil sie quer durch die Stadt wollte. Nach Skøyen, wo sie Bjørn-Åge Flaten getroffen hatte. Vielleicht hatte sie sich geärgert, am Bahnhof überhaupt aus dem Zug gestiegen zu sein. Sie wollte ja nicht hierhin, sondern nach Skøyen.

Susanne machte auf dem Absatz kehrt und verhielt sich so, wie sich ihrer Meinung nach auch Kristiane verhalten haben musste. Versuchte sich in ihre Rolle zu versetzen. Der Zug aus Ski fuhr auf Gleis 9 ein. Ihre Hände zitterten etwas, als sie sich auf einen freien Platz setzte und der Zug im Tunnel unter der Stadt verschwand. Sie öffnete ihre Tasche, in der sie ihr Notizbuch und den Ausdruck einer Broschüre der Wohnungseigentümergemeinschaft des Nedre Skøyen vei hatte. Ich muss Bjørn-Åge Flaten glauben, dachte sie und schloss für einen Moment die Augen.

Als der Zug am Nationaltheater hielt, schrak sie auf. Sie hatte Gänsehaut auf den Armen, musste auf der kurzen Strecke durch den Tunnel tatsächlich eingeschlafen sein und geträumt haben. Mathea hatte ihr wie am Morgen vom Kindergartenfenster aus zugewunken, während sich von hinten ein dunkler Schatten genähert hatte. Das Gesicht hatte sie nicht erkennen können, nur die Hand auf der Schulter der Kleinen und dass diese Hand keiner der Erzieherinnen gehört hatte.

Als der Zug in Skøyen hielt, schüttelte Susanne den Kopf über sich selbst. Die Nacht war einfach zu kurz gewesen. Der Besuch in der Klinik hatte ihr die letzte Kraft geraubt. Das ist alles, sagte sie zu sich selbst und ging die Treppe hinunter.

Unten blieb sie auf dem Bürgersteig stehen und starrte

ziellos in Richtung der Eisenbahnbrücke, unter der Bjørn-Åge Flaten Kristiane getroffen hatte.

Vorsichtig näherte sie sich. Der Verkehr brach nicht ab, aber sie bemerkte ihn kaum. Es war fast so, als stünden sie vor ihr: Kristiane in ihrer blauen Millet-Jacke und der junge Junkie Bjørn-Åge Flaten.

»Zu wem wolltest du, Kristiane?«, überlegte Susanne laut.

Dann begann sie in Richtung Amalienborg und Nedre Skøyen vei zu gehen.

Die ganze Zeit über hatte Susanne das Gefühl, Kristiane ginge neben ihr her. Als könne sie den Arm um das junge Mädchen legen und sagen: »Ich werde ihn finden, ich verspreche dir, ich finde ihn.«

2

Fredrik Reuter sah mit betont entschlossener Miene auf die Uhr. Dann richtete er seinen Zeigefinger auf Tommy Bergmann: »Ich gehe davon aus, dass du deine Mitarbeiterin im Griff hast?«

Tommy zuckte mit den Schultern. Es war fünf nach acht, und Susanne war nirgends zu sehen. Er hatte versucht, sie anzurufen, war aber direkt zur Mailbox weitergeleitet worden.

»Ich weiß nicht, wo sie ist, fangen wir ohne sie an.«

Oberstaatsanwalt Svein Finneland saß ihm direkt gegenüber. Sein Gesichtsausdruck war seltsam. Tommy hatte bemerkt, dass seine Miene sich exakt in dem Moment verändert hatte, als Reuter die Worte »deine Mitarbeiterin« ausgesprochen hatte.

Konnte er wirklich eifersüchtig darauf sein, dass Tommy bei diesen Ermittlungen ihr Chef war? Oder hatte er Angst, dass sie gerade bei irgendeinem anderen Typen im Bett lag und verschlafen hatte?

»Na dann«, sagte Svein Finneland und richtete sich auf. »Machen wir das zu fünft. Aber unterrichten Sie Ihre Mitarbeiterin anschließend, Bergmann. Wenn sie sich denn die Mühe gibt, hier mal aufzuschlagen.«

Halgeir Sørvaag fing Tommys Blick ein. Die Andeutung eines genüsslichen Lächelns im Mundwinkel. Der Letzte, der mit an Fredrik Reuters Tisch saß, war Rune Flatanger, der Kripos-Psychologe. Er studierte die Kopie des Briefes, den Tommy in seinem Briefkasten gefunden hatte. Es sah aus, als spräche er im Stillen die Worte »Hölle offen« nach.

»Ich habe gestern Nacht eine ziemlich geheimnisvolle SMS von Susanne erhalten«, sagte Tommy. »Sie teilte mir darin mit, dass Kristiane tatsächlich nach Skøyen wollte.« Er schüttelte den Kopf. Wenn sie nur nicht wieder mit Bjørn-Åge Flaten gesprochen hatte. Er wollte sicher Geld, vielleicht hatte sie ihn sogar aus eigener Tasche bezahlt.

»Heute Nacht?« Svein Finnelands Miene verfinsterte sich noch mehr.

Tommy nickte.

»Sollen wir anfangen?«, fragte Reuter. Er musste in einer Stunde zu einem Gespräch mit der Polizeipräsidentin, und Tommy wusste, dass das für ihn von sehr großer Bedeutung war. Er schielte schon seit langem auf ihren Posten. Dabei hatte er gute Chancen, denn der Stabschef war komplett ungeeignet, und der Kripos-Chef sollte bald pensioniert werden.

»Also«, sagte Finneland. »Wenn ich das richtig verstanden habe, ist inzwischen ein besseres Überwachungsfoto aus der Cort Adelers gate aufgetaucht?«

Er nahm einen der Stapel Dokumente, die vor Reuter lagen, und teilte jeweils drei Farbkopien an die Anwesenden aus.

Tommy griff nach den drei Kopien, als wären sie allein in der Lage, die Welt zu retten.

Es dauerte ein paar Sekunden, bis sein Hirn das Gesicht auf der Kopie mit dem Mann in Verbindung brachte, mit dem er vor kurzem gesprochen hatte.

Andererseits musste es nichts zu bedeuten haben, dass dieser Mann an dem Abend, an dem das litauische Mädchen umgebracht worden war, im Porte des Senses gewesen war. Oder verarschte er sich jetzt selbst?

»Und«, sagte Finneland und machte eine Kunstpause. »Anders Rask und Øystein Jensrud haben in der Nacht getankt. An einer YX-Tankstelle in Oppland. Bezahlt haben sie mit der Kreditkarte von Rasks *Freundin.*« Der Oberstaatsanwalt lächelte süffisant in Tommys Richtung.

Du bräuchtest mal richtig einen in die Fresse, dachte Tommy.

»Die Nachricht wird nicht publiziert werden, also halten Sie dicht«, sagte Reuter.

»Und der Typ, der im YX die Nachtschicht hatte, hält auch dicht?«, fragte Halgeir Sørvaag.

»Wir müssen darauf bauen, dass unser Herrgott sich darum kümmert«, erwiderte Reuter. »Außerdem ist das eine vollautomatisierte Tankstelle, der Alarm ist durch die Kreditkarte ausgelöst worden.«

»Idioten«, sagte Tommy und war sich gar nicht sicher, ob er Rask und Jensrud oder Reuter und Sørvaag meinte.

»Gelinde gesagt«, meinte Finneland. »Deshalb ist es entscheidend, dass sie nicht wissen, dass wir wissen, wo sie sich aufhalten.«

Er präsentierte eine weitere Fotografie. Das Nummernschild war deutlich zu erkennen. Jetzt wusste die Polizei, was für einen Wagen sie fuhren, so dass es wohl nur noch eine Frage der Zeit war, bis sie gefasst wurden. Das eine Bild zeigte Jensrud beim Tanken. Rask wendete sich ab. Es sah aus, als rauchte er eine Zigarette. Wäre er etwas schlauer, wäre er im Auto geblieben. Andererseits wusste er bestimmt, dass die Kreditkarte überwacht wurde. Die Angestellte der Klinik hätte ihnen auch Bargeld besorgen können, aber dann hätten sie an der Kasse zahlen müssen. Rask wusste bestimmt, dass ihre Flucht so oder so zum Scheitern verurteilt war.

Wenn ich jetzt nur mit dir sprechen könnte, dachte Tommy und studierte Rask auf der Fotografie. Gibt es diesen Yngvar, von dem Jon-Olav Farberg gesprochen hatte, wirklich? Bist du auf dem Weg zu ihm? Oder kannst du auf dem Weg nach Tromsø zu Alexander Thorstensen sein? Vielleicht ein verrückter Gedanke, trotzdem aber nicht unmöglich. Rask wusste, dass Kristiane sich in jemanden verliebt hatte, in den sie sich nicht verlieben durfte.

»Lasst sie fahren«, sagte er leise vor sich hin.

Svein Finneland nahm die Lesebrille ab. »Habe ich richtig gehört?«

»Lassen Sie Rask und Jensrud fahren. Verfolgen Sie sie, aber nehmen Sie sie nicht fest, verstanden?«

Finneland schüttelte den Kopf. »Das ist nicht meine Entscheidung, aber sicherlich das Dümmste, was ich seit Jahren gehört habe.«

»Sie sind auf dem Weg nach Norden. Das ergibt keinen Sinn, wenn sie da kein konkretes Ziel haben, verstehen Sie? Jemand von außerhalb hat Rask einen Brief geschrieben.« Tommy hielt die Kopie des Briefes hoch, den er in Rasks Zelle in Ringvoll gefunden hatte. »Vielleicht wollen sie diese Person treffen?« Über den Rest schwieg er sich aus. Er wollte diesen Clowns nicht die Chance geben, den ganzen Fall zu versauen.

Svein Finneland schüttelte den Kopf.

»Dann müssen Sie die Leute von Kripos überzeugen, die haben Rask und Jensrud inzwischen übernommen.«

Rune Flatanger gähnte laut, als wollte er allen klarmachen, dass er sich selten so gelangweilt hatte wie gerade jetzt.

»Um ehrlich zu sein, ich glaube, dass Rask nur weg will. Das Problem ist, dass er keinen Ort hat, wo er hinkann. Wirklich interessant ist nur der Brief an Tommy. Den haben Sie gestern gefunden, oder?«

Tommy nickte. Das Original war ans Kriminalamt geschickt worden, damit es auf Fingerabdrücke untersucht und die Schrift analysiert werden konnte. Die Kopie lag vor ihm. Er fuhr mit den Fingern über die Buchstaben und war sich mit einem Mal noch sicherer, dass ein Mann diese Zeilen geschrieben hatte, während der Brief an Rask von einer Frau stammte.

»Sie meinen also, dass der Brief an Rask von einer Frau geschrieben wurde und der an Sie von einem Mann?« Flatanger sah ihn direkt an, und für einen Moment hatte Tommy das Gefühl, als wüsste dieser Mann, dass er zu Viggo Osvold ging, die letzten beiden Stunden aber versäumt hatte. Wenn Reuter das herausfand, wäre seine Karriere beendet.

Aber das konnte ihm jetzt egal sein.

»Ja, das glaube ich.«

Rune Flatanger legte die beiden Briefe nebeneinander.

»Ich glaube auf jeden Fall, dass sie von zwei verschiedenen Personen stammen«, sagte Tommy.

»Was macht Sie da so sicher?« Flatanger beugte sich tief über die Briefe. »Für mich wirkt der Stil, der eigentliche Text, ziemlich ähnlich, diesbezüglich könnten beide Briefe von ein und derselben Person stammen.«

»Aber der Erste, sehen Sie sich die Schrift an. Und denken Sie an Medusa, es wird auf eine weibliche Figur Bezug genommen.«

Flatanger nickte. »Das stimmt.«

»Was meinen Sie?«, fragte Svein Finneland an Flatanger gerichtet, stand abrupt von seinem Stuhl auf und begann um den Tisch zu wandern, bis er hinter Tommy stehen blieb.

»Ich denke, dass die Briefe von zwei verschiedenen Persönlichkeiten in einer Person geschrieben worden sein können.«

Tommy runzelte die Stirn. »Wie meinen Sie das denn? Zwei Persönlichkeiten in einer Person?«

Flatanger fuhr sich mit der Hand über das Gesicht. »Jemand mit einer gespaltenen Persönlichkeit.«

»Aber wie …?«, fragte Svein Finneland hinter Tommys Rücken und ging weiter zu Flatanger.

Rune Flatanger legte die beiden Zettel nebeneinander. »Ich finde den Ton der beiden Briefe sehr ähnlich, die Schrift hingegen ist unterschiedlich. Trotzdem glaube ich, dass wir nach einer Person suchen und nicht nach zweien.«

»Und Sie, Bergmann, glauben, dass wir nach zwei Personen suchen?« Svein Finneland hatte wieder auf seinem Stuhl Platz genommen. Tommy studierte eine Weile das magere Gesicht des Mannes und die auf seinen Händen deutlich hervortretenden Adern.

»Ich glaube, dass eine Frau Rask geschrieben hat und dass der Brief an mich von einem Mann kommt.« Es fühlte sich an, als kämen die Worte nicht aus seinem Mund. An mich, dachte er. An mich.

»Die zweite Person kennt Sie, das ist ziemlich offensichtlich«, sagte Finneland.

»Oder«, warf Rune Flatanger ein, »sie glaubt, ihn zu kennen, bildet sich das ein.«

»Warum bist du dir so sicher, dass der eine Brief von einer Frau ist, Tommy?« Fredrik Reuters Stimme war leise und heiser. Er umklammerte die Briefe, legte sie dann aber hin und klopfte mit den Fingerspitzen auf die Tischplatte.

»Das ist die Handschrift einer Frau, oder?«

»Kann sein«, sagte Flatanger. »Das finden wir heraus.«

»Und das mit Maria? Das Mädchen im Frognerveien. Warum hat sie Maria gesagt? Da muss doch eine Frau involviert sein?«

»Ja, Sørvaag?« Finneland wandte sich Halgeir Sørvaag zu. »Sind Sie da weitergekommen? Hatten Sie da nicht eine Spur?«

Sørvaag holte tief Luft und schüttelte den Kopf.

»Dachte ich mir.«

Eine ganze Weile sagte niemand etwas. Schließlich brach Rune Flatanger das Schweigen.

»Ich bin mir ziemlich sicher, dass wir nur nach einer Person suchen. Ich glaube, dass Arne … also, Arne Furuberget, nach einem früheren Patienten gesucht hat.«

»Wie kommen Sie darauf?«

»Nur so ein Gefühl. Er hat mir gesagt, dass er in Brumunddal war. Da sind die alten Unterlagen von Ringvoll archiviert.«

»Und wenn es sich um einen Mann handelt, der glaubt, eine Frau zu sein?«, fragte Tommy.

»Ein Mann, der glaubt, eine Frau zu sein?« Fredrik Reuter schüttelte den Kopf und sah Tommy mit einem Blick an, aus dem wirklich nur Zweifel sprachen.

Tommy blieb sitzen, beide Hände um die Kaffeetasse gelegt. Dann stellte er sie ab und nahm das Überwachungsfoto. Er zweifelte wirklich keine Sekunde.

»Ein Mann, der glaubt, eine Frau zu sein?«

»Tagsüber Mann, nachts eine Frau«, sagte Flatanger. »Ich verstehe, worauf Sie hinauswollen.«

»Wie dieser Mann hier?«, fragte Tommy und hielt das Überwachungsfoto aus der Cort Adelers gate hoch. Er hatte es jetzt lange genug zurückgehalten.

»Das ist Morten Høgda«, sagte er. »Er hatte ein Verhältnis mit Elisabeth Thorstensen. Und ich bin mir ziemlich sicher, dass da noch immer was läuft.«

Mehr sagte er nicht und verschwieg damit, dass Høgda der Vater von Alexander Thorstensen war und dass Kristiane sich angeblich in ihren eigenen Halbbruder verliebt hatte.

»Morten Høgda«, fragte Reuter. »Morten Høgda?«

Der Name spricht doch eigentlich für sich selbst, dachte Tommy.

»Unmöglich«, sagte Svein Finneland. »Ist das wirklich Høgda?« Er nahm die Fotografie und studierte sie genauer.

»Wir bestellen ihn vorerst noch nicht zur Vernehmung ein. Er darf noch nichts wissen, okay?«

Tommy stand auf. Er musste an diesem Tag noch nach Tromsø, um so überraschend wie möglich bei Alexander Thorstensen aufzutauchen.

»Høgda hat seit den Siebzigern ein Ferienhaus in Hvasser, muss ich noch erwähnen, wo das erste Mädchen umgebracht wurde?«

»Tønsberg«, sagte Rune Flatanger. »Ich überprüf mal, ob er irgendwann einmal in Ringvoll Patient war.«

»Gut, sind wir dann fertig?«, fragte Tommy.

Reuter öffnete den Mund, sagte aber nichts.

Ohne jede Erklärung verließ Tommy den Besprechungsraum.

Er lief mit schnellen Schritten zu seinem Büro und startete eine Internetrecherche zu Morten Høgda. Ein paar wenige Bilder wurden angezeigt. Høgda scheute die Öffentlichkeit, aber eines der Bilder war so gut, dass er es ausdrucken konnte.

Auf dem Weg zum Kopierer bat er Linda im Sekretariat, ihm für mittags einen Flug nach Tromsø zu buchen.

Als er zurück in sein Büro kam, saß Halgeir Sørvaag auf seinem Stuhl.

Tommy legte das Bild von Høgda auf seinen Schreibtisch und zog seine Daunenjacke an. Er hatte nicht vor, Sørvaag zu sagen, wohin er wollte oder warum er das Bild mitnahm. Das Schlimmste, was passieren konnte, war, dass Høgda sich aktuell im Ausland befand und über irgendwelche Quellen erfuhr, dass er in Oslo vernommen werden sollte. Dann wäre es nicht zu verhindern, dass er sich ins nächstbeste Flugzeug setzte und nach Kambodscha flog.

Sørvaag sah scheinbar abwesend aus dem Fenster.

»Genießt du die Aussicht?«, fragte Tommy. »Ich habe wenig Zeit, komm zur Sache.«

»Ich habe gestern Abend eines der Kinder des alten Lorentzen erreicht. Mir ist diese Maria-Sache nicht aus dem Kopf gegangen.«

»Maria?«

»Edel Maria. Das war doch das Letzte, was das Mädchen im Krankenhaus gesagt hat.«

Tommy nahm das Bild von Høgda und steckte es in einen Umschlag.

»Ich muss los, Halgeir.«

»Aber es glaubt mir ja niemand.«

Tommy blieb auf der Türschwelle stehen.

»Wie meinst du das?«

»Maria, Tommy. Es ist kein Zufall, dass das Mädchen im Krankenhaus diesen Namen genannt hat. Und ich bin sicher, dass sie auch Edel gesagt hat. Jemand hat möglicherweise das Mädchen angerufen und unter dem Namen Edel

Maria das Date ausgemacht, aber wir finden ihr Scheißhandy ja nicht.«

Die Bilder flimmerten über Tommys Netzhaut. Wie die junge Frau sich aufgerichtet und geschrien hatte. Plötzlich spürte er auch wieder die Angst, die er in diesem Moment empfunden hatte.

»Es kann natürlich auch ein Zufall sein«, sagte Sørvaag.

»Vielleicht.«

»Nordreisa«, fuhr Sørvaag fort.

Es dauerte ein paar Sekunden, bis Tommy verstand, was sein Kollege gesagt hatte.

Plötzlich begann sich alles um ihn herum zu drehen. Seine Füße schienen in tiefem Morast zu versinken, sein Kopf steckte in einem Schraubstock.

»Was hast du da gerade gesagt?« Die Worte waren so leise, dass Sørvaag sie nicht hörte.

»Der alte Lorentzen war bei der Polizeiwache in Nordreisa. Dieses Mädchen, Edel Maria, wurde dort getötet. Der Sohn hat das bestätigt. Ich erinnere mich jetzt auch daran, dass Lorentzen mir das mal erzählt hat, aber den Ort hatte ich vergessen. Der Täter wurde nie gefunden.«

»Nordreisa?«

Tommy musste sich an den Türrahmen lehnen.

Er faltete den Brief auseinander, der in seinem Postkasten gewesen war.

Erinnerst du dich an mich?

Er hatte immer behauptet, sich nicht daran zu erinnern, woher seine Mutter kam. Dabei wollte er es nur nicht wissen, wollte – ohne zu ahnen, warum – nichts über sie erfahren.

Sie stammte aus Nordreisa.

Und Morten Høgda war aus der Nachbargemeinde.

3

Ihre Finger waren bereits vor Kälte erstarrt. Susanne verfluchte sich selbst für die idiotische Arbeit, die sie sich vorgenommen hatte. Sie stand mittlerweile vor dem vierten Terrassenhaus im Nedre Skøyen vei. Die Sonne war über den Horizont geklettert und stach ihr in die Augen, als sie auf die Klingelschilder zuging. Sie hatte bereits zehn Seiten ihres Notizbuchs mit Namen und Adressen vollgeschrieben, doch die Vorgehensweise schien ihr inzwischen ziemlich sinnlos.

Außerdem war es sechzehn Jahre her, dass Kristiane hier gewesen war. Die Person, nach der sie suchte, wohnte bestimmt nicht mehr hier. Trotzdem notierte sie sich rasch alle Namen auf der letzten freien Seite ihres Blocks. Jetzt waren es hundertzehn Namen.

Stopp, dachte sie.

Ihre Sorge um Mathea war mit jeder Minute größer geworden. Sie steckte die Hand in ihre Tasche und nahm ihr Handy heraus. Zweimal tippte sie den falschen Pin-Code ein. Als sie sich endlich erinnerte, schloss sie die Augen, während das Handy sich ins Netz einloggte. Auf dem Display tauchten aber keine Nachrichten des Kindergartens, sondern vier unbeantwortete Anrufe von Tommy auf. Auch seinetwegen hatte sie das Handy ausgeschaltet. Er hätte sicher versucht, sie von ihrem Vorhaben abzubringen, wofür sie ihm keinen Vorwurf machen konnte.

Sie zuckte zusammen, als das Handy plötzlich zu klingeln begann.

Tommy Bergmann Handy stand auf dem Display.

Jetzt hatte sie keine andere Wahl.

»Wo bist du gewesen?«, fragte er, klang aber nicht so wütend, wie sie befürchtet hatte.

»Ich verfolge eine Spur.«

»Ich hätte es gut gefunden, wenn du mich vorher informiert hättest. Wir müssen miteinander reden.« Er machte eine Pause. Susanne dachte an die Worte *miteinander reden.* Genau das hatte sie zu Nicolay gesagt.

»Ich muss heute aber erst nach Tromsø. Fahr bitte gleich in die Nationalbibliothek. Du musst rausfinden, was die Zeitungen da oben über den Mord an einem Mädchen in Nordreisa geschrieben haben. Ihr Name war Edel Maria. Das war irgendwann in den Sechzigern. Es eilt.«

»Edel Maria?«

Der Name, den die junge Litauerin im Rikshospital geschrien hatte, dachte Susanne. Außerdem hatte Sørvaag von diesem Namen gesprochen.

Susanne hatte gut hundert Namen auf ihrer Liste, sechzehn Jahre nachdem Kristiane hier bei diesen Blocks gewesen war. Und jetzt sollte sie sich um diese Edel Maria in Nordreisa kümmern. Sie schüttelte den Kopf, hätte sich am liebsten hingesetzt und losgeheult.

»Na dann«, sagte sie mit dünner Stimme.

»Das kann wichtig sein, verstehst du? Ich brauche dich jetzt, Susanne. Was machst du eigentlich gerade?«

Susanne wartete einen Augenblick.

»Ich war heute Nacht in Lovisenberg. Bjørn-Åge Flaten liegt im Sterben. Er hat Kristiane in Skøyen getroffen und gesehen, wohin sie gegangen ist. Ich glaube ihm, Tommy.«

Durch das Telefon war sein schwerer Atem zu hören.

»Okay«, sagte er nur. »Okay, aber ich brauche dich jetzt in der Nationalbibliothek, oder du holst dir diese Infos irgendwie telefonisch, in Ordnung?«

Susanne lehnte sich neben den Klingelknöpfen an die Wand und wollte sagen: Wenn du nach Tromsø fährst, kannst du da oben doch verdammt noch mal selbst in der Zeitungsredaktion vorbeischauen und die Archive durchstöbern, tat es aber nicht.

Sie warf einen Blick auf die Namen auf ihrem Block.

Das war schlimmer als die berüchtigte Nadel im Heuhaufen.

Sechzehn Jahre her, dachte sie. Was bilde ich mir eigentlich ein?

4

Es war glücklicherweise leichter, einen Parkplatz zu finden, als er befürchtet hatte. Er hatte einfach nicht die Zeit, blöd in der Gegend herumzufahren.

Edel Maria. Nordreisa. Schon bei dem Gedanken lief es ihm kalt den Rücken herunter. Er versuchte sich an das zu erinnern, was seine Mutter erzählt hatte, aber damals hatte es ihn nie interessiert, wenn sie von sich erzählt hatte. Warum sie nie da hochgefahren waren. Er hatte in diesen Momenten immer nur eine stille Wut auf sie empfunden. Und gedacht, dass es das Beste wäre, wenn diese kleine Frau, die sich seine Mutter nannte, endlich tot wäre. Dass er sie selbst umbringen sollte. Er wusste noch, dass er damals über sich gedacht hatte, wirklich gestört zu sein. Und dass sein Vater das bestimmt auch war und sie deshalb so weit in den Süden geflohen war. Genau darauf hatte Osvold fokussiert und gemeint, dass er nicht Hege, sondern seine Mutter verprügelt habe. Es fühlte sich nur so verdammt scheiße an, sich einzugestehen, dass ihn alles, was Hege tat, an seine Mutter erinnerte und dass seine verfluchte Wut gar nichts mit ihr zu tun gehabt hatte. Es mochte paradox klingen, aber innerlich freute er sich für sie, dass sie es geschafft hatte, von ihm loszukommen.

Osvold, dachte er, den Termin morgen muss ich wahrnehmen. Sonst reichte ein Anruf, und er war gefeuert. Außerdem musste er mal wieder mit jemandem reden. Aber konnte er darauf vertrauen, dass Susanne wirklich tat, was sie tun sollte? Schon die Tatsache, dass er sie nicht dafür gerügt hatte, Bjørn-Åge Flaten Glauben zu schenken, zeigte doch, wie weich in der Birne er mittlerweile war.

Er ging mit schnellen Schritten auf das Haus zu, in dem die junge Litauerin ihrem Mörder begegnet war. Das junge Paar in der Nachbarwohnung wusste mehr, als es gesagt hatte, in diesem Punkt war er sich sicher. Auf jeden Fall die Frau. Sie arbeitete nicht, ihr Kind war erst ein halbes Jahr alt. Mit etwas Glück traf er sie zu Hause an, bevor sie in einem der zahlreichen Cafés verschwand, die es in diesem Teil der Stadt gab.

Er klingelte.

»Hallo?«, krächzte es durch den Lautsprecher.

»Tommy Bergmann, Polizei.«

Sie antwortete nicht gleich. »Das passt gerade ziemlich schlecht.«

»Dann muss ich Sie bitten, im Laufe des Tages noch ins Präsidium zu kommen.«

Sie seufzte resigniert.

Er sah auf seine Armbanduhr. Den Flieger um zwölf würde er verpassen, wenn sie ihm jetzt Probleme machte.

»Okay dann.«

Er drückte die weiß gestrichene Tür auf. Genau wie es der Täter getan hatte.

Warst du das, fragte Tommy Bergmann sich und nahm das Foto von Morten Høgda, das die Überwachungskamera aufgezeichnet hatte, aus der Tasche.

Sie wartete mit dem Kind auf dem Arm, als er in den dritten Stock kam. Ohne Schminke erkannte er sie kaum wieder.

»Nur ein paar kurze Fragen.«

Ihr Gesicht war ernst. Das kleine Mädchen lächelte ihn mit weit aufgerissenen Augen an, begann dann aber plötzlich zu weinen.

Wer will es ihr verübeln?, dachte Tommy und betrachtete sich selbst in dem Spiegel, der im Flur hing.

Therese Syvertsen legte die Kleine unter ein Spieltrapez im Wohnzimmer, wo sie sofort zu weinen aufhörte.

»Wollen Sie was trinken?«, fragte sie und wich seinem Blick aus.

Tommy schüttelte den Kopf.

»Ist Ihr Mann auf der Arbeit?«

Sie nickte und kratzte sich mit ihren künstlichen Nägeln am Unterarm.

Er nahm das Bild von Morten Høgda aus der Tasche. Die bearbeitete Version des Überwachungsfotos. Dann den Ausdruck des Bildes, das er im Netz gefunden hatte.

»Haben Sie diesen Mann schon einmal gesehen? Hier im Treppenhaus?«

Therese Syvertsen strich sich die blonden Haare hinter die Ohren und sah sich das Bild lange an. Viel zu lange.

Sie schloss die Augen und wich einen Schritt zurück.

»Haben Sie?«

»Ja«, sagte sie.

»In der Nacht, in der das Mädchen …?«

Sie schüttelte den Kopf.

»Wo haben Sie ihn gesehen?«

»Er war mehrmals hier. Ich habe ihn durch den Spion gesehen. Und einmal habe ich ihn unten in der Tür getroffen. Er hat mich angesehen, als wäre ich eine von denen. Eine, die man kaufen kann.«

»Und in jener Nacht haben Sie nicht durch den Spion geschaut?«

»Nein. Ich habe geschlafen. Ich habe niemanden gesehen.«

»Und was ist mit Ihrem Mann?«

»Der wacht von gar nichts auf. Nicht mal von ihr.«

Therese Syvertsen nickte in Richtung des Kindes, das auf dem Boden spielte.

»Wissen Sie, wer das ist? Haben Sie ihn schon mal woanders gesehen?«

Sie schüttelte den Kopf.

»Morgen kommen Sie bitte ins Präsidium. Um neun, schaffen Sie das? Nehmen Sie die Kleine mit. Sie müssen ein paar Papiere unterschreiben.«

Therese Syvertsen starrte ihn leer an, als hielte sie noch etwas zurück.

»Hat Ihr Mann Sie gebeten, den Mund zu halten?«, fragte er.

Sie richtete sich auf. »Nein, wie kommen Sie darauf?«

»Es ist wichtig, dass Sie mir alles sagen, absolut alles! Sie müssen im Präsidium auch die Fotokartei durchsehen.« Derjenige, der den Mordversuch gemeldet hatte, könnte der Zuhälter des Mädchens gewesen sein. Mit etwas Glück hatten sie ihn in der Kartei.

Auf dem Weg zum Auto rief Tommy Reuter an und erklärte ihm die Lage. Reuter antwortete mit Schweigen.

»Lass ihn überwachen, okay? Ich will aber nicht, dass er schon etwas weiß. Dann ist die Sache gelaufen. Sorg dafür, dass er das Land nicht verlässt.«

»Und die Frau war sich wirklich sicher, dass sie ihn im Treppenhaus gesehen hat?«

»Ja.«

»Das muss nichts zu bedeuten haben.«

»Nein«, sagte Tommy. »Aber mit dem stimmt irgendwas nicht. Der verbirgt etwas.« Er dachte, dass Reuter nicht wusste, dass Alexander Thorstensen Høgdas Sohn war oder dass Høgda aus dem Nachbarort von Nordreisa stammte. Kannten er und Tommys Mutter sich vielleicht? Konnte er womöglich sein Vater sein?

Der Gedanke war zum Kotzen.

»Hölle gesehen offen liegen«, sagte Reuter plötzlich wie aus heiterem Himmel. »Ein verflucht seltsamer Satzbau, den der Verrückte da in seinem Brief gewählt hat, findest du nicht auch?«

Tommy hatte keine Lust, über den Brief zu reden. Das Thema bedrückte ihn, nahm ihm den Atem, als legte ihm jemand eine Schlinge um den Hals und zöge sie langsam zu. Der gleiche Jemand, der auch die Mädchen umgebracht hatte oder wenigstens wusste, wer dafür verantwortlich war.

»Ja, merkwürdig, den Satz hätte man auch ganz anders schreiben können. Was hat Flatanger gesagt?«

»Er ist auch dieser Meinung. Er glaubt, dass das ganz bewusst so gewählt worden ist. Ich bin mir da nicht so sicher.«

»Hölle offen liegen«, sagte Tommy vor sich hin.

»Ich besprech das mal mit meiner Frau«, sagte Reuter. »Sie sollte meinen Job machen, tut ja nichts anderes als lesen und grübeln.«

»Was meinst du zu dem, was Flatanger gesagt hat? Zwei Persönlichkeiten in einer Person?«

»Ein Mann, der glaubt, eine Frau zu sein«, sagte Reuter. »Tagsüber Mann, nachts Frau?«

»Ja.«

»Finde einfach diesen Verrückten, dann ist es mir reichlich egal, ob in seinem Kopf eine, zwei oder drei Personen stecken oder ob er nachts in Kleidern herumrennt, okay?«

»Sucht Høgda, ich glaube, dann haben wir ihn«, erwiderte Tommy.

»Die Leute von Kripos wollen Rask festnehmen, bevor er nach Trondheim kommt. Das SEK ist schon oben, das wird ein Zirkus.«

Tommy entgegnete darauf nichts.

Er hielt es für einen Fehler. Aber wer konnte das schon wissen? Tommy war sich unsicher. War Rask womöglich auf dem Weg zu Alexander Thorstensen?

Zur Sicherheit rief er vom Flughafen aus mit unterdrückter Nummer im Universitätskrankenhaus von Tromsø an.

»Alexander Thorstensen? Er hat gerade Dienst. Einen Moment bitte, ich sehe mal nach, ob ich Sie verbinden kann.«

Tommy legte auf und bestellte sich noch ein Bier.

Bereits vor dem Takeoff schlief er ein und träumte, dass Elisabeth Thorstensen ihn umarmte. Der Fall war gelöst, und sie wohnte bei ihm. Im nächsten Traumbild saß sie mit einem Messer am Handgelenk in seinem Flur und sagte: Das ist alles deine Schuld, Tommy. Alles deine Schuld!

5

Die Nationalbibliothek erinnerte sie irgendwie an ein altes Pflegeheim. Jedenfalls hatte sie sich die immer so vorgestellt. Susanne bekam Hilfe von den Bibliothekaren. Sie suchten ihr die Ausgaben der Zeitung Nordlys vom Beginn der sechziger Jahre heraus. Da muss irgendwo etwas stehen, meinte Susanne und machte ein so liebenswürdiges Gesicht, wie sie nur konnte, erhielt aber nur ein mattes Lächeln als Antwort.

Nach einer Stunde waren ihre Augen von dem Mikrofilm, auf den die Zeitungen gescannt worden waren, so müde, dass sie am liebsten aufgegeben hätte. Sie hätte es wirklich vorgezogen, die Register des Einwohnermeldeamtes durchzuarbeiten, um die Nadel im Heuhaufen zu finden.

Trotzdem arbeitete sie schnell, checkte nur die Titelseite und die ersten Nachrichtenseiten. Sollte dort oben wirklich ein Mord geschehen sein, müsste der dort stehen. Für mehr hatte sie nicht die Zeit.

Um ein Uhr spürte sie, dass sie den ganzen Tag noch nichts gegessen hatte.

Als sie schließlich im Oktober 1962 angekommen war, reichte es ihr. Sie verließ den Lesesaal, ging zu einer Sitzgruppe, nahm ihr Handy und wählte Torvalds Nummer.

»Alles in Ordnung?«, fragte er, und wieder wünschte sie sich spontan, er wäre sexuell anders gepolt.

»Hast du heute Abend schon was vor? Ich brauche einen Babysitter.«

»Ach?«, sagte er. »Endlich, Susanne. Passiert doch noch was in deinem Leben?«

»Ich muss einhundertzehn Namen in das Suchfeld des Einwohnermelderegisters eintippen.«

Torvald verstummte.

»Es kommt gerade ein Kunde, ich rufe dich zurück«, sagte er, ohne die Enttäuschung in seiner Stimme verbergen zu können.

Ein paar Minuten später bekam sie eine SMS: *OK mit Mathea, Darling. Aber hatten wir nicht abgemacht, dass du nach Nico endlich wieder zu leben anfängst?*

Ich muss nur erst den Verrückten finden, der all die Mädchen umbringt, dachte Susanne, warf einen Blick auf die Uhr an der Wand und ging wieder zurück zu ihrem Mikrofilmarbeitsplatz.

Verdammter Idiotenjob.

Sie öffnete die Zeitung vom 2. Oktober 1962 und spürte, wie sich ihre Nackenhaare aufstellten. Es stand in der rechten Zeile.

16-jähriges Mädchen in Nordreisa ermordet.

Ein Schwarzweißbild von ein paar Gebäuden.

Ein kurzer Leadtext.

Die 16-jährige Edel Maria Reiersen wurde gestern Morgen ermordet in Storslett aufgefunden. Die Polizei hat noch keine Spur vom Täter. Die Umstände des Mordes sind bis jetzt ungeklärt, aber nach Informationen, die unserer Zeitung vorliegen, war das Mädchen übel zugerichtet.

6

Nur wenige Orte auf der Welt boten schöneres Licht als Tromsø Mitte Dezember. Es war mitten in der dunklen Jahreszeit, aber trotzdem wirkte die Landschaft wie gemalt, in Blau, Weiß und Rosa. Die arktische Umgebung war wie Medizin für Tommy und sagte ihm auf jeden Fall eins: Vielleicht gehörte er wirklich eher hier oben hin und nicht in den Süden. Fast widerwillig stieg er an der Uniklinik aus dem Bus, enttäuscht darüber, dass die Fahrt nicht länger dauerte.

An der Rezeption stand ein Weihnachtsbaum, kein Plastikgestell wie im Präsidium in Oslo, sondern eine echte, hohe Fichte. Tommy meldete sich an der Pforte an und sagte, dass er unbedingt mit Alexander Thorstensen sprechen müsse, auch wenn er dann bis zum Ende der Schicht warten müsse.

Er sagte sich selbst, dass Alex nicht der Täter sein konnte. Er war achtzehn gewesen, als Kristiane verschwand. Aber er war Chirurg. Dieser Gedanke ließ ihn nicht los.

Die ganz in Weiß gekleidete Frau an der Pforte schien sich an seiner etwas seltsamen Anfrage nicht zu stören. »Nehmen Sie im Wartebereich Platz. Dr. Thorstensen hat sehr viel zu tun, aber ich werde ihm Bescheid geben.«

Er blätterte gerade erst ein paar Minuten in der aktuellen Ausgabe des Nordlys, als er ein Räuspern hörte. Er hob den Kopf, der Anblick ließ ihn zusammenzucken.

Die leicht femininen Züge ließen keinen Irrtum zu. Alexander Thorstensen ähnelte seiner Mutter so sehr, dass er in jüngeren Jahren sicher als Mädchen durchgegangen wäre. Mit einem Mal kam ihm der Gedanke gar nicht mehr so unrealistisch vor: Er war nur Kristianes Halbbruder, und mit diesem Aussehen waren ihm die Teenies sicher in Scharen nachgerannt. Womöglich lag Elisabeth Thorstensen mit ihrer Vermutung ja richtig?

»Alexander Thorstensen.« Er streckte Tommy die Hand entgegen. Groß, gepflegt und mit breitem Ehering. Der weiße Kittel verlieh ihm Autorität. Tommy fühlte sich neben dem bildhübschen Sohn von Elisabeth Thorstensen wie ein verlotterter alter Säufer.

»Sie sind nicht von der Polizei hier oben«, sagte Alexander Thorstensen und senkte den Blick.

»Es geht um …«

»Kristiane«, vollendete Alexander Thorstensen leise.

Tommy versuchte in Thorstensens Zügen irgendetwas von Morten Høgda zu erkennen, aber es gelang ihm nicht.

»Ich habe nur ein paar Fragen.«

»Hätten Sie das nicht per Telefon machen können?«

»Ich ziehe es vor, die Menschen, mit denen ich rede, auch zu sehen. Außerdem tut mir ein bisschen frische Luft ganz gut.«

Der Piepser in Alexander Thorstensens Kitteltasche meldete sich.

Der Arzt seufzte und ging mit raschen Schritten zum Telefon an der Pforte.

»Sie müssen warten«, rief er Tommy zu und eilte von dannen. Tommy folgte ihm mit dem Blick, bis er hinter einer Doppelflügeltür verschwand, die sich langsam schloss.

Er setzte sich in die Kantine. In den folgenden Stunden las er alle Zeitungen, die sie im Krankenhaus hatten, und rauchte draußen an der frischen Luft fünf oder sechs Zigaretten. Schließlich kam die Frau von der Pforte in die Kantine.

»Telefon«, sagte sie. Er folgte ihr und fühlte sich irgendwie wie ein Hund, der seinem Frauchen hinterhertrottete.

»Können Sie nach oben in die Anatomie kommen?«, fragte Alexander Thorstensen am anderen Ende und versuchte, ihm den Weg zu erklären.

»Wird schon klappen.«

Schließlich fand Tommy wirklich die Treppe, die nach oben in die erste Etage des Gebäudes führte. Auf dem Treppenabsatz blieb er stehen und sah durch das Fenster in Richtung Festland. Das letzte Tageslicht verschwand gerade.

»Kommen Sie mit.«

Er drehte sich nach links und blickte nach oben. Alexander Thorstensen wartete auf der obersten Treppenstufe. Er schien in den wenigen Stunden, die vergangen waren, seit er Tommy gesehen hatte, deutlich gealtert zu sein.

Schweigend gingen sie die wenigen Meter bis zu einer Tür mit der Aufschrift Anatomiesaal. Alexander Thorstensen wechselte ein paar Worte mit zwei jungen Frauen, die ihnen entgegenkamen, aller Wahrscheinlichkeit nach Studentinnen. Sie warfen einen flüchtigen Blick auf Tommy, bevor sie über die Treppe nach unten gingen. Unten hörte er leises Lachen.

Auf der Schwelle des riesigen Raums blieb Tommy stehen. Alexander Thorstensen ging unbeeindruckt weiter, als wäre der Anblick der zwanzig bis dreißig Glaskästen mit in Formalin treibenden Körperteilen das Normalste von der Welt.

Das Erste, was Tommy sah, war ein Fötus, der in seinem Glaskasten zu schweben schien. Er hatte den Nacken gebeugt und den Daumen noch im Mund. Dann ein abgesägter Arm, daneben ein Torso. Er ging ein paar Schritte weiter in den Raum hinein und studierte den feinen Schnitt, mit dem der Arm vom Körper getrennt worden war. Dann ging sein Blick zum Hals. Der Kopf war nirgends zu sehen. Was aber sicher gut war. Tommy musste an das Mädchen im Frognerveien denken. Wie sie ausgesehen hatte, und wie Kristiane ausgesehen hatte.

»Warum haben Sie nicht in Oslo studiert?«, fragte er Alexander Thorstensen, der sich an einen der Tische am Ende des Raumes gesetzt hatte.

»Wie meinen Sie das?«

»Wollten Sie hierhin, oder haben Sie in Oslo keinen Studienplatz bekommen?«

Alexander Thorstensen hielt Tommys Blick eine Weile stand, dann sah er zu dem schwerelosen Torso hinüber, der vor ihnen im Formalin schwebte.

»Ich musste da weg. Ich war plötzlich nur noch der Bruder von der, die ermordet worden war, verstehen Sie?« Tommy musterte den Mann vor sich. Es war gut denkbar, dass sich Kristiane in ihn verliebt hatte, wenn sie erst die Schwelle des moralischen Tabus überschritten hatte.

»Sind Sie etwa deshalb hier heraufgekommen?«, fragte Alexander Thorstensen. Er lachte leise und unterstrich damit den Sarkasmus in seiner Stimme. »Um mich über mein Studium auszufragen?«

Tommy schüttelte den Kopf. »Sie wissen so gut wie ich, dass Anders Rask aus der geschlossenen Klinik ausgebrochen ist. Obwohl er die Wiederaufnahme des Falls erreicht hatte.«

Alexander Thorstensen nickte. »Paradox, nicht wahr?«, bemerkte er. »Er haut ab, obwohl er behauptet, meine Schwester nicht getötet zu haben.«

»Hatten Sie ihn in der Schule?«

»Ja.«

»Und hatten Sie nach dem Schulabschluss noch Kontakt zu ihm?«

Alexander Thorstensen schnaubte. »Was glauben Sie denn?«

Es entstand eine Pause.

Alexander Thorstensen stand auf und ging auf den großen Glaskasten mit dem Torso zu. Er legte den Kopf an die Scheibe, und sein Gesicht wurde durch das Formalin verzerrt.

»Wann haben Sie erfahren, dass Morten Høgda Ihr Vater ist?«, fragte Tommy.

»Kurz vor meinem 18. Geburtstag.«

»Frühling 1988?«

»Ja, aber geahnt hatte ich das schon lange. Ich habe das an seinem Verhalten gemerkt. An Papas, meine ich.«

»Und wie fanden Sie das? Dass Høgda Ihr Vater ist?«

»Wie hätten Sie das gefunden?«

»Und was haben Sie über Ihre Mutter gedacht?«

Alexander Thorstensen begann zu lachen. »Was sind Sie? Mein Psychologe? Mama war immer verrückt. Wirklich verrückt. Nur dass das keiner erkennt.«

Tommy folgte ihm. Thorstensen schien sich wirklich für den Inhalt der verschiedenen Glaskästen zu interessieren.

»Haben Sie Kristiane jemals erzählt, dass Sie nur ihr Halbbruder waren?«

Alexander Thorstensen öffnete den Mund, um etwas zu sagen, schwieg dann aber doch.

»Was soll die Frage?«, sagte er schließlich und fuhr mit der Hand über den Glaskasten mit dem Torso. »Ich habe mich hier drinnen immer wohl gefühlt«, sagte er. »Das hier sagt so viel über das Leben aus, finden Sie nicht auch?«

»Haben Sie jemals gesagt, dass Sie nur ihr Halbbruder sind?«

»Ja.«

»Wann?«

»Irgendwann mal.«

»Wann?«

»Im letzten Sommer.«

»88?«

Alexander Thorstensen hatte seine Stirn jetzt an den Glaskasten mit dem toten Fötus gelegt.

»Das ist der schönste«, sagte er. »Ich denke oft an diesen kleinen Kerl hier, wenn ich mit meinem Sohn allein bin. Wie dünn die Grenze zwischen Leben und Tod ist.«

Er hörte zu reden auf, als wären ihm die Worte ausgegangen. Eine ganze Weile starrte er den toten Fötus an, bis er wieder den Mund öffnete: »Wir waren einmal an einem Wochenende allein im Sommerhaus.«

»In Hvaler?«

Er nickte. »Mama und Papa waren das ganze Wochenende weg. Es war schönes Wetter, und Kristiane hatte endlich einmal ein spielfreies Wochenende. Ich habe ihr gesagt, sie könne ruhig eine Freundin mitnehmen. Aber sie wollte nicht. Sie hatte damals wohl irgendwelche Probleme mit ihrem Freund.«

»Dann waren Sie allein da unten?«

Er antwortete nicht.

»Ist damals irgendetwas passiert?«

»Was sollte denn passiert sein?«

»Ihre Mutter hat gesagt, dass sie damals glaubte, Kristiane hätte sich in Sie verliebt.«

Alexander Thorstensen verzog keine Miene.

»Viele waren in mich verliebt. Aber die waren uninteressant.«

»Aber Ihre eigene Schwester nicht? War sie interessant? Mit ihren fünfzehn Jahren?«

»Sie wusste genau, was sie tat.«

»Dann stimmt es also, was Ihre Mutter gesagt hat?«

»Was hat sie gesagt?«

»Dass Sie miteinander geschlafen haben. Sie und Kristiane.«

Alexander Thorstensen lachte leise.

»Haben Sie nicht gehört, was ich eben gesagt habe? Meine Mutter hat sie nicht alle, Bergmann.«

Die Tür hinter ihnen wurde aufgerissen, und zwei Studenten stürzten förmlich in den Saal, ein Pärchen.

»Oh, Entschuldigung«, sagte der junge Mann. Die beiden verschwanden wieder, und noch vor der Tür begann das Mädchen fast hysterisch zu lachen.

Erdrückende Stille breitete sich im Raum aus.

Tommy und Alexander Thorstensen studierten einander.

Thorstensen legte den Kopf schräg. Tommy musste sich konzentrieren, um nicht dasselbe zu tun.

»Sie waren an dem Abend, an dem Kristiane verschwunden ist, allein? Haben Sie sie irgendwo abgeholt?«

»Hören Sie«, sagte Alexander Thorstensen. Seine Stimme war noch immer kontrolliert, aber unter der kühlen Oberfläche brodelte etwas, das Tommy für Wut hielt. »Was wollen Sie mir da eigentlich unterstellen?«

»Ich will nur wissen, ob es stimmt, dass Sie miteinander geschlafen haben, und wo Sie am Abend ihres Verschwindens gewesen sind. In den Stunden, in denen Sie angeblich auf der Party waren, Sie da aber niemand gesehen hat.«

»Wollen Sie damit andeuten, dass ich Kristiane getötet habe?«

Seine Stimme versagte.

»Wollten Sie sie an diesem Abend irgendwo treffen?«

Alexander Thorstensen schüttelte den Kopf.

»Die Party war in Nordstrand, Bergmann. Und sie ist doch wohl in Nordstrand in den Zug gestiegen, oder?« Alexander Thorstensen rang sich ein Lächeln ab. »Sie sollten sich lieber auf andere Dinge konzentrieren. Meine Mutter braucht Hilfe, Sie dürfen nicht alles glauben, was sie Ihnen sagt. Haben Sie das nicht verstanden? Sie ist nicht bei geistiger Gesundheit. Dass sie schon ein paarmal in der Klinik war, wissen Sie doch wohl?«

Tommy hielt die Luft an. Wer war hier eigentlich der Verrückte?

»Hat Ihre Mutter das sonst noch wem erzählt? Per-Erik oder Morten Høgda?«

Alexander Thorstensen machte auf dem Absatz kehrt und ging ohne ein Wort zur Tür. Vor dem letzten Glaskasten blieb er noch einmal stehen. Einen Augenblick dachte Tommy, er würde ihn umstoßen. Stattdessen schien er sich zu beherrschen, aber als er an der Tür war, schlug er mit der Hand hart gegen den Rahmen.

Tommy wartete einen Moment, dann folgte er ihm. Aber als er auf den Flur kam, war Alexander Thorstensen verschwunden. Er konnte drei Wege genommen haben: geradeaus durch die Flügeltür, über die Treppe zurück nach unten oder nach rechts durch einen Notausgang, aber dann wäre der Alarm ausgelöst worden.

Tommy entschied sich für die Treppe, hatte aber so viel Zeit verloren, dass er Thorstensen nicht mehr einholte.

Er hastete zur Pforte, wo jetzt eine andere Frau saß, die noch einmal Alexander Thorstensens Nummer wählte.

Verdammt, dachte Tommy. Wo war er nur abgeblieben?

»Ich kriege nur den Anrufbeantworter, er hat seine Schicht beendet, also ...«

Tommy nickte schweigend.

Er fuhr mit dem Taxi in die Skolegata, wo Alexander Thorstensen in einer alten Villa wohnte. Alle Fenster waren dunkel. Er klingelte mehrmals und drehte dann eine Runde ums Haus. Der Schnee durchnässte seine Schuhe, als er ans Fenster trat und ins Haus zu blicken versuchte.

Keiner da, dachte er. Oder sie verstecken sich im ersten Stock. Er ging rückwärts durch den Schnee, bis er mitten im Garten stand. Hinter den Fenstern waren keine Schatten zu erkennen, wenn das auch aus der Entfernung schwer zu sagen war. Er blieb ein paar Minuten regungslos stehen und gab es dann auf.

In diesem Augenblick meldete sein Handy den Eingang einer SMS.

Von Susanne.

Habe das Mädchen gefunden. Edel Maria, ermordet im Oktober 1962 in Nordreisa. Muss aber erst die Akten besorgen, um Genaueres herauszufinden.

Ja, dachte er. Und verdammt auch. Das brachte sie der Wahrheit noch nicht näher. Sie brauchten Details.

Und ich bin nicht mal dazu gekommen, Alexander Thorstensen zu Edel Maria zu befragen.

Trotzdem musste er zurück nach Oslo und noch einmal mit Morten Høgda reden. Bestimmt war es das Beste, Anklage gegen ihn zu erheben, auch wenn sie kaum etwas gegen ihn in der Hand hatten. Andererseits war allein schon die Tatsache, dass er sich auf die Aufrufe der Polizei nicht gemeldet hatte, verdächtig.

Im Taxi auf dem Weg zum Flughafen verfluchte er sich selbst. Der weite Weg nach Tromsø hatte ihm nichts gebracht.

Als er am Gate saß und döste, klingelte sein Handy.

»Ich glaube, meine Frau hat das Rätsel wirklich gelöst«, sagte Fredrik Reuter.

»Wovon redest du?« Tommy fragte sich einen Moment, ob er zurück zum Krankenhaus oder nach Hause zu Alexander Thorstensen fahren sollte.

»Hölle offen, weißt du nicht mehr?«

»Ah, ja.«

»Ihr ist dazu gleich Fröding eingefallen. Sie hat Nordistik studiert, weißt du, und leicht autistisch veranlagt ist sie wohl auch. Spiel bloß nie Scrabble mit ihr.«

»Fröding? Was soll das sein?«

»Wer das sein soll, meinst du wohl. Oder wer das war.«

»Ja, und?«

»Gustaf Fröding, ein schwedischer Dichter. Ein ziemlich seltsamer Kauz, hat die meiste Zeit seines Lebens in der Klapse verbracht. Er hat ein Gedicht geschrieben, namens *En syn*, und darin gibt es folgende Verszeile: *Helvete såg jag öppet ligga.* Also *die Hölle sah ich offen liegen.* Verstehst du?«

Tommy seufzte. »Nein«, sagte er. »Nicht wirklich.«

»Für meine Frau leg ich die Hand ins Feuer«, sagte Reuter. »Die ist schlauer als ich. Und wenn sie schlauer ist als ich, ist sie auf jeden Fall auch schlauer als du.«

»Lass uns darüber reden, wenn ich zurück bin.«

»Und noch was«, sagte Reuter. »Aber was ich dir jetzt sage, darfst du vorläufig noch nicht weitergeben. Das wird erst in einer Stunde gemeldet. Oder in zwei.«

»Dann sitze ich im Flieger.«

»Eine Dreizehnjährige ist in Kolbotn vermisst gemeldet worden«, sagte Reuter. »Eine gewisse Amanda Viksveen.«

»Sie wird schon nach Hause kommen.«

»Sie wollte von der Sofiemyrhalle nach Hause, Tommy.«

»Wie lange wird sie schon vermisst?«

»Seit zwei Stunden.«

»Zwei Stunden? Dreizehn Jahre alt? Ich bitte dich, Fredrik.«

»Es soll aber ein sehr anständiges Mädchen sein, die Eltern sind glaubwürdig. Es war vereinbart, dass Amanda direkt nach Hause kommt.«

»Anständige Mädchen sind immer die schlimmsten.«

»Die Eltern haben sie vermisst gemeldet. Sie wollten mit ihr shoppen gehen. Aber sie ist wie vom Erdboden verschluckt. Dabei wollte sie direkt nach Hause, über eine Abkürzung durch den Wald.«

Verdammt, dachte Tommy. Er war tausend Mal in dieser Gegend gewesen und wusste, wie stockfinster es im Winter dort war. Zwischen Fußballplatz und Sporthalle sah man wirklich nichts.

»Ich bin Optimist.«

Reuter musste auflegen. Er war kein Optimist.

Tommy redete sich selbst ein, dass die dreizehnjährige Amanda schon wieder auftauchen würde.

An der Sicherheitskontrolle gab es irgendwelche Auseinandersetzungen.

Er schloss noch einmal die Augen. Fröding, dachte er. Was hatte das jetzt wieder zu bedeuten?

»Der Passagier Tommy Bergmann wird gebeten, sich an der Sicherheitskontrolle zu melden«, kam es durch den Lautsprecher, aber erst nach einer Minute wurde ihm bewusst, dass er es war, der da aufgerufen wurde.

Alexander Thorstensen stand wie ein Hund an viel zu straffer Leine auf der anderen Seite der Sicherheitskontrolle.

»Sie müssen mir glauben«, sagte er.

Tommy sah erst auf seine Uhr, dann zu Alexander Thorstensen. Der Sicherheitsbeamte, der neben ihm stand, sah aus, als wollte er dem jungen Chirurgen lieber jetzt als gleich Handschellen anlegen.

Er würde sein Flugzeug verpassen, aber in einer Stunde gab es noch einen anderen Flug.

»Lassen Sie uns unten miteinander reden«, sagte er zu Alexander Thorstensen.

Sie trafen sich vor der Ankunftshalle und setzten sich schweigend auf eine Bank.

»Sie müssen mir glauben. Ich habe Kristiane nichts getan. Ich war den ganzen Abend allein, bis ich dann zu dem Fest in Nordstrand gefahren bin.« Er fuhr sich mit den Händen über das Gesicht und durch die Haare.

»Aber sie war in Sie verliebt?«

Er zuckte mit den Schultern. »Keine Ahnung.«

»Sagen Sie mir die Wahrheit.«

»Vielleicht.«

»Warum sollte Ihre Mutter so etwas in die Welt setzen? Glauben Sie, dass sie es erfunden hat, Haare von Kristiane in Ihrem Bett entdeckt zu haben?«

»Vielleicht hat Kristiane da mal geschlafen, als ich nicht da war? Ich weiß es nicht.« Er öffnete den Mund, schwieg dann aber doch.

»Ja?«

»Mama war immer wie besessen von diesen Inzestsachen. ›Ihr beide könntet doch heiraten, ihr hättet bestimmt bildhübsche Kinder.‹ Sie hat ständig so Zeugs gesagt, wenn wir allein waren. ›Du bist so hübsch, Alexander.‹ Manchmal hatte ich beinahe Angst davor, dass meine Mutter zu mir ins Bett kommen könnte. Verstehen Sie, was ich meine?«

Tommy schüttelte den Kopf. »Eigentlich nicht.«

»Sie braucht noch immer Hilfe, Bergmann. Warum, glauben Sie, bin ich hier hoch? Ich wollte weg von ihr. Weg von Morten. Er ist fast genauso verrückt wie sie.«

»Ihre Mutter war in Frensby, nicht wahr? Ich glaube, ich habe sie da mal getroffen. Als ich ein Kind war.«

»Frensby?«, fragte Alexander Thorstensen. »Davon wusste ich nichts.«

»Nicht?«, fragte Tommy. »Hat sie nie gesagt, wo sie war?«

Alexander Thorstensen starrte ihn nur an.

Tommy begriff langsam. Irgendwo musste er einen ganz banalen Fehler gemacht haben.

»Ich muss gehen«, sagte Alexander Thorstensen.

Tommy schlurfte hinter ihm her.

Nachdem sie sich am Ausgang getrennt hatten, ging Tommy zum SAS-Schalter und hielt der jungen Angestellten seinen Polizeiausweis direkt vor die Nase. Er sagte, dass er kurz mal ihren Computer benutzen müsse, und sie ließ ihn gewähren.

Er ging ins Internet und las den Aufmacher des Dagbladet.

Anders Rask war von einer Polizeistreife in Heimdal in der Nähe von Trondheim angeschossen worden. Es musste gerade erst passiert sein.

Ganz richtig. Sein Handy begann zu vibrieren.

Fredrik Reuter. Tommy ignorierte den Anruf und tippte *Gustaf Fröding* ins Suchfeld des Browsers.

Eine Reihe von Schwarzweißbildern wurde angezeigt. Der kahle Mann mit dem großen Bart sah wirklich wie eine getriebene Seele aus. Aber bekannt kam er ihm nicht vor. Tommy klickte das auffälligste der Bilder an, eine vergilbte Schwarzweißfotografie. Unten in der linken Ecke stand in weißer Schrift etwas geschrieben. Er las es, wurde aber nicht schlau daraus.

Was ist das für ein Typ?, dachte er.

Und Susanne? Warum konnte sie ihren Job nicht fertig machen?

Er blickte auf die Uhr. Er könnte noch einmal in die Nordlys-Redaktion fahren. Aber nein, er musste am Abend schließlich noch nach Hause.

Frank Krokhol, dachte er. Dem schulde ich wirklich einen großen Gefallen.

Das alte Dagbladet-Urgestein ging sofort ans Telefon.

»Ich hab dir doch gesagt, dass nicht Rask der Täter ist, erinnerst du dich? Da fährt Rask in Trondheim in eine Polizeisperre, während hier in Kolbotn ein Kind verschwindet. Ich hab's dir gesagt.«

»Kannst du mir noch einen Gefallen tun? Du bist doch aus Tromsø, oder?«

Krokhol antwortete nicht.

»Dieser Fall. Edel Maria. Erinnerst du dich, dass ich dich danach gefragt habe?«

»Sorry, Tommy. Hier war einfach zu viel los.«

»Kannst du mir die Todesanzeige aus der Zeitung Nordlys beschaffen? Irgendwann im Oktober 62.«

»Ich bin in dieser Zeitung aufgewachsen.«

»Dann solltest du dich erinnern.«

»So alt bin ich nun auch wieder nicht.«

»Lass mal deine Kontakte spielen. Schnell. Ich brauche alles, was sie dazu haben. Wer, was, wo, verstehst du?«

»Mein Gott, ich dachte, ihr hättet wenigstens eine gewisse Ordnung in euren Akten, Tommy.«

»Tu es einfach, im Gegenzug bist du der Erste, der etwas erfährt, das weißt du.«

Das Knistern einer Zigarette drang durch das Telefon.

»Edel Maria. Oktober 62. Was willst du denn mit der Todesanzeige?«

Ich weiß es nicht, dachte Tommy. Ich weiß nicht mal, ob ich das wirklich wissen will.

7

Musste sie ein schlechtes Gewissen haben, weil sie Torvald gebeten hatte, Mathea aus dem Kindergarten abzuholen? Ihr Gefühl sagte: Ja, definitiv.

Susanne Bech hatte den Telefonhörer zwischen Kopf und Schulter eingeklemmt, während sie die Buchstaben ins Suchfeld des Melderegisters eintippte und mit dem Strafregister abglich. Seit halb fünf war sie damit beschäftigt und hatte doch erst den ersten Block im Nedre Skøyen vei abgearbeitet. Ihre Vorgehensweise war möglicherweise komplett idiotisch, aber etwas anderes konnte sie im Moment nicht tun. Und sie musste sich beeilen und fertig werden, bevor Tommy aus Tromsø zurück war. Wenn sie keine Resultate vorweisen konnte, war sie erledigt.

Sie studierte ihr Spiegelbild im Fenster, während sie aus dem Telefon Matheas Stimme hörte.

»Und Torvald und du, ihr habt Spaß, oder?«

»Ja. Torvalds Pfannekuchen sind viel besser als deine, Mama«, sagte Mathea.

»Das glaub ich gerne.« Susanne sah auf die Uhr. Die Kleine sollte längst im Bett sein. »Bist du nicht müde?«

Susanne druckte das Datenblatt über den Exmann von Randi Gjerulfsen in der zweiten Etage des ersten Terrassenblocks aus. Rolf Gjerulfsen hatte zwei Vorstrafen wegen schwerer Körperverletzung.

Mein Gott, dachte sie, das ist doch verrückt.

Torvald übernahm den Hörer und flüsterte: »Du, solltest du jemals sterben, was ich nicht hoffe, nehme ich die Kleine, nur dass das klar ist. Da haben wir einen Deal, oder?«

Susanne atmete schwer. »Bring sie jetzt bitte ins Bett, und wenn sie die Zähne nicht putzen will, ist das auch mal in Ordnung. Und … du?«

»Ja?«

»Ich hab dich wirklich gern, das weißt du, oder?«

»Fühl dich umarmt.«

Das Besetztzeichen stach ihr ins Ohr, und sie verbarg ihr Gesicht in den Händen. Das alles machte sie so verdammt müde. Aber sie musste das hinkriegen. Tommy mochte sie nicht sonderlich, das spürte sie, aber wenn sie es war, die die entscheidende Spur fand, musste er ihr die Stelle geben oder wenigstens ihre Probezeit verlängern.

Vom Flur her hörte sie die Stimme von Fredrik Reuter und richtete sich auf.

Reiß dich zusammen, dachte sie.

»Ich dachte, Sie müssten sich heute um Ihre Tochter kümmern?«, fragte Reuter und stürmte, ohne anzuklopfen, in ihr Büro. Sie murmelte etwas, das sie selbst kaum verstand.

»Jensrud ist seinen Schussverletzungen erlegen«, sagte er. »Aber das behalten Sie bis auf weiteres noch für sich.«

»Und Rask?«

»Der gibt im Laufe der Nacht hoffentlich auch noch den Löffel ab.«

»Aber den Mord an Furuberget und seiner Frau haben die beiden nicht begangen«, sagte Susanne. »Das bringt uns also nicht weiter.«

Reuter erwiderte nichts. Stattdessen nahm er einen Zahnstocher aus seiner Hemdtasche. Susanne lief ein Schauer über den Rücken. Er nutzte jeden Tag denselben.

»Und was treiben Sie?«

»Skøyen«, sagte sie und tippte den nächsten Namen ins Suchfeld ein, um ihn dann über eine Excel-Datei mit dem Strafregister abzugleichen.

»Aha«, sagte Reuter und bohrte zwischen seinen Zähnen herum.

»Sagen Sie mal«, fuhr er endlich fort, »haben Sie schon mal was von Gustaf Fröding gehört?«

»Fröding? Nein, wieso?«

»Nur eine Frage. Und werfen Sie in einer Stunde mal einen Blick auf die Online-Zeitungen. Es tut mir leid, das sagen zu müssen, aber Weihnachten ist dieses Jahr wohl für uns alle gestrichen.« Er verschwand aus ihrem Büro.

Sie schloss die Augen und wusste genau, was er dachte: Susanne Bech war eine naive Brünette, die den Steuerzahler nur Geld kostete, sich auf Kosten ihres Kindes scheiden ließ und dumme Namen in ein dummes Register eingab.

Um zehn Uhr, sie war gerade fertig und packte zusammen, rief Tommy an. Irgendwie gab es ihr Sicherheit, seine Stimme zu hören.

Sie erzählte ihm von ihrer Suche nach Edel Maria in der Nationalbibliothek und ging sogar das Risiko ein, ihm zu sagen, dass sie noch immer der Skøyen-Spur folgte.

Dass er sie nicht ausschimpfte, fasste sie als Kompliment

auf. Andererseits wirkte er auch nicht sonderlich interessiert.

»Hast du die Todesanzeigen gecheckt?«, fragte er. »Edel Maria. Vielleicht stand nach ihrem Tod eine Anzeige in der Zeitung. Es ist es sicher wert, das noch zu überprüfen, bis wir die Akten vorliegen haben.«

Du hättest in Tromsø übernachten und morgen früh ins Staatsarchiv oder in die Nordlys-Redaktion fahren können, dachte sie, sagte aber nichts.

»Dann sehen wir uns morgen«, sagte er und legte auf.

Verdammt, dachte Susanne, warf einen Blick auf die Uhr und schaltete den PC wieder ein. Sie wählte zufällig einen Namen aus dem dritten Terrassenblock und tippte ihn ins Suchfeld.

Anne-Britt Torgersen, geboren 1947.

Susanne klickte sich durch die Details.

Ein Kind, geboren 1985.

Es dauerte ein paar Sekunden, bis ihr bewusst wurde, dass sie den Namen des Kindsvaters schon woanders gelesen hatte. Das konnte kein Zufall sein. Hatte er damals wirklich dort gewohnt?

Sie erinnerte sich an Bruchstücke des Berichts, den Tommy geschrieben hatte, und klickte sich bis zu dem Ordner »Wiederaufnahmeverfahren Kristiane« durch.

Die Exfrau rief an. Er sagte, er habe der Ex die Wohnung überlassen. Ganz in der Nähe. Heute ein Vermögen wert.

Sie überprüfte alles, und der Kloß in ihrem Hals wurde größer und größer, ihre Finger stockten auf der Tastatur.

Angeblich war er 1990 aus dem Nedre Skøyen vei ausgezogen.

Auf einmal hatte sie wieder Reuters Worte im Kopf. Werfen Sie in einer Stunde mal einen Blick in die Online-Zeitungen.

Sie klickte die Dagbladet-Ausgabe an.

Amanda (13) in Kolbotn vermisst.

Oh, mein Gott, dachte sie. Das darf doch nicht wahr sein.

Sie blätterte in ihrem Notizbuch zurück zu seiner Telefonnummer und warf noch einmal einen Blick ins Melderegister. Ja, er wohnte 1988 in Skøyen. Daran gab es keinen Zweifel. Sie wählte die ersten vier Ziffern, entschied sich dann aber anders und ging auf den Flur, um nachzusehen, ob Reuter noch da war. Doch er war schon gegangen, das Licht war aus. Sie sah auf ihre Armbanduhr. Wer war so spät noch auf der Arbeit, wenn er nicht bezahlt wurde?

Aber ich muss, dachte sie und suchte Tommys Handynummer heraus. Als sich der Anrufbeantworter meldete, schloss sie die Augen.

Sie musste Tommy Bescheid sagen.

Es konnte doch gar nicht anders sein?

8

Susanne lief gedankenversunken über den Grønlandsleiret. Der 37er Bus konnte gerade noch bremsen und jagte sie zurück auf den Bürgersteig, wo sie einen Moment lang stehen blieb und erst jetzt zitternd realisierte, dass sie um ein Haar noch einmal mit dem Leben davongekommen war.

Wie da draußen?

Sie war ganz allein mit ihm gewesen.

Der Schneematsch spritzte am Schaft ihrer Stiefel hoch, als sie nach links in die Mandalls gate einbog.

Nach Hause, nur nach Hause!

Die armen Eltern in Kolbotn.

Als sie im Präsidium mit dem Aufzug nach unten gefahren war, war sie wieder von dem Gefühl übermannt worden, dass etwas Schreckliches passiert war, Torvald tot in der Wohnung lag und Mathea sich schwerverletzt zur Tür schleppte und nur noch »Mama, Mama« schrie.

Mit zitternden Fingern steckte sie den Schlüssel in das Schloss der rot gestrichenen Hoftür und öffnete sie. Sie betrat den Innenhof und blieb stehen. Das gelbe Licht, das oberhalb von ihr aus dem Küchenfenster fiel, ließ sie ruhiger werden. Sterne, Kerzen, es war wirklich bald Weihnachten.

Doch das Treppenhaus ließ sie an das Haus im Frognerveien denken. Zum Glück war sie nicht selbst am Tatort gewesen, hatte aber die Fotos gesehen. Und die Bilder von Kristianes Obduktion würde sie niemals vergessen.

Ihr Puls raste schneller als nach einer Crossfit-Einheit im Fitnessstudio, als sie an ihre eigene Wohnungstür klopfte. Sie hatte nicht mehr die Kraft, den Schlüssel aus der Jackentasche zu kramen.

»Mein Gott, was ist denn los?«, fragte Torvald. Er war attraktiver als je zuvor, und Susanne konnte nur lächeln.

»Nichts, ich bin nur müde. Ist alles gutgegangen?«

»Ganz wunderbar. Ich will auch so eine Kleine, weißt du?«

»Dann heirate mich.«

Susanne zog sich die Stiefel aus und ging schnell an der offenen Küche vorbei zu Matheas Zimmer.

Vorsichtig öffnete sie die Tür. In dem schwachen Licht, das durch das Dachfenster fiel, sah sie ihre Tochter auf der Decke liegen. Ein Bein hing über die Bettkante.

Sie setzte sich ans Fußende des Bettes und streichelte über das nackte, kleine Bein. Wie sehr ich dich liebe, dachte sie. Wie sehr.

Torvald kam in der Tür zum Vorschein. Er hielt ein halbvolles Glas Wein in der Hand.

»Ist was passiert?«, fragte er flüsternd.

»Nein.« Sie stand auf und nahm ihm das Glas aus der Hand.

Später lag sie mit dem Kopf auf seinem Schoß, während im Hintergrund leises Murmeln aus dem Fernseher drang. Als sie nach zehn Minuten einschlief, war sie gleich wieder in einem Alptraum gefangen. Allein im Keller eines alten Hauses, alles war dunkel, sie tastete sich an der Wand entlang, ihre Hände bluteten. Matheas Stimme war kaum hörbar. Das Mädchen weinte und schrie abwechselnd nach ihr, als würde sie gefoltert. Dann jammerte sie wie ein Säugling.

Nach Luft schnappend schlug Susanne die Augen auf. Torvald hatte ihr eine Hand auf die Stirn gelegt.

»Jetzt sagst du mir, was los ist, Susanne. Es hat doch was mit deiner Arbeit zu tun, oder?«

Sie stand auf, ohne ihm zu antworten, und nahm ihr Handy. Es war halb zwölf.

»Ich muss schlafen, mein Freund. Ich ruf dich morgen an, okay? Und ich bin dir unheimlich dankbar!« Sie küsste ihn auf die Wange und zog ihn halb aus dem Sofa hoch.

Im Flur blieb er noch einen Moment stehen, als wollte er noch etwas sagen.

»Was ist?«, fragte sie.

»Wir reden morgen«, sagte er und verschwand durch die Tür. Susanne blieb stehen und sah ihm nach, obwohl er nur eine Etage nach unten musste.

Halb zwölf, dachte sie und sicherte die Wohnungstür mit der Kette. Sie musterte sich selbst im Flurspiegel. Um die Augen herum waren die ersten Fältchen zu erkennen. Und auf der Stirn. Alles genau wie bei ihrer Mutter. Verdammt, fluchte sie. Verdammte Scheiße, das alles.

Sie umklammerte ihr Handy. Konnte sie ihn jetzt noch anrufen? Das sollte sie wohl.

In Gedanken versunken ging sie zurück ins Wohnzimmer, setzte sich müde aufs Sofa und ließ ihren Blick durch die Dachwohnung schweifen. Sie war schon zu groß für Nicolay, Mathea und sie gewesen. Jetzt wirkte sie beinahe absurd riesig. Und dunkel.

Sie nahm das Rotweinglas und setzte es an die Lippen.

In diesem Moment klingelte ihr Handy auf der alten Kommode im Flur. Das Glas in der Hand, ging sie aus dem Wohnzimmer.

Ich muss Tommy anrufen, dachte sie.

Es war Torvald.

»Warst du schon im Bett?«, fragte er.

»Nein, aber auf dem Weg. Du bist doch nicht sauer? Ich bin einfach nur müde. Sonst nichts.«

Er antwortete nicht.

»Torvald?«

»Ich muss dir noch was sagen. Hab's eben vergessen.«

Seine Stimme klang verändert. Als graute ihm davor. Susanne spürte, wie sich die Haare in ihrem Nacken aufstellten. Nicht gut, dachte sie, gar nicht gut.

»Was?«, fragte sie strenger als beabsichtigt.

»Mathea hat mir heute vor dem Einschlafen was erzählt …« Er hielt inne.

Susanne umklammerte das Weinglas noch fester.

Bleib ruhig, ermahnte sie sich selbst. Nicht hysterisch werden. »Was hat Mathea erzählt?«

»Also, das ist bestimmt nicht wichtig.«

»Jetzt sag schon.«

»Sie hat gesagt, dass sie heute allein im Hof hinter dem Kindergarten war, sie geht ja oft dahin …«

Susanne hatte kein Gefühl mehr in den Fingern und Armen. Ihr Kopf fühlte sich ganz leer an. Weiß und leergefegt wie nach einem Schneesturm.

»Sie hat gesagt, dass sie am Zaun mit einer Frau ins Gespräch gekommen ist. Eine nette Frau, aber ich bin trotzdem stutzig geworden. Sie hat wohl gesagt, dass sie irgendwann wiederkommen will. Aber Mathea musste versprechen, dass sie nichts davon erzählt.«

»Wer will wiederkommen?«

»Die Frau, mit der Mathea gesprochen hat. Sie fand Mathea so hübsch.« Torvalds Stimme war kaum noch zu hören.

»Warum zum Henker hast du mich nicht gleich angerufen, Torvald? Bist du dir im Klaren, dass …« Sie unterbrach sich und begann zu weinen.

»Nicht sauer werden, Sussi. Bitte. Ich hab's einfach vergessen.«

»Vergessen? Du kannst so was doch nicht vergessen?«

»Entschuldige.« Jetzt klang er wie ein Kind.

»Okay.« Mit einem Mal wurde sie ganz ruhig. Sie brauchte keine zwei Kinder. »Schon in Ordnung.«

Die plötzliche Ruhe verschwand, als Torvald wieder zu reden begann. Er sagte ein Wort, ein einfaches kleines Wort, aber sie war nicht in der Lage, es aufzunehmen. Dann sagte er zwei Worte, und Susannes Finger konnten das Weinglas kaum mehr festhalten.

»Edel Maria«, sagte er. »Hört sich komisch an, oder? Ich meine nur …«

Susanne starrte in den Spiegel, und ihr Gesicht verzerrte sich immer mehr. Jetzt war sie es, die wie ein Kind weinte.

»Susanne, was ist denn? So sag doch was!«

Sie bemerkte nicht, dass das Rotweinglas aus ihrer Hand gerutscht war, bis es am Boden zersplitterte. Ihr Blick zuckte zu Boden. Der Rotwein klebte wie Blut an den Bodendielen und an ihrer Hose.

»Sag, dass das nicht wahr ist«, flüsterte sie.

»Was?«

»Maria, Edel Maria. Sag, dass das nicht wahr ist.«

»Aber das hat Mathea gesagt. Die Frau hieß Edel Maria.«

9

Tommy schob die Hand hinter die Reihe der Bücher, die im Regal standen. Er hatte die letzten Prince aufgeraucht und suchte nach einer Notzigarette, die er für Fälle wie diesen versteckt hatte.

Da. Seine Finger strichen über ein glattes Päckchen.

Er hatte sich die Filterzigarette gerade angesteckt, als sein Handy klingelte. Er sah auf seine Armbanduhr. Alexander Thorstensen, dachte er. Oder einer der Beamten, die Høgda überwachten. Der erste Bericht war für die Katz gewesen. Høgda war bis acht Uhr im Büro gewesen. Danach war er über den Munkedamsveien direkt nach Hause gegangen, wo er sich noch immer aufhielt.

Er war nicht rechtzeitig am Telefon, aber das Handy klingelte gleich darauf wieder.

Susanne, dachte er. Jetzt?

Kaum dass er das Gespräch angenommen hatte, begann sie auch schon zu rufen: »Du musst kommen, du musst sofort kommen.«

»Wenn du dich beruhigst, denk ich drüber nach.«

Sie wurde still, und er glaubte, ein Weinen zu hören.

»Sie will mein Kind, Tommy.«

»Wovon redest du?«

»Maria«, flüsterte sie. »Edel Maria.«

»Edel Maria?«

Susanne war verstummt.

Er hielt das Handy am Ohr, während er mit dem linken Arm schon in seine Daunenjacke schlüpfte. Die Raven-Pistole schlug gegen seine Brust. Er hatte das Gefühl, dass er sie brauchen würde.

»Bist du zu Hause?«

Ihr »ja« war kaum zu hören.

»Beeil dich«, sagte sie. »Beeil dich bitte!«

Der alte Escort startete beim ersten Versuch, und kurz darauf parkte er in der Mandalls gate in der zweiten Reihe.

Susanne öffnete ihm die Tür und fiel ihm in die Arme, als hätte sie ihr ganzes Leben nur auf ihn gewartet.

»Edel Maria«, flüsterte sie. »Edel Maria war im Kindergarten.« Tommy wurde auf das Geräusch aufmerksam, das aus dem Wohnzimmer kam. Der Fernseher. Ein Kinderfilm.

Susanne erzählte ihm, was geschehen war. Ihre Tochter hatte am Zaun des Kindergartens mit einer Frau gesprochen, die sich als Edel Maria vorgestellt und gesagt hatte, dass sie Mathea so hübsch finde.

Er ging ins Wohnzimmer und nickte einem Mann zu, der dort saß, einem hübschen Kerl mit dunklem Teint.

»Das ist Torvald«, sagte Susanne. »Mein Nachbar und bester Freund.«

Tommy gab ihm die Hand.

»Mathea«, sagte sie. »Kannst du Tommy nicht noch mal erzählen, was passiert ist?«

Die Tochter antwortete nicht. Sie lag am anderen Ende des Sofas und starrte mit weit aufgerissenen Augen auf den Fernseher.

Er nahm die Fernbedienung vom Couchtisch und stellte den Ton leise.

»Ich glaube, du musst uns helfen, Mathea.«

»Sie war nett, ich will morgen wieder mit ihr reden. Im Kindergarten.«

»Wie sahen ihre Haare aus? Erinnerst du dich?«

»Ich will den Film weitergucken!«

»Waren sie dunkel, schwarz oder blond?«

»Weiß ich nicht.«

»Mathea«, sagte Susanne. »Jetzt musst du …«

»Lass sie den Film sehen«, sagte Tommy, stand vom Sofa auf und zeigte in die Küche. Susanne goss ihm ein Glas Rotwein ein. Er schüttelte den Kopf, woraufhin sie den Wein selbst trank, in großen Schlucken.

»Hast du die Zeitungsartikel ausgedruckt? Über Edel Maria?«

Sie nickte. »Aber die liegen im Büro.«

»Dann fahr ich dahin.«

»Ich versteh das alles nicht, die ist doch tot.«

»Was hast du heute gemacht?«

»Kristiane wollte nach Skøyen, Tommy. Und ich glaube, ich weiß, zu wem sie wollte.«

»Wer?«

»Ich glaube, sie war in ihn verliebt.«

Tommy runzelte die Stirn. Die Sache wurde ihm zu kryptisch.

»Farberg, Jon-Olav Farberg. Er wohnte damals in Skøyen.«

»Sicher? Eigentlich unmöglich«, sagte er. »Einer von denen, nach denen wir suchen, kennt mich. Oder kannte meine Mutter. Das kann nicht Farberg sein.«

»Wie meinst du das?«

»Hast du einen PC?«

Sie zeigte auf den Flur.

»In Nicos altem Arbeitszimmer. Ich hab so eine Angst gekriegt, verstehst du?«

»Edel Maria ist tot«, sagte Tommy. »Sie muss tot sein.« Aber sie wurde an dem Ort getötet, aus dem meine Mutter stammt, dachte Tommy. Wenn er daran dachte, wurde ihm fast schlecht.

Er ging ins Internet und tippte »Gustaf Fröding« ins Suchfeld. Eine Reihe von Bildern wurde angezeigt. Er klickte das vergilbte Schwarzweißfoto an, bei dem er schon beim letzten Mal hängengeblieben war. Unten stand in weißer Schrift: *John Norén. Goodwin. Uppsala.*

»Reuter meint, dass die Person, die mir den Brief geschrieben hat, eines der Gedichte dieses Typen als Referenz benutzt hat. Und Elisabeth glaubt, dass Kristiane in Alexander verliebt war, ihren eigenen Bruder. Über Farberg hat sie kein Wort verloren.«

»Oh, mein Gott«, hörte er leise neben sich.

Er drehte sich zu Susanne um.

Sie zeigte auf den Bildschirm. »Das Bild da!«

»Was ist damit?«

»Das ist er. Das ist er, Tommy!«

»Wer?«

»Jon-Olav Farberg. Der Lehrer. Ihr Trainer. Ich war zu Hause bei ihm. Er hätte mich töten können, Tommy. Ich glaube, er hat wirklich darüber nachgedacht, als ich da war.«

Tommy stand auf und legte ihr seine Hände auf die Schultern.

»Noch mal von vorn, Susanne. Wovon redest du?«

»Dieses Bild da, das hängt in seiner Bibliothek.«

Er ging ohne ein Wort in den Flur.

»Hol ein Handtuch«, sagte er.

Sie sah ihn fragend an, tat aber, was er sagte.

Er nahm die Raven-Pistole aus der Innentasche seiner Daunenjacke und wickelte sie in das Handtuch.

»Keine Fragen«, sagte er. »Wenn er kommt, denk nicht nach. Ziel auf seinen Bauch.«

10

Als er durch die Absperrung im Erdgeschoss des Präsidiums stürmte, rief der Wachmann ihm irgendetwas nach, aber Tommy war bereits auf halbem Weg die Treppe hoch.

Farberg, dachte er und spürte das Blut in seinen Schläfen pulsieren. Trug er Frauenkleider? Hatte er eine gespaltene Persönlichkeit, wie Rune Flatanger es bei dem Täter annahm?

Er rannte über den Flur in Susannes Büro, während sich über seinem Kopf der Reihe nach die Neonröhren einschalteten. Vielleicht half ihm das Licht ja, klarer zu denken. Jon-Olav Farberg? Was hatte er mit Edel Maria zu tun? Denn Edel Maria musste der Schlüssel sein. Außerdem hatte Farberg zu Hause bei sich ein Bild von Fröding an der Wand.

Farberg war es. Er musste es sein, vermutlich hatte er ihm deshalb diesen Floh mit Rasks Freund Yngvar ins Ohr gesetzt.

Ich schlag dir den Schädel ein, wenn ich dich finde, dachte er. Aber vorher erzählst du mir noch alles über Edel Maria.

Susanne hatte alle Ausdrucke über den Fall Edel Maria in eine Klarsichthülle gesteckt. Rasch überflog er den ersten Ausdruck. 1962, dachte er. Über den Fall selbst schrieben sie so gut wie gar nichts. Damals hielt die Presse sich aber auch noch an die Vorgaben der Behörden, und niemand stellte kritische Fragen, wie armselig die Ermittlungsergebnisse auch waren.

Er nahm sein Handy und rief Fredrik Reuter an.

»Das muss jetzt aber wirklich wichtig sein. Hast du die Dreizehnjährige aus Kolbotn gefunden?«

»Du musst Rodahl anrufen. Ich brauche eine Waffenfreigabe und zwei bewaffnete Einsatzwagen.«

Reuter schwieg.

»Wir haben ihn.«

»Wo?«

»Malmøya. Jon-Olav Farberg. Einer ihrer Lehrer. Ein Kollege von Rask.«

»Malmøya. Gib mir die Adresse.«

Tommy hörte Reuters Stimme an, dass er wohl am liebsten in den Keller gegangen wäre, um seinen eigenen Waffenschrank aufzuschließen.

Es ist bloß noch die Frage, wer von uns dieses Schwein erschießt, dachte Tommy, als er sich in den Einsatzwagen setzte. Er entsicherte den alten Smith-&-Wesson Revolver bereits, als sie über die Tøyenbekken an der Mandalls gate vorbeifuhren und er einen kurzen Blick zu Susannes Wohnung hinüberwarf.

11

Auf den letzten Metern vor Farbergs Haus schalteten die Fahrer der Einsatzfahrzeuge die Motoren aus und rollten nur mit Standlicht weiter. Tommy versuchte, sich einen Überblick über das Haus zu verschaffen. Neben der Lampe über der Tür brannte nur hinter einem Fenster im ersten Stock Licht.

Er stieg vorsichtig aus dem Wagen, den Revolver in der Hand. Die schusssichere Kevlarweste fühlte sich für einen

Moment wie eine Zwangsjacke an. Er würde Farberg töten, noch bevor dieser überhaupt die Gelegenheit hätte, ihn anzugreifen. Sollte er Widerstand leisten, wäre es um ihn geschehen.

Der Einsatzleiter dirigierte seine vier Leute und schickte einen mit einer Armbewegung auf die Seite des Hauses, einen anderen in den zum Wasser hin abfallenden Garten auf der Frontseite. Bewaffnet waren sie mit MP5-Gewehren mit Laserzielfernrohr und Licht, nicht wie Tommy mit einem alten Revolver, der längst ausrangiert sein sollte.

Tommy sprach sich hinter dem Einsatzfahrzeug kurz mit dem Einsatzleiter ab und folgte dann einem der Männer in den Garten. Der Beamte war bereits auf der Terrasse, als Tommy durch den Schnee um das Haus herumging. Auch auf dieser Seite brannte kein Licht in den Fenstern. Der Beamte stellte sich seitlich neben die Terrassentür und leuchtete schräg in das Zimmer hinein. Tommy stellte sich neben das Wohnzimmerfenster.

Er sah, dass der Beamte den Kopf schüttelte.

»Keiner zu sehen«, sagte er.

Das Funkgerät gab ein Knacken von sich.

»Wir klingeln«, sagte der Einsatzleiter.

»Verstanden«, antwortete der Beamte, hob die Maschinenpistole und zielte auf die Terrassentür. Der Laserpunkt huschte über den Boden, ein Sofa, ein Regal und den Kamin.

Da war etwas.

Ein Mensch.

Die Dreizehnjährige, dachte Tommy. Konnte er die wirklich hier im Haus versteckt oder gar ermordet haben?

»Moment«, sagte er laut. Der Beamte zuckte zusammen.

»Es öffnet niemand«, sagte der Einsatzleiter.

Tommy legte die Hände an die Wohnzimmerscheibe und

versuchte, etwas zu erkennen. Er musste den Atem anhalten, damit das Glas nicht beschlug. Er hatte nur ein paar Sekunden, sein Puls hämmerte so, dass sein Körper nicht länger ohne Sauerstoff auskam. Sollte Farberg irgendwo dort drinnen stehen, wäre Tommys Kopf ein perfektes Ziel gewesen.

Das Geräusch eines Autos war zu hören.

Auf der Vorderseite des Hauses.

Er presste sein Gesicht noch einmal an die Scheibe.

Drinnen lag ein Mensch. Auf dem Sofa hinter den Fenstern mit Blick auf den Fjord. War das Farberg?

Er klopfte an die Scheibe.

»Farberg! Öffnen Sie!«

Die Gestalt rührte sich nicht.

»Geben Sie mir die Waffe«, sagte er. Auf der anderen Seite des Hauses schlug eine Autotür zu.

Er musste den Kolben dreimal gegen die Scheibe der Terrassentür schlagen, bis sie mit einem ohrenbetäubenden Krachen zu Bruch ging.

Dann schob er die Hand durch das Loch und öffnete die Tür von innen.

Eine rote Lampe leuchtete im Wohnzimmer auf. Das musste ein Sensor der Alarmanlage sein. Irgendwo in der Stadt ging jetzt eine Meldung ein.

Tommy reichte seinen Revolver dem Beamten und trat vorsichtig über die Glassplitter. Dann schaltete er das Licht der Maschinenpistole ein und suchte das Zimmer ab. Das Klirren von Glas und die aufschlagende Haustür verwirrten ihn einen Moment.

Er zeigte auf die Sitzgruppe in der Mitte des Zimmers.

Mit der MP5 zielte er auf die Wand links von sich, wo das Licht auf ein Bild fiel, das er kannte. Gustaf Fröding, dachte er. Genau wie Susanne es gesagt hatte.

Die Deckenbeleuchtung wurde eingeschaltet, und das grelle Licht stach ihm in die Augen. Noch mehr aber schmerzte ihn der Anblick der Frau auf dem Sofa. Oder das, was von ihr noch übrig war. Sie lag gekrümmt auf dem beigen Leder, das einen Großteil des Blutes, das aus ihren unzähligen Stichwunden gesickert war, aufgesogen hatte. Ihr Gesicht war nicht mehr zu erkennen. Tommy wusste nicht, wer sie war, nahm aber an, dass es sich um Farbergs Frau oder Lebensgefährtin handelte.

»Oh, verflucht«, hörte er den Beamten hinter sich stöhnen.

»Ich verstehe das nicht«, sagte Tommy leise und ließ die Waffe sinken.

Plötzlich klingelte das Handy in seiner Jackentasche. Er löste die Klettverschlüsse der Kevlarweste und hatte für einen Moment das Gefühl, keine Luft zu bekommen. Als er das Handy endlich in der Hand hielt, klingelte es nicht mehr. Frank Krokhol stand auf dem Display.

Er warf einen Blick auf die Frau. Der Einsatzleiter rannte im Zimmer herum und rief über Funk den Notarzt, aber dafür war es längst zu spät.

Tommy trat auf die Terrasse hinaus.

Krokhol rief noch einmal an, ohne dass Tommy verstand, warum.

»Ja?«, meldete er sich und sah von draußen durch die Fenster ins Wohnzimmer.

»Ist was passiert?«, fragte Krokhol. Er witterte die Nachrichten schon aus dem einen Wort, mit dem Tommy sich gemeldet hatte.

»Was gibt's denn?«

»Die Todesanzeige. Die Leute da oben haben sie wirklich schnell rausgesucht.«

»Und?«

»Edel Maria, du wirst immer bei uns sein«, las Frank

Krokhol. »*Edel Maria Reiersen, geboren 3. Mai 1946, gestorben 1. Oktober 1962.* Darunter steht Gunnar und Ester. Und noch ein Name.«

Es fühlte sich an, als würde alles Blut aus seinem Körper entweichen, wie bei der Frau auf dem Sofa.

Einen Moment lang verstand er den Namen nicht, den Krokhol ihm nannte. Und er vermochte nicht zu antworten, als Krokhol zweimal hintereinander fragte: »Tommy, was hat das zu bedeuten?«

12

Immer beim Zähneputzen überkam sie eine unerklärliche Ruhe, als wäre das kleine, alltägliche Ritual von größter Bedeutung für ihre Ausgeglichenheit. Torvald war nach unten in seine Wohnung gegangen, um eine Flasche Wein zu holen. Sie selbst hatte keinen mehr. Sie musste ihre Hysterie irgendwie in den Griff bekommen. Die Türen waren verschlossen. Auch die zum Hinterhof und vorne zur Straße.

Ein bisschen Wein, dachte sie, dann geht es mir wieder besser.

Wenn er nur die Tür hinter sich abgeschlossen hatte.

Aber das hatte er ganz bestimmt getan.

Die Musik aus dem Wohnzimmer drang leise bis zu ihr, sie hatte die Badezimmertür nur angelegt.

»Liebe Mama«, sagte Mathea, »meine liebe, hübsche Mama!« Susanne schüttelte den Kopf über ihr Kind. Matheas Komplimente kamen manchmal wirklich wie aus dem Nichts.

Sie spülte die Zahnbürste aus und richtete sich auf. Hatte

zu lange vornübergebeugt gestanden, so dass sich für einen Moment alles drehte und ihr schwarz vor Augen wurde.

Als sie wieder zu sich kam, kam ihr das Plätschern des Wassers viel zu laut vor. Wie ein Wasserfall.

Ihr Blick streifte den Spiegel.

Nein, lass das nicht wahr sein, dachte sie.

Ein Gesicht, weiß, ganz am Rand des Spiegels.

Im Türrahmen.

Susanne atmete tief durch die Nase. Das Plätschern übertönte all ihre Gedanken. Sie schloss die Augen, öffnete sie wieder, und das Gesicht war verschwunden.

Susanne riss sich zusammen und drehte das Wasser ab. In der Wohnung war es vollkommen still.

»Mama?«

Susanne starrte vor sich auf die Fliesen.

»Warum atmest du so komisch?«

Sie hob wieder den Blick. Sah in den Spiegel. Das Gesicht war noch immer verschwunden.

Aber es war da gewesen.

Weiße Haut. Dunkle Haare. Eine Frau.

»Sei still«, sagte sie. »Torvald?«, rief sie dann.

»Mama, was ist denn?«

»Nichts.« Sie versuchte zu lächeln, und es gelang ihr, Mathea zu beruhigen.

»Komm, lass uns ein Spiel spielen«, flüsterte Susanne. »Schaffst du es, zweimal hintereinander bis hundert zu zählen?«

»Ich glaube schon.«

»Ich gehe raus und schließe die Badezimmertür ab, und du setzt dich auf den Boden und zählst. Wenn du es schaffst, gewinnst du einen Preis. Dann schließe ich wieder auf, und morgen gehen wir in den großen Spielzeugladen im Einkaufszentrum und kaufen alles, was du willst. Bist du bereit?«

»Alles?«

»Alles.«

»Komisches Spiel. Aber ich bin bereit.«

Susanne öffnete den Badezimmerschrank und nahm den Schlüssel, den sie dort versteckt hatte, damit Mathea sich nicht versehentlich einschloss.

Mechanisch, als hätte sie es schon viele Male geprobt, nahm sie die metallene Nagelfeile.

Oder hatte sie doch nur Gespenster gesehen?

Dann hörte sie ein Geräusch aus der Küche. Ein Glas fiel um.

»Bestimmt Torvald«, flüsterte Susanne. »Fang jetzt zu zählen an.« Sie küsste Mathea auf die Wange.

Die Pistole, die sie von Tommy bekommen hatte, steckte in der Innentasche der Jacke, die im Flur hing. Wieder ein Laut, wieder fiel ein Glas um. Das war ihre Chance.

Es war das reinste Wunder, aber Mathea hatte sich wirklich auf den Boden gesetzt und zu zählen begonnen. Sie war schon bei zwanzig angekommen.

Susanne holte tief Luft und spürte beim Ausatmen ihr Zittern.

Dann drückte sie die Tür auf, die Nagelfeile in der einen und den Schlüssel in der anderen Hand. Ihr Blick ging ins Wohnzimmer. Schnell schloss sie die Tür hinter sich und versuchte, ihre Hand unter Kontrolle zu bekommen. Der Schlüssel wollte einfach nicht passen. Sie versuchte immer wieder, ihn ins Schloss zu stecken, während ihr Blick nervös nach rechts ging.

Endlich gelang es ihr, abzuschließen und den Schlüssel in ihrer Hosentasche zu verstauen.

Torvald, dachte sie. Was war mit Torvald passiert?

Sie schlich über den Flur in Richtung Wohnungstür und warf einen Blick ins Wohnzimmer. Kein Torvald. Die Frau mit dem weißen Gesicht musste ihn überwältigt haben, als er nach unten gegangen war. Susanne lehnte sich an die Wand. Die Wohnungstür war nur angelehnt, und auf dem Treppenabsatz sah sie Torvald liegen. Eine Bewegung. Ein Gurgeln drang aus seinem Mund, und Blut sickerte über seine Lippen, aber er war am Leben. Er flüsterte etwas, das sie aber nicht verstand.

»Du also bist Susanne?«

Die Frau mit dem weißen Gesicht war plötzlich im Flur erschienen. Sie stand vor der Küchentür, nur wenige Meter von ihr entfernt. In der Hand hielt sie ein Küchenmesser.

Mit einem Mal fühlte Susanne sich wie zu Eis erstarrt. Sie trat einen Schritt zur Seite und tastete nach der kleinen Pistole, die Tommy ihr gegeben hatte. Sie nahm sie aus der Innentasche und entsicherte die Waffe.

»Erschieß mich«, sagte die Frau und schritt langsam auf Susanne zu. Sie musste einmal eine sehr attraktive Frau gewesen sein, aber in ihrem dicken Pelz sah sie wie ein verletztes Raubtier aus, dem Tode nahe. Ihr Gesicht war vollkommen farblos, ohne Leben.

»Mama«, rief Mathea aus dem Bad.

Die Frau blieb vor der Tür stehen.

Susanne nahm die Pistole in beide Hände und hob die Arme. Im gleichen Moment erkannte sie, wen sie vor sich hatte. Das kann doch nicht wahr sein, dachte sie. Bitte … das … Sie kann doch nicht die Täterin sein?

»Erschieß mich, während die Kleine zuhört. Sonst hole ich sie mir, das kannst du mir glauben. Edel Maria ist böse. Elisabeth hat mir gesagt, dass ich böse bin. Ich bin gar nicht edel, seltsam, nicht?«

»Edel Maria ist tot«, sagte Susanne.

»Nein, Edel Maria hat mich gemacht.«

»Nein, Sie sind Elisabeth. Legen Sie das Messer weg, damit ich Ihnen helfen kann. Sie brauchen Hilfe.«

Susanne dachte, dass Elisabeth Thorstensen die Persönlichkeit ihrer toten Schwester Edel Maria in sich aufgenommen haben musste. Und dass sie in diesem Moment Edel Maria und nicht sie selbst war.

»Ich komme gleich, Mathea«, sagte die Frau.

Mathea verstummte.

»Ich bringe Sie um, wenn Sie auch nur versuchen, mir Mathea zu nehmen«, sagte Susanne. »Verstehen Sie mich? Ich werde Sie erschießen.«

»Papa hat mich nie angefasst. Nie. Elisabeth war so viel schöner als ich. Ich habe sie dafür gehasst. Diese blöde Schlampe.« Ihre Stimme verwandelte sich in ein dünnes Falsett. »Er war unser Vater, verstehst du?«

»Wer hat dich umgebracht? Wer hat dich getötet, Edel Maria?«

Die Frau kam näher.

»Jon-Olav Farberg hat mir von dir erzählt. Dieser Idiot. Du hast ihn nach mir gefragt. Er ist Elisabeths bester Freund. Sie hat mir erzählt, dass er ihr in Sandberg vorgelesen hat. Diese Hure hat ihm alles gesagt, nur ihm.«

»Mama!«, rief Mathea. Die Kleine hämmerte nur Zentimeter von der Frau entfernt mit ihren Fäusten gegen die Tür.

»Komm raus«, sagte die Frau. »Komm raus, mein Mädchen.«

»Mathea, antworte ihr nicht«, sagte Susanne, trat einen Schritt näher, ließ die Waffe aber sinken.

»Elisabeth hat mich um Hilfe gebeten, aber ich habe ihr nie geholfen. Ich wusste von ihr und Papa, verstehst du?«

Susanne wäre fast die Pistole aus der Hand gerutscht.

»Hat er sie missbraucht? Ist es das, was Sie da andeuten wollen?«

»Mama! Mama!« Matheas Stimme klang so verzweifelt, dass Susanne für einen Moment erwog, Elisabeth Thorstensen anzuschießen, nur um die Kleine aus dem Bad zu holen.

»Hab keine Angst«, rief Susanne. »Ich komme gleich.«

Sie versuchte, ihr Handy aus der Hosentasche zu ziehen, aber es gelang ihr nicht.

»Und Jon-Olav ist Elisabeths Freund?«

»Ja.«

»Bringt er sie dazu, all diese bösen Sachen zu machen?«

Sie nickte. »Er hat Elisabeth gesagt, dass sie vielleicht gesund wird, wenn ich all die bösen Dinge tue. Er wollte ihr nur helfen, sie gesund zu machen. Aber all das habe ich gemacht, nicht Elisabeth. Ich habe sie zu mir gelockt. Keiner verdächtigt eine Frau, hat Jon-Olav gesagt.«

»Und warum haben Sie Kristiane umgebracht? Sie wissen doch, dass das Elisabeths Tochter war?«

Elisabeth Thorstensen starrte Susanne mit einem Blick an, den diese niemals vergessen würde. Als versuchte ihre wahre Persönlichkeit in den Vordergrund zu treten, schaffte es aber nicht.

Susanne spürte, wie verschwitzt ihre Handflächen waren. Was konnte sie noch sagen, damit Elisabeth Thorstensen endlich das Messer weglegte? Und Torvald, sie musste sich um ihn kümmern!

»Aber Jon-Olav ist jetzt tot.«

»Wo ist er?«

»In einem Ofen«, flüsterte Elisabeth Thorstensen.

Matheas Weinen war jetzt leise durch die Badezimmertür zu hören. Susanne umklammerte den Schaft der kleinen Waffe noch fester.

»In einem Ofen?«

»Er wollte nicht mehr, er wollte Elisabeth nicht mehr gesund machen, deshalb habe ich ihn getötet.«

»Wo?«

»In einer alten Fabrik. Sie werden ihn schon finden. Wir waren da manchmal.«

Susanne hielt die Waffe noch immer mit beiden Händen umklammert.

»Du wolltest wissen, wer mich getötet hat: Das war Elisabeth«, sagte die Frau kaum hörbar. »Sie hat mir das Gesicht mit einem Stein eingeschlagen. Er war mit uns ganz weit in den Norden gezogen, hat aber nie aufgehört, sie anzufassen. Sie hatte eine Freundin, aber die hat ihr auch nicht geholfen, Elisabeth hat mir erzählt, dass das die Mutter deines Mannes Tommy war.« Die Frau lächelte.

»Er ist nicht mein Mann.«

»Er ist dein Mann. Und dann hat sie mir das Gesicht mit einem Stein eingeschlagen. Sie hat mir den Mund zugehalten und zugeschlagen, bis mein Gesicht nur noch Matsch war.« Die Frau sackte zu Boden und verlor das Messer aus den Händen.

»Hören Sie auf, seien Sie still«, sagte Susanne.

Matheas Weinen wurde immer lauter, aber Susanne hörte es kaum mehr. Sie ging langsam auf die Frau zu, die mit gesenktem Kopf am Boden kauerte. Das Messer lag zwanzig oder dreißig Zentimeter entfernt. Ich schaffe das, dachte sie.

Weit entfernt hörte sie Stiefel auf Treppenstufen. Mehrere Personen. Ein Einsatzkommando.

»Ich kann Ihnen helfen«, sagte sie. »Elisabeth, ich kann Ihnen helfen.«

»Elisabeth hat mich getötet!«, schrie die Frau.

Susanne spürte fast nichts. Es ging so schnell, dass sie nicht verstand, was geschehen war. Ein Stechen zog durch ihren Oberschenkel, dann ein Schmerz, der so stark war, als wäre ihr das ganze Bein abgetrennt worden. Sie sackte zu

Boden, unter sich die Hand, in der sie die Pistole hielt. Die Frau stand mit dem Messer in der Hand über ihr.

Blut, dachte Susanne, das ist mein Blut. Dann wurde ihr schwarz vor Augen.

»Es tut mir so leid«, flüsterte die Frau und hob den Arm mit dem Messer. »Aber dein Mädchen wird wie Elisabeth werden. Das siehst du doch wohl auch? Ich kann sie nicht am Leben lassen. Jon-Olav hat das gesagt. Lass sie nicht am Leben, hat er gesagt.«

Susanne drehte sich auf die andere Seite. Alles, was sie hörte, war ihr eigener Puls, nicht Mathea, nicht die Stiefel auf der Treppe, nur das Pochen in ihrer Schläfe, in ihrer Brust, in ihrem Hals. Es fühlte sich an, als hätte sie sich beim Fallen den rechten Arm gebrochen. Trotzdem gelang es ihr, ihn anzuheben.

Der Schuss ließ alles verstummen. Für eine Sekunde war kein Laut zu hören. Der rechte Fuß der Frau verschwand, und ein Strahl Blut traf Susanne an Bein und Bauch. Sie drückte noch einmal ab, und dieses Mal zielte sie, wie Tommy es gesagt hatte, auf den Bauch.

Die Frau ließ das Messer fallen und kippte über Susannes Beine. Susanne spürte, wie in ihrer Brust eine Rippe brach, als Elisabeths Kopf auf ihrer Brust aufschlug.

Dann wurde alles still.

Keine Stiefel auf der Treppe.

Kein Tommy.

Schließlich begann Mathea wieder zu weinen.

Susanne versuchte, den toten Körper von sich zu wälzen, aber es gelang ihr nicht. Die Schmerzen in ihrem linken Bein wurden unerträglich. Der rechte Arm war mittlerweile taub geworden, als wollte er nie wieder zu Leben erwachen.

»Ich komme«, flüsterte sie tonlos und versuchte dann,

laut zu rufen, aber es kam kein Laut über ihre Lippen. »Ich komme, Mathea, ich komme.«

Ihre Gedanken gingen zu Torvald, der draußen auf der Treppe lag. Sie versuchte noch einmal zu schreien, aber wieder wurde es nur ein heiseres Zischen.

Dann hörte sie unten eine Tür gehen. Jemand rief etwas in einer anderen Sprache. Panjabi, glaubte sie. Kurz darauf waren weitere Stimmen zu hören.

13

Fünf Tage später

Ein Mädchen warf den Ball krachend an den Pfosten. Tommy wurde aus dem Schlaf gerissen und nahm die Reaktionen des spärlichen Publikums wahr. Erst Jubel, dann Enttäuschung.

Er stand von der Bank auf. War noch immer benommen und alles andere als bei der Sache, aber jetzt folgte er dem Spiel wenigstens mit den Augen. Er warf einen Blick auf die Anzeigentafel und erinnerte sich kurz an die Minuten vor dem Anpfiff. Hadja war mit ihrem neuen Lebensgefährten gekommen. Für einen Moment hatte ihn das außer Gefecht gesetzt. Aber warum? Hatten sie überhaupt jemals eine richtige Beziehung gehabt? Und wenn, dann lag diese jetzt auch schon anderthalb Jahre zurück. Er war wirklich ein verfluchter Idiot.

Es spielte keine Rolle.

Es war etwas ganz anderes, das ihn beschäftigte und gleichzeitig lähmte.

Er rief ein paar Worte, *lasst den Ball schneller laufen*, und gab dann das Signal für einen Flügelwechsel. Sekunden später knallte Martine den Ball ins Tor.

Er klatschte sich mit dem Co-Trainer Arne Drabløs ab und setzte sich wieder.

Tags zuvor war er mit dem letzten Flugzeug aus Tromsø zurückgekommen und hatte die ganze Nacht wach gelegen, bevor er am Morgen um acht eine Therapiesitzung bei Osvold gehabt hatte. Vielleicht kein Wunder, dass er nicht schlafen konnte.

»Vielleicht sollte ich selbst in Ringvoll oder Sandberg sein«, hatte er zu Osvold gesagt und das Schweigen des Psychiaters darauf gedeutet, wie er wollte.

Das zweite Treffen mit Alexander Thorstensen hatte ihm nicht sonderlich weitergeholfen. Tommy wusste, dass er eigentlich hätte überprüfen müssen, ob Elisabeth nach Kristianes Tod in Ringvoll und nicht in Frensby behandelt worden war. Und in den Siebzigern in Sandberg bei Hamar. Durch die Gesundheitsreform waren schizophrene Patienten im Distrikt Østland immer wieder hin und her geschickt worden. Alexander Thorstensen wusste genau, wie sehr man sich im Gesundheitswesen davor fürchtete, Verantwortung zu übernehmen. Es überraschte ihn nicht, dass seine Mutter nicht die Hilfe bekommen hatte, die sie benötigt hätte. Aber vielleicht wäre es in ihrem Fall auch gar nicht möglich gewesen, eine korrekte Diagnose zu stellen. Es gab wenig Zweifel daran, dass sie eine gespaltene Persönlichkeit entwickelt hatte. Lange hatte man geglaubt, dass Schizophrenie grundsätzlich mit gespaltenen Persönlichkeiten einherging, heute wusste man, dass das falsch war. Patienten mit gespaltenen Persönlichkeiten wussten im schlimmsten Fall über die Existenz der unterschiedlichen Persönlichkeiten Bescheid und waren in der Lage, diese unter dem Deckmantel eines psychotischen Zustands zu verbergen. Alexander meinte, seine Mutter müsse für die behandelnden Ärzte ein nicht lösbares Rätsel gewesen sein.

Jon-Olav Farberg habe sie trotzdem wie ein offenes Buch gelesen, hatte Tommy gesagt.

Alexander Thorstensen meinte, dass Farberg vermutlich der einzige Erwachsene gewesen sei, dem seine Mutter vertraut und schließlich ihr wahres Ich gezeigt habe. Bei ihrer Kindheit und ihrem Krankheitsbild habe das fatale Folgen gehabt, schließlich habe er ja keine guten Absichten gehabt.

Die Personallisten der Psychiatrie in Sandberg zeigten, dass Jon-Olav Farberg dort als Aushilfe gearbeitet hatte, während er in Hamar sein Lehramtsstudium absolvierte.

Alexander hatte erzählt, dass Kristiane sich vermutlich in Farberg verliebt hatte. Und dass sie zu ihm nach Skøyen gefahren war, um ihn zu treffen. Irgendwie musste Elisabeth das erfahren haben, möglicherweise hatte Farberg selbst sie angerufen.

Es schien beinahe, als wäre der Tod der Mutter eine große Erleichterung für Alex. Und wer wollte ihm dies vorwerfen? Schließlich hatte sie all diese Mädchen getötet, seine Schwester eingeschlossen.

Martine warf das nächste Tor. Dieses Mal ein Unterarmwurf aus neun Metern. Tommy klatschte, war aber nicht wirklich bei der Sache.

Den Rest des Tages hatte er Morten Høgda vernommen.

Høgda war tatsächlich irgendwann eingeknickt. Elisabeth habe ihm einmal unter dem Siegel der Verschwiegenheit anvertraut, so hatte er zugegeben, dass ihr Vater sie sexuell missbraucht habe, seit sie acht oder neun gewesen war. Ihre Schwester habe der Vater dagegen nie angerührt, und sie fühlte sich schmutzig, behauptete, dass alle Mädchen schmutzig seien, kleine Huren wie sie selbst, die es nicht verdienten zu leben. Wie auch sie das nicht verdiente.

»Und Sie haben sie noch schmutziger gemacht«, hatte Tommy gesagt, »statt ihr zu helfen oder das wenigstens zu versuchen.« Høgda hatte ausgesagt, dass er zeitweise Angst vor Elisabeth gehabt und ihr zweites Gesicht nie klar gesehen habe. Sie sei wütend geworden, als er das Thema einmal angesprochen und gesagt habe, dass sie möglicherweise noch einmal einen stationären Aufenthalt in Erwägung ziehen oder auf jeden Fall mit ihren Ärzten darüber reden sollte. Høgda fühlte sich hinters Licht geführt. Er meinte, nicht er hätte Elisabeth all die Jahre ausgenutzt, sondern sie ihn. Dass sie versucht habe, ihn in eine Falle zu locken.

Høgda sagte aus, dass er in der Nacht, in der die junge Litauerin ermordet worden war, nicht zu spät zu der Verabredung im SAS-Hotel gekommen sei.

»Zwei Tage später hat sie mich angerufen und gefragt, warum ich so spät gekommen sei«, hatte Høgda gesagt. »Ich habe gesagt, dass sie es war, die zweieinhalb Stunden zu spät zu unserer Verabredung kam. Daraufhin hat sie zu weinen begonnen wie ein Kind. Sie war immer schon ein bisschen verrückt, aber das …«

Tommy hatte nur den Kopf geschüttelt. Dann hatte er Høgda vier Blatt Papier vollschreiben lassen, nur um ausschließen zu können, dass er einen der Briefe verfasst hatte.

Als Tommy die Seiten sah, knüllte er sie zusammen und warf sie in den Papierkorb.

Anders Rask lag im Trondheimer Krankenhaus noch immer im Koma. Elisabeth Thorstensen war tot. Jon-Olav Farberg ebenso. Aber die Leiche von Farberg hatten sie noch nicht gefunden. Eine alte Fabrik, hatte Elisabeth Thorstensen gesagt. Aber wo sollten sie mit ihrer Suche beginnen?

Schließlich ertönte der Schlusspfiff. Das Spiel war unentschieden ausgegangen, so viel bekam Tommy mit.

Er überließ Drabløs den Rest und versuchte, die Halle so schnell wie nur möglich zu verlassen. Leider wurde er von einigen Eltern aufgehalten, die ihm für die bisherige Saison danken und ihm fröhliche Weihnachten wünschen wollten.

Natürlich gelang es Hadja und ihrem Lebensgefährten, ihn einzuholen.

»Lange nicht gesehen«, sagte sie. »Darf ich dir Thomas vorstellen?«

Tommy streckte ihm die Hand entgegen. Der Mann war jung und attraktiv, schlank und modisch gekleidet. Kein grobschlächtiger Grizzlybär im blauen XL-Trainingsanzug wie Tommy.

Tommy fühlte nichts, was vermutlich gut war. Sie hatte ihm nichts bedeutet. Oder doch? Sie umarmte ihn kurz, als sie vor der Halle waren. »Ich hoffe, es geht dir gut? Auf jeden Fall wünsch ich dir schöne Weihnachten.«

Der junge Kerl legte den Arm um sie, als sie über die Treppe in Richtung Einkaufszentrum verschwanden.

Weihnachten? War wirklich schon Weihnachten?

Hätte Susanne Elisabeth doch nur ins Bein geschossen. Aber … was wünschte er sich da eigentlich?

Fast widerwillig ging er durch die Tiefgarage zu seinem Wagen. Das Bild von Hadja und dem jungen Typen ging ihm nicht aus dem Kopf. *Ich hoffe, es geht dir gut?* Wie meinte sie das nur?

Das Klingeln seines Handys bewahrte ihn davor, in eine Depression abzurutschen, die sicher über die Weihnachtstage angehalten hätte. Tommy blieb auf der Treppe des Parkhauses stehen.

»Du«, meldete Leif Monsen sich, »ich stehe hier in Frysja, in der alten Ziegelei.«

Tommy ging rasch die letzten Stufen hoch. Er ahnte bereits, was Monsen ihm zu sagen hatte.

»Ich glaube, du solltest mal herkommen. Zwei polnische Arbeiter haben vor einer guten Stunde in einem der Öfen ein kleines Spanferkel gefunden.«

»Spanferkel?«

»Wie sehr man auch versucht, eine menschliche Leiche zu verbrennen, es geht nicht, verstehst du? Die Reste sehen immer aus wie ein Spanferkel mit zusammengeschrumpftem Menschenkopf.«

Eine Viertelstunde später parkte Tommy den alten Escort vor dem Tor der stillgelegten Firma in Frysja. Eine einsame Laterne brannte über dem Tor. Das Schild *Høgda Immobilien* war gerade noch zu erkennen.

Neben den Beamten des Streifenwagens und den beiden Arbeitern waren nur Monsen und der Kriminaltechniker Georg Abrahamsen, der ganz in der Nähe wohnte, in der großen Fabrikhalle. Die Tür des Ofens stand weit offen, Tommy nickte den Polen und Monsen zu und trat an den Ofen, in dem Abrahamsen gerade eine Lampe befestigte.

Ein kalter Wind zog durch eines der zerschlagenen Fenster weit oben unter dem Dach.

Elisabeth Thorstensen musste diesen Ort gekannt haben, dachte er. Vielleicht hatte Høgda mal über das Objekt gesprochen.

Aber wie sollte sie das alles geschafft haben? Sie hatte doch gar nicht die Zeit gehabt, erst Farbergs Frau umzubringen, dann ihn selbst, dann das Mädchen in Sofiemyr zu entführen und schließlich auch noch in der Mandalls gate aufzutauchen?

Das war praktisch unmöglich.

Tommy wartete, bis Abrahamsen fertig war, dann trat er dicht an den Ofen heran.

»Verdammt, mein Englisch ist so schlecht, sogar die beiden Polacken da sprechen besser als ich«, sagte Monsen neben ihm.

Tommy nahm ihm die Taschenlampe ab und leuchtete auf den verkrüppelten Körper, der schräg im Ofen lag.

»Sie haben den Leichnam wieder zurückgelegt«, sagte Monsen. »Nur gut, dass die beiden Clowns ihn nicht fallen gelassen haben.«

»Ich bin mir nicht sicher, wer hier der Clown ist«, sagte Tommy und drehte ihm den Rücken zu.

Georg Abrahamsen steckte den Kopf in den Ofen.

»Du musst die Leiche rausholen«, sagte Tommy zu Abrahamsen.

Abrahamsen blieb stumm.

Tommy musterte den Ofen und dachte, dass Elisabeth durchaus in der Lage gewesen wäre, Farberg allein durch die bis zum Boden herabreichenden Türen zu bugsieren. Auch der Mechanismus neben der Tür war einfach. Ein Schalter und ein Thermostat. Wie ein Backofen.

»Ja, wir müssen ihn da rausholen«, sagte Abrahamsen, der einen Spaten gefunden hatte, der wie ein Pizzaschieber aussah.

Als das eingeschrumpelte Wesen vor ihm lag, konnte Tommy nur schwer glauben, dass es sich um den Leichnam eines Menschen handelte.

Abrahamsen richtete den Kegel seiner Taschenlampe auf das, was einmal ein Gesicht gewesen war. »Ich glaube übrigens, man hat ihm die Zähne ausgeschlagen.«

»Dann kann das hier also sonst wer sein?«, fragte Tommy. »Man schlägt doch keinem die Zähne aus, außer man will die Identifizierung so schwer wie möglich machen.«

»Unmöglich ist es trotzdem nicht, aber es wird verdammt lange dauern.«

»Warum sollte Elisabeth Thorstensen Farberg die Zähne ausschlagen?«

»Um Zeit zu gewinnen, Tommy.«

»Und was sollte sie mit Zeit wollen? Sie hat Susanne doch sogar gesagt, dass sie ihn umgebracht hat.«

»Vielleicht ist das das Mädchen aus Kolbotn«, sagte Georg Abrahamsen mehr zu sich selbst als zu einem der anderen.

»Das Mädchen?«, hörte Tommy irgendwo hinter sich. Das alte Tor der Firma schlug wieder im Wind.

»Ist das da Jon-Olav Farberg?« Fredrik Reuter sah aus, als wollte er das verkohlte Bündel am Boden mit dem Fuß anstoßen.

»Sie hat ihm die Zähne ausgeschlagen«, sagte Tommy.

»Das da ist Farberg, Tommy. Und wenn ich den Totenschein persönlich ausstellen muss.«

»Wenn es nur nicht die Dreizehnjährige aus Kolbotn ist«, erwiderte Tommy. »Amanda.«

Fredrik Reuters Gesicht lief rot an. »Mach mir mein Weihnachtsfest nicht kaputt, okay?«

»Ist dir jemals in den Sinn gekommen, dass Anders Rask sich ausnutzen hat lassen? Und dass er da nicht der Einzige ist?«

Doch Tommy kannte Reuter gut genug, um zu wissen, dass in dieser Situation nichts zu ihm durchdrang. Reuter wollte in Ruhe Weihnachten feiern, und eigentlich wollte er selbst das ja auch, dachte Tommy.

Nach einer Weile konnte er in der alten Werkstatthalle nichts mehr machen, Abrahamsen und seine Kollegen kamen gut allein zurecht. Trotzdem ließ ihn die Frage nicht los, ob es wirklich Farberg war, den Abrahamsen da aus dem Ofen geholt hatte.

Nein, dachte Tommy, als er den Wagen vor seinem Hauseingang parkte. Daran glaube ich nicht.

Er warf einen Blick in seinen Briefkasten. Leer.

»Zum Glück!«, sagte er leise.

In seiner Wohnung holte er sich ein Messer aus der Küche und ging von Zimmer zu Zimmer. Als Letztes trat er die Badezimmertür auf. Noch immer so leer, wie es gewesen war, seit Hege ihn verlassen hatte. Auf jeden Fall seit er die Kette montiert hatte.

Du wirst langsam genauso verrückt wie Anders Rask oder Elisabeth Thorstensen.

Er setzte sich an seinen PC und las die letzten Nachrichten über das vermisste Mädchen aus Kolbotn. »Amanda (13) vermisst«. Ein Foto aus dem Schuljahrbuch füllte den Bildschirm aus, und plötzlich schien es so, als wäre die Zeit seit Kristiane stehengeblieben. Er sah vor sich, wie Amanda hinter der Turnhalle durch den Wald gegangen war. Knapp 1,60 groß, etwas zu dünn. Was sollte sie machen, gelähmt vor Schreck? Vielleicht verstand sie gar nicht, was passierte. Eine halbe Minute. Länger dauerte es nicht. Mehr brauchte sie nicht.

Sie? Elisabeth?

Tommy versuchte, eine Art Zeitleiste zu zeichnen, gab es aber auf, noch bevor er wirklich begonnen hatte.

Elisabeth allein? Kaum vorstellbar. Warum sah Reuter das nicht ein?

Tommy starrte minutenlang auf das junge Mädchen auf dem Bildschirm. Ihr Gesicht war herzförmig, die Zähne fast perfekt. Er glaubte, dass Elisabeth sie lange beobachtet hatte. Das Mädchen würde eine hübsche Frau werden. Es war bereits hübsch. Auf eine Art, die Elisabeth provozierte. Weil die Männer sie bald begehren würden, ja, es vielleicht bereits taten.

Tommy wusste nicht, warum, aber ihn überkam plötzlich eine starke Ahnung, dass Amanda noch am Leben war.

Die Fahrt ins Präsidium dauerte nur zehn Minuten. Er holte sich die Schlüssel für das Haus auf Malmøya und versuchte, so wenig wie nur möglich nachzudenken.

14

Wie in Trance saß er im Auto und kam erst bei Sjursøya wieder langsam zu sich. Als er über die Brücke zwischen Ormøya und Malmøya fuhr, schien ihm alles auf einmal ganz logisch zu sein.

Er blieb lange nur mit Leselampe im Auto sitzen und versuchte sich noch einmal an der Zeitleiste. Sie hätten das längst tun sollen, aber dieser Fall stand irgendwie unter einem Fluch. Ständig machten sie Fehler und zogen die falschen Schlussfolgerungen. Und das schien auch jetzt noch so weiterzugehen.

Hatten die beiden die Mädchen gemeinsam getötet? Was hatte Elisabeth Susanne gesagt: Er wollte nicht mehr?

Er schaltete die Leselampe aus und zündete sich eine Zigarette an.

Wo war Amanda?

Asgeir Nordli hatte ein Wochenendhaus auf Nesodden. Aber dort war niemand gewesen. Ebenso wenig in Jon-Olav Farbergs Ferienhäusern in Geilo und Hvaler.

Das Mädchen hatte bestimmt einen Freund, dachte Tommy und warf die Kippe aus dem Fenster. Vielleicht wollte sie das zu Hause einfach nur nicht sagen. Vielleicht war das wirklich schon alles.

Er blieb lange vor dem Haus stehen und musterte die Fenster, eines nach dem anderen. Irgendwie hatte er das

Gefühl, dort drinnen nicht allein zu sein. Er wusste, dass dieses Gefühl unbegründet war, trotzdem wollte es nicht lockerlassen. Sollte er um Bewaffnung bitten? Im Dienst hatte er so schon genug Ärger in Sachen Waffen, auch wenn Susanne meinte, dass sich das alles lösen würde. Aber es war ja auch nicht ihr Problem, schließlich hatte er ihr die Waffe gegeben, mit der sie ihr Leben hatte retten können. Sicher war es das wert gewesen, auch wenn er dadurch vielleicht seinen Job verlor.

Er ging auf die Rückseite des Hauses, wie er es vor genau einer Woche getan hatte.

Als er das Gesicht an die Scheibe legte, fürchtete er kurz, Farbergs Frau könne noch immer auf dem Sofa liegen.

Er entfernte das Absperrband vor der Tür und zerriss mit dem Schlüssel das Siegel, das über das Schloss geklebt worden war.

Im Windfang zog er ein Paar Überschuhe an und setzte ein Haarnetz auf. Er hatte erst wenige Schritte gemacht, als eine der Wände knackte.

»Verdammt«, sagte er zu sich selbst. Draußen wurde es kälter, da passierte so etwas in Holzhäusern. Er ließ das Licht seiner Maglite von Raum zu Raum schweifen. Küche, Bibliothek, das Bild des wahnsinnigen Dichters, Fröding, dann Arbeitszimmer und Wohnzimmer.

Anschließend ging er zurück ins Arbeitszimmer und setzte sich an den Schreibtisch. Das Licht der Taschenlampe zeigte immer nur einen kleinen Ausschnitt des Raums und huschte über das Foto von Farbergs Sohn, das auf dem Tisch stand. Er war darauf vielleicht zwölf oder dreizehn Jahre alt. Wie alt mochte er jetzt sein? Tommy ermahnte sich selbst, ihn morgen anzurufen. Mit der Exfrau hatte er schon ein paarmal gesprochen. Sie war an dem Samstag, an dem Kristiane nach Skøyen gefahren war, nicht zu Hause gewesen, weil sie sich gestritten hatten. Den drei Jahre alten Sohn hatte sie damals mit zu ihrer Mutter nach Holmestrand genommen.

Das ist doch alles hoffnungslos, dachte er und schaltete die grüne Bibliothekslampe ein, ohne wirklich zu wissen, wonach er suchte.

Oder doch. Natürlich wusste er es.

Er schaltete die Lampe wieder aus und ging vorsichtig nach oben in die erste Etage, ohne das Licht einzuschalten. Die Treppenstufen knarzten unter seinem Gewicht. Auf halbem Weg blieb er stehen und drehte sich um. Keine Geräusche.

Im Bad im oberen Stock schaltete er das Licht ein. Die Neonröhre flackerte ein paarmal. Dann musterte er sich selbst und dachte an das Gesicht im Spiegel, von dem Susanne ihm erzählt hatte. Elisabeths Gesicht.

Er öffnete den Badezimmerschrank. Ein Kamm und eine Bürste mit ein paar Haaren, wahrscheinlich Farbergs. Er steckte beides in einen Plastikbeutel und verschloss ihn sorgfältig. Dann leerte er den Schmutzwäschekorb auf dem Boden aus, nahm zwei von Farbergs Unterhosen und steckte sie in einen anderen Beutel.

Morgen musste er Abrahamsen bitten, die Sachen zur Analyse ans Kriminalamt zu schicken. Und wenn es hinter Reuters Rücken passieren musste.

Er war gerade aus Farbergs Einfahrt gefahren, als sein Handy klingelte.

Er hielt am Straßenrand an und justierte den Rückspiegel. Aus irgendeinem Grund wollte er die Kontrolle über das dunkle Haus haben, während er telefonierte. Er hatte das Gefühl, dass hinter einem der Fenster jederzeit das Licht angehen konnte.

st du?, stand in der SMS.

, antwortete er.

e halbe Minute später rief sie an.

eht's dir gut?«, erkundigte er sich.

»s gefällt mir nicht, hier zu sein. Aber im Krankenhaus es mir auch nicht gefallen.«

»Verstehe. Sag Bescheid, wenn du was brauchst.«

Sie antwortete nicht.

»Wie geht es Torvald?«

»Er wird überleben. Danach muss er dann wieder laufen lernen. Aber er wird das schaffen. Kommst du nach Weihnachten mit, ihn besuchen?«

Tommy wartete mit der Antwort. Nicht wegen der Frage als solcher, sondern wegen des Tonfalls. Als wollte sie ihn wirklich dabeihaben. Wollte, dass sie beide dorthin fuhren. Sie beide.

»Ja«, sagte er schließlich, »klar.«

»Und was machst du übermorgen?«

»Übermorgen?«

Sie lachte. »Weihnachten! Hallo?«

Tommy dachte, dass sie doch ganz genau wusste, dass er keine Familie hatte. Auf jeden Fall keine, die er kannte. Keine, von der er etwas wissen wollte.

»Ich werde wohl …« Er versuchte, eine Lüge aus dem Ärmel zu schütteln, als wäre das Ganze eine Pokerpartie. Aber er war noch nie ein guter Spieler gewesen. »Nichts.«

»Du kannst doch nicht alleine sein. Das lasse ich nicht zu, Tommy.«

Er antwortete nicht.

»Mathea mag Rosa. Egal was, Hauptsache Rosa.«

15

Der Heilige Abend wurde so schön wie schon seit Jahren nicht mehr. Susanne hatte Humor, und sie konnte kochen. Außerdem hatte Tommy das seltsame Gefühl, erwünscht zu sein und nicht nur geduldet, weil er sonst niemanden hatte, zu dem er hätte gehen können.

Aus irgendeinem Grund schien ihre kleine Tochter, Mathea, ein fast schon erschreckendes Vertrauen in ihn zu haben. Und zum ersten Mal war ihm der Gedanke gekommen, wie es wohl wäre, ein Kind zu haben. Um dann ganz schnell zu denken, dass er das am besten sofort wieder vergessen sollte.

Mathea war in ihrem Festtagskleidchen eingeschlafen. Er hatte sie in ihr Zimmer getragen und war einen Moment bei ihr geblieben und hatte ihr beim Schlafen zugesehen. Ein paar Minuten reiner Unschuld taten ihm gut. In diesem Job ging man kaputt, ohne es zu merken. Dabei war die Welt nicht nur schlecht. Nicht nur.

Susanne stand mit einer noch ungeöffneten Flasche Wein in der Küche, als er zu ihr kam. Ihrem Gesichtsausdruck entnahm er, dass es an der Zeit war, nach Hause zu fahren.

»Svein kommt später noch. Die zweite Flasche trinken wir ein anderes Mal, Tommy.« Sie versuchte zu lächeln.

Er schüttelte verwirrt den Kopf. »Svein?« Eine Sekunde später verstand er. »Finneland?«

Sie nickte und verzog das Gesicht zu einer Grimasse. Ihre Körpersprache sagte nur zu deutlich, dass sie nicht darüber reden wollte.

»Sie haben sich gestritten. Ich …« Sie kam ins Stocken.

»Ich wollte sowieso gerade gehen.«

Sie lachte.

»Wirklich schön, dass du gekommen bist.«

»Es war schön, dass du mich eingeladen hast.«

Sie ging mit ihm in den Flur. Ihr Gang war sicherer, als er angenommen hatte.

»Diese Schiene am Bein steht dir.«

Sie lachte wieder.

Er hasste es, sich das eingestehen zu müssen, aber er mochte ihr Lachen. Und ihre Augen.

»Ich dachte, er wäre verheiratet, Susanne.«

Sie legte die Arme um ihn.

»Wie alt bist du?« Sie hielt ihn lange fest.

»Fast vierzig. In zwei Monaten, um genau zu sein.«

»Perfekt.« Sie streichelte ihm über die Wange. »Wir würden perfekt zusammenpassen, nicht wahr?«

Er schnitt eine Grimasse und zuckte verlegen mit den Schultern.

»Aber das Leben ist nicht perfekt, Tommy.«

»Genau.« Und trink nicht noch mehr, dachte er.

In der Schweigaards gate bekam er ein Taxi und schlief ein, noch bevor sie im Tunnel waren.

»Svein Finneland«, murmelte er, als er seine Haustür aufschloss. Vor der Infotafel blieb er stehen. Das Schreiben der Hausverwaltung hing noch immer da. Elisabeth hatte dort gearbeitet. Warum hatte er diesen Gedanken nie zu Ende gedacht?

Er steckte den Schlüssel ins Briefkastenschloss und öffnete die kleine Klappe.

Zwei Reklamezeitschriften und eine ganze Reihe weißer Umschläge.

Alle abgestempelt vor vier Tagen in Lillehammer. Am 20. Dezember. Zwanzig Stück. B-Post, so dass sie erst spät zugestellt wurden. Auf allen Umschlägen dieselbe Handschrift. Eine Handschrift, die er schon einmal gesehen hatte. Natürlich hatte er die schon einmal gesehen.

Er riss den ersten Umschlag auf.

Innen lag eine Weihnachtskarte, wie man sie in jedem Supermarkt bekam. Er klappte die Karte auf. Ein kleiner Zettel fiel heraus und landete auf dem schmutzigen Boden.

Es war die Kopie eines alten Schwarzweißfotos. Ein junger Mann mit Brille, in Gehrock und mit weißem Hemd.

Gustaf Fröding, dachte Tommy.

Er las den Text auf der dicht beschriebenen Karte.

Ich bin so gespannt, wie es gelaufen ist. Susanne, so hieß sie doch, oder? Ich weiß Bescheid. Elisabeth hat nie jemand anderen als Edel Maria getötet. Aber sie hat jedes Mal zugesehen. Ich habe gesagt, dass sie das heilen würde, und sie hat mir geglaubt. Hat gedacht, dass Edel Maria aus ihrem Körper verschwindet und sie nie wieder heimsuchen würde. Sie hat mir Kassetten aufgenommen. Mit den Geräuschen, die sie gemacht haben. Das war unsere Musik, Tommy. Seit sie mich aus Tønsberg angerufen und mir erzählt hat, dass sie ein Mädchen gefunden hat, ein Mädchen, das wir töten sollten. Sie war bei Morten im Ferienhaus gewesen, und dann war ihr in der Stadt das Mädchen aufgefallen. Sie war ihm bis nach Hause gefolgt.

Zu wissen, dass sie alles tun würde, was ich wollte – das hat mir eine Macht gegeben, wie du es dir nicht vorstellen kannst. Du glaubst, dass sie mich getötet hat, Tommy? Vielleicht hat sie mich gehasst, seit ich zum ersten Mal ihr Zimmer in Sandberg betreten habe. Vielleicht, weil ich sie überzeugt habe, dass auch Kristiane geopfert werden muss-

te. Dass sie sonst wie Elisabeth werden würde. Eine Hure für ihren Bruder. Oder nein, für mich. Wie Elisabeth es für ihren Vater gewesen war. Diese leichtsinnigen Mädchen, sie machen die Welt kaputt. Nein, die Frauen machen die Welt kaputt. Irgendwann sind sie alle gleich. Das ist alles, was man auf dieser Welt verstehen muss.

Und dieser Idiot, Furuberget. Er erinnerte sich kaum an mich aus meiner Zeit in Sandberg. Kein Wunder, dass Elisabeth ihm etwas vorspielen konnte. Vielleicht wollte er die Wahrheit nicht sehen, als sie eingeliefert worden war, nachdem du Kristiane gefunden hattest. Wenn du mich findest, findest du auch ihre Krankenakte. Aber ob du daraus schlau werden wirst?

Ich kann dir mehr sagen. Aber dafür musst du am richtigen Ort suchen.

Vertrau auf dich selbst.

Zum Schluss wirst du mich schon finden.

Tommy las den Text ein weiteres Mal und schüttelte den Kopf. An manchen Stellen hing der Text nicht zusammen, sprang hin und her. Andere Abschnitte verstand er besser. Wenn es denn stimmte, was dort stand, oder nur ein Teil davon.

Er klappte die Weihnachtskarte zusammen und schob sie zurück in den Umschlag.

Dann öffnete er den nächsten Umschlag.

Er war leer.

Auch die nächsten siebzehn Umschläge waren leer.

Vor dem letzten machte er eine Pause.

Wieder eine Weihnachtskarte, identisch mit der im ersten Umschlag. Ein Adventskranz mit roten Kerzen. Wieder dieselbe Handschrift.

Teuflische Züge.
Wo bin ich?
Seele in Flammen, tanzendes Blut.
Wo bin ich, Tommy?

16

Tommy nahm sein Handy aus der Tasche und rief Susanne an. Einen Moment lang schloss er die Augen und spürte ihre Umarmung, ihren Duft.

»Ja?« Ihr Tonfall war etwas abweisend, bestimmt war Svein Finneland inzwischen da. Jedem sein Pläsir.

»Ach, nichts.«

»Ist was passiert?«

Er las den Text der Weihnachtskarte noch einmal. Die Schrift war nicht dieselbe wie in dem Brief an Anders Rask. Es war die Schrift wie auf den Briefen, die er erhalten hatte.

In diesem Augenblick wurde ihm klar, dass Elisabeth den Brief an Rask zwar geschrieben hatte, dass Farberg ihn ihr aber diktiert haben musste. Und den Brief an Tommy hatte Farberg geschrieben, womöglich diktiert von Elisabeth.

»Nein. Reden wir ein andermal«, sagte er. Und schließ deine Tür richtig ab, dachte er, sagte aber nichts. Er hoffte, dass Mathea nicht in Farbergs besessenes Schema passte. Aber was war mit Susanne selbst?

Oben in seiner Wohnung schaltete er den Computer ein, nachdem er zuvor alle Zimmer und sogar den Besenschrank überprüft hatte.

Er googelte Gustaf Fröding.

Natürlich, dachte er. Ist doch klar.

Fröding war in der ersten Hälfte der 1890er Jahre Patient der Nervenheilanstalt Suttestad bei Lillehammer in Norwegen. Er klickte den Suttestad-Link an. Heute war die alte Klinik, die zwei Kilometer außerhalb der Stadt lag, eine Art Hotel. Sechs große Zimmer mit Aussicht auf die Stadt.

Er nahm jeweils zwei Stufen auf einmal und war schon aus dem Haus, bevor er nachdenken konnte. Erst an der Shell-Tankstelle am Kreuz Skedsmo wurde ihm bewusst, dass er unbewaffnet war.

Wenn ich heute Nacht sterbe, hat das bestimmt einen tieferen Sinn, dachte er.

Jetzt, in der Nacht zum ersten Weihnachtstag, war die E6 wie leergefegt. Als er vor der alten Klinik Suttestad hielt, war es halb vier am Morgen. Das Haus lag für sich allein. Die Aussicht auf die Stadt und den Fluss war großartig.

Tommy parkte vor einem Nebengebäude. Auf beiden Seiten des Weges türmte sich der Schnee.

Drei Autos standen vor dem großen, weiß gestrichenen Hauptgebäude. Alle mit Kennzeichen aus Lillehammer. Vorsichtig ging er die Treppe zum Haus hoch und klopfte vier oder fünf Mal fest an. Dann läutete er noch die Glocke, die am Vorbau angebracht war.

Das Geräusch hallte zwischen den alten Gebäuden wider.

Tommy versuchte möglichst wenig zu denken, als er erneut an die Tür klopfte.

Nach einer halben Minute hörte er oben in der ersten Etage einen Mann etwas vor sich hin brummen, dann vernahm er Schritte auf der Treppe.

»Verdammt, was soll denn das«, sagte die Stimme auf der anderen Seite der Tür.

Ein Schlüssel wurde umgedreht. Langsam.

»Was zum Henker fällt Ihnen ein?«, sagte er und starrte Tommy mit verschlafenem Gesicht an.

Tommy hielt seinen Dienstausweis hoch.

»Haben Sie in den letzten Tagen Übernachtungsgäste gehabt?«

»Also ehrlich«, sagte der Mann. »Müssen wir dafür die Kinder wecken?«

»Ich bin extra aus Oslo hergekommen. Es ist wirklich wichtig.«

Der Mann knotete den Gürtel seines Morgenmantels zu und schüttelte den Kopf.

»Ich glaube nicht. Aber das sollten Sie mit meiner Frau klären, ich war nämlich mit dem Sohnemann in London bei einem Fußballmatch.«

Er knallte die Tür zu. Tommy blieb auf der Treppe stehen. Erst nach einer ganzen Weile hörte er wieder Schritte auf der Treppe. Der Mann kam zurück, dieses Mal in Begleitung einer Frau, die ein paar Jahre jünger wirkte als er. Sie schien in ihrem Kimono schrecklich zu frieren.

»Nein«, sagte sie. »Es war niemand hier. Zu dieser Jahreszeit kommen nur selten Gäste.«

»Tut mir leid«, sagte der Mann. »Wir hätten Ihnen gerne geholfen.«

Tommy sah der Frau in die Augen, als sie die Tür schloss. Er war lange genug Polizist, um zu erkennen, dass sie log. Und Angst um ihr Leben hatte.

Er nickte in Richtung Auto.

Auf dem Weg zu seinem Wagen ging er so langsam wie nur eben möglich. Er zündete sich eine Zigarette an und setzte sich auf den Fahrersitz. Nach einer weiteren Zigarette ging das Flurlicht wieder an. Dann wurde die Tür geöffnet.

Er stieg aus und ging ihr ein paar Schritte entgegen.

Sie setzte die Kapuze ihrer Daunenjacke auf und lief mit schnellen Schritten über den Platz.

Ihr Atem stand weiß vor ihrem Mund, als sie sich auf den Beifahrersitz setzte.

»Zum Glück schläft er immer schnell wieder ein.«

Sie deutete auf die Schachtel Prince, die auf der Mittelkonsole lag.

Er zündete ihr eine Zigarette an, und sie rauchte die ersten Züge schweigend.

»Es war ein Mann hier. Er nannte sich Vidar Østli, und er hat bar bezahlt.« Sie redete mit leiser Stimme und blickte dabei starr vor sich hin.

»Wann war das?«

»Vor zwei Tagen. Er hat gesagt, dass er geschieden sei und zu Hause rausgeschmissen worden wäre. Und dass er Zeit zum Nachdenken brauche.«

Tommy atmete tief durch.

Sie blickte ihn an. »Wer war das?«

»In welchem Zimmer hat er gewohnt?«

»Im großen. An der Ecke.«

»Das müssen Sie mir zeigen.«

Sie schüttelte den Kopf.

»Warum?«

»Kann ich nicht sagen. Er wird mich umbringen.«

»Wie meinen Sie das?«

»Sie dürfen das niemandem sagen. Wenn ich Ihnen das Zimmer zeige, dürfen Sie niemandem sagen, dass Sie hier waren. Unter keinen Umständen.«

Tommy öffnete die Autotür und musterte sie im Licht der Innenbeleuchtung. Jung, vielleicht Anfang dreißig. Sie stiegen aus.

Plötzlich war alles um sie herum dunkel. Nur die Lichter der Stadt funkelten wie aus einer anderen Welt.

Sie führte ihn zur Stirnseite des Haupthauses, das an die fünfhundert Quadratmeter groß sein musste. Der Trakt mit den Gästezimmern hatte einen eigenen Eingang.

»Das hier war früher ein Sanatorium, oder?«, fragte er, als sie über die Treppe nach oben gingen.

»Ja, der Gedanke ist ein bisschen beklemmend. Manchmal in der Nacht kommt es mir so vor, als hörte ich Geräusche.«

Sie gingen einen dunklen Korridor entlang. Dann schaltete sie das Licht im Zimmer ganz am Ende des Flures ein.

Es war ein großer Raum mit Fenstern nach beiden Seiten.

»Ich wollte nur sein Bett machen, er hatte für zwei Nächte gebucht.«

»Und?«

»Er kam ins Zimmer. Schlich sich irgendwie rein, ich habe ihn nicht kommen hören. *Wenn Sie jemals sagen, dass ich hier war, komme ich und hole Sie mir*, hat er gesagt. Er stand dabei mitten hier im Zimmer.«

»Wem haben Sie davon erzählt?«

»Niemandem.«

»Nicht mal Ihrem Mann?«

»Nein. Er ist so aufbrausend. Hätte sicher versucht, den Mann zu finden. Mein Gott, ich habe drei Kinder. Jetzt kann ich nachts nicht mehr schlafen.«

Tommy legte ihr eine Hand auf die Schulter. »Er wird nicht zurückkommen.«

Sie schloss die Augen. Konnte die Tränen nicht zurückhalten.

»Was für einen Wagen hat er gefahren?«

»Ich glaube, einen blauen. Ich erinnere mich nicht. Vielleicht auch grau. Dieser Mann hat mir eine solche Angst eingejagt. Dabei war er so ruhig. Verstehen Sie?«

»Blau?«

Er nahm den Blick von ihr und sah in Richtung Stadt.

Es war aussichtslos, wenn er nicht noch in der Nacht eine Fahndungsmeldung herausgab. Aber irgendwie hatte er das Gefühl, dass auch das nichts bringen würde.

»Am Morgen des zweiten Tages hat unser Hund an dem Auto des Mannes angeschlagen und so wild gebellt, dass ich ihn mit ins Haus nehmen musste.«

»Was für ein Auto? Versuchen Sie, sich zu erinnern. Marke? Wie groß?«

»Es war ein Lieferwagen«, sagte sie leise. So ein Lieferwagen, wie ihn Handwerker fahren, wissen Sie.«

Das Mädchen, schoss es Tommy durch den Kopf. Amanda. Sie lebt.

Er öffnete das Fenster. Kalte Luft drang ins Zimmer und ließ ihn leichter atmen. Irgendwie hatte es sich vorher so angefühlt, als wollte der Raum ihn ersticken.

»Und der Hund hat das Auto angebellt?«

»Ja, so was tut er sonst nie. Aber da hat er angeschlagen, als wäre er auf der Jagd.«

Tommy brauchte nur wenige Minuten zu suchen.

In der obersten Nachttischschublade fand er unter einer alten Touristenbroschüre eine weitere Weihnachtskarte. Das Motiv war dasselbe wie auf denjenigen, die er in seinem Briefkasten gefunden hatte.

Auf der Innenseite stand etwas geschrieben. Tommy erkannte die Handschrift sofort.

Seele in Flammen, tanzendes Blut.
Wo bin ich, Tommy?

Nachwort

Als »Teufelskälte« gerade in Norwegen erschienen war, nahm ich an einem Treffen mit Osloer Buchhändlern teil. Die erste Buchhändlerin, die den Raum betrat, kam sofort auf mich zu und rief: »Sie können ein Buch doch nicht einfach so enden lassen!«

»Doch, das kann ich«, erwiderte ich.

»Nein, das können Sie mir nicht antun«, sagte sie empört. »Ich muss wissen, wie das ausgeht.«

»Okay, dann werden Sie die Erste sein, die es erfährt. Es wird einen Folgeband geben.«

»Oh, danke«, entfuhr es ihr.

Und so geht es im nächsten Band weiter:

April 2005. Tommy Bergmann ist der Einzige im Osloer Präsidium, der noch immer fest daran glaubt, dass die dreizehnjährige Amanda am Leben sein kann. Auch wenn der verbrannte Leichnam, der in Oslo gefunden wurde, noch nicht als der von Jon-Olav Farberg identifiziert werden konnte, gilt Farberg offiziell als tot und beerdigt. Bergmann läuft Gefahr, vom Dienst suspendiert zu werden, weil er den Fall nicht aufgeben will. Eines Tages wird er von Morten Høgda aufgesucht, der zwei Postkarten aus der litauischen Hauptstadt Vilnius bekommen hat. Auf den Rückseiten steht »Seele in Flammen« beziehungsweise »Tanzendes Blut«. Die Spuren führen Bergmann zu einer Sekte aus der Zarenzeit. Die Mitglieder glauben, dass ein Mörder erlöst werden kann, wenn er ein junges Mädchen, geboren im Sternzeichen des Widder, verstümmelt. Wie Amanda. Oder Susanne Bechs Tochter …

Gard Sveen, April 2017